국문학과 탈형이상

국문학과 탈형이상

언어학적 전회를 넘어서

송효섭 지음

태학사

서문

시학의 영역을 포용하는 언어학의 역량에 회의적인 비평가가 있기는 하지만, 나는 완고한 언어학자의 무지로 인해 언어학 자체가 시학에 부적절한 것처럼 오도되어 왔다고 믿는다. 우리는 여기서, 언어의 시학적 기능에 귀를 닫는 언어학자와 언어학적 문제에 무관심하고 언어학적 방법과 불통하는 문학연구자들이 모두 똑같이 어처구니없는 시대착오를 범하고 있음을 분명히 알게 된다.

————로만 야콥슨

근대학문으로서의 국문학 연구가 시작된 지 근 백 년이 되지만, 국문학이 보편적인 인문학의 영역에 자리 잡기까지는 아직 더 많은 시간이 필요한 듯하다. 다른 학문과는 달리 학문의 이름에 붙여진 '국'이라는 훈장이 어쩌면 국문학을 지체시키는 데 한몫을 하는 것 같기도 하다. 이 훈장은 국문학을 겸손하지 않게 할 뿐만 아니라, 다른 학문과의 소통을 꺼리게 하는 것이기도 하다. 이제 이 '국'이라는 훈장 아닌 굴레에서 벗어날 때가 되지 않았을까?

이 책은 '국문학'이라는 이름으로 그 정체성이 규정된 한 연구자가 바로 그 정체성에 대해 던지는 의문으로 시작하여, 그 의문에 대한 해답을 나름대로 모색하고자 한 노력의 산물이다. 국문학을 이루는 두 개의 개념 즉 '국'과 '문학'은 지금까지 누구도 건드릴 수 없는 절대적인 개념 영역으로 받아들여졌다. 이 두 개념은 불변의 형이상학적 함의를 고수하고 있어, 이에 대해 의문을 제기하는 것은 그간 굳건하게 제도화된 학문 체계에 대한 도전이 될 수밖에 없다. 그러나 이 책은 감히 그 도전을 수행하려 하며, 그것이 국문학을 보편적인 인문학의 영역에 자리 잡게 하는 데 꼭 필요하다고 믿는다. 필자가 생각하는 보편적인 인문학의 영역은 인간과 관련하여 생겨난 여러 다양한 지식체계들이 서로 대화하고 교류하는 장이라는 뜻이다. 이러한 장에서 절대적인 형이상학적 개념들은 이들과의 접촉을 통해 변질되고 또한 재생된다. 그러한 행복한 학문 공동체에서 더 이상 '국'이나 '문학'이 지켜온 본질은 존재하지 않으며, 그래야만 국문학도 끊임없이 새로운 담론을 생성하는 역동적인 장으로 변화할 수 있다. 필자는 이를 '탈형이상'이란 말로 나타내고자 한다.

하버마스에 의해 처음 쓰여진 이 말은 하나의 절대적이고 객관적으로 간주된 명제가 아닌, 다양한 맥락에 의해 만들어진 전제가 통용되는 인문학의 성격을 나타낸 것이지만, 이 책에서는 이러한 전제가 언어학으로부터 비롯된 것으로 간주한다. 이러한 생각은 물론 철학을 비롯한 인문학에서 로티에 의해 대중화된 '언어학적 전회'라는 개념으로 널리 유포된 바 있다. 이 말은 국어국문학 분야에서도 국어학과 국문학이 서로 담을 쌓고 지내는 현재의 상황을 타개해야 할 중요한 근거가 될 수도 있다. 그러나 이러한 이론이 아니라 하더라도, 국문학이 국어로 짜여진 담론임을 감안하면, 국문학의 모든 의미도 바로 이러한 국어의 논리로부터 나온다는 명제도 충분히 받아들일 때가 되었다고 생각한다.

'언어학적 전회'가 비록 철학과 언어학을 관련시키려는 일련의 철학적 시도에서 생겨났다 하더라도, 정작 이러한 중요한 모멘트가 필요한 영역은 바로 국문학이 아닐 수 없다. 소쉬르가 『일반언어학강의』라는 책에서 제시한 기호 모델은 이제 20세기 사상사를 뒤흔드는 패러다임이 되었고, 그로 인해 문학연구 역시 훨씬 과학적인 모델을 창출해낼 수 있게 되었다. 그것에는 누구보다도 구조주의 음운론을 시학으로 발전시킨 야콥슨의 공이 크다 할 수밖에 없다. 그러나 이 책에서 필자는 단지 구조주의를 유일한 방법론으로 받아들이지는 않는다. 이는 이론이란 가설일 뿐이며, 그러기에 구조주의가 국문학과 만나 이론적 확충을 한다면, 거기에는 또 다른 사유의 지평이 열릴 수도 있다는 믿음 때문이다. 이 책에서 필자는 데리다의 해체론이나 퍼스의 화용론적 기호학도 참조함으로써, 구조주의가 근본적으로 안고 있는 문제를 해결해보려 했다. 따라서 이 책은 궁극적으로 언어학적 전회 넘어서에서 펼쳐지는 새로운 가능성들을 탐색하고 있는 셈이다. 물론 이러한 기획이 완결된 것도 아니고, 또 완결될 수도 없다. 다만, 이론을 설계하고 그것의 효용성을 끊임없이 검증하는 과정 자체에, 국문학을 포함한 이 세상 모든 텍스트를 읽는 의의가 있다고 필자는 믿을 뿐이다. 이와 같이 읽기가 그저 과정일 뿐임을 깨닫는 순간, 우리가 수행하는 담론 행위가 기원이나 본질과 같은 형이상을 낭만적으로 상상하는 회고적 행위가 아닌, 역사나 사회적 맥락에서 텍스트가 실현하는 의미를 포착하여 그것을 다시금 담론화하는 매우 생산적이고 실천적인 행위가 될 것이라 생각해 본다.

어떤 이는 이론의 뿌리를 말하기도 하고, 그것의 자생성을 강조하기도 한다. 아마도 이들에게 『국문학과 탈형이상』이라는 이 책의 제목은 생소하기 그지없을 것이다. 그러나 굳이 식물의 비유를 들어 말한다면, 이론이란 뿌리가 아닌 풀씨와 같은 것이다. 그것은 어디엔가 강고하게 고착된 것이 아니라, 바람에 날려 이동하듯 필요한 곳으로 이동하여 거기에서 새로운 싹을 틔우면 되는 것이다. 그런 점에서, 그 풀씨가 어떤 풀씨이든, 땅은 수용할 수 있고, 그리하여 땅이 키우는 식물계의 지형도 변화시킬 수 있을 것이다. 농경적 상상력이 아닌 유목적 상상력은 이러한 풀씨와 같은 이론의 생명을 키우는 토대가 된다. 따라서 필자는 이 책에서 제시된 모든 이론적 가설이 풀씨처럼 날아가 어디에선가 새로운 풀들로 거듭나기를 바란다. 이 책이 새로운 영역으로 풀씨처럼 날기를 열망하는 국문학 연구자들에게 그 촉발 지점이 된다면 필자는 더 바랄 나위가 없겠다.

이 책은 1부와 2부로 이루어져 있다.

1부 "비판과 성찰"에서는 그간 국문학에서 관행처럼 생각해온 개념들에 대해 비판적으로 성찰해 보았다. '문학'부터 시작하여 '국문학', 그리고 장르나 문학사와 같은 국문학 연구에서, 가장 집요하게 형이상학적 오류들이 작동하는 지점들을 지적하고, 그것을 해체할 때 펼쳐지는 담론의 여러 지평들을 제시해 보고자 했다. 철저한 비판이 있고서야 새로운 지평이 열린다는 것은 어느 학문에서나 마찬가지일 것이다. 그러나 국문학 분야에서는 이러한 비판에 그간 매우 인색했고, 특히 학문의 기본적인 틀 즉 사유의 패러다임에 대한 과감한 전복은 시도된 적이 없는 듯하다. 아마도 전통을 중시하는 보수적 기질이 국문학 연구자의 미덕으로 간주되는 풍토 때문이 아닐까 생각해보기도 한다. 그런데 이젠 그 미덕을 버려야 될 때가 온 것은 아닐까?

2부 "방법과 실천"에서는 필자가 국문학 텍스트를 읽으면서 모색한 방법론과 그 실천의 결과물들을 제시했다. 그간 국문학에서 제도적으로 고착된 이른바 전공을 넘어서, 고전과 현대, 구술과 기술, 산문과 운문을 가로지르며, 이들을 관통할 수 있는 논리를 찾고자 했다. 이러한 것이 가능했던 것은 언어학적 전회를 통해 이들 텍스트들을 언어학적 논리로 설명할 수 있게 해준 기호학이라는 고마운 학문체계가 있었기 때문이다. 물론 필자는 문학 텍스트를 언어학적으로만 읽는 것에는 반대한다. 언어학을 확장하여 만들어낸 여러 기호체계는 그간 언어학에서 만들어낸 이론체계 넘어서에 존재하는 것이며, 그것은 이제 언어나 문학을 넘어서 문화를 설명하는 틀이 되고 있다. 그러니 누군들 이를 외면할 수 있겠는가?

이 책은 근 20년 동안, 필자가 여러 학술지에 발표한 논문들을 수정과 보완을 거쳐 엮은 것이다. 각각의 논문이 갖는 역사성에도 불구하고, 이 글들은 지금 이 시점에 발간된 한 권의 책 속에서 모두 새로운 의미로 거듭나게 될 것이다. 하나의 주제로 일관성 있게 집필한 그간의 필자의 저서와는 달리, 각기 다른 주제에 대한 생각이 한 곳에서 만나 충돌하게 되니, 거기에서 빚어지는 여러 생각들이 또한 필자를 들뜨게 한다. 필자가 추구한 것 그리고 그 추구 과정이 여러 빛깔을 갖는다고 생각하게 된 것은 이 책을 엮으면서 필자가 몰래 가졌던 즐거움이었다. 그 즐거움이 독자에 전염된다면 더할 나위 없겠다.

시를 쓰겠다고 국문학과에 진학한 필자는 대학에서 평생의 스승을 만나는 행운을 얻었다. 지금은 안 계신 김열규 선생님 곁에서 필자는 공부를 삶에 일치시키는 습관을 배울 수 있었다. 이 책에 그분의 학문적 숨결이 조금이라도 서려 있다면 필자에게는 크나큰 영광과 자랑이 아닐 수 없다. 선생님께 삼가 이 책을 바친다.

이 책의 표지에 의미 있는 작품을 게재할 수 있도록 허락해주신 김성래 작가님, 어려운 출판환경에서도 꾸준히 전문학술서를 출간하여 한국 인문학의 든든한 토대를 정초하고 있는 태학사의 지현구 사장님을 비롯한 관계자들께 심심한 경의를 표한다.

2018년 1월
송효섭 씀

목차

제1부

비판과 성찰

제1장

문학연구의 문화론적 지평
– 새로운 실증적 · 실용적 인문학을 위하여

1. 왜 문화론인가?

최근 인문학의 영역뿐 아니라, 학문의 영역을 넘어서 인간의 미시적이고 경험적인 삶의 영역에서도 문화는 하나의 화두처럼 대두되고 있다. 대학의 어문학과에서 문화연구의 비중이 높아진 것은 물론, 어문학과가 문화학과로 전환되는 사례도 생겨나고 있다. '문화 읽기'는 이 시대의 삶을 관찰하기 위해 활용되는 가장 보편적인 전략이 되고 있다. 이는 삶과 그것을 둘러싼 여러 정황과 사태에 대한 종합적 인식이 요구됨을 보여주는 하나의 징표처럼 보인다. 우리의 삶을 보다 풍요롭게 하기 위해서는 삶의 모든 조건이 충족되어야 한다. 특히 기본적인 생존의 조건을 넘어서 인간에게 요구되는 잉여적이면서도 본질적인 부분에 대해 우리가 가리킬 수 있는 개념으로 '문화'만큼 적절한 것은 없는 것 같다. 그러기에 우리는 지금까지 가졌던 편벽한 관습을 넘어서 삶의 전반을 횡단하는 가치론적인 개념을 찾게 되고 그 자리에 '문화'는 어엿한 담론적 위상을 차지하게 되는 것이다.

문화는 이와 같이 우리 삶과 관련된 어떤 종합적이거나 통합적인 인식과 관련되어 있다. 인문학이 통합적 학문이라는 명제를 받아들일 때, 인문학이 추구하는 궁극에 문화가 자리하고 있다고 해도 틀린 말은 아닐 것이다. 문화가 갖는 이러한 궁극성에도 불구하고, 우리가 문화라는 말이 함의한 다양성과 복합성을 간과한다면, 그것은 인간의 고상하고 품위 있는 삶의 주변에서 겉도는 하나의 상투어이거나 그것이 가리키는 지극히 추상적인 관념에 머무르게 될지 모른다. 이때의 상투성과 추상성 간에는 어느 정도 의미론적 연계가 있다. 어떤 구체적인 사태들로부터 추출해낸 형이상학적인 추상적 관념들은 다른 사태를 설명하는 데서 그 추상적 권위를 남용할 수 있다. 우리 삶을 둘러싼 구체적인 정황들이 하나의 상투성으로 굳어지기 시작하는 지점이 바로 여기에 있다. 이 글은 이러한 지점에 대한 문제 제기로부터 출발한다.

오늘날 문화론이 중요한 이유는 문화 자체가 중요하기 때문이라기보다는 문화를 새롭게 기술하는 방법론이 절실하기 때문이다. 어차피 우리의 삶은 하나로 치환될 수 없는 복합성을 지니며 유동적인 상황 속에서 부유하고 있다. 거기에 연루된 문화 역시 그러한 유동성 안에서 불안정한 위상을 점유하고 있다. 지금까지의 관습이 그랬듯, 문화를 개념화하고 그 개념 자체에 집착한다면, 그 개념은 이러한 삶의 유동성 속에서 마치 물 위의 기름처럼 떠돌게 된다. 늘 개념에 대한 탈개념화가 필요한 것은 우리가 언어를 쓸 수밖에 없는 숙명에서 비롯된 것이다.[1] 언어는 개념으로 이루어져 있다. 우리는 모든 현실을 개념화시켜 이해한다. 그러나 현실은 개념이

---

1) 개념화에 수반되는 탈개념화에 대해서는, 송효섭, 『탈신화 시대의 신화들』, 기파랑, 2005, 14-20면 참조.

아니다. 여기에 현실과 개념 간에 어쩔 수 없는 불일치와 모순이 있다. 그렇다면 우리는 이 사태를 어떻게 해결해야 할 것인가? 현실은 대상으로서 언어로 변환되는 가변성을 갖지 못한다. 그렇다면 현실을 가리키는 언어 즉 개념이 바뀌어야 한다. 그러나 개념은 우리가 약속한 체계 속에서 일정한 위상을 이미 점유하고 있기 때문에 그 중심성을 쉽게 바꾸려 하지 않는다. 탈개념화가 필요한 것은 바로 이 때문이다. 개념이 갖는 중심성을 해체하되, 그 해체의 전략 역시 언어를 통해 이루어질 수밖에 없는 숙명적인 모순! 이러한 모순을 언어를 통해 체현하는 것이 탈개념화의 전략인 것이다.

그러한 관점에서 보면 문화는 하나의 절대적이고 고정적인 기원을 갖는 형이상학적 실재에 그치지 않는다. 문화라는 개념에는 문화가 아닌 것(혹은 문화가 아니라고 간주되어 왔던 것)이 함의되어 있으며, 그러한 모순된 것들 간에 일어나는 '사건들'을 언어로 기술하는 것이 바로 문화가 갖는 다층성과 복합성을 기술하는 일이다. 기어츠가 말한 '중층 기술'thick description[2]은 문화가 담론 안에서 의미를 생성하는 하나의 '사건'을 기술하는 것을 말한다. 그것은 언어가 상황 속에서 그 상황과 부딪침으로써 의미를 생성하는 해석적 사건이다. 문화를 인문학적으로 논구하는 것은 현상으로부터 추론된 논점으로 환원하는 것이 아닌 실제로 의미가 생성되는 이러한 구체적인 사건을 기술하는 것이 되어야 한다.

이 글은 오늘날 문학연구에서 문화론이 틈입하는 과정을 형이상학적 실재에 대한 추상적 관심에서 담론적 사건에 대한 구체적 관심으로 전환하는 과정으로 보고, 그것이 오늘날의 문화적 상황과 관련되는 양상을 살필 것이다. 이는 탈형이상학이라는 새로운 사유가 우리 삶에 틈입함으로써

---

2) Clifford Geertz, *The Interpretation of Cultures*, Basic Books, Inc., 1973, pp.3-30 참조.

문학을 둘러싼 담론에서 실제로 일어나거나 일어날 수 있는 변화에 대해 관찰하거나 예측하기 위한 의도를 담고 있다.

2. 문학과 문화에 대한 형이상학적 관점

문학과 문화의 관계는 문학과 문화라는 두 개의 개념 간의 관계로 먼저 기술될 수 있다. 개념이 갖는 추상성으로 인해 문학과 문화의 관계에 대한 기술은 이들 간에 현실에서 일어날 수 있는 실제적이고 구체적인 '사건들'에 대한 기술이 되지 못한다. 개념 자체가 탈개념화를 수반한다 하더라도, 개념이 갖는 고정성과 중심성 자체가 완전히 부정되지는 않는다. 따라서 문학과 문화의 관계를 이러한 개념들 간의 관계로 기술할 때, 그 관계는 환원성으로부터 벗어나지 못한다. 이 세상에 존재하는 수많은 문학과 그것이 함유한 혹은 그것을 둘러싼 문화 간의 관계는 시간과 공간의 변화라는 가변적 맥락에서도 그 가변성을 포섭하지 못한 채 고정적이고 정태적인 인과론에 기대게 된다. 하나의 현상이 다른 현상의 원인이 되는 이유는 하나의 현상이 다른 현상을 결정하거나 하나의 현상이 다른 현상을 반영하기 때문이다. 문학과 문화와의 관계는 이러한 두 가지 관계, 다시 말해 결정론과 반영론에 의존해 왔다.

예를 들어 보기로 하자.

〈춘향전〉은 하나의 작품이고 문학 작품이다. 이는 〈춘향전〉이 문학이 갖는 불변의 본질을 함유하고 있음을 가정한다. 〈춘향전〉이 문학 작품이 아닐 수도 있다? 이런 의문이 여기서는 절대 제기될 수 없다. 〈춘향전〉은 조선 시대에 쓰였다. 조선 시대는 여러 문화가 존재했었다. 그중 유교문화는 대표적이다. 〈춘향전〉이 이러한 유교문화가 지배적인 조선 시대에 쓰였기 때문에, 〈춘향전〉은 이러한 유교문화의 영향을 받았다. 이것이 결정론이다. 이 경우, 문학과 문화의 관계는 다음과 같은 그림으로 나타난다.

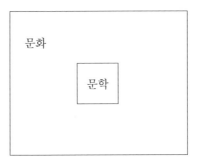

[표1-1] 문학의 결정론

그런데, 이러한 결정론을 더욱 뒷받침하는 것이 반영론이다. 〈춘향전〉을 읽으니 거기에는 열녀의 수절에 대한 당위적인 행위가 정당화되는 것이 나타나는데, 이는 그 시대에 이러한 행위가 그렇게 받아들여졌음을 반영하는 것이다. 따라서 우리는 〈춘향전〉에 이러한 유교문화가 반영되어 있다고 말한다. 〈춘향전〉은 이런 유교문화를 담는 그릇이므로, 이 경우 문학과 문화의 관계는 다음과 같은 그림으로 나타난다.

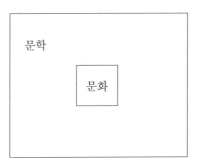

[표1-2] 문학의 반영론

[표 1-1]과 [표 1-2]에서 이들 두 개념의 관계는 역전되어 있다. 하나가 다른 하나를 포섭하는 관계에서 이들 간의 위치는 전도되어 있는 것이다. 그럼에도 불구하고, 이들 두 그림은 모두 문학과 문화 간의 관계를 보여주고 있다. 이러한 모순은 어디서 비롯되었으며, 어떻게 해결할 것인가? [표 1-1]과 [표 1-2]에서의 문화, 즉 문학을 포섭하는 문화와 문학에 함유된 문화는 동일한 문화임이 가정된다. 문학은 이러한 포섭과 함유라는 두 가지 모순된 관계를 중재하는 개념으로 받아들여진다. 다시 말해 포섭한 문화는 아무런 변형 과정을 거치지 않고 함유된 문화로 문학에 자리 잡을 수 있는 것이다. 그러기 위해서는 문학은 그것이 갖는 변형의 기능을 포기하지 않으면 안 된다. 문학은 언어로 이루어진 것인데, 언어가 적극적인 변형의 기능을 수행하지 못한다는 것은 언어가 단지 실재를 투명하게 반영하는 데 그침을 말하는 것이다. 이는 전형적인 형이상학적 언어관의 소산이다. 포섭과 함유가 아무런 검열 없이 문학을 드나드는 이러한 양상은 다음과 같은 그림으로 나타나게 된다.

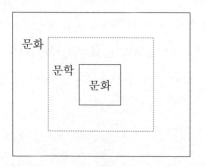

[표 1-3] 문학에 대한 형이상학적 관점

여기서 문학의 경계가 점선으로 표시된 것은 문학이 어떠한 적극적인 언어실현태로 간주되기보다는 소극적인 실재의 반영태로 간주됨을 말하는 것이다. 문학에 대한 이러한 관점을 우리가 형이상학적 관점이라 한다면,

이는 문학론의 초창기부터 문학을 보는 이론적 태도를 지배해 왔다.

서구에서 문학연구는 휴머니즘 관점으로부터 출발하는데, 이는 곧 문화주의적 관점을 내포한 것이다. 아놀드로부터 리비스, 엘리오트, 리처즈로 이어지는 문화주의적 관점에서 문화는 인간 정신의 정수로 이해된다. 이러한 인간 정신의 정수는 누구나 가질 수 있는 것은 아니며, 소수의 교양인들만이 갖출 수 있는 것이다. 산업 사회에서 끊임없이 생겨나는 대중문화는 이러한 인간 정신의 정수와는 거리가 먼 것으로, 인간이 갖추어야 할 본질적인 성품을 훼손시키는 것이다. 이러한 타락한 정신의 위협 속에서 문화는 고상한 인간의 품격을 지키는 파수병 역할을 하지 않으면 안 된다. 이때 문학은 이러한 문화와 등치되는 것으로 이해된다. 문학이 구현하는 것은 이러한 문화를 지키는 경험, 상상력, 전통과 같은 것이다. 문학이 보편적인 가치를 갖는 것은 이러한 보편적인 경험, 상상력, 전통이 담겨 있기 때문이며, 이러한 모든 것에는 영국적인 가치가 담겨 있는 것으로 받아들여졌다. 문학에서 정전canon이 만들어지는 것도 이러한 가치를 구현하는 문학을 다른 무가치한 문학으로부터 추려내어 독자들을 계몽시키고, 그들을 보다 문화적인 데로 이끌기 위한 것이다.

이 경우, 문학이란 그것이 지향하는 이상적인 문화적 환경 속에 마땅히 존재해야 하며, 또 그것을 만들기 위해 문학은 마땅히 그러한 문화적 내용을 담아야 한다. 이 경우, 포섭하는 것과 함유된 것은 동질적인 것으로 간주되며, 문학은 이러한 동질적인 것을 이어주는 고리의 역할을 한다. 문학론에서 이러한 휴머니즘 전통이 갖는 문제는 문학이 함유한 문화적 내용이 구체적으로 무엇인지가 불분명하다는 것이다. 그것은 '마땅히' 있어야 할 것으로 간주되는 것일 뿐, 그것을 문학에서 찾는 과정에서 아무런 논리성이나 체계성이 드러나지 않는다. 이는 '치밀한 읽기'close reading를 강조한 리처즈에 있어서도 예외는 아니었다.[3]

마땅히 있어야 할 막연한 가치에 대한 열정에서 벗어나 문학연구가 인접학문과 활발한 교류를 하는 과정에서 생겨난 많은 문학이론들 역시 포섭하는 것과 함유된 것을 등치시키는 반영론적이고 결정론적인 형이상학적 관점에서 벗어나지는 못하였다.

문학연구가 심리학, 인류학, 사회학, 역사학 등과 연계되면서 여러 가지 새로운 방법론들이 생겨났고, 이로 인해 문학을 포섭하는 것과 문학이 함유하는 것에 대해 보다 세분화된 미시적 개념을 지향하게 되지만, 이들 역시 휴머니즘의 관점이 갖는 문제점을 그대로 답습한다. 더 이상 문화론이라는 포괄적인 영역은 존재하지 않고, 인문학의 다양한 영역들이 문학과 관련되는 양상이 나타난다.

인간의 무의식의 여러 형상들이 문학에 반영되는 것은 문학을 만들어낸 인간의 심리 속에 그러한 형상들이 존재하기 때문이라는 심리주의적 가설, 인류학적인 여러 지식들이 문학에 반영되는 것은 그러한 인류학적 환경 속에서 문학이 만들어졌기 때문이라는 인류학적 가설, 사회적 계층과 충돌이 문학에 반영되는 것은 문학이 그러한 사회적 계층과 충돌의 과정 안에서 만들어졌다는 사회학적 가설, 역사적 사실들이나 의미들이 문학에서 찾아지는 것은 문학 자체가 역사적 산물이기 때문이라고 보는 역사주의적 가설들은 모두 문학이론에서 다양한 방식으로 구현되지만, 이들이 보는 문학은 [표 1-3]의 점선의 영역에서 포섭하는 것과 함유되는 것을 동일시하는 중립적이고 반영적인 언어의 산물에 불과할 뿐이다.

이러한 모든 태도는 문학에 대한 소극적인 관점을 보여주고 있으며, 문학을 문화에 종속시키고 있다. 문학연구에서 문화론으로 나아가는 과정은

---

3) Roger Webster, *Studying Literary Theory: An Introduction*, Edward Arnold, 1990, pp.10-14 참조.

문학을 이러한 소극적인 반영물로 보고 문화를 연구하는 것이 아니라, 문학이 갖는 중심성을 해체하고 그 과정을 적극적으로 담론화시키는 것이다. 이는 문학이라는 개념이 갖는 소극성을 떨치고, 문학이 능동적으로 문화로 확장되는 과정을 보여주기 위한 것이다. 이는 지금까지의 형이상학적인 관점으로는 이루어질 수 없다. 여기에서 벗어나기 위해 즉 탈형이상학적 관점으로 나아가기 위해서는 문학과 문화의 개념을 변환시켜 이해하는 전략적 과정이 반드시 수반되어야 한다.

3. 개념에서 텍스트로의 탈형이상학적 전환

우리가 문학과 문화라는 개념에 집착하는 한, 이러한 사유의 탈형이상학적 전환은 이루어지지 않는다. 개념이 갖는 본질성을 극복하기 위해서는 고착된 개념을 해체하는 전략이 필요하다.

먼저 개념을 실재적 내용으로 보는 것 다시 말해 문학이나 문화에 어떤 실재적 내용이 있다고 가정하는 생각에 대해 재고해야 한다. 문학과 문화에 어떤 실재적 내용이 있다고 할 때, 이들은 각각의 개념이 갖는 본질성 때문에 서로 간의 호환이 불가능해진다. 휴머니즘 문학론에서 문학과 문화가 등치되었다 하더라도, 그것이 문학과 문화 간에 존재하는 개념의 차이를 극복한 것은 아니다. 형이상학적 본질은 늘 그대로 남아 있다.

여기에서 우리가 취할 수 있는 첫 번째 전략은 개념을 내용이 아닌 형식으로 받아들이는 것이다. 다시 말해 문학은 문학 형식이 되고, 문화는 문화 형식이 된다. 형식은 수많은 복제물을 만들어낼 수 있는 가능성을 갖는다. 이 세상에는 같은 형식을 갖는 수많은 다른 내용들이 존재한다. 형식은 따라서 다른 내용들에 적용되는 일종의 활용성을 갖는다. 그러나 한편으로 이러한 형식은 내용을 규제하는 틀로 존재함으로써 고정성을 유지하기도 한다. 만일 이러한 고정성이 유지된다면 형식들 간에 호환 가능성은 매우 적어진다.

예컨대, 우리는 문학이론에서 형식주의가 갖는 문제점들에 대해 생각해볼 수 있다. 형식주의의 기본 명제는 문학은 문학적인 것을 통해 구현된다는 것이며, 그 문학적인 것은 곧 문학적 형식이라는 것이다. 언어를 통해 구현되는 문학적 형식은 우리가 일상적으로 사용하는 언어의 용법으로는 만들어지지 않는다. 거기에는 언어의 '특별한' 사용이 있는 것이다. 이러한 특별한 사용은 문학에서 여러 가지 기법으로 나타난다. 영미 신비평가들이 말한 아이러니, 패러독스, 텐션, 앰비귀티와 같은 개념들은 언어가 특별히 사용되는 관습적인 방식을 보여주는 것이다. 물론 이러한 기법을 통해 수많은 아이러니, 수많은 패러독스, 수많은 텐션, 수많은 앰비귀티가 만들어질 수 있다. 이는 문학적인 것을 하나의 고정된 관념으로 보는 종래의 여러 형이상학적 문학이론으로부터 벗어날 가능성을 보여준다. 그러나 여기서 간과할 수 없는 것은 이러한 영미 신비평에서 말하는 문학 형식이 문학중심주의적 관점에서 벗어나지 못하고 있다는 점이다. 문학을 몇 개의 고정된 형식으로 규정함으로써, 문학의 형식은 수많은 내용을 지배한다. 그러나 그러한 지배는 형식이 어떤 중심성을 구현함으로써, 문학을 그 밖의 다른 담론들과 호환 불가능한 것으로 만들 여지를 갖는다.

이 점에 관한 한, 러시아 형식주의 문학이론은 영미 신비평보다 한 단계 진보한 것으로 볼 수 있다. 가령 러시아 형식주의자들이 말하는 '낯설게 하기'나 '전경화'와 같은 개념은 언어가 문학적으로 사용되는 과정을 기술한 것이지만, '낯설게 하기'나 '전경화'가 단순히 문학적 언어를 만들어내는 기법에 그치지 않는 것은 이러한 개념이 언어를 넘어서 그 언어가 수행되는 상황에 대한 고려를 담고 있기 때문이다. 낯설다는 것은 그것을 낯설게 여기는 주체를 가정한다. 그 주체는 상황에 따라 얼마든지 달라질 수 있기 때문에, 문학적 언어가 실현되는가의 여부는 그것을 받아들이는 가변적인 주체에 따라 얼마든지 달라질 수 있다. 이는 문학이 갖는 고정성을 어느 정도 해체할 가능성을 보여준다. 어떤 기법이 사용되었다고 해서 그것을 문학 형식으로 보는 것이 아니라, 그것이 어느 상황에서 어떻게 실현되는 가에 따라 문학 형식이 결정된다. 그렇다면, 문학 형식으로 간주되었던 것이 다른 상황에서는 문학 형식으로 받아들여지지 않을 수도 있다.

러시아 형식주의와 영미 신비평은 언어의 사용을 통해 문학 형식을 만들어낸다는 점에서는 유사하지만, 그러한 과정에서 그것을 둘러싼 상황을 수용하느냐 그렇지 않느냐에 따라 변별될 수 있다. 이러한 변별은 형식주의가 그 자체로 그치는가 아니면 구조주의로 나아갈 수 있는가 하는 갈림길의 한 지점을 우리에게 보여준다. 실제로 영미 신비평은 구조주의와 무관하지만, 러시아 형식주의는 프라그 언어학파를 통해 보듯, 적극적으로 구조주의적 사유를 수용한다.

형식주의가 문학적 언어를 규정하는데 관심을 갖는다는 점에서, 그리고 그 규정을 텍스트 그 자체에서 찾으려 한다는 점에서, 형식주의가 드러내는 문학과 문화의 포섭과 함유의 관계는 다음과 같은 그림으로 나타난다.

[표1-4] 문학에 대한 형식주의적 관점

　여기서 문학의 영역이 실선으로 표시된 것은, 내 앞에 있는 문학 텍스트 자체가 갖는 물질성[4]에 대한 견고한 믿음을 보여주기 위한 것이다. 형식주의는 언어를 다루는데, 그 언어는 그것 넘어서에 있는 것으로 간주되는 어떤 관념과도 무관하게 언어 자체로 존재하는 것이다. 언어 넘어서에 존재하는 것으로 간주되는 것, 우리가 포괄적으로 문화라고 부를 수 있는 것은 적어도 형식주의의 관점에서는 그 모습을 분명히 드러내지 않는다. 형식주의의 테제를 '형식이 곧 내용이다'로 요약할 수 있다면, 문학의 모습으로 나타나는 언어에 이미 문학이 구현할 수 있는 것이 모두 드러나는 것이

---

4) 여기서 말하는 물질성은 현실 세계에서 객체로 실재함을 드러내는 물질성이라기보다는 나의 인지와 지각에 어떤 매개도 없이 각인되는 물질성이다. 텍스트와 나 사이에는 어떤 매개도 없으며, 따라서 텍스트의 모든 섬세한 움직임은 물질의 움직임으로 내게 직접 전달된다. 이러한 물질성은 앞으로 이 글에서 말하는 텍스트의 '내재성', '실증성'의 개념과 긴밀히 연관된다. 내재성이란 초월성과 대립되는 개념으로서 텍스트 자체가 어떤 외부적인 데 종속되지 않고 스스로 의미생성을 하는 특성을 가지고 있음을 말한 것이고, 실증성이란 이러한 특성이 실제로 증명될 수 있는 확실성으로 우리에게 다가올 수 있음을 말하는 것이다. 이들 개념들이 종전처럼 현실 세계를 가리키는 데 쓰이는 것이 아닌, 텍스트와 같은 담론 세계의 특성을 가리키는 데 쓰인다는 점에서 탈형이상학적 사유로의 전환을 보여주는 하나의 징표가 될 수 있다.

므로, 그 밖의 어떤 것도 분명히 그 실체가 있는 것으로 간주되지 않는다. 형식주의에서 문학은 어떤 상황으로부터도 독자적으로 존재할 수 있으며, 또 어떤 상황을 언어가 함유한 것으로 간주되지도 않는다. 그런 점에서 문학이 구현하는 것으로 생각되는 문화는 그것이 포섭하는 것이든 함유된 것이든, 점선으로 표기될 수밖에 없다.

이러한 상황은 앞서 [표 1-3]의 상황으로부터의 전도를 보여준다. 그것은 내용에 대한 형식의 승리, 문학 외적인 것에 대한 문학적인 것의 승리를 함의한다. 그러나 이러한 관점은 또한 문학을 개념화하고 중심화하는 중심주의에서 벗어나지는 못하는 것이다. 이러한 양상이 문학이론의 탈형이상학적 도정의 어느 한 지점을 점유하고 있는 것은 분명하지만, 문학을 중심화함으로써 배타적인 '형식의 관념'을 형성하게 될 위험에 늘 노출될 수밖에 없다.

문학이론의 탈형이상학적 기획은 구조주의 문학이론에서 보다 진일보한 성과를 거둔다. 개념이 소쉬르의 구조주의적 기획에서는 기의에 할당되고, 그 기의는 어떤 체계를 전제한다. 개념은 반드시 체계 속에서만 구현된다는 생각은 소쉬르의 구조주의적 사유가 우리에게 열어준 새로운 사유의 지평이다. 우리는 개념을 기의라고 바꾸어 말하는 순간, 소쉬르가 말한 랑그의 체계 속에서 모든 것을 이해하는 일종의 '언어학적 전회'[5]를 경험하게 된다. 구조주의가 형식주의를 청산하는 지점은 형식을 구조의 한

---

5) 로티의 편저로 나온 *The Linguistic Turn*은 철학과 언어학을 연계시키는 방법론에 대한 다양한 모색을 담고 있지만, '언어학적 전회'는 그 이후 주로 구조주의에 의한 학문 패러다임의 변화를 가리키는 용어로 널리 쓰이고 있다. 필자는 이전의 형이상학적 개념들을 모두 기의라는 개념 체계로 수용한 소쉬르의 발상이 20세기 인문학을 결정적으로 변화시켰다고 생각하며, 탈형이상학적 기획도 이로 인해 가능했다고 생각한다.
(Ed.) Richard Rorty, *The Linguistic Turn: Recent Essays in Philosophical Method,* The University of Chicago Press, 1967.
Ferdinand de. Saussure, *Cours de linguistique générale,* Payot, 1984 참조.

부분으로 수용하여, 형식과 대척적인 것으로 간주된 내용과 호환 가능한 구조적 관계를 맺게 하는 데 있다. 구조주의에서 형식은 더 이상 배타적인 중심성을 구현할 수 없으며, 이에 따라 형식이 만들어낸 문학적인 것 즉 문학이라는 개념도 그 중심성을 유지할 수 없게 된다. 구조주의는 그런 점에서 문학과 문화를 개념이 아닌 서로 호환 가능한 형태로 전환시켜 이해하는 계기를 우리에게 제공한다. 그러한 전환의 매개 역할을 담당하는 것은 물론 '구조'이다. 문학과 문화를 각각 문학 구조와 문화 구조로 바꾸어 이해할 때, 문학과 문화는 그 어느 것도 절대성이나 중심성을 주장하지 못한다. 이러한 절대성이나 중심성의 해체로 인해, 우리는 문학과 문화의 관계가 보다 동등한 위치에서 구조적인 연계를 갖게 됨을 본다. 구조는 실재를 드러내기보다는 관계를 드러내는 것이다. 문학과 문화는 각기 이러한 관계의 덩어리로 존재하며, 이들 덩어리 간에도 어떤 관계가 만들어진다. 어떤 현상을 구조적으로 파악할 때, 우리가 그 현상을 가리키는 말로 적절하게 쓸 수 있는 개념이 '텍스트'다. 텍스트란 하나의 중심적 권위를 체현하는 작품이라는 개념과는 구분되는, 관계들의 짜임 자체를 보여주는 것이다.[6] 그것은 그것을 넘어선 것의 영향에서 벗어나 그 자체로 내재성과 실증성을 가지며 그것이 또한 텍스트의 물질성을 굳게 담보한다. 텍스트는 우리 앞에 분명히 놓인 어떤 것이며, 그것은 꼭 문학 텍스트이어야 할 필요는 없는 것이다. 우리가 굳이 문화를 말한다면, 그것 역시 텍스트로 나타나는 것이다. 문학 텍스트와 문화 텍스트는 모두 그 자체로 우리 앞에서 내재성과 실증성을 구현하는 것이며, 이들의 관계는 지배 종속적인 관계에

---

6) 이에 대해서는 포스트구조주의적 관점에서 '작품'과 '텍스트'를 구분한 바르트의 다음 논의를 참조할 수 있다.
Roland Barthes, "From Work to Text", *Image, Music, Text*, (trans.) Stephen Heath, Hill & Wang, 1977, pp.155-164.

그치지 않고 다양한 구조적 관계의 가능성 앞에 열려 있다. 구조주의적 관점에서 이러한 문학과 문화, 더 정확히 말해 문학 텍스트와 문화 텍스트 간의 관계는 다음과 같은 그림으로 나타낼 수 있다.

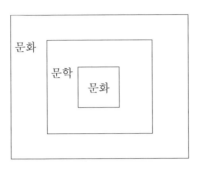

[표1-5] 문학에 대한 구조주의적 관점

　문학과 문화의 영역이 모두 실선으로 표시된 것은 그것이 텍스트로서 갖는 분명한 물질성 때문이다. 문학이 문화를 함유하는 것과 문화가 문학을 포섭하는 관계는 얼마든지 전도 가능하며, 또한 이러한 함유나 포섭이 아닌 다른 구조적 관계 역시 가능하다. 문학과 문화가 모두 실선으로 표시됨으로써 이들은 서로 배척 관계가 아닌 호환 가능한 구조적 관계에 놓이게 된다. 이 경우, 문학연구는 단지 문학적인 것을 다루는 데서 벗어나 문학 텍스트와 구조적 관계를 갖는 문화 텍스트를 다루게 되며, 이것은 우리가 앞서 제안한 문학이론에서 문화론으로의 전환 과정의 중요한 한 국면을 보여주는 것이다. 오늘날 문화론이 문제가 되는 것은 이러한 구조주의적 사유의 바탕이 있었기에 가능한 것이다.

4. 탈형이상학을 위한 두 가지 전략:
해체주의와 해석학적 기호학

이제 우리는 문학이론의 탈형이상학적 도정의 마지막 단계에 진입하고자 한다. 그것은 구조 혹은 텍스트와 같이 구조주의에서 제안된 개념들이 갖는 마지막 중심성에 대한 해체를 염두에 둔 것이다. 여기에는 두 개의 길이 있다.

가장 확실한 해체는 데리다의 해체주의에서 이루어진다. 소쉬르가 말한 기호는 음성기호이며, 거기에는 초월적인 목소리가 아직도 담겨 있다. 데리다에 따르면 기호 개념은 음성 중심주의이기도 한 로고스 중심주의의 계보 속에 남아 있다.7) 소쉬르가 제안한 기의가 체계 속에 존재하는 개념으로서 그것의 존재 자체를 관계를 통해 소거했다 하더라도, 아직도 기의는 기표를 포박하면서 형이상학적인 목소리의 잔재를 들려준다. 기표가 기의로부터 벗어나 스스로 자유롭게 유희할 때야 비로소 초월적인 목소리와 로고스 중심주의적인 형이상학이 완전히 해체될 수 있는 것이다. 데리다가 말한 차연 différance은 기표가 의미작용을 끊임없이 연기함으로써, 기표가 기의에 의해 포박되지 않은 상태를 유지시켜 나가는 것이다. 이때 이루어지는 해체는 우리가 지금까지 로고스적인 사유 안에서 만들어낸 수많은 개념들, 가령, 신, 이성, 근원, 존재, 본질, 진리, 인간성, 자아와 같은 본질적 개념은 물론 의미, 개념, 구조 등과 같은 보다 전략적 개념들에 이르기까지 우리가 문학이론의 탈형이상학적 도정 안에서 편력했던 모든 개념에 대한 것일 만큼, 과도하게 전복적이고 진보적이다. 이를 위해서는 필연적으로 해체의 전략이 필요한데, 그러한 전략은 기존의 형이상학적인 여러

---

7) 자크 데리다, 『그라마톨로지』, 김성도 옮김, 민음사, 1996, 30면.

개념이나 구조들에 대한 것이므로, 일차적으로 그것을 바탕으로 하지 않을 수 없다. 다시 말해 해체란 그 해체의 대상을 파괴하는 것이 아니라, 그것을 전복시키는 과정을 통해 새로운 담론으로 거듭나는 과정이다. 형이상학적 목소리의 잔재가 남아 있는 기의로부터 해방된 기표는 그 자체로 내재성과 실증성을 갖는 충만한 것이며, 그것은 무한한 생산성을 발휘할 수 있는 것이다. 해체는 무정부주의나 허무주의적인 것이 아니라, 담론의 생산과 실천에 가장 적극적으로 참여하는 행위이며, 그러한 행위는 기존의 어떤 개념이나 분류 체계도 뛰어넘는 자유로움을 구가하는 것이다. 이러한 관점에서 문학과 문화의 관련성을 논하는 것은 별 의미가 없어 보인다. 문학이나 문화는 그것이 형이상학적 개념을 담고 있건 구조주의적 텍스트로 나타나건, 해체주의적 담론에서는 모두 해체의 대상일 뿐이며, 또한 담론 생산을 위한 하나의 텃밭일 뿐이다. 해체주의는 우리가 이제 막 제안하고자 하는 문화론의 개념마저도 무력화시킨다. 이러한 양상을 굳이 그림으로 나타낸다면 다음과 같이 될 것이다.

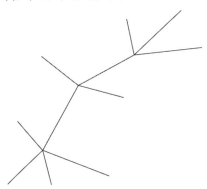

[표1-6] 문학에 대한 해체주의적 관점

여기서 나타나는 모든 실선은 꽉 찬 기표를 표시한다. 그것은 기의로부터 포박되지 않는다는 점에서 가장 적극성을 띤 기표이며, 이러한 기표들로 이루어진 담론 역시 가장 적극적인 실천성을 갖는다. 이러한 해체주의의 길은 우리가 문화론이라는 전제에서 출발하는 한, 수용하기 쉽지 않다. 해체적 담론은 문화론이라는 개념적 굴레에서 이미 벗어난 것이기 때문이다. 그러나 이러한 해체적 사유는 문학연구를 비롯한 모든 인문학, 특히 언어에 대한 모든 탐색에서 숙명처럼 우리를 따라다닌다. 다시 말해, 개념이 현실을 바르게 드러내지 못한다는 생각 때문에 우리가 탈개념화를 생각하는 것이 필연적인 것도 이러한 해체적 사유의 맥락이라 할 수 있다. 그렇다면, 해체적 사유는 단지 해체주의의 흐름에 국한되지 않고, 우리의 삶과 사유 전반에 바이러스처럼 침투한다. 우리는 이러한 사유가 요구하는 바를 받아들이지 않을 수 없으며, 담론 생산의 과정에서 이러한 요구를 조정하는 전략을 세우지 않으면 안 된다.

우리는 문학이론에서 문화론으로 나아가는 탈형이상학적 도정의 마지막 단계에서 이러한 조정적인 전략의 하나로 해석학적인 기호학을 제안하고자 한다. 소쉬르가 제안한 구조주의적 기호학과는 다른 퍼스 기호학은 해석학적인 요구를 기호학에 수용한다. 이 점은 소쉬르의 기호 개념에 내재한 소리중심주의를 해체하는 직접적인 방책이 될 수는 없지만, 또 다른 의미에서 구조가 갖는 중심성과 폐쇄성으로부터 탈주하는 하나의 방책일 수는 있을 것으로 보인다. 퍼스에게 기호는 해석소다. 해석소란 기호의 해석을 통해 만들어진 기호를 말하는데, 실상은 모든 기호들이 다 기호의 해석을 통해 만들어진 것이다.[8] 퍼스가 말한 기호에는 역시 우리가 지금까지의 도정에서 편력해왔던 여러 개념들이 포함된다. 다시 말해 데리다는 이러한 개념들을 해체하고자 하지만, 퍼스의 관점에서는 이러한 개념들이

---

8) (Eds.) Charles Hartshorne & Paul Weiss, *Collected Papers of Charles Sanders Peirce*, Harvard University Press, 1960(이하 *CP*로 약칭), 2.228.

모두 기호화되는 것이다. 그렇게 보면 구조도 해석된 기호이며, 따라서 해석된 구조가 된다. 여기서 우리는 문학 텍스트와 문화 텍스트에 관한 새로운 해석학적 관점을 제안할 수 있다. 문학 텍스트는 문화 텍스트의 해석의 결과로 나타난 해석소이며, 문화 텍스트 역시 문학 텍스트의 해석의 결과로 나타난 해석소이다. 여기서 '해석'은 적어도 구조주의적 관점에서는 배제된 영역이다. 구조적이되, 해석학적일 수 있기 위해서는 구조와 구조 간에 존재하는 해석학적 관계를 정당화시킬 수 있는 개념을 찾아야 하는데, 그것이 바로 퍼스가 말한 해석소이다. 해석소의 생산은 무한한 기호작용으로 나타나는데, 이러한 데는 두 가지 의미가 함축된다. 하나는 그 기호작용이 무엇인가를 향한 방향성 내지는 지향성을 갖는다는 점이며, 또 하나는 그 기호작용이 그것이 이루어지는 가변적인 맥락을 적극적으로 수용한다는 점이다. 문학 텍스트와 문화 텍스트가 이러한 해석소로 나타난다면, 우리는 비록 문학 텍스트로부터 출발했다 하더라도, 그 출발로 귀환하고자 하는 욕망에 사로잡히지 않는다. 그것은 기호작용의 과정을 통해 보다 궁극적인 해석소를 향해 나아가는 것이며, 그것을 우리는 문화 텍스트라는 해석소로 설정할 수 있기 때문이다. 그렇다면, 우리가 기술할 수 있는 것은 이러한 과정 자체이다. 그 과정 자체는 해체주의에서처럼 극단적으로 적극적인 언어의 생산 즉 담론적 실천으로 나타나지는 않는다. 퍼스의 기호학에서 언어가 중심적인 것은 아니다. 오히려 언어와 사유 자체를 구분할 수 없기에, 그 모든 것을 함축한 기호 혹은 기호작용이라는 말을 쓰는지도 모른다. 그런 점에서 이러한 전략은 문자중심적인 글쓰기를 지향하는 해체주의만큼 과도하게 적극적인 언어의 내면성과 실증성을 드러내지는 않는 것이다. 그렇지만, 그것은 문학이론이 점진적으로 문화론을 향해 나아가는 과정에서, 언어와 사유 간의 간극을 최소화하면서 담론을 생산하는 하나의 전략이 될 가능성을 보여주는 것이다. 이를 그림으로 나타내면 다음과 같다.

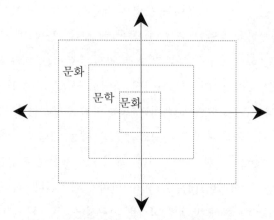

[표 1-7] 문학에 대한 해석학적 기호학의 관점9)

5. 문화론의 지표: 새로운 실증성과 실용성을 위하여

오늘날 문학이론이 문화론을 지향하는 과정을 다양한 문학이론에 드러나는 탈형이상학의 조짐을 통해 관찰했다. 인문학적 사유는 시작도 끝도 없는 것이므로, 이러한 탈형이상학적 도정이 어디로 향해 갈지는 누구도 짐작할 수 없다. 아마도 우리가 미래의 역사를 쓸 수 없는 것은 우리 삶의 진행 속에 틈입하는 수많은 우연성 때문이리라. 인간의 삶은 구체적인 상황 속에서 이루어지는 것이며, 그것에 대한 사유는 앞으로 예측할 수 없을

---

9) 이 그림에서 점선의 겹쳐진 사각형들은 해석학적 기호학에 작용하는 구조주의적 사유의 잔재를 보여준다. 그러나 구조주의에서처럼 구조 자체가 기술되는 것은 아니다. 구조는 기호작용의 과정에서 해석소로 나타나는데, 그러한 해석소가 생산되는 과정은 이 그림에서 어떤 방향성을 지닌 실선의 화살표로 나타난다. 그 화살표의 끝이 어디인지는 분명하지 않다. 그것은 해석학적인 기호작용이 갖는 숙명처럼 보인다.

만큼 다양하고 복잡하게 진행될 것이다. 한 가지 분명한 것은, 문학이론이건 문화론이건 간에, 그것이 짜나가는 담론은 우연성으로 가득 찬 우리의 삶에 대해 무언가 적극적이고 생산적인 작용을 하지 않으면 안 된다는 것이다. 감히 말하건대, 왜 우리가 이 시대에 이러한 탈형이상학적 도정에 동참해야 하느냐고 묻는다면, 나는 그것이 추구하는 새로운 실증성과 분명한 실용성 때문이라고 대답하리라.

제2장

국문학 담론의 탈형이상학적 지평

1. 위기들

최근 국문학을 둘러싼 학문적 상황은 여러 가지 면에서 비관적인 전망을 우리에게 던져준다. 국문학이 속한 인문학이 위기에 처했다는 우려와 함께, 국문학 역시 이러한 위기에서 자유로울 수 없음을 인식하게 된 것이다. 필자가 판단컨대, 국문학은 다른 인문학에 비해 그 위기의 정도가 더했으면 더했지 결코 덜하지 않다. 굳이 이러한 점을 강조하는 까닭은 국문학이 다른 인문학에 비해 아직은 그 위기를 실감하지 못하고 있는 것처럼 보이기 때문이다. 국문학이 아직은 든든한 학문적 토대를 갖추고 있으며, 앞으로도 그럴 것이라는 낙관적 전망은 국문학이 갖는 학문적 권력의 강고함에서 온다. 국문학은 인문학의 다른 영역에 비해 훨씬 학문적 세계에서 안정된 위상을 구축하고 있다. 웬만한 대학에서 국문학과의 설치는 기본적인 것으로 인식되고 있으며, 국문학을 전공한 학생들이 가르칠 국어 과목은 중등 교육 과정에서 주요 과목으로서의 위상을 위협받은 적이 없다. 온 국민의 교양을 위해 읽어야 할 고전이나 정전은 대개 국문학에서 다루는 작품들이며, 이들 작품들은 국가를 이루는 정체성의 토대를 제공하는 것으로 대접받음으로써 역시 텍스트로서의 권력을 충분히 누리고 있다. 영문학이나 중문학 혹은 불문학과 같은 문학은 어떤 지역성을 드러내는 주변적 문학으로 인식되는 반면 국문학은 '국'이라는 말이 가리키듯 한 국가가 형성하고자 하는 중심성을 명시적으로 표방하는 중심적 문학으로 받아들여진다. 다시 말해, 영국이나 중국과 같은 외국의 문학은 그 지역을 이해하는 데 초점을 두는 것이라면, 국문학으로 불리우는 한국문학은 한국인이라면 누구나 읽고 알아야 할 기본적인 소양으로 인식된다. 이러한 것은 그야말로 국문학이 학문적 세계에서 갖는 분명한 특권이다. 앞으로 국가가 소멸되지 않는 한, 국문학 역시 소멸되지 않을 것이며, 국문학이 누리는 학문적 권력도 그런 점에서 영원무궁할 것이라는 낙관적 전망이 설득력을 가진 것처럼 보인다.

그러나, 과연 그럴까?

최근 국문학을 둘러싼 여러 불길한 조짐들이 드러나고 있다. 아마도 국문학이 누리는 권력에 취해있는 몇몇 국문학자들을 빼놓고는 이런 조짐들이 얼마나 현실적이고 급박한 것인지 누구나 깨달을 수 있으리라. 몇 가지 사례를 들어보기로 하자.

최근 국문학을 전공하겠다는 연구자들이 부쩍 줄어들었다. 이는 대학원에 진학하여 국문학을 전문적으로 연구하겠다는 희망을 갖는 젊은 세대가 줄었다는 것을 말한다. 그 이유를 이른바 대학에서 실시하는 학부제에 돌리는 것은 단견에 불과하다. 국문학 연구가 필요하고 그러한 연구가 이 사회에서 쓸모가 있다면, 학부에서 어떤 제도를 실시하든 국문학의 연구 인력은 계속 충원될 것이다. 그러나 그렇지 못한 것이 현실이다.

학부에서의 국문학 전공 역시 최근 눈에 띄게 줄어들고 있다. 문예창작,

미디어나 문화 콘텐츠 관련 전공이 국문학 전공을 대체하는 사례들이 나타나고 있다. 이는 아마도 국문학을 전공하여 실제 사회에서 그 지식을 활용하기가 쉽지 않음을 말하는 것이다. 생각해보면, 국문학 시간에 공부한 향가, 설화, 고전 소설들에 관한 지식을 딱히 무엇에 어떻게 활용할지가 떠오르지 않는다. 아무리 대학이 이론을 공부하는 아카데미즘의 산실이라 하더라도, 이론이나 지식이 단지 학습자의 인지 체계에 머무는 것이라면, 그것은 그야말로 특별한 쓸모를 찾기 어려운 것이 되고 말 것이다. 그런데 지금까지 대학에서 국문학의 연구는 이러한 인지 체계 속에 머무는 지식들을 산출하는 데 주력해 왔다.

그러나 가장 심각한 문제는 국문학을 연구하는 당사자들이 이러한 문제점을 스스로 인식하지 못하고 있다는 것이다. 앞서 말했듯, 국문학이라는 학문적 권력의 토대가 견고한 만큼, 그 중심성은 확실히 보장되며, 그럼으로써 주변의 것에 대한 배타성은 더욱 강해진다. 학문적 담론의 생산에서 이러한 점은 오히려 치명적인 약점이 된다. 중심적인 것으로 굳어진 것은 계속 유사한 복제 담론을 생산한다. 다시 말해 새로운 패러다임이 제시되기보다는 기존의 패러다임 안에서 모든 담론이 만들어진다. 그 담론은 대개 권위에 복종하는 담론이며, 전통과 관습을 존중하는 보수적인 담론이 되기 쉽다. 국문학의 학문적 토양은 이러한 담론을 생산하는 최적의 조건을 갖추고 있다.

이 글은 이러한 국문학이 갖는 문제가 어디에서 비롯되었는지를 그간의 국문학 담론들을 통해 살피고, 이러한 문제가 결국 오늘날 국문학이 다른 어떤 학문보다도 심각한 위기에 처해있음을 보이는 징표임을 말하고자 한다. 이러한 상황에 대한 기술은 단지 단순한 인과론이나 결정론을 통해 이루어지지 않는다. 담론들을 조심스럽게 살피고 거기에서 드러나는 구체적인 상황과 미세하게 어긋나는 여러 균열들을 찾아냄으로써, 이러한 균열들이 결국 오늘날 우리의 삶을 우리도 모르게 낭만적 거짓이나 허위의식으로 황폐화시키는 과정을 드러낼 수 있을 것이다. 이 글이 조준하는 지점은 바로 이러한 균열들에 대한 구체적인 인식에 있다.

2. 기억들

국문학이 학적 체계를 갖추게 된 것은, 대학에서 국어국문학과가 개설된 것과 때를 같이 한다. 어느 경우든, 학문은 그것을 생산하고 전수하는 제도적 장치와 분리시켜 생각할 수 없기 때문이다. 그런데 한국의 상황은 보다 특수하다. 한국의 근대 학문은 식민 통치라는 특수한 정치적 상황과 함께 시작되었다. 이러한 식민지의 경험은 학문 담론의 생성에 지대한 영향을 미친다. 식민 통치는 식민 통치자의 관점과 피통치자의 관점이라는 대립된 관점을 낳는다. 피지배적 위치에 놓였던 식민 피통치자의 관점은 식민지 시대가 끝남과 동시에 피지배적 위치에서 지배적 위치로 전환하게 된다. 이때, 한 국가를 지키고 만들어내는 과정에서 필요한 정체성을 생성하는 데 국문학은 가장 중요한 역할을 하는 것으로 인식된다. 이른바 민족주의적 관점이 그것이다.

우리는 이러한 민족주의적 관점에서 한 시대의 모든 담론들이 재편되는 시기를 상정해 볼 수 있다. 그것은 아마도 국가가 제 모습을 갖추어가는 초창기 다시 말해 한국의 경우, 해방 직후의 시기를 생각해 볼 수 있다. 국가가 생성되는 것은 단지 국가를 경영하는 정치 제도가 마련된 것으로 끝나지 않는다. 국가의 정체성을 만들고, 국가를 확대된 나로 인식하는 논리적이면서도 정서적인 공통된 토대가 갖추어져야 하는 것이다. 그런데, 이러한 집단적인 에토스[10]는 본질적으로 명쾌하게 규정될 수 없는 모호한 영역에 언제나 남아있다. 한국이라는 나라가 세워지면, 그 다음은 한국적인 것이 무엇인가, 혹은 한국인은 누구인가 등과 같은 물음에 대한 해답이 제공되어야 한다. 이는 물론 한국에 국한된 문제가 아니다. 일본이나 중국, 혹은 미국이나 이스라엘 등 어느 국가든 한 국가를 형성하는데 에토스가 필요하며, 그러한 에토스를 만들어내기 위해, 때로는 로고스의 담론이 때로는 뮈토스의 담론이 중요한 역할을 하게 된다. 한국에서 그 역할을 하는 것은 언어, 문학, 역사, 철학과 같은 인문학이며, 특히 국어, 국문학, 국사학과 같은 '국'자 돌림의 학문 분야는 국가의 제도화된 지원을 받게 된다. 가령, 국심리학, 국인류학, 국사회학, 국경제학과 같은 학문은 없다. 이것이 앞서 말한 이른바 국문학을 비롯한 국학이 누리는 학문적 권력의 기원이다.

이른바 민족사관을 주장한 조윤제의 담론은 이러한 권력이 생성된 지점에 존재하며, 그 기억은 오늘날의 국문학 담론들에 뿌리 깊게 각인되어 있다.

　…한민족은 각 개인이 저만큼 다 다른 개성적인 생활을 하고 있다 하지마는 이 모든 개성적인 생활을 통합하면 또 거기에는 저절로 한 보편적인 성격이 있는 것을 발견할 수 있는 것이다. 이 민족적인 보편적인 성격이야말로 이민족과 다른 독특한 한민족의 특성이라 할 것인데, 이것은 곧 시대에 따라 변할 수 있는 것은 아니다. 시대가 여하히 변천하여 가더라도 민족이 있는 이상 길이 보전될 것이니 이것이 말하자면 전통성이라는

---

10) 어떤 문화에서 도덕적(그리고 미학적) 국면들, 가치 평가적 요소들을 에토스라 한다. 가령 한 종족의 삶의 기질, 성격, 자질, 그리고 도덕적이고 미적인 스타일이나 분위기 같은 것이 그러한 것이다.
Geertz, op. cit., pp.126-127.

것이다. 그런데 역사는 필경컨대 이 전통성 있는 생활의 연속일배 틀림없을 것이니까, 그 전통성 있는 생활의 연속적 반영인 고전문학에 일관하여 끊어지지 않고 흐르는 일련의 생명선이 있다면 그것은 역사성이라고 하는 것이 될 것이다.[11]

이러한 조윤제의 담론에서 우리는 오늘날 국문학 담론을 지배하는 형이상학적 본질들을 읽을 수 있다. 한민족, 생활, 통합, 반영, 전통성, 역사성과 같이 위의 담론에 쓰여진 개념들은 실제로 오늘날 위와 같은 담론적 맥락에서 쓰이고 있다.

먼저 앞서의 인용에서 조윤제는 한민족이 갖는 보편적 성격에 대해 말하고 있다. 이것이야말로 국문학이 누리는 중심성의 핵심이다. 한민족이 어떤 보편성을 갖는다는 것은 다른 민족과는 구별되는 이질성을 갖는다는 것을 말한다. 만일 다른 민족들도 갖고 있는 보편성을 말하고자 했다면 굳이 한민족이라고 국한시켜 보편성을 말하지 않았을 것이다. 국문학에서 '국'이 민족주의 내지는 국가주의적 함의를 가진 것이라 할 때, 우리는 오늘날 이러한 이데올로기가 아직도 보편적인 학문 영역을 지칭하는 명칭으로 남아있어야 하는가에 대해 심각한 의문을 던지지 않을 수 없다. 이는 이미 한국의 초등교육 기관의 명칭이 국민학교에서 초등학교로 바뀌어졌다는 사실과도 무관하지 않다. 그러나 아직도 국문학은 거의 유일하게 '국'자를 버리지 않은 학문으로 남아있다. 아직도 '우리' 문학이니 '우리' 학문

---

11) 조윤제, 『국문학개설』, 탐구당, 1884, 62-63면.
   이 글에서 조윤제의 담론을 집중적으로 거론하는 것은, 그의 담론이 '나쁜' 담론이어서가 아니라 그 시대의 에피스테메를 가장 집약적으로 보여주는 '좋은' 담론이기 때문이다. 따라서 오늘날 국문학 담론에 그의 담론에 대한 기억은 여느 담론들보다도 강렬하게 각인되어 있다.

이니 하는 말을 학문적 용어로 쓰는 유일한 영역이 바로 국문학인 것이다. 이러한 것은 국문학이 누리는 제도적 특권과 함께 뿌리 깊은 보수성과 타자에 대한 배타성을 보여주는 것이다.

한민족의 보편성을 찾기 위해 조윤제는 개인적인 생활을 통합하면 된다고 말하고 있다. 그러나 어떻게 통합할 것인가에 대한 방법론적인 문제에 대해서는 조윤제의 담론에서 구체적으로 언급되어 있지 않다. 보편성을 추구하는 것은 모든 학문이 갖는 특성이다. 문제는 그러한 보편성이 추구되는 과정이 설득력 있게 제시되어야 한다는 것이다. 더구나 조윤제는 그러한 보편성이 시대가 변하더라도 길이 보전되는 것이라고 했다. 우리가 어떤 보편성을 포착할 때는 어떤 근거를 바탕으로 하는데, 모든 시대에 걸쳐 포착할 수 있는 보편성을 찾기 위해서는 모든 시대의 모든 텍스트를 근거로 삼아야 한다. 과연 그것이 가능할 것인가? 이는 구체적인 형상에서 벗어나 극단적으로 추상적이고 보편적인 가설에 의존할 때에야 비로소 가능하다. 그것은 예를 들어 '총체성'이니 '세계관'이니 하는 형이상학적 개념보다 더 형이상학적이며, 그러한 형이상학이 담론적 근거를 잃으면 낭만적이 된다. 한마디로 말해, 시대를 초월한 한국인의 보편성은 낭만적 열정에 근거하지 않으면 찾아질 수 없는 것이며, 따라서 낭만적 거짓이 될 위험에 놓이게 된다. 오늘날 '한국인은 누구인가?', '한국인의 뿌리를 찾는다' 등과 같은 담론들이 바로 이러한 극단적인 형이상학적 낭만주의 담론의 기억을 재생하고 있다.

앞의 인용에서 조윤제는 보편성을 전통성, 역사성과 등치시키고 있다. 이러한 관점은 모든 사실은 그 나름의 역사적 의미를 갖는다는 근대의 역사주의 명제와도 어긋난다. 근대적 역사주의는 중세의 초월적 지식의 지배에서 벗어나 시대에 따라 상대적으로 추구될 수 있는 역사적 의미가 있음을 말하고자 한다. 그러나 전통성을 보편성으로 보고 그것을 역사성에 등치시킨다면, 그것은 초월적인 본질론에서 한 걸음도 더 나아가지 못하고 있는 셈이다. 그것은 조윤제의 담론이 갖는 낭만적 초월성에서 비롯된 것으로 보인다.

문학을 생활의 반영으로 보는 이른바 반영론적 관점도 앞의 인용에서 뚜렷이 드러난다. 반영론이란 언어가 현실을 반영한다는 지극히 평범한 가설에 바탕을 두고 있는 것이지만, 실제로 현실에서 이러한 반영이 불가능하다는 점에서 매우 비현실적인 형이상학적 가설이라 할 수 있다. 언어는 과연 현실을 반영할 만큼 투명한가? 다시 말해, 모든 커뮤니케이션은 완벽하게 메시지를 전달하고 있는가? 모든 문학은 현실은 그대로 반영하고 있는가? 이 모든 물음에 대해 우리는 '그렇다'라는 긍정적인 대답을 할 수가 없다. 언어는 모호하고 왜곡되며, 언어 소통에 참여하는 발신자와 수신자는 메시지를 해독하기 위해 머리를 싸매야 한다. 언어를 통해 오해가 생기고 국가 간에 갈등이 생기고 심지어는 전쟁이 일어나기도 한다. 미디어는 우리도 모르게 언어를 통해 상품에 대한 이미지를 각인시키고 그리하여 언어는 우리의 잠재적인 무의식을 지배하기도 한다. 이러한 현실은 언어 자체가 우리가 두고두고 탐구와 해독의 과제로 삼아야 할 대상임을 말해준다. 그런데도 불구하고, 오늘날 우리는 국문학 담론에서 이 작가의 의도는 무엇이다, 이 작품의 주제는 무엇이다, 이 작품에 나타난 사상은 무엇이다 등과 같이 쉽고도 자연스럽게 언어에 대한 해독을 끝마치고 있는 것은 아닌가? 이것 또한 이러한 조윤제의 담론에 대한 집요한 기억의 되살림에서 비롯된 것으로 보인다.

이러한 기억들은 오늘날 국문학 담론에서 수많은 독사 doxa들을 생성해 낸다. 벗어나야 하지만 벗어나기 힘든 것! 그것은 마치 소문처럼 국문학 담론에 떠돌고 있으며, 그것은 진리니, 역사니, 당위니 하는 탈을 쓰고 있다. 이제 그 소문들 몇 가지를 추적해 거기에 각인된 집요한 기억의 껍데

기를 벗겨보도록 하자.

3. 독사 doxa들

어느 시대 어느 사회든 통용되는 상식이 있다. 학문 세계도 마찬가지다. 그것은 굳이 증명할 필요가 없으며, 이미 자연스러운 것으로 받아들여진 상투적인 생각들로 나타난다. 이를 독사라 한다. 독사는 진리라기보다는 대개 그렇게 받아들여지는 것들이다. 그러니까 독사는 진리가 아닐 수도 있다. 다만, 일반적으로 그것에 대해 의문을 제기하고 검증을 요구할 만큼 문제적이지 않을 뿐이다.

독사는 다양한 형태로 나타난다. 그것은 근본적인 것에 대한 생각일 수도 있고 사소한 것에 대한 생각일 수도 있다. 학문 세계에서 생산되는 담론은 근본적으로 비판적인 담론이다. 문제를 제기하고, 그것에 대해 새로운 생각을 제시한다. 문제의 제기는 이미 받아들여진 생각에 대해 이루어진다. 만일 이미 받아들여진 생각들을 그대로 반복한다면, 굳이 학문적 담론이 생산될 필요가 없다. 그러니까 학문적 담론은 어떤 독사에 대해 의문을 제기함으로써 독사에 대한 또 다른 독사가 만들어지는 과정을 보여준다.

독사 가운데는 특별히 의문시되지 않는 것들이 있다. 근본적인 것에 대한 독사일수록 그러하다. 학문적 담론의 대상이 주로 되는 것은 사소한 것들에 대한 독사들이다. 다시 말해, 학문의 장에서의 논의는 큰 틀의 공유를 전제하고, 그 안에서 부수적인 문제들에 대해 논란을 벌인다. 이 경우, 근본적인 사유의 패러다임은 변하지 않는다. 사유의 형식은 그대로 두고, 그것의 내용을 가지고 왈가왈부한다. 이러한 양상은 학문이 갖는 근본적인 보수성에서 비롯된다. 그러나 학문이 현실적인 콘텍스트에 적응하는 과정은 근본적인 패러다임의 변화를 통해 일어난다. 사유의 내용이 아닌 형식이 바뀌고 그럼으로써 담론의 생산성은 강화된다.

국문학의 경우, 학문적 패러다임에 대한 근본적 의문이 제기된 적은 별로 없다. 국문학에서 이루어지는 많은 논란들은 같은 사유의 패러다임에 근거함으로써, 근본적인 독사들에 대한 의문이 제기되지 않은 것이다. 이는 전통적인 담론의 권위를 존중하거나 이것을 추수하는 것을 하나의 미덕으로 삼은 일종의 관습에서 비롯된다. 이러한 관습은 지나치게 뿌리가 깊은 것으로, 우리의 사유에 깊이 각인된 기억과도 같은 것이다. 앞서 조윤제의 담론에 대해 언급한 것은 이러한 담론들에 대한 기억이 오늘날의 국문학 담론에서 집요하게 재생산되고 있기 때문이다.

이제 이러한 기억으로부터 기원한 근본적인 독사들을 살펴보기로 하자.

1) 국문학은 국문학 작품을 연구하는 것이다

당연한 명제 아닌가? 그렇다. 그러나 아닐 수도 있다. 앞서 말했듯, 국문학의 '국'에는 국가주의적 함의가 있다. 그러나 그것은 여기서 차치하기로 하자. '국문학 작품'이라 했을 때, 과연 그것의 범위는 어디까지인가? 수없이 반복되는 국문학 개론서에 나온 국문학의 장르에 들어가는 것을 말하는 것인가? 한문으로 쓰여진 것도 국문학 작품인가? 역사적 사실을 말한 서사체도 국문학 작품인가? 저자를 알 수 없는 것도 국문학 작품인가? 구술로 전승된 것도 국문학 작품인가? 시간이 흐르면서 변해온 텍스트도 국문학 작품인가? 이런 의문들이 끝없이 쏟아져 나온다.

다시 말해 앞서의 독사 즉 당연한 명제는 문제적인 명제가 되는 것이다. 국문학 연구의 대상을 국문학 작품에 국한시킴으로써, 영역에 대한 배타성이 만들어진다. 배타성은 타자에 대한 것이고, 그 타자는 '국'이 아닌 것,

'문학'이 아닌 것이다. 그러나 오늘날 '국'의 영역 밖에서, 그리고 '문학'의 영역 밖에서 수많은 담론들이 만들어지고, 그것이 국문학에서 설정한 영역으로 침투해 들어온다. 어차피 언어로 소통되는 모든 것은 담론의 망으로 연결되어 있다. 아무리, 국문학이 '국문학 작품'이라는 중심적 영역을 고수하려 해도, 현실적으로 그것이 이루어지지 않는다. 그렇다면, 학문은? 바로 그 현실에 적응할 수밖에 없다. 학문이 권위적이고 초월적인 계몽적 역할을 하는 시대가 아니라는 인식을 국문학자들이 할 때가 된 것이다.

2) 자료의 수집은 국문학 연구의 출발이다

이를 굳이 이름 붙이자면, 실증주의적 독사라 할 만한 것이다. 실증주의의 뿌리 깊은 전통 때문에 이러한 명제가 의심을 받은 적은 한 번도 없었다. 심지어 해석은 일시적이지만 수집된 자료는 영원히 남는다는 말을 주변에서 여러 번 들었다. 문제는 그 '자료'라는 것이 무엇인가 하는 것이다. 자료는 그야말로 찾아내는 것이다. 이러한 독사는 앞서 1)의 독사와 긴밀한 관련을 갖는다. 자료를 찾는다는 것은 '국문학 작품'으로서의 자료를 찾는다는 것이다. 그리고 우리 주변에 널려진 것을 찾는 것이 아니라, 오랜 세월 숨겨진 것을 찾는다는 것이다. 그러나 1)의 독사가 의심되는 한, 2)의 독사 역시 의심되지 않을 수 없다. 더구나, 숨겨졌다 발굴된 자료만이 소중한 것이 아니라, 우리 주변에 흔히 널려진 자료도 소중하다. 흔히 널려진 자료도 얼마든지 국문학 담론을 생성하는 바탕이 될 수 있다. 다시 말해 자료에 어떤 권위나 특권을 부여하는 이러한 명제가 실제로 오늘날 일어나는 다양한 문학적 현상들에 대해 설명해야 할 현실적 필요성 앞에서 얼마나 설득력을 가질지 의문이다. 자료 수집보다 중요한 것은 자료에 대해 의미를 부여하는 일이라는 상투적인 생각은 차치하고라도 말이다.

3) 모든 문학 작품은 장르, 유형, 양식 등과 같은 체계로 분류되어야 한다

국문학 연구에 엄연히 장르론, 유형론, 양식론이 존재하는 한, 이러한 독사는 결코 의심될 수 없는 명제로 남아있다. 국문학은 하나의 전체로 이루어지고, 전체는 부분들의 총합이다. 분류가 이루어질 때, 개별적인 텍스트는 어떤 본질을 지닌 장르, 유형, 양식으로 귀속된다. 그 과정은 연역적이다. 절대적인 분류 체계를 전제로, 문학 작품을 분류하다 보면, 문학을 어떤 추상적 분류항으로 환원시키는 것은 불가피하다. 문학 작품은 추상성을 띤 본질로 설명되며, 이는 문학 작품을 읽을 때의 구체적인 경험으로부터 멀어지는 것이다. 그럼에도 불구하고 학자들은 굳이 어떤 문학 작품을 어떤 장르, 유형, 양식으로 규정하려 한다.[12]

그러나 실제로 장르, 유형, 양식의 규정이란 이미 선험적으로 정해진 장르, 유형, 양식을 전제로 한 것이기 때문에, 문학 작품을 통해 보다 구체화된 의미작용이 드러나는 것은 아니다. 환원론의 병폐가 여기에 있다. 이러한 환원론은 신화, 전설, 민담, 소설, 전, 향가, 시조 등과 같이 특별한 기준 없이 정해진 다양한 용어들이 혼재하는 가운데, 최소한의 체계성마저 포기하지 않으면 안 되는 사태에 직면한다. 단군 이야기가 신화냐 전설이냐가 중요한 것이 아니다. 이는 가령 사실주의나 자연주의와 같은 문예사조의 개념에서도 마찬가지다. 김동인의 〈감자〉가 사실주의냐, 자연주의냐? 이러한 물음에 해답이 나올 수 없는 것임에도 불구하고 마치 정답이 있는 것

---

12) 최근에 장르라는 말 대신 '갈래'라는 말이 국문학에서 일반적으로 쓰이고 있다. 만일 장르를 번역하여 쓴 말이라면 이는 명백한 오역이다. 갈래란 '가르다' 혹은 '갈라지다'와 같이 하나에서 여럿으로 나누어져 생겨난 계통이나 단위를 가리키는 것이다. 그러니까 문학의 갈래라 함은 문학이라는 큰 단위에서 시나 소설 등과 같은 작은 단위가 갈라져 나왔다는 것을 전제하는 것이다. 문학이라는 형이상학적 실체를 놓고 그것을 분할하는 갈래의 개념은 실제로 구현된 텍스트의 자질을 통해 유형을 기술하는 장르의 개념과 거리가 먼 것이다. '장르'를 굳이 번역하여 쓴다면, '품류'(品類)라는 용어가 더 적절하지 않을까 생각한다.

처럼 말한다. 이러한 환원론의 가장 큰 피해자는 이러한 국문학 연구의 영향으로 중고등학교에서 특정 문학 작품의 장르, 유형, 양식과 같은 불필요한 지식을 암기해야 하는 한국의 중고등학생들이다.

4) 문학 작품은 문학사적 의미를 갖는다

이는 역사주의적 독사라 할 수 있다. 이러한 명제는 '문학연구의 궁극은 문학사 기술이다'라는 명제와 연결된다. 학위 논문에서 결론 바로 앞에 한 절을 할애해서 반드시 '-의 문학사적 의의'를 언급해야 하는 것이 국문학 연구의 역사주의적 관행이다.

역사주의의 기본 명제는 모든 것은 역사적 의미를 갖는다는 것이다. 이러한 관점에서 모든 문학 작품은 역사적 의미 즉 문학사적 의미를 갖는다. 그리고 그러한 문학 작품들을 필연적인 인과론의 논리로 배열하면 문학사가 된다.

역사는 시간의 흐름 속에서 수많은 우연에 의해 일어난 사건들을 필연적인 것으로 해석한 결과물이다. 다시 말해 역사는 분명한 '해석'이다. 모든 해석이 그런 것처럼 역사적 해석 역시 절대적인 것일 수 없다. 만일 역사적 해석이 절대적인 것이라면, 즉 모든 사건이 역사적 논리에 의해 설명된다면, 우리는 미래에 일어날 일을 정확히 예측할 수 있을 것이다. 그러나 과연 그런가?

역사주의의 문제점은 필연적이기 어려운 것을 필연적인 것으로 해석하려는 일종의 해석 과잉에 있다. 공시론만이 체계를 이룰 수 있다고 믿은 소쉬르를 굳이 끌어들이지 않는다 하더라도, 우리가 과거에 대해 갖는 낭만적 추억이나 불확실한 기억들이 얼마나 과거를 왜곡하는지 안다. 문제는 역사주의가 그러한 왜곡을 스스로 인정하지 않으려 한다는 것이다. 일반 역사가 그러할진대, 문학의 역사에 이르러서는 그러한 필연성을 찾아낸다는 것은 거의 불가능에 가까운 것이다. 모든 문학의 작품, 장르, 유형들을 필연적인 인과론의 사슬에 묶어놓는 작업이 곧 문학사를 기술하는 것이라면, 문학사의 기술은 곧 하나의 허구를 만드는 해석, 해석 가운데에서도 가장 자의적인 과잉 해석이 이루어질 가능성이 크다.

국문학에서 과도한 문학사 지향은 국문학 초창기부터 찾아지는 국가주의적 정체성에 대한 낭만적 열정과 깊은 관련을 갖는 것으로 보인다. 요컨대, 문학사 기술도 하나의 해석이라면, 그것은 국문학 담론에서 이루어질 수많은 해석의 가능성 가운데 하나가 실현된 것일 뿐, 궁극적인 것은 결코 될 수가 없다.

5) 문학 작품은 유기적 구조를 갖는다

언제부터인가 국문학 담론에 유기체에 대한 독사가 싹트기 시작했다. 이것 역시 민족을 하나의 생명체로 파악한 조윤제의 담론에 대한 기억의 재생처럼 보인다. 민족뿐만 아니라, 문학 작품 역시 하나의 유기체라는 명제는 일종의 모더니즘적인 독사라 할 수 있다. 가령 문학 작품이 유기체라 함은 그것이 마치 하나의 생명체와 같아서, 그 어느 한 부분도 떼어놓고는 전체적인 주제를 구현하지 못한다는 것을 말한다. 이러한 독사는 쉽게 문학중심주의의 함정에 빠진다. 다시 말해 문학 혹은 문학 작품을 닫힌 범주로 제한하고, 그 안에서의 완결성을 추구하는 것이다. 그러나 과연 그럴까?

우선 문학은 언어를 통해 만들어진다. 언어는 문학뿐만 아니라, 인간의 삶에서 다양하게 활용된다. 문학만 동떨어진 언어를 구사할 수 없으며, 동떨어진 구조화된 언어를 구축해낼 수 없다. 의미론은 언어와 그것이 가리키는 대상 간의 관계를 탐구하는 것인데, 이는 언어가 복잡한 현실 안의 대상들과 지시적 관계를 가짐을 말한다. 문학은 어쩔 수 없이, 그것의 유기성을 해체하고 현실의 혼란스러운 언어들과 뒤섞일 수밖에 없다. 바흐친이 굳이 대화적이거나 다성적인 언어를 언급한 것도 그러한 이유일 것이다. 오늘날 상호텍스트성이라는 말이 설득력을 갖는 것 역시 완결된 유기적 구조로서의 문학이 매우 형이상학적인 추상적 개념에 불과하다는 것을 보여주는 사례라 할 것이다.

이러한 독사는 '문학은 유기적 구조를 통해 주제를 구현한다'는 명제로 쉽게 연결된다. 문학은 어떤 특정한 주제를 구현하기 위한 유기적 구조를 갖는다는 것이다. 이는 문학 작품이 어떤 특정 주제를 구현하기 위한 목적론적 지향을 갖는다는 것을 말한다. 이는 문학 작품이 작가의 특정한 의도를 구현하기 위한 도구일 수 있다는 명제와도 상통하는 것인데, 이러한 독사들이 문학 작품이 소통되는 복합적인 맥락을 고려하면 얼마나 추상적인 형이상학적 논거에 의거하고 있는지를 깨달을 수 있다.

6) 국문학의 자생적 이론이 필요하다

이러한 독사는 국문학에 대한 이론적 관심에서 비롯되었다는 점에서 흥미롭다. 문제는 이론이 생산되는 과정 이전의, 그 이론이 비롯된 기원에 대해 말하고 있다는 것이다. 이론은 언제나 가설적인 것이며, 따라서 불안정한 것이다. 깊은 뿌리를 가져야 하는 것이 아니라, 현실 상황에 그때그때 적응하기 위해 스스로 부단히 변화해야 하는 것이다. 다시 말해, 이론의 뿌리는 중요한 것이 아니라는 것이다.

설사 이론의 뿌리가 중요하다 하더라도, 어떤 이론도 그 뿌리를 밝혀내기는 쉽지 않다. 왜냐하면 이론은 앞서 말한 것처럼 불안정한 것이고 다른 이론들과의 복합적인 상호작용을 통해 생산된 것이기 때문에 그 기원을 밝힌다는 것은 쉽지 않을 뿐만 아니라 필요하지도 않다. 그러나 국문학에서 쉽게 '서구 이론'이라는 용어를 남용하면서, '서구'를 배타적인 타자로 설정한다. 그러한 서구는 어디를 말하는가? 이 세상에 서구라는 동질적인 개념에 포괄되는 문화는 과연 존재하는가? 국문학에서 흔히 말하는 서구는 실제의 서구라기보다는 '국'의 바깥에 배타적으로 설정된 형이상학적 타자에 불과하다. 그런 서구라면, 우리는 서구적 교육 제도로 교육받고, 서구적인 방식의 글쓰기를 하며, 심지어는 서구적인 주거 공간에서 서구적인 축구 시합을 서구에서 발명한 텔레비전을 통해 본다. 그러나 그러한 서구 역시 존재하지 않는다. 이미 그것은 우리의 삶이며, 우리의 글쓰기일 뿐, 굳이 서구적인 것으로 타자화해야 할 것은 아닌 것이다.

그렇다면, '자생적'에서의 '자'가 무엇을 말하는지도 불분명해진다. 흔히 말하는 우리의 전통이라고 하지만, 그것이 정말 무엇인가 묻는다면 누구도 분명한 대답을 하지 못한다. 다시 말해 '자생적'이란 초창기 국문학 담론에서의 민족주의의 기억을 재생한 또 하나의 허구에 불과한 것이다. 문제는 이러한 허구가 만들어지는 것이 아니라, 그것을 허구로 인정하지 않으려 하는 데 있다.

이외에도 우리는 국문학의 주변에 떠도는 많은 독사들을 찾아낼 수 있다. 이러한 독사들의 생성을 인과론적으로 설명할 수 있는 길은 없다. 이는 앞서 말한 초창기 국문학 담론의 기억들을 반복적으로 재생한 담론들이며, 그 기억은 앞으로도 집요하게 국문학 담론에 어떤 형태로든 출몰하게 될 것이다. 문제는 이러한 독사들이 실제 우리 삶의 여러 구체적인 현실과 균열을 일으키고 있다는 데 있다. 이러한 균열은 담론들 간의 소통을 불가능하게 하며, 그럼으로써 담론의 활성화를 막는다. 이것이 국문학의 주변에 떠도는 불길한 조짐으로 나타난다.

4. 균열들

앞서 제시한 독사들이 일으키는 균열의 원인은 인간이 사용하는 언어가 갖는 근본적인 한계에서 비롯된다. 그것은 곧 언어가 어떤 실재를 지시한다는 생각, 다시 말해 언어에 대한 형이상학적 관점이 갖는 한계라 할 수 있다. 우리가 언어를 사용할 때, 그 언어는 어떤 개념을 나타낸다. 그 개념은 공유된 것으로 상정되는 것이지만, 실제로 어떤 맥락에서 언어가 사용될 때 그 공유된 개념이 갖는 위치는 심히 불안정해진다. 맥락이 달라지면, 의미가 달라질 수밖에 없는 화용론적인 상황이 벌어지는 것이다. 맥락이란 실제로 존재하는 현실로 나타나지만, 그것이 포착되기 위해서는 언어로 구성되는 과정을 거쳐야 한다. 그것을 이른바 콘텍스트라 한다. 콘텍스트는 이와 같이 구성되는 것이며, 이러한 과정을 거쳐서야 비로소 개념이 실제로 나타내는 의미가 기술될 수 있는 것이다. 이는 언어가 고정적이고 불변적이며 절대적인 본질이나 실재를 가리킨다는 형이상학적인 언어관이 해체되는 지점이다.

앞서 말한 독사들은 이러한 형이상학적 전제에서 비롯된 것들이다.

언어가 가리키는 개념을 불변의 것으로 보는 관점은 가령 국문학이 가리키는 분명한 영역이 존재한다는 관점을 낳는다. 영토를 구획하고 그러한 영토에 정주하는 농경민적인 상상력이 이러한 관점에 작용한다. 그 영토는 그러나 실제적인 영토가 아니라, 형이상학적으로 상상된 영토에 불과하다. 실제로 이러한 영토에 거주하다 보면, 이러한 영토가 다른 영토에 의해 침투되거나 변질되는 경험을 하게 된다. 문학이라는 영토에 거주하다 보니, 종교, 철학, 역사의 영토가 이미 나의 영토를 점유하고 있음을 보게 된다. 순수주의가 균열을 일으키고, 오염되는 것이다. 이러한 오염은 너무나도 자연스러운 텍스트들 간의 상호작용이며, 그것이야말로 현실에서 역동적으로 생성되는 담론의 텃밭이다. 이러한 역동적 담론의 장이 생성되기 위해서는 순수한 본질에 집착하는 형이상학에서 벗어날 필요가 있다.

자료의 영토 역시 마찬가지다. 국문학의 영토를 넘어서 탈영토화[13])가 이루어지는 것은 결국 오늘날 다양한 미디어들에 의해 메시지들이 생산되는 현실적 상황에서 그것에 걸맞은 사유를 전개하기 위해 필연적으로 이루어지는 것이다. 따라서 '자료'라는 닫힌 개념 대신 '텍스트'라는 개념이 쓰일 필요가 있다. 텍스트는 모든 다른 텍스트들과 호환 가능성을 가지며, 콘텍스트 역시 확장된 텍스트로서 텍스트와 호환된다. 텍스트는 형이상학이 일으키는 균열을 또 다른 생산성으로 전환시키는 중요한 기제인 것이다.

근대가 낳은 과학적 분류체계에 대한 믿음 역시 형이상학적이기는 마찬가지다. 생물학에서 유와 종으로 나누어지는 분류체계로부터 유추하여 문학에서 구축된 장르, 유형, 양식과 같은 개념들의 체계에는 문학이 텍스트로 읽혀지면서 생겨나는 다양한 가변적 상황들에 대한 고려가 담겨질 수 없다. 문학에서 중요한 것은 바로 읽혀지는 상황이다. 읽혀지지 않은 채 존재하는 문학은 존재하지 않는 것과 마찬가지다. 읽혀지는 순간, 이러한 형이상학적인 분류적 개념들은 신뢰할 수 없으며 따라서 잠정적일 수밖에 없는 허약한 가설에 불과할 뿐이다. 장르론, 유형론, 양식론에서 국문학 담론들은 이러한 허약한 가설들에 중심성과 절대성을 부여함으로써, 실제적인 현실과의 균열을 불러일으키는 데 기여하고 있다.

역사에 대한 절대적인 믿음은 역사에 대한 형이상학적 인식에서 비롯된다. 역사의 진행을 절대정신의 구현으로 보거나 진화의 필연적 법칙으로

---

13) 이 글에서 쓴 '탈영토화'라는 개념이 들뢰즈와 가타리의 그것과 꼭 일치한다고 볼 수는 없다. 그러나 어느 정도 이들의 사유와 닿는 맥락이 있음을 인정하지 않을 수 없다. 특히 탈형이상학적인 기획이라는 면에서 그러하다.
질 들뢰즈·펠릭스 가타리, 『천개의 고원』, 김재인 역, 새물결, 2001 참조.

설명하려는 이론들은 이러한 형이상학이 극단화된 것이다. 그런데 국문학에서 이러한 이론들이 설득력 있는 것으로 받아들여짐으로써, 국문학 담론의 주변에는 수많은 역사적 필연성에 대한 가설들이 만들어지고 있다. 가령, 신화가 세속화되어 민담이 된다는 상투적인 가설 역시 그러한 것이다. 여기에는 역사는 신성에서 세속으로 진행된다는 가설이 전제되어 있다. 한때는 환상적인 설화나 고소설이 근대화되면서 리얼리즘 소설이 나타난다는 가설도 있었다. 만일 그렇다면 오늘날 수없이 읽혀지는 판타지 소설은 어떻게 설명할 것인가? 역사주의적 독사는 이 세상에서 일어나는 수많은 일들이 우연적일 수 있음을 외면한다. 특히 문학을 이러한 필연적 인과론으로 설명한다면, 문학이 읽혀지는 수많은 소통 상황에서 발생하는 다양한 의미를 어떻게 기술해낼 것인가? 역사의 형이상학에서 벗어나야 우리는 구체적인 소통 상황에서 의미를 구현하는 문학 텍스트를 만날 수 있다.

유기적 구조의 가설 역시 균열을 불러일으키기는 마찬가지다. 이것 역시 근대 이후 생물학에서 유추된 가설이다. 생물학의 대상인 생물이 갖는 유기체적 구조가 인문학의 대상인 문학의 구조가 될 수는 없다. 문학에 쓴 유령과도 같은 관념이 과학이라는 이름으로 포장된 것이 바로 이러한 유기적 구조의 가설이다. 이러한 가설은 문학뿐만 아니라 인문학의 다양한 분야에 영향을 끼친다. 예를 들어, 사회학에서도 기능주의는 사회를 유기적 구조로 보는 전제에서 출발한다. 그러나 이러한 '잘 짜여진' 구조가 존재하는 사회는 없다. 사회에는 다양한 계층들이 존재하지만, 이러한 계층들은 그저 잘 짜여진 유기체로 존재하는 것이 아니라, 상호 갈등하고 변형시키며 그리하여 새로운 것을 생산하는 역동적 작용에 참여한다. 문학 역시 마찬가지다. 유기체가 전제하는 전체성이란 문학이 읽혀지는 상황에서 단지 하나의 허약한 가설일 수 있을 뿐, 모든 문학의 해석에 절대적인 규범이 되지 못한다. 이러한 가설들을 받아들이는 순간, 이러한 가설과는 다른 실제적인 상황들에 대한 깨달음이 이루어지고, 이것이 바로 형이상학이 균열을 일으키는 지점이 된다.

오늘날, 가장 심각한 균열은 뿌리에 대한 콤플렉스로부터 온다. 그간 우리 사회를 지배해온 지연, 학연, 혈연은 이러한 뿌리에 대한 콤플렉스가 사회화되어 나타난 것이다. 자생적이라는 말은 지역, 학교, 혈통, 국가에 모두 동일하게 적용되어, 중심주의와 타자화를 낳는다. 학문이 추구하는 이론은 이러한 중심주의와 타자화에서 벗어나, 이들이 만들어내는 균열을 드러내고 소통 가능한 담론들 안에서 대화를 지속시키는 역할을 해야 한다. 뿌리는 본질을 나타내는 메타포이며, 본질은 형이상학적으로 전제된 것이다. 삶에서 추구하는 수많은 의미들은 이러한 뿌리로부터 벗어나 구체적인 상황에 적응하여 생산된 것이다. 이는 형이상학이 불러일으키는 균열을 탈형이상학적 담론을 통해 기술하는 과정에서 드러난다.

이러한 균열들은 국문학 담론들 곳곳에서 나타난다. 담론이 초월적이고 권위적인 중심성을 구현할수록, 이러한 균열은 심각해진다. 문제는 오늘날 국문학 담론에서 이러한 균열에 대한 반성과 인식이 드러나지 않는 데 있다.

5. 지평들

균열에 대한 담론화! 현재 국문학 담론에서 가장 절실한 것이 바로 이것이다.

국문학 담론에 대한 새로운 지평에는 실용성이 자리하고 있다. 그것은 담론화라는 전략을 통해 이루어질 수 있다.

국문학은 지금까지 구획해온 수많은 분리된 영토들을 넘어서 새로운 횡단의 기획을 준비할 필요가 있다. 다시 말해, 다양한 형태의 개방이 실제로 이루어져야 하는데, 이러한 개방을 위해서는 그것을 가능하게 할 즉 모든 분리된 영역들을 호환 가능한 것으로 만드는 새로운 모드가 필요하다. 이를 위해 지금까지의 '본질'의 모드를 '담론'의 모드로 바꿀 것을 제안한다.

왜일까?

형이상학적 본질은 언어적인 것이 아니라, 언어 넘어서에 있는 것이다. 국문학에서 만들어낸 수많은 영토들, 즉 자료, 장르, 유형, 역사, 유기체 등과 같은 모든 개념들은 언어 넘어서 초월적으로 존재하는 것으로 받아들여졌다. 언어를 넘어선다는 것은 언어를 통해 소통하는 영역 밖에 존재한다는 것을 말한다. 다시 말해, 이러한 영역들은 소통 불가능한 영역에 존재하는 것들이다. 그러나 지금까지 우리는 그것을 소통된 것으로 간주해왔다. 가령, '소설'이라 하면, 누구나 공유할 수 있는 소설의 어떤 본질이 있는 것으로 착각한 것이다. 그러나 실상은 수많은 소설론이 나왔고, 수많은 소설의 정의가 나왔지만, 앞으로 또 수많은 소설에 대한 논란이 벌어져야 할 형편이다. 그렇다면, 우리는 소설의 본질에 대해 알고 있다고 말할 수 있는 것일까?

담론이란 개념은 이러한 우리가 착각한 본질들이 언어적인 것 혹은 언어적인 것에 의해 야기된 영향에 불과한 것이라는 것을 전제한다. 세계관이든 이데올로기든 담론으로 드러나지 않으면, 존재하지 않는 것과 마찬가지다. 그러다 보니, 언어는 단순한 매개로서의 언어가 아니라, 우리가 사유한 모든 것을 텍스트화시키고 그것을 콘텍스트와 호환시키는 매우 '두텁고 진한 혹은 충만한' 언어가 된다. 담론에서 저자라는 초월적 존재는 중요하지 않다. 담론에서 저자 역시 텍스트화되며, 그가 가진 생각 역시 언어라는 망 안에서 텍스트화될 뿐이다. 형이상학적 본질로 인해 생겨난 균열이 이러한 담론에서 생겨나지 않을 수 있는 것은 담론이 이미 모든 것을 드러내고 있기 때문이다. 세상은 담론들의 망으로 구축되며, 이들은 소통의 장을 이룬다. 이러한 장에 적극적으로 참여하는 방법은 '글쓰기' 이외에 다른 것이 없다. 국문학 담론을 구성한다는 것은 결국 글쓰기를 한다는 것이며, 이때의 글은 문학이라는 좁은 범주에 대한 것이 아니라 그러한 영역들을 횡단하는 과정에서 포착된 모든 사유에 대한 것이다.

국문학의 기억들, 그리고 그 기억으로 인해 생성된 독사들. 이들을 넘어서 새로운 지평을 열기 위해 우리는 기억과 독사들이 해체되는 지점에 서야 할 것이다. 이러한 탈형이상학적 기획만이 실제적인 상황에 가장 부합한 '국문학적' 글쓰기의 길을 열어줄 것이다.

제3장

고전문학의 위기와 담론 쇄신의 실천
– 생산적 · 실용적 인문학을 위하여

1. 위기의 고전문학

필자는 앞에서 현금의 국문학의 위기에 대해 우려를 표명하면서, 담론의 쇄신을 통해 탈형이상학적 지평을 열어젖히는 일이야말로 국문학의 위기를 타개할 수 있는 실제적 방안이라고 말한 바 있다. 이 글 역시 이러한 논의의 연장선상에 있다. 다만, 국문학이라는 상대적으로 넓은 영역에서 '고전문학'이라는 상대적으로 좁은 영역으로 논의를 집중함으로써, 문제의 성격은 더욱 예각화되어 드러날 것이며, 또한 우리가 '고전문학'이라는 하위분류 용어를 사용하는 데 대한 문제점 또한 보다 첨예하게 드러날 것으로 보인다.

일반적으로 국문학에서 '고전문학'은 하나의 하위 영역으로 간주되어 왔다. 여기서 국문학이란 맥락에 따라 다르게 쓰일 수 있는데, 그것은 〈홍길

동전)이나 윤선도의 시조처럼 문학 작품이나 텍스트들을 가리키는 것일 수도 있고, 또 그러한 것들을 연구하는 학문의 한 영역일 수도 있다. 이 글에서 쓰이는 국문학 혹은 고전문학이라는 개념에는 이러한 상이한 두 가지 의미가 모두 함의된다. 이는 국문학 연구의 특수한 사정에서 비롯된다. 대상에 대한 관점과는 무관하게 연구 대상 자체의 영역이 곧 연구 영역으로 간주되는 대상 중심의 오랜 실증주의적 관행이 국문학 연구에 깊이 뿌리박혀 있는 것이다. 이러한 상황은 현재 국문학 연구를 분할하는 '고전/현대'라는 양항대립의 기제가 고착화된 이유이기도 하다.

필자는 국문학이 갖는 본질주의가 국문학의 위기를 불러일으킨다고 말한 바 있는데, 만일 국문학에서 이와 같이 강력한 분류체계 안의 세분화된 개념들에 본질주의가 작용한다면, 그 위기는 더욱 심화될 수밖에 없다. 인문학이라는 넓은 개념을 통해 우리가 자유롭게 다양한 학문들 간의 개방적인 교류를 체험할 수 있다면, 국문학이라는 좁은 개념으로는 그 체험의 영역이 좁아질 것이고, 이를 '고전문학'으로 좁힌다면 그 체험의 영역은 더욱더 좁아질 것이다. 여기에 고전산문이니 고전시가니 하는 개념으로까지 좁혀 학문적 시각을 갖는다면, 이제는 더 말할 나위 없는 상황이 벌어지게 될 것이다. 이는 무엇을 뜻하는 것일까? 다만 학문의 영역이 좁아지고 그럼으로써 더욱 깊이 있는 연구를 할 수 있다는 긍정적 측면을 보여주는 것일까? 아마도 30여 년 전쯤에는 그랬을 수도 있을 것이다. 한눈 안 팔고 오직 한 길만을 가는 선비의 이미지가 국문학 연구자들에게 각인되어, 이리저리 눈 돌리지 않고 자신이 선택한 하나의 영역을 평생 연구하는 것이 대단한 미덕으로 간주되기도 하였다. 그러나 지금은?

우리는 지금 '경계를 넘어서는' 것을 인문학의 화두로 삼고 있다. 앞서 말한 외길을 가는 지사적인 선비의 이미지는 이제 어디로 간 것일까? 왜 이러한 열린 학문의 장으로 모두 나와야 하고, 거기에서 혼성 혹은 잡종의 담론들과의 접촉을 통해 이것도 아니고 저것도 아닌 또 다른 혼성 혹은 잡종의 담론을 만들어내야 하는 것일까? 그것은 다름 아닌 위기에 대한 인식으로부터 온 것이다. 학문의 위기란 다름 아닌 그 학문이 더 이상 실용적이 되지 못하는 데서 온다. 학문으로 먹고사는 학문 종사자에게만 필요할 뿐, 일상적인 삶을 영위하는 보통 사람들에게 아무런 영향도 끼치지 못하는 학문은 이제는 누구도 관심을 갖지 않는 고립된 담론들을 만들어낼 뿐이다. 지금의 국문학 특히 고전문학의 담론들이 바로 그런 담론이 아니라는 보장이 없다는 것이 위기의 본질이다.

그런 위기는 어떻게 찾아오는가?

요즘 흔히 말하는 인문학의 위기도 넓게 보면, 고전문학의 위기의 본질과 다르지 않다. 그 위기는 먼저 그 영역에 대한 학문적 탐구를 이어갈 후속세대가 나타나지 않는 것으로 나타난다. 인문학자들이 우려하는 가장 큰 위기는 대학에서 인문학을 전공하는 학생들이 줄어드는 것이다. 인문학의 여러 학과들이 학생이 없어서 폐교되는 사례가 나타난다. 그런 점에서 국문학은 형편이 낫다고 말하지만, 실상은 꼭 그런 것도 아니다. 한때 대학에서 국어국문학과는 대학마다 설치되는 필수적인 학과처럼 여겨졌지만, 현재는 국문학과 대신 문예창작과, 디지털미디어학과, 문화콘텐츠학과와 같은 학과를 설치하는 대학이 많아지고 있다. 국문학 가운데서도 이른바 고전문학의 영역은 위기가 더 심각하다. 고전문학과 관련된 과목을 수강하는 학생들의 숫자가 줄어들고, 대학원에서도 현대문학 전공보다 학생수가 적은 것이 보통이다. 여러 가지 이유를 들 수 있겠다. 한문 텍스트가 많은 고전문학의 성격상 한문 공부가 되어야 하는데, 문제는 한문에 대한 기본 교육이 고등학교부터 이루어지지 않는 것이다. 현재 쓰이지도 않는 글을 문헌을 읽기 위해 배워야 한다는 것이 얼마나 비실용적인지는 이해할 수 있다. 한문 교육을 강요할 수 없는 이유도 거기에 있다. 혹자는 요즘 실시되는 대학의 학부제에 그 탓을 돌리기도 한다. 학부제 때문에 대학에서 깊이 있는 전공 공부를 시킬 수 없고, 그러니 대학원에 진학하는 학생 수도 줄고 더구나 고전문학을 전공하는 학생들은 더욱 줄어들 수밖에 없다는 것이다. 그러나 다양한 학문을 경험하여 자신의 처지에 맞는 일을 할 수 있는 능력을 키워준다는 학부제의 취지를 생각한다면, 마냥 제도 탓만 할 수도 없는 실정이다.

필자는 이러한 것들이 오늘날 고전문학이 대면한 위기의 한 부수적인 이유는 될 수 있을지언정, 본질적인 이유는 되지 못한다고 생각한다. 위기는 이런 제도에서 오는 것이 아니라 학문 자체에서 오는 것이다. '고전문학'이라는 학문이 학문으로서 갖는 한계가 다양한 가치가 실현되는 오늘날보다 첨예하게 노정되기 시작한 것이다. 문제는 이러한 한계 자체가 아니라, 이러한 한계를 인식하지 못하는 무지 내지는 무관심이다. '고전문학'에 대한 위기가 무엇인지를 깨달을 때, 비로소 그것을 넘어설 수 있는 방안이 나올 수 있다. 그 방안은 바깥으로부터 오는 것이 아니라, 바로 학문 자체 즉 학문이 생산하는 담론으로부터 오는 것이며, 그 결과는 학문적 담론의 쇄신으로 나타나는 것이다. 이 글은 현재의 고전문학 담론이 갖는 문제를 짚어보고 이를 넘어서기 위한 실천 방안을 탐색하는 데 목적이 있다.

2. 고전문학에 대해 각인된 기억들

이 세상에 만들어진 모든 언어가 담론이 될 수 있다면, 고전문학 역시 담론이라 할 수 있다. 담론으로서의 언어는 단지 도구로서의 언어가 아니다. 언어는 도구이면서 그 자체가 주체가 될 수도 있다. 따라서 그것은 제도화되고 이데올로기로 나타나기도 한다. '고전문학'이 단지 고전문학이라는 어떤 특정한 영역을 가리키는 것이 아니라, 학문 내지는 교육의 여러 제도들을 형성하는 역할을 한다고 할 때 그것은 곧 담론이 되는 것이다. 앞서 말했듯, 고전문학은 고전문학 작품이면서 학문이고 또 그것은 대학에서 설강되는 과목이며, 중고등학교 교과서의 분류 항목이 되기도 한다. 따라서 학교에서 커리큘럼이 만들어지고 학습목표가 만들어지고 때에 따라 대중들의 독서나 출판에 영향을 미치기도 함으로써, 고전문학이라는 하나의 개념은 담론의 전체 망 안에서 그 위치에 따라 다양한 담론을 생산해내는 역할을 한다. 굳이 우리가 '담론'이라는 말을 쓰는 것은 어떤 개념이든 이러한 전체 망 안에서 파악할 수밖에 없으며, 이를 통해 그것이 수행하는 실천적 역할에 주목해야 하기 때문이다.

오늘날 우리가 흔히 쓰는 '고전문학'은 다의적인 함의를 갖는다. 이는 이 말이 담론체계 안에서 갖는 위상이 상대적임을 말한다. 이러한 상대성에도 불구하고 우리는 말을 개념화시킬 때, 그것을 절대화하려는 경향을 갖는다. 말과 말, 개념과 개념 간의 경계를 구획하고, 그 구획을 바탕으로 제도와 위계를 만들어내는 것이다. 학문의 한 분류항으로서의 고전문학이 사회적, 교육적, 이념적 의미를 구현하고, 실제로 인간의 삶을 바꿀 수 있는 것은 그러한 개념 역시 담론화되기 때문이다.

이제 '고전문학'이라는 말이 갖는 함의를 하나하나 짚어보자.

고전문학이라는 말에는 위계적 분류가 내포되어 있다. 고전문학이란 '문학'이라는 유개념을 '고전'이란 종개념으로 특수화시켜 나온 말이다. 그렇다면 우리가 고전문학이라는 말을 쓸 때는 먼저 문학 아닌 것과 문학을 구분하는 사유를 한다. 문학이라는 개념이 태초부터 있었던 것이 아니라면, 우리는 역사적으로 이러한 구분이 일어난 시기를 상정해볼 수 있고, 그 시기부터 지금까지 이러한 의미장의 분화가 유지되었음을 추론할 수 있다. 문학이란 말은 근대 이후에 한국에서 쓰이기 시작한 말이다. 이는 서구의

literature의 개념을 받아들인 것이다. 서구에서도 literature라는 말이 오늘날과 같은 예술 언어, 혹은 상상적 문학, '아름다운 글' belles-lettres과 같은 개념으로 쓰인 것은 그리 오래지 않는다.[14] 이것을 연구의 대상으로 삼는 문학연구의 역사 역시 200년을 넘지 않는다. 그 이전에는 문학이라는 개념으로 범주화되는 의미의 분화가 없었던 것이다. 한국의 전통적인 담론에서도 역시 문학이라는 개념이 아닌 보다 포괄적인 문의 개념이 쓰였는데, 이는 문이 갖는 어떤 특정한 목적－가령 예술적 목적－이 강조되기보다는, 도를 담는 그릇과 같은 보다 보편적인 목적이 강조된 것이다. 다시 말해, 근대 이후 문은 의미의 분화를 통해 문학이라는 좁은 개념을 낳게 된 것이다. 우리가 문학이라는 개념을 쓰는 한 거기에는 일종의 문학중심주의적 사유가 깔려있다. 따라서 당연히 글로 쓰여진 것 가운데, 문학인 것과 문학 아닌 것을 구분하게 된다.

한국에서 문학연구 역시 이러한 구분으로부터 출발한다. 문학은 늘 문학 작품이라는 말을 수반하는데, 이는 문학과 문학 아닌 것의 구분이 작품인 것과 작품 아닌 것의 구분과 밀접한 관련을 가짐을 말한다. 작품은 당연히 작가에 의해 만들어진 것이고, 따라서 작품이라는 개념은 작가라는 개념을 또한 수반한다. 뛰어난 작품이 있듯이 뛰어난 작가가 있다. 이러한 것을 선별하는 일은 한국 초창기 국문학 연구에서 매우 중요한 과업으로 간주되었다. 한국 초창기 문학연구는 주로 문학사 기술로 이루어지는데, 문학사 기술에서 중요한 문제가 바로 어떤 작품을 혹은 어떤 작가를 문학사에 편입하는가 하는 문제다. 이는 문학사 기술이라는 문학연구의 한 분야가 얼마나 독단적으로 특정 작품을 정전화하면서, 수많은 여타 텍스트들

---

14) 서구에서의 literature의 개념에 대해서는 René Wellek & Austin Warren, *Theory of Literature*, Penguin Books Ltd., 1970, pp.20-23 참조.

을 배제해 왔는지를 보여준다. 한국문학 연구 초창기에 문학사 기술이 유행했고, 오늘날도 문학사를 기술하는 것이 문학연구의 최종 목표인 것처럼 생각하는 풍토는 국문학 연구를 위해서도 매우 불행한 일이 아닐 수 없다.

문학을 문학 아닌 것과 구분하여 정립한 문학의 개념을 바탕으로 고전문학이라는 개념이 생성된다. 고전문학이라는 말이 언제부터 쓰였는지 정확하게 알 수는 없지만, 대체로 한국의 고전문학 연구가 하나의 학문으로 성립한 것을 1920년대 후반으로 보는 견해가 있다.15) 이 시기는 근대적인 의미의 문학이라는 개념이 쓰이기 시작한 이후이므로, 고전문학이라는 말에 이미 좁은 의미의 문학의 개념이 함의될 수밖에 없었다. 이는 그 이전 문이라는 넓은 개념에 포괄되었던 것 가운데, 문학이라는 근대적 개념 안에 포착되는 것을 가려내어 '고전문학'이라는 근대적 개념을 새롭게 만들어냈음을 뜻하는 것이다. 이에 따라 고전문학 연구의 방법 역시 작가론이나 장르론과 같은 신문학 연구의 방법을 모방, 전유하게 된다.16) 고전문학이라는 말이 다양한 함의를 가질 수 있다 하더라도, 이러한 말이 근대적 시선이 근대 이전을 바라본 결과로서 생겨났다면, 오늘날 고전문학 역시 철저하게 오늘날의 시점에서 바라볼 수밖에 없다. 문제는 고전문학에 관한 한, 이러한 명제가 분명하게 실천될 수 없는 태생적인 한계가 자주 목도된다는 점이다.

'태생적 한계'라는 말을 쓴 것은, 고전문학이라는 개념이 그간 축적하고 각인한 문화적 기억이 태생적일 만큼 뿌리 깊고 집요하기 때문이다. 이는 가령 고전문학이라는 것에 대해 갖는 일반적 이미지 같은 것과도 밀접하게 연결된다. 낡고 보수적이고 전통적이고 좀 더 부정적으로는 고집 세고,

---

15) 정병욱, 「고전문학 연구의 어제와 오늘」, 『한국고전의 재인식』, 홍성사, 1983, 543면.
16) 김정경, 「고전문학의 지식체계 형성에 대한 담론적 연구」, 서강대 박사학위 논문, 2004, 103-115면.

현실에 적응하지 못하는 답답한 학구의 이미지. 그런 이미지는 그냥 피상적이라고 말하기에는 그 영향력이 너무 큰 것이다. 결국 이런 이미지가 대중들로 하여금 고전문학을 외면하게 만드는 것이다. 그렇다면, 이러한 이미지를 만들어낸 '고전'이란 어떤 의미장의 분화를 통해 생성된 것일까?

대체로 두 가지를 생각해 볼 수 있겠다.

첫 번째는, 시대적인 함의를 갖는 고전의 개념이다. 이때 고전은 '근대' 혹은 '현대'와 같은 개념과 대립적인 위상을 갖는다. 오늘날 국문학과에서 전공을 분할할 때, 고전문학에 대척하여 현대문학이라는 말을 쓰니, 여기서는 일단 '현대'라는 말을 써보자. 국문학에서 '고전/현대'의 양항대립은 뿌리 깊은 것이고, 이러한 분할이 언젠가는 없어져야 된다는 인식은 꽤 오래전부터 있었다. 그러나 그것은 여전히 그리고 엄연하게 살아 있어, 국문학자들이 자신을 이 양항의 어느 한 쪽에 위치시켜야 비로소 국문학자로서의 정체성을 의심받지 않는다.

고전과 현대의 시대적 구분은 당연히 문학사 기술로부터 나온다. 문학사에서 시대구분은 중요한 역할을 하는데, 그 가운데서도 고전과 현대를 가르는 시점과 기준은 많은 논란을 낳는다. 시대구분에 대한 관점을 명명론적 관점과 형이상학적 관점으로 나눌 수 있다면, 고전과 현대가 지속적인 흐름에 임의로 덧붙여진 명명에 지나지 않는다고 보는 관점은 명명론적 관점이다.[17) 이 경우, 고전이나 현대가 갖는 본질적 의미는 그다지 중요하지 않다. 여기서 중요한 것은 시간적 흐름 안에서 어느 지점을 선택하여 명명을 위한 단절을 수행하는가이다. 이때 그 지점의 선택은 문학 자체로부터 오는 것이라기보다는, 문학 외적인 다른 기준으로부터 오는 경우가 많다. 따라서 그것은 임의적으로 이루어지는 것처럼 보인다. 이러한 관점

---

17) Wellek & Warren, op. cit., p.262.

은 어떠한 형이상학적인 의미 부여도 허용하지 않는 실증주의적 관점과 직결된다. 이른바 자료는 그 자체로 존재하는 것이고, 그것에 대한 지식이나 정보는 누구든 동일한 기반에서 받아들여지는 고정불변의 실체다. 바로 이러한 고정불변한 것으로 검증된 것만을 추구하는 것이 국문학이나 역사학과 같은 한국 인문학 초창기를 지배한 아카데미즘의 일반적인 흐름이었다. 실증을 위해서는 어떠한 상상력이나 감수성 혹은 주관성과도 타협하지 않는 것이야말로, 학문이 나아가야 할 지표로 제시되었다. 따라서 고전문학을 공부한다는 것은 해석학을 하는 것과는 일정한 거리를 두어야 하는 것으로 믿어졌다. 어떠한 형이상학도 배제한 채, 증명될 수 있는 사실로 고전문학을 간주한다면, 당연히 고전과 현대의 구분도 명명론적 구분에 지나지 않게 된다. 그것은 단지 오래전에 있었던 것일 뿐, 그러기에 '고전'이란 이름이 붙여졌을 뿐, 그 이상도 그 이하도 아닌 것이 된 것이다. 어차피 논란의 여지없이 만들어진 명명이기에 그것은 하나의 영토로 고착되기에 별 어려움을 겪지 않는다. 이런 관점은 고전과 현대의 구분에 대한 보다 생산적인 논쟁을 차단함으로써, 국문학 연구에서 고전문학과 현대문학의 분할을 더욱 고착시키는 결과를 낳았다.

그러나, 우리는 고전문학에 대한 전혀 상반된 또 다른 함의를 제시할 수 있다. 이는 앞서의 실증주의와는 반대되는 관점, 즉 형이상학적 관점에서 온다. 형이상학적 관념에 가치가 포함된다면, 고전문학에는 전혀 상반되고 그럼으로써 모순되어 보이는 두 가지 가치가 동시에 투사된다. 극단적으로 부정적 가치가 투사되는가 하면 극단적으로 긍정적 가치가 투사된다.[18] 앞서 근대적 시선으로 본 고전과는 달리 고전문학에 그 자체의 가치

---

18) 우리에게 남겨진 것은 버려야 할 인습이라고 주장한 이광수와 우리 것을 과도하게 신화화시키려 한 최남선의 담론은 결국 우리 것에 대한 콤플렉스의 양면과도 같은 것이다.

를 부여하고자 하는 관점 또한 국문학 담론에서는 매우 주도적인 흐름으로 이어온다. 여기서 고전은 단지 시대적 함의뿐만 아니라, 도덕적, 윤리적, 교양적 함의를 갖는다. 이른바 서구에서 문학연구를 시작하면서, 정전을 확정하는 사례를 참조할 수 있는데,[19] 이는 한국의 고전문학 연구에서도 그대로 드러난다. 서구의 휴머니즘 문학연구는 산업화에 의해 상실되어가는 인간의 교양적 가치를 문학에서 찾는 방향으로 이루어졌는데, 이러한 흐름은 시민성이나 의식의 고양이 음악, 예술, 문학과 같은 고차원의 형식에 대한 경험을 통해서만 가능하다는 낭만적 미학에 근거를 둔다.[20] 그 대표격이라 할 수 있는 리비스에서 예술적 이상의 구축은 브리타니아의 가장 이상적이고 영웅적인 이미지를 통해 드러나는데, 여기에는 공동체적인 국가주의적 이념이 강하게 내포되어 있다.[21] 이를 통해 바로 이러한 이상을 가장 잘 구축한 텍스트의 선별, 즉 정전의 구축이 이루어지는데, 고전에 대해 형이상학적 함의가 덧붙여질 때, 이는 이러한 정전과 거의 유사한 의미로 쓰이는 것이다. 이러한 서구 문학연구의 초창기의 경향은 문학연구가 학문적인 체계를 갖추면서 그 문제를 드러내기 시작했지만, 오늘날까지도 문학이 갖는 본질을 규정하는 데 지속적인 영향력을 발휘해 왔다.

한국은 상황이 다르기는 하지만, 이러한 낭만주의와 국가주의적 함의를 갖는 고전의 이미지가 만들어졌다는 점에서는 서구와 크게 다르지 않다. 초창기 국문학 연구에서 연구의 주된 대상은 주로 고전이었으며, 고전 가운데서도 정전이 될 만한 진짜 고전을 가려내는 일이 주된 과제였다. 이를

---

19) 이에 대해서는 송무, 「고전과 이념」, 『시학과 언어학』 3호, 시학과언어학회, 2002.6, 16-42면을 참조할 수 있다.

20) Jeff Lewis, *Cultural Studies: The Basics*, Sage Publications, 2002, p.110.

21) Ibid., p.118.

위한 선별 기준은 실상 매우 중요한 것인데, 이에 대해서는 수없이 많은 담론들이 생산되었다. 선별을 위해 선별 기준을 세우는 것은 당연한 일인데, 문제는 그 선별 기준이 무엇인가 하는 것이다. 고전에 관하여 만들어진 담론 몇 가지를 살펴보자.

옛 작품이 고전문학이 되자면 적어도 거기에 역사성이라는 것이 있지 않고는 안 될 일이다. 즉 그 작품에는 이미 있어 온 바의 과거의 전통성이 있고, 또 후세문학의 규범이 될 만한 것이 있어야 한다.[22]

그 다음으로 현대 한국문학을 산출케 한 그 모체는 무엇인가 하는 문제가 자연히 일어나게 되는 것이다. 모체가 있으면 반드시 유전이 있고 따라서 혈통이 생기게 되는 것이다. 선진 제국가의 문학에는 각각 그 모체로서의 고전문학을 가지고 있다. 물론 이곳에서 말하는 고전이란 것은 다만 옛날의 작품의 일반을 뜻하는 것이 아니라, 고전의 명작 걸작을 뜻하는 것이다. 즉 쇠약하여가는 유아의 생명을 날로 양육하는 어머니의 것과 같이 후세의 작품에 생명과 정신의 발전을 도우며 때로 암흑의 구렁텅이에 빠졌을 때에는 그 고전의 위대한 정신과 계시에서 재생의 길을 찾을 수 있게 할 수 있는 걸작을 뜻하는 것이다.[23]

이와 같은 고전에 대한 담론에서 고전을 특징짓는 용어로, 역사성, 전통성, 규범, 모체, 걸작과 같은 낱말이 쓰임을 볼 수 있다. 이러한 것은 모두 텍스트가 갖는 언어에 대한 세밀한 관찰을 통해 드러나는 것이라기보다는,

---

22) 조윤제, 앞의 책, 45면.
23) 박영희, 「현대한국문학사 2」, 『사상계』 58호, 1958.5, 366면.

그것이 담고 있는 것으로 간주되는 본질 혹은 형이상학적 관념으로 나타나는 것이다. 특히 고전은 지나간 과거에 대한 낭만적 신화로 착색되는 것이 보통이다. 그것은 고전이 갖는 때 묻지 않은 순수성에 대한 이념, 그리하여 민족이나 국가의 기원 혹은 문화나 심성의 기원을 잘 드러내는 것이 다름 아닌 고전이라는 고전중심주의적인 이념을 보여주는 것이다. 현재 존재하는 모든 것은 그 모체가 있어 그로부터 비롯된다는 계보론적이고 인과론적인 해석은 실제로 오늘날 국문학 연구에서도 그 위력을 발휘하고 있다. 보다 유연한 해석학적 입장을 취하는 경우라 하더라도, 가령 원형이니 전상이니 기층이니 하는 말들을 통해 고전문학이 갖는 특징을 강조하는 흐름은 여전히 남아있다고 할 수 있다.

고전문학에 대해 두 가지 다른 이미지가 만들어지고, 그것이 각기 다른 담론을 생산해내는 일은 지금까지 살핀 것처럼 국문학 담론에서 지속적으로 이루어져왔다. 그것은 고전을 고전 아닌 것과 대립시키고, 그중 어느 한 항에 유표성을 부여하는 방식으로 논의가 전개되는데, 문제는 그러한 과정에서 해석 자체를 거부하거나 반대로 지나치게 낭만적이고 형이상학적인 가치부여가 이루어지고 있다는 점이다. 해석에 대해 말하자면, 그것은 과소해석과 과대해석이라는 모순적 경향을 함께 보여준다. 결과적으로 그것은 고전을 고전 아닌 것과 본질적으로 다른 것으로 보는 다시 말해 고전이 다른 모든 담론을 타자화시킴으로써 스스로 고립을 자초하는 방향으로 나아간다. 이것이 바로 고전문학의 이념이 초래한 고전문학의 위기라 할 수 있다.

3. 고전문학, 그 이론과 담론의 쇄신

학문으로서의 고전문학은 그것이 학문인 이상, 다른 학문과 마찬가지로 나름대로의 방법론을 갖게 된다. 학문의 이념과 방법론은 서로 밀접하게 관련되어 있다. 어떤 방법론이 정당한가 혹은 그러한 방법론을 통해 만들어진 결과가 정당한가는 결국 그 학문이 갖는 옳고 그름을 판별하는 기준이 되겠지만, 인문학의 경우 그 판별이 절대적으로 이루어지기는 어렵다. 인문학에서 진리가 갖는 상대적 가치를 존중한다는 것은 인문학 특유의 개방성과 인간 상호 간의 존중이라는 그야말로 인간적인 가치로부터 비롯된다. 따라서 인문학에서 모든 대화는 열려 있으며, 그로부터 세워지는 가설은 언제나 확정 불가능한 것이다. 인문학이란 확정된 진리를 정립하는 것이 아니라, 보다 나은 진리를 향해 나아가는 과정을 담론화하는 것이다.

이런 관점에서 본다면, 앞서 말한 고전문학은 어떤 '태생적' 한계 같은 것을 갖고 있는 듯이 보인다.[24] 이는 앞서 말한 과소해석과 과대해석의 모순적 경향에서 비롯된다. 이를 다음 그림을 통해 설명해보기로 한다.

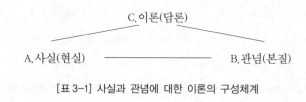

[표 3–1] 사실과 관념에 대한 이론의 구성체계

A는 현실 자체다. 문학연구에서 말한다면, 과거에 만들어졌고 지금도

---

24) 국문학 연구가 고전문학 연구로부터 시작되었다고 할 때, 고전문학의 태생적 한계는 곧 국문학의 태생적 한계이기도 하다. 그런데 고전문학은 바로 이러한 기원성 때문에 이러한 한계가 더욱 예각화되어 드러난다.

만들어지고 있는 수많은 텍스트들이다. 이것을 사실 그 자체로 보고 기술한다면 거기에는 어떤 형이상학도 개입할 여지가 없다. 고전문학 연구 초창기에 유행했던 실증주의는 바로 A에서 벗어나려 하지 않는 과소해석의 경향을 보여준다. 여기에서 언어는 사실을 드러내는 하나의 도구일 뿐이며, 따라서 스스로 생산적인 역할을 하지 않는다. 엄격하게 말해, 이러한 극단적인 실증주의는 학문의 영역 이전이거나 밖에 존재한다고 할 수 있다. 그러나 이 세상에 이런 극단적인 실증주의는 존재할 수 없다. 자료에 접근하는 순간, 연구자는 어떤 직관을 갖게 되고 판단을 하게 된다. 다시 말해 머리에 어떤 관념이 그려지는 것이다. 이것이 B의 영역이다. 관념 즉 본질은 인간의 인식 속에 만들어지는 것이고, 이 세상에는 수많은 인간이 있으므로, 수많은 관념이나 본질이 만들어질 수 있다. 가령, 고전문학에서 뛰어난 작품 즉 민족의 정서를 잘 표현하고 후세 문학의 모범이 될 만한 작품을 판단하는 기준이 만들어지는 것도 B에서이다. 그러나 고전이라는 범주를 유표화하고 고전을 선별하는 기준을 마련하려 할 때, 세상의 수많은 관념으로부터의 선별 또한 필요하다. 수많은 옛 문헌 가운데 왜 〈춘향전〉이 고전이 되는가 혹은 같은 〈춘향전〉 가운데 어떤 판본이 가장 선본인가와 같은 판단이 만들어질 때, 그것에 대한 기준이 서로 충돌하는 것은 불가피한 일이다. 학문에서 토론과 논쟁이 벌어지는 것은 바로 이 지점에서이다. 그러나 이러한 토론과 논쟁이 생산적이기 위해서는 하나를 부정하고 다른 하나를 긍정하는 식의 절대 명제를 세우는 방향이 아닌, 하나의 텍스트가 또 다른 텍스트를 생산하는 의미장이 됨으로써 담론의 확산과 창조에 기여하는 방향으로 나아가는 것이 필요하다. 그러기 위해서는, 고착된 사실이나 본질적인 관념들을 언어의 장으로 이끌어내어 그것을 담론화시키는 과정이 필요하다. 위의 그림에서 그 역할을 하는 것이 바로 C이다. 사실과 관념은 바로 연결되지 못한다. 그럴 경우, 그것은 자의적이 된다. 사실은 사실의 전체 맥락에서 파악되고 관념 역시 그것을 둘러싼 다른 관념의 맥락에서 파악된다. 바로 이러한 파악은 언어를 통해 이루어지고, 그것은 이론화된다. 그렇다면, C는 A와 B 사이에서 끊임없이 매개의 역할을 하지 않으면 안 된다. A와 B가 유동적인 현실의 삶에서 부유하는 것이라 할 때, 그것을 연결하는 C 역시 무한히 새롭게 만들어지지 않으면 안 된다. 우리가 흔히 학문이라 하는 것은 C의 영역인데, 이러한 영역에서 담론이 끊임없이 쇄신되지 않으면 안 되는 것은 바로 이러한 삶의 유동성 때문이다.

고전문학에 관한 한, 이러한 담론의 쇄신이 잘 이루어지지 않는 것은 앞서 말한 A를 강조하는 실증주의적 과소해석과 B를 강조하는 형이상학적 과대해석이 주도적이었기 때문이다. 이는 학문과 관련된 인습이나 제도와도 밀접한 관련을 갖는다. 흔히 말하는 아카데미즘의 엄격함은 A에 대한 집착으로 나타난다. 학문에서의 권위주의 다시 말해 전근대적인 학문적 전문성에 대한 신화(가령, '대가'니 '석학'이니 하는 말이 함의한)는 검증되지 않은 B에 초월적 권위를 부여하기도 한다. 그러나, 이러한 인습 말고도 담론적인 문제에서 고전문학 연구는 그 한계를 드러낸다. 가령, 어떤 새로운 사유가 틈입한다 하더라도, 틀 자체를 바꾸는 진보성보다는 틀 안에 안주하는 보수성을 드러낸다.

몇 가지 예를 들어 보자.

문학연구의 한 영역 가운데, 장르론이라는 것이 있다. 장르란 문학을 분류하는 것이며, 그러한 분류는 근대 과학의 중요한 방법론의 산물이다. 생물학에서 생물들을 분류하고 계통을 밝히는 작업을 문학에서도 하게 된 것이다. 그렇다면 고전문학에서 그 분류는 어떻게 이루어져야 할까? 그 분류는 문학을 이해하는 데 어떤 기여를 하게 될까? 이러한 문제는 고전문학 장르론에서 가장 먼저 제기되어야 할 물음이다. 그러나 고전문학에서 장르론은 어떤 방향으로 진행되고 있는가? 대개 장르를 '규정'한다는 논문은 어떤 텍스트를 어떤 분류항에 귀속시키는 방향으로 이루어진다. 어떤 텍스트가 소설인지 아닌지, 신화인지 아닌지를 판별하는 기준을 마련하는 것이 곧 장르론처럼 받아들여지는 것이다. 이러한 현상을 위의 그림을 통해 설명하면 이렇다. 어떤 텍스트가 A로 존재한다. 장르에 대한 관념이 B로 존재한다. A로 B를 설명하거나 B로 A를 설명한다. 그 회로는 근본적으로 닫혀 있다. 이 세상에 A와 B를 연결하는 회로는 하나일 뿐이며, 그것이 진리라고 각각 주장한다. 이러한 논의에 C의 매개가 개입할 여지는 존재하지 않는다. C가 존재하기 위해서는 A와 B의 유동성과 가변성이 전제되어야 하고 이들 간의 대화와 조정이 담론화되어야 하는데, 그것이 이루어지지 않는 것이다. C의 영역에서 장르론의 논의는 늘 장르론의 해체를 함의한다. A와 B 간의 대화적 관계에서 고착된 장르란 존재하기 어려우며, 늘 장르의 새로운 생성 가능성이 드러나기 때문이다.

한 가지 예를 더 들어보자.

최근 구조주의가 고전문학 연구에도 영향을 미쳤다. 가령 국문학자가 쓴 구조주의 소개 가운데, 소쉬르를 받아들여 '구조에는 계열체적 paradigmatic 구조가 있고 통합체적 syntagmatic 구조가 있다'라는 식으로 기술하는 것을 보았다. 그야말로 분류적인 기술이다. 이러한 소개가 소쉬르가 말한 구조의 개념을 제대로 소개한 것일 수 없다. 이런 소개를 하면서, 텍스트를 계열체적 구조와 통합체적 구조로 따로따로 분석하는 것을 보았다. 엄격히 말한다면 통합체는 텍스트 그 자체이지 구조라고 말할 수 없다. 구조가 되기 위해서는 계열체적이지 않으면 안 된다. 왜 이런 오해가 빚어지는가? 앞서 장르론의 경우처럼 현상을 분류적인 패러다임에 의존하여 보기 때문이다. 모든 것은 비록 구조라는 말을 빌려 썼다 하더라도, B의 영역으로 귀속시키지 않으면 직성이 풀리지 않는 잘못된 형이상학적 아집 때문이다.

흔히 '─의 구조와 의미'와 같은 논문을 쓰는 경우가 있는데, 이때에도 구조에 관해 말한다 하더라도 그것이 의미에 귀착되지 않으면 의미가 없다는 다시 말해 B로의 귀속에 대한 열망을 드러낸다. 그것은 곧 앞서 말한 텍스트에 대한 과대 해석을 낳으며, 따라서 텍스트를 하나의 의미로 귀속시키는 환원론에 빠지게 된다. 여기에 A와 B를 매개하는 이론이 개입해야만, 대화를 통한 담론의 생산이 가능해지며, 그것이 곧 역동적인 삶과 깊이 연루된 인문학의 방법이 되는 것이다. 너무 당연한 말이지만, 학문에서 이론의 역할은 학문을 생산적인 실천에 이르게 하는 것이다. 고전문학에서 이론 결핍이라는 치명적인 문제가 발견된다면, 이는 고전문학 연구의 생산성에 결정적인 장애로 작용할 것이다.

고전문학 연구가 소통되지 않는 큰 원인 중의 하나가 논문 쓰기의 관행에 있다. 대개 논문은 하나의 가설을 절대화시키는 방향으로 쓰여진다. 반드시 결론을 맺어야 하고, 그 결론은 분명한 것을 보여주어야 한다는 일종의 강박이 늘 존재한다. 가령 주제가 무엇인가라는 물음으로 논문을 시작했다면, 결론에 주제는 '무엇이다'가 반드시 명시적으로 나와야 좋은 논문으로 평가받는다. 이런 경우, 논문 전체의 전개 과정은 하나의 결론에 도달하기 위한 과정일 뿐이다. 분명해 보이는 이러한 논문을 읽을 때, 그러한 논문이 제시하는 주제를 과연 독자는 그대로 받아들여야 할까? 아니면 새로운 주제가 있다는 논문을 씀으로써, 내가 방금 읽은 논문을 부정해야 할까? 이 경우, 과연 궁극적으로 옳은 주제에 도달할 수 있을까? 더 나아가 이런 질문도 던져보자. 결론이 꼭 있어야 할까? 충실한 텍스트 읽기의 사례를 보여주는 것만으로도 족하지 않을까? 독서를 기억의 축적이라 할 때, 그것은 어떤 절대적 도그마로 굳어져서는 안 되는 것이다. 독자가 텍스트를 읽어 축적한 기억은 새로운 텍스트 읽기의 토대가 되어야 한다. 여기에 우리가 고전문학을 비롯한 모든 문학, 아니 문학을 포함한 모든 텍스트 읽

기의 핵심이 있다. 고전문학에 대한 논문 쓰기 역시 마찬가지다. 논문의
1/10도 안 되는 결론에 봉사하기 위해 나머지 부분이 희생되는 그런 논문
이 아니라, 텍스트 읽기의 모든 과정이 담론화되어 드러나는 그런 글쓰기
가 필요한 시점이 아닐까?

고전문학 연구의 오랜 관행은 고전문학 교육에 그대로 영향을 미친
다.[25] 이 문제는 생각보다 심각하다. 최근 필자가 접한 문학 자습서에 보
니, 『삼국유사』 혁거세조에 대해 다음과 같이 정리해 놓았다.

연대 : 신라 박혁거세
갈래 : 한역 건국 신화
성격 : 신이적
초월적 표현 : 하늘 중심 사상에 의한 박혁거세의 치적과 죽음을 나타냄.
특징 : ① 태양숭배 사상을 나타냄 ② 평화로운 남방계 신화의 특징을
       나타냄 ③ 난생 설화의 성격을 나타냄
주제 : 혁거세의 신비한 탄생과 삶

이러한 정보를 '핵심정리'라 하여 기술해 놓았으니, 아마도 혁거세조에
관해서는 꼭 알아야 할 지식으로 규정한 듯하다. 이러한 양상은 한국 중등
교육에서 유포되는 인문학적 지식이 어떤 모습인지를 단적으로 보여준다.
잘라 말한다면, 이러한 지식은 체계적이지도 않고, 실용적이지도 않고, 더

---

25) 물론 연구의 관행이 전적으로 교육에 영향을 미쳤다고 할 수는 없다. 교육의 여러 주체
들과 제도들과 같은 여러 뒤얽힌 문제들이 오늘날 우리의 교육의 관행에 다양하게 영향
을 미쳤을 것이다. 그러나 적어도 지식을 생산하는 학자들이 지식을 전수하는 교육에
대한 책임을 면하기는 어렵다. 지식의 근본적인 성격에 대한 새로운 관점이 제기된다
면, 지식의 전수 방식에도 새로운 변화가 생겨날 것이다. 그것은 학자가 해야 할 몫이
고, 특히 인문학자들에게 주어진 직무와 같은 것이다.

구나 핵심적인 것으로 기억해야 할 만큼 정당한 것도 아니다. 이는 지금까지 고전문학 연구에서 만들어진 지식의 특성을 단적으로 보여주는 것이다. 알아야 할 지식들, 가령, 연대니 갈래니 성격이니 하고 항목화한 것들은 서로 단절되어 있다. 그것은 위의 그림에서 A이거나 B인 것이다. 앞서 말했듯, A는 사실에 그쳐 하나의 정보에 불과할 뿐, 지식이라 할 수 없으며, B는 누군가 권위 있는 연구자가 제시한 확정 불가능한 가설을 마치 확정된 진리인 것처럼 기술한 것이다. 아마도 고전문학 연구자들이 논문을 쓸 때도 그럴 것이다. 자신의 가설을 확정된 진리인 것처럼 포장하는 그런 눈속임. 이는 바로 학문이 C의 영역이라는 사실을 모르거나 아니면 외면하는 데서 온다. C의 영역에서는 A와 B의 가변성으로 인해 수많은 담론이 만들어진다. 아마도 그것은 구체적인 이야기 같은 모습을 띨지도 모른다. 한국의 중등교육 특히 문학 교육에서의 문제점은 사실과 결론만 있을 뿐, 이러한 과정이 부재하다는 데 있다. 고전문학을 공부하는 학생들은 텍스트와 자신 간의 끊임없이 이야기를 만들고, 그것을 이론의 바탕으로 삼아야 한다. 학문에서나 교육에서 고전문학이 위기를 벗어날 수 있는 길은 바로 이런 구체적인 담론을 생산해낼 수 있는 터전을 마련하는 데 있다.

4. 실용적 인문학으로서의 고전문학 연구를 위하여

고전문학 연구가 갖는 문제점은 앞서 말했듯, 국문학 연구 전반이 갖는 문제점의 연장선상에 있으면서, 그것이 갖는 '태생적 한계'로 인해 그 문제가 더욱 예각적으로 드러난다. 고전이라는 말이 갖는 시대적인 함의 즉 '과거의 것', '지나간 것'은 우리에게 현실과 거리가 먼 일종의 낭만적 신화를 생산할 여지를 마련한다. 고전문학 중심의 국문학 연구 전통은 '옛것', '우리 것'에 대한 열망과 향수를 표출하는 낭만적 신화를 만들어내는 것이다. 그것은 뭔가 있지만 잘 설명되지는 않는 것처럼 나타나며, 군이 설명하자면 논리성을 확보할 수 없어 담론들 간의 소통을 막아버린다. 토론과 대화가 있다고 하지만, 네가 옳네 내가 옳네 하는 소모적이고 감정적인 논쟁이 되기 십상인 것은, 바로 이러한 고전문학 연구가 생산한 담론의 소통 불가능성 때문이다. 그것은 앞서 보았듯, 중등학교의 문학교육에도 영향을 끼쳐 권위적인 정보의 강제적 주입이라는 최악의 교육 방식을 만들어낸다.

고전문학이 사랑받는 요인 중의 하나가 그것이 우리에게 선사하는 낭만적 향수라면, 학문으로서 고전문학 연구에서 그것은 오히려 독이 될 수 있다. 오늘날 인문학은 실제적으로 활용될 수 있는 실용적 학문을 추구한다. 그것은 학문이 허위의식을 벗어던지고 현실을 직시하는 데서 온다. 실용적이란 단지 문화콘텐츠를 만들어 인문학 자료를 상업적으로 활용하는 것만을 뜻하지는 않는다. 그것은 인문학이 실현하는 가장 지엽적이고 부수적인 실용성일 뿐이다. 근본적으로 실용성은 인문학의 담론이 실제로 소통되고 또 그것을 통해 인간의 삶이 바뀌는 사건들을 통해 생겨난다. 그것은 사회 곳곳 어디서나 일어날 수 있으며, 군이 인문학자가 아니라 하더라도, 그 경험의 주체가 될 수 있다. 이를 위해 이른바 고전문학을 연구하는 전문가가 할 일은 그런 담론 생산의 모범을 보여주는 일이다. 그것은 그렇게 특별하거나 새로운 것이 아니다. 지극히 자연스러운 것으로 받아들여진 여러 독사doxa들을 하나하나 깨뜨리는 미시적이고도 치밀한 글쓰기를 실천함으로써 또 다른 글쓰기의 텃밭을 만드는 일, 고전이라는 텍스트를 현재의 상황에 놓고 다시금 해체하고 맥락화하는 일이야말로, 고전문학자들이 지금 할 수 있는 가장 실용적인 담론 생산이 될 것이다.

제4장

고전의 소통과 교양의 형성
- 한국 고전문학을 중심으로

1. 교양의 형성과 고전의 역할

교양을 뜻하는 culture라는 낱말은 일반적으로 '문화'로도 번역된다. '교양'과 '문화'가 같은 낱말의 번역어가 될 수 있음은 이들이 갖는 명백한 의미론적 친연성을 말해준다. 일반적으로 우리에게 익숙한 '교양'이라는 낱말은 집단적인 함의를 갖는 '문화'와는 달리 개인적인 함의를 갖는 것으로 받아들여진다. 달리 말하면 개인적 문화가 교양이라면, 집단적 교양은 문화라 할 수 있는 것이다. 교양의 대립항을 '무교양' 혹은 '무질서'라 한다면,[26] 문화의 대립항은 '자연'이라고 할 수 있다. 이와 같은 /집단적/대 /개

---

26) 이는 매슈 아놀드의 저서 *Culture and Anarchy*에서의 culture와 anarchy의 대립에 분명하게 드러나 있다. 교양에 대해 최초로 저술된 이 책에서 제시된 이러한 대립은 이후 교양의 논의에서 지속적으로 반복되어 왔다. Matthew Arnold, *Culture and Anarchy*, Oxford University Press, 2009 참조.

인적/이라는 의소[27])의 변별성에도 불구하고, 이들 두 개념은 동의어로 받아들여질 만큼 유사한 함의를 갖고 있다. 그러한 함의는 이들이 모두 이들과 대립되는 항을 설정함으로써 그것과 차별화되는 가치를 추구한다는 점에서 비롯된다.

이에 따라 이 글에서 다루는 교양은 매우 가치론적 개념이며, 그러한 가치를 실현시키는 행위와 깊이 관련된다. 교양이란 교양적이지 않은 한 인간, 즉 아놀드가 말한 무질서 상태 속의 인간이 그러한 상태에서 벗어날 때 얻어질 수 있는 어떤 것이다. 오늘날 우리가 교양을 쌓기 위해 하는 것 혹은 해야 할 것이 모두 이같이 분명한 목적을 갖고 있는 것이기에, 이를 위해 우리는 벗어나야 할 무교양적 상태가 무엇인지, 그리고 그로부터 지향해야 할 목표나 이상이 무엇인지를 설정할 필요가 있다. 이에 대해서는 아놀드 이후, 영국의 문화주의자들의 여러 논의들에서 어느 정도 그 윤곽이 제시된 바 있다.

여기서 주목할 점은 교양이 일종의 계급적 질서 안에서 존재하는 것으로 인식된다는 점이다. 이른바 교양계층이 있으며, 이들은 무교양계층과는 다른 사회적 역할을 부여받는다. 교양은 한 인간의 내면적 완성뿐만 아니라, 그가 감당해야 할 사회적 역할을 수행하는 역량까지를 말하는 것이며, 이는 한 개인의 교양이 한 사회 혹은 집단의 문화를 고양시키는 데 기여함을 전제하는 것이다. 여기에서 culture가 갖는 두 번역어, 즉 '교양'과 '문화' 간에 존재하는 도상적 혹은 지표적 관련성이 추론된다. 영국의 문화주의

---

27) 이 책에서 자주 쓰게 될 '의소'란 그레마스가 의미의 구조적 분절을 위한 고안해낸 말로써, 음운론에서의 '변별적 자질'에 해당하는 개념이다. 어휘를 의미론적으로 구분하는 가장 기본적인 단위로 상정됨으로써, 의미를 체계적으로 규정하기 위한 필수적인 최소 단위라 할 수 있다. 앞으로 이 책에서 이러한 의소는 빗금괄호(/○○○/)로 표시된다. A. J. Greimas, *Sémantique structurale*, Larousse, 1966, pp. 22-23 참조.

자들이 제시한 교양의 개념 역시 이에 근거를 두고 있으며, 이를 실행하기 위한 다양한 방책들이 이로부터 제안되는 것이다. 흔히 리비스주의라 일컫는 경향을 주도한 리비스는 교양이 갖는 사회적 계층성을 가장 분명히 주장한다. 문화가 소수의 교양층에 의해 유지되어 왔다는 전제에서, 그는 교양층이 교양층이 아닌 대중들을 선도해야 할 의무가 있다고 말한다.[28] 교양층이 유지하는 문화는 과거의 전통에서 비롯된 것이기에, 과거의 이상이 깨어진 시점에서 교양층은 이러한 문화를 보존하고 전파해야 할 절박한 의무를 짊어지게 된다. 리비스가 우려한 이러한 사태는 밀물같이 몰려오는 대량생산된 대중문화로부터 기인한 것이다. 심지어 소설마저도 일종의 약물중독에 비유할 정도로[29] 그의 생각은 전통적 과거에서 이상적 문화의 모습을 찾고 있다. 이른바 '정전'은 이러한 이상적 모습을 구현한 텍스트로 엄격히 선별된 것인데, 이것이 문학교육에서 채택됨으로써, 한 인간의 교양의 완성은 물론 오염된 사회의 정화를 위해서도 그 역할을 다할 수 있게 되는 것이다. 영국의 문화주의가 이후 다양한 변화를 거쳐 이러한 경직된 양분론에서 벗어났다 하더라도, 오늘날 쓰이는 교양의 개념과 이 글에서 다룰 고전의 개념이 이러한 영향으로부터 자유로울 수 없음을 부인할 수 없다.

교양이란 무질서로부터 벗어난 상태, 그리고 사회적 임무를 짊어진 소수의 엘리트가 갖추어야 할 필수적 역량이라는 이러한 전제가 과연 오늘날도 유효한 것일까? 이들을 길러내기 위한 텍스트로서의 정전의 개념은 또 어떠한가? 이 글은 이 문제의 해답을 한국의 고전문학의 사례를 통해 탐구해보고자 한다.

---

28) F. R. Leavis & Denys Thompson, *Culture and Environment: The Training of Critical Awareness*, Chatto & Windus, 1933 참조.

29) Q. D. Leavis, *Fiction and the Reading Public*, Norwood, 1977, p.152.

한국고전문학에서 쓰이는 '고전'의 개념은 시대론적 함의를 강하게 갖는다. 다시 말해 '고전'이라는 시대가 있으며, 이는 '근대' 혹은 '현대'와 구분되는 함의를 갖는 것이다. 이에 따라 그 고전의 시대가 어느 시기를 지칭하는 것인가에 대한 논쟁이 근대의 시작이 어느 시기부터인가라는 논쟁과 맞물려 복잡한 양상으로 전개되기도 했다. 그러나 이러한 논의가 큰 의미를 갖지 못하는 것은 장구한 시대를 몇 개의 개념으로 범주화하려는 거대 담론적 논의가 갖는 허구성에서 비롯된다. 문학의 실현이 갖는 다양성이 몇 가지 양식이나 장르 혹은 사조와 같은 범주들로 환원됨으로써, 그 역동성을 상실하게 되는데, 특히 이들 고전이 읽히고 있는 오늘날의 시점을 고려한다면, 이러한 사태는 이른바 역사학에서 말하는 과거와 현재의 대화[30]를 차단하는 폐단을 낳기도 한다. 더구나 문학 외적인 데서 이끌어온 시대론적 함의를 갖는 '고전'의 개념에 이르러서는 더 말할 나위도 없다. 그렇다면, 한국고전문학에서 관습화된 시대론적 함의의 '고전'을 수용한다 하더라도, 우리의 논의는 이러한 고전의 개념에 국한될 수는 없다. 앞서 살핀 바 있듯이, 고전이 교양을 형성하는 데 기여하는 바를 염두에 둔다면, '고전'은 보다 가치론적 함의를 띠게 될 수밖에 없다. 따라서 이 글은 고전이 갖는 두 가지 상반된 함의, 즉 시대론적 함의와 가치론적 함의를 모두 받아들이는 입장을 취할 수밖에 없는데, 이러한 절충론적 타협에도 불구하고, 이 글에서의 초점은 후자의 개념에 맞추어질 수밖에 없다. 시대론적 함의를 갖는 고전의 개념을 따라, 개화기 이전의 문학을 대상으로 하되(다시 말하지만, 이것이 큰 의미를 갖는 것은 아니다.), 초점은 이들에서 찾아지는 가치론적 의미로서의 고전의 자질과 그것의 실현에 있는 것이다.

　그렇다면, 가치론적 개념의 고전은 어떻게 정의되어 왔을까? 최근에 제

---

30) E. H. 카아, 『역사란 무엇인가』, 길현모 역, 탐구당, 1973, 38면.

시된 다음의 정의는 오늘날 통용되는 가치론적 개념으로서의 고전의 모습이 무엇인지를 말해준다.

　　고전이란 쉽게 말해서 오래된 전적이거나 진주가 만들어지듯이, 오랜 세월에 걸쳐서 여러 사람들에게 가치 있는 것으로 승인되고, 정평이 난 작품을 의미하는 것이다. 그래서 고전은 과거의 작품이면서도 오늘의 작품이요, 또 내일의 작품이 될 수 있는 생명력을 가진 살아있는 텍스트이다.[31]

　이러한 정의에서 알 수 있는 것은 고전이 갖는 가치가 시간을 초월하여 수많은 독자들에 의해 인지되는 것이라는 점이다. 그러나 이 정의에서는 그 가치가 영속적인 것인지 아니면 독자들에 따라 다르게 평가되는 것인지에 대한 해답은 나와 있지 않다. 이러한 고전에 대한 정의를 받아들이면서도, 이 글에서의 초점은 바로 이 문제에 대한 해답을 찾는 데 있다. 이는 곧 고전의 가치가 본질적이고 절대적인 것인가 아니면 형성적이고 상대적인 것인가에 대한 논의로 요약될 수 있는 것이다. 실제로 서구의 정전 개념을 형성한 아놀드나 엘리엇의 고전 선정 방식은 그들의 이념을 구성하는 가치를 절대화하고 보편화하는 방식이었다.[32] 우리에게 일반적으로 받아들여지는 고전의 가치 역시 역사성이나 전통성과 같은 형이상학적 이념을 절대화하고 보편화하는 방식으로 결정된 사례가 있다.[33] 이러한 논의

---

31) 이재선, 「우리에게 '고전'이란 무엇인가」, 『시학과 언어학』 3호, 시학과언어학회, 2002.6, 7면.
32) 송무, 앞의 글, 33면.
33) "옛 작품이 고전문학이 되자면 적어도 거기에 역사성이라는 것이 있지 않고는 안 될 일이다. 즉 그 작품에는 이미 있어 온 바의 과거의 전통성이 있고, 또 후세문학의 규범이 될 만한 것이 있어야만 하는 것이다." 조윤제, 앞의 책, 45면.

에는 고전이 갖는 가치가 본질적이고 영속적인 것이기에 그것이 구현되어야만 고전이라는 특수한 반열에 오를 자격이 있음이 전제되어 있다. 그러나 이러한 논의가 갖는 문제는 이러한 본질적이고 영속적인 가치가 실제로 변화하는 다양한 소통의 상황에서도 그대로 유지될 수 있는가 하는 데 있다. 소통이란 여러 복합적인 요소들이 작용함으로써 이루어지는 것이다. 야콥슨이 제시한 소통의 여섯 가지 요소[34] 중 어느 하나도 상황과 무관하게 영속적인 것은 존재하지 않는다. 고전 텍스트를 이 가운데 존재하는 메시지라 한다면, 이것이 구현하는 의미는 소통에 관여하는 나머지 다섯 가지 요소에 따라 결정된다. 고전이 갖는 가치 역시 이러한 가변적 상황에 따라 달리 나타나는 것이기에, 우리는 고전이 갖는 가치를 절대적이고 본질적이 아닌 상대적이고 형성적인 것으로 보는 관점에 설 수 있는 것이다. 이는 기존의 정전의 개념을 해체하는 것이다. 소통 상황의 여부에 따라 어떤 텍스트도 정전의 역할을 할 수 있다고 가정하면, 우리는 그러한 역할을 할 수 있게끔 하는 것이 무엇인가에 대해 질문할 수 있다. 고전을 본래 있는 것이 아닌, 읽는 과정에서 형성되는 것으로 볼 때, 우리는 텍스트를 어떤 방식으로 읽는 것이 텍스트가 갖는 고전적 가치를 최대한 구현하는 것인지에 대해 관심을 기울이게 된다. 이는 곧 소통 방식의 문제이므로, 그

---

34) 야콥슨이 제시한 소통 모델은 다음과 같다.

	콘텍스트	
발신자	메시지	수신자
	접촉	
	코드	

[표 4-1] 야콥슨의 언어소통 모델

Roman Jakobson, *Language in Literature*, (eds.) Krystyna Pomorska & Stephen Rudy, Harvard University Press, 1987, p.66.

러한 방식의 탐구를 통해 고전이 갖는 가치를 드러낼 수 있으며, 그 과정에서 독자가 스스로 역량을 길러냄으로써, 이른바 교양이 추구하는 가치에 이르게 되는 것이다.

이 글은 한국고전문학에서 어떠한 독해의 방식이 독자의 교양 형성에 실제적 영향을 미칠 수 있는지를 소통의 관점에서 탐색하고자 한다. 특히 그간 한국고전문학 독해를 지배했던 알레고리적 소통에 대한 문제를 제기하고 이에 대한 대안으로서의 시적 소통의 가능성을 제시하고자 한다. 이는 고전에 씌어졌던 정전의 신화를 벗겨내는 일이며, 탈신화화를 통해 열린 텍스트로서의 고전의 새로운 가능성을 실현하는 일이기도 하다.

2. 고전의 알레고리적 소통과 신화화

한국고전문학을 비롯한 고전의 독해의 첫 단계는 '축자적 독해'이다. 축자적 독해는 개별적인 낱말이 갖는 의미를 이해하는 것인데, 이것이 문제가 되는 것은 고전문학의 언어가 오늘날 쓰이는 언어와 다르다는 데서 비롯된다. 이러한 독해가 필수적인 것이긴 해도 이것이 고전의 독해를 완성시키는 것일 수는 없다. 이러한 독해는 말 그 자체가 갖는 의미를 파악하는 것이라는 점에서 퍼스가 말한 삼항성의 범주35) 중 1차성에 해당하는 것

---

35) 퍼스는 1차성, 2차성, 3차성으로 구성된 삼항성의 범주를 자신의 철학적 사유 및 학문적 방법론의 기반으로 삼았다. 이에 대해 퍼스는 다음과 같이 설명한다.
"1차성은 다른 어떤 것과도 무관한 것처럼 나타나는 것의 관념이다. 즉, 그것은 느낌의 자질이다. 2차성은 어떤 1차성에 대해 2차적인 것처럼 나타나는 것의 관념인데, 비록 그것이 어떤 법칙에 따른다 할지라도, 다른 어떤 것과도 무관하게 그리고 특히 어떠한 법칙과도 무관한 것이다. 즉 그것은 현상의 한 요소로서의 반작용이다. 3차성은 3차적인 것 혹은 2차성과 그것의 1차성 사이의 매개로서 존재하는 듯이 나타나는 관념이다. 즉 그것은 현상의 한 요소로서의 표상이다."

이다. 말은 다른 말과 관계 맺으며 의미를 형성하는데, 우리는 이것을 파악하는 다음 단계의 독해를 상정해볼 수 있다. 하나의 말은 다른 말과의 통사론적 관계를 통해 일정한 의미를 형성한다. 우리가 고전문학 텍스트에서 주제가 무엇인가와 같은 질문을 던질 때, 그 주제는 이러한 텍스트가 나타내는 의미를 지칭하는 것이다. 이러한 단계의 독해를 우리는 '수용적 독해'라 할 수 있다. 이러한 독해는 기호로서의 텍스트와 그것이 지칭하는 대상과의 관계를 다룬다는 점에서 퍼스가 말한 2차성에 해당하는 것이다. 여기에서의 초점은 야콥슨의 소통 모델에서 메시지와 콘텍스트의 관계이며, 한 걸음 더 나아가 발신자와 메시지 간의 관계이다. 예컨대, 고전문학의 주제는 무엇인가와 더불어 고전문학의 작가가 어떤 주제를 구현하려 했는가와 같은 질문이 이러한 관계들을 통해 던져질 수 있다. 방금 제시된 야콥슨의 소통 모델에서의 세 가지 요소, 즉 발신자, 메시지, 콘텍스트는 그간 한국고전문학 텍스트의 독해에서 가장 중점적으로 다루어진 것이기에, 또한 그러한 독해가 갖는 문제점을 노정하는 데 핵심적으로 다루어져야 할 요소들이기도 하다.

콘텍스트와 메시지의 관계가 극대화되면, 메시지는 무엇인가를 반영한다는 환상에 빠지게 된다. 이를 일단 독해에서의 '반영론적 오류'라 지칭하

C. S. Peirce, "The Categories Defended", (ed.) the Peirce Edition Project, *The Essential Peirce: Selected Philosophical Writings, Volume 2(1893-1913)*, Indiana University Press, 1998, p.160.
이러한 범주는 퍼스가 말한 기호작용에 그대로 적용되어, 다음과 같은 기호의 정의를 산출한다.
"기호 혹은 표상체는 그것의 해석소라 불리우는 3차적인 것을 결정할 수 있는 것처럼 그것의 대상이라 불리우는 2차적인 것과 진실한 3항적 관계를 갖는 1차적인 것이다." *CP*, 2.274.
여기서 기호는 그 자체로 존재하는 1차적인 것이지만, 3항성을 내포하고 있으며, 거기에서 2차적인 것으로서의 대상을 해석하는 3차성을 구현하는 것이기도 하다.

자. 반영론적 오류는 한국고전문학 텍스트를 읽는 데 있어서 늘 부수되어 왔음에도 불구하고, 실제적으로 인지되지는 못한 치명적인 오류라 할 수 있다. 〈춘향전〉이 조선 후기 사회상을 반영한다는 말은 고전문학 연구담론에서 아무렇지도 않게 쓰이는 상투성을 갖는데, 실제로 조선 후기 사회상이 구체적으로 무엇을 말하는지는 드러나지 않는다. 좀 더 구체화시켜 탐관오리의 횡포를 나타냈다고 할 때도 역시 어떤 탐관오리가 어떤 식으로 부패를 저질렀는지를 보여주는 것은 아니다. 한 마디로 이러한 것들은 추상적 관념들인데, 실제로 〈춘향전〉이라는 텍스트가 지시하는 콘텍스트를 이러한 추상적 관념들로 고착화시키려는 경향이 한국고전문학 연구담론을 지배해 왔다.

발신자와 메시지의 관계가 극대화되면, 메시지는 발신자의 의도를 드러낸다는 환상에 빠지게 된다. 이것은 이미 윔샛과 비어즐리가 말한 '의도적 오류'[36]에 해당하는 것이다. 발신자의 의도가 메시지에 반영되었다고 가정한다는 점에서, 이는 넓은 의미의 반영론적 오류에 속하는 것이다. 여기에서 발신자는 주체로서 메시지를 조절하는 힘을 가지며, 따라서 메시지 역시 이에 종속되는 위상을 갖는다. 발신자의 의도를 퍼스가 말한 기호의 대상이라 한다면, 메시지는 바로 그 기호라는 점에서 이것 역시 기호와 대상 간의 관계에 치중하는 2차성을 구현한다. 한국고전문학 텍스트에서 발신자로 흔히 작자가 상정된다. 작자는 실제 인물이기에 실제 인물에 대한 연구는 이러한 작자의 의도를 추론할 수 있게 하고, 이러한 추론의 결과 역시 매우 추상적 관념으로 귀납된다. 가령 숙종으로 하여금 참회의 마음을 갖게 하려는 김만중의 의도가 〈사씨남정기〉에 반영되었다 하더라도, 그것

---

36) W. K. Wimsatt & Monroe C. Beardsley, *The Verbal Icon: Studies in the Meaning of Poetry*, The University Press of Kentucky, 1954, pp.3-20.

이 이 작품의 주제와 동일시될 수는 없다. 흔히 고전문학 텍스트의 주제를 작자의 의도와 동일시하는 오류 때문에, 작자가 작품의 초월적 기원으로 신화화되는 경향이 자주 있어 왔다.

한국고전문학 연구에서 이러한 두 가지 오류는 겹쳐져 나타나게 된다. 작자와 그가 살았던 배경은 야콥슨의 소통 모델에서 각각 발신자와 콘텍스트에 해당하는 것인데, 이들에 대한 추론이 메시지의 해석을 지배하는 방식으로 수용적 독해가 이루어져 왔던 것이다. 이를 필자는 알레고리적 소통이라 부르고자 한다.[37] 이러한 소통에는 중요한 기호학적 문제가 개입되어 있다.

토도로프는 환상문학을 논의하면서, 환상문학이 왜 시와 알레고리가 될 수 없는지를 밝혔는데,[38] 여기서 그는 시와 알레고리를 대립항으로 놓은 것은 아니지만, 이들이 갖는 변별성은 분명히 드러내고 있다. 상반적 독해를 야기하는 알레고리와 시는 각기 상반된 소통을 보여줌으로써, 이 글에서 고전문학 독해에 대한 방향을 제시하는 역할을 한다. 먼저 알레고리에 대한 그의 정의를 살펴보기로 한다.

먼저, 알레고리는 같은 낱말들에 대한 적어도 두 개의 다른 의미들이

---

37) 에코에 따르면, 알레고리의 이론이 서구에서 성행하는 것은 중세기인데, 이때 성서의 독해에서 축자적인 의미뿐만 아니라 다른 의미 즉 도덕적, 알레고리적, 신비주의적인 의미로 해석하려는 경향이 나타난다. 에코는 이것이 텍스트의 '열림'을 보여주는 것이기는 하지만, 소통의 무제한성, 형식의 '무한한' 가능성, 그리고 수용의 완전한 자유와는 거리가 먼 것으로 간주한다. 이러한 중세적 방식의 독해가 오늘날 한국의 고전문학 독해에서 그리 낯선 것이 아님은 매우 흥미로운 일이다.
Umberto Eco, *The Role of the Reader: Exploration in the Semiotics of Texts*, Indiana University Press, 1979, p.51.

38) Tzvetan Todorov, *The Fantastic: A Structural Approach to a Literary Genre*, (trans.) Richard Howard, Cornell University Press, 1975, pp.58-74.

존재함을 암시한다. 어떤 비평가들은 첫 번째 의미가 소거되어야 한다고 주장하는 반면, 다른 비평가들은 두 개의 의미가 항상 같이 존재할 것을 요구한다. 다음으로, 이러한 이중적 의미는 작품 안에서 **명백한** 방식으로 지적되어야 한다: 그것은 독자의 해석으로부터 나오는 것이 아니다.(그것이 자의적이든 아니든 간에)[39]

이러한 정의에서 알레고리에 대한 기호학적 특성을 추론할 수 있다. 먼저 같은 낱말들에 두 개의 다른 의미가 있다는 것은 무엇을 뜻하는 것일까? 이것은 먼저 축자적 의미 이외의 의미가 덧붙여졌음을 말한다. 축자적 의미에 덧붙여진 의미를 해석적 의미라 한다면, 알레고리의 특성은 이들의 관계가 어떻게 규정되는가에 따라 드러난다고 할 수 있다. 실제로 모든 담화는 축자적 의미와 해석적 의미로 이루어졌다고 해도 과언이 아닌데, 그렇다면 알레고리만이 갖는 의미는 이들이 어떤 관계를 가질 때 구현되는가? 위 인용문은 이에 대해 "이러한 이중적 의미는 작품 안에서 **명백한** 방식으로 지적되어야 한다"고 말한다. 저자에 의해 이탤릭으로 강조된 '명백한'이라는 말은 알레고리의 특성을 가장 분명하게 밝혀준다. 그리고 독자의 해석으로부터 비롯된 것이 아닌 작품 안에서 찾아지는 것이 바로 알레고리가 형성하는 의미라는 것이다. 요컨대 알레고리적 소통은 메시지 안에 콘텍스트의 정보가 명백히 드러나야 하며, 또한 발신자의 의도 역시 메시지 안에서 명백히 찾아질 수 있어야 한다. 이러한 것은 알레고리적 소통에서 메시지의 역할이 그다지 중요하지 않음을 말한다. 메시지는 투명한 것으로 발신자와 콘텍스트를 그대로 반영하는 것이기에, 메시지 자체의 해석에 어려움을 야기시켜서는 안 된다. 알레고리의 대표적인 예인 우화가

---

39) Ibid., p.63.

갖는 교훈성은 교화시켜야 할 대상에게 가장 분명하게 그 의미를 전달한다. 만일 한국고전문학에서 이러한 알레고리적 소통이 이루어졌다면, 이는 독자에 의한 해석의 폭이 그만큼 좁았던 사태를 말해주는 것이다.

『삼국유사』에 실린 단군을 비롯한 주몽이나 혁거세 등의 전승에 대한 해석에서 천신숭배사상을 추론해내는 사례가 목격되는데, 이는 이들 전승에 나타나는 하늘에 주목했기 때문이다. 하늘과 천신숭배사상 간에는 지표적 관계가 존재하는데, 이러한 지표적 관계는 현실에서 명백히 실현되어 나타나는 것이다. 〈춘향전〉이나 〈심청전〉에서 '권선징악'이라는 주제를 추론했다면, 이들 작품의 등장인물들이 행한 선행이나 악행이 있었기 때문이다. 다양한 형상의 신화를 천신숭배로 환원하거나 다양한 형상의 고소설을 권선징악으로 환원하는 것은 이들 텍스트에 명백히 드러나는 지표들로부터 비롯된 것이다. 이것은 한국고전문학 담론에서 보편적으로 나타나는 알레고리적 소통을 보여주는 것이다. 천신숭배사상이나 권선징악과 같은 신화적 이념이나 도덕적 이념은 모두 발신자나 콘텍스트에서 비롯된 것으로 간주되는데, 이는 고전 텍스트들에 이러한 초월적 기원을 설정하는 일이다. 이러한 초월적 기원은 그것이 비록 관념적이기는 하지만, 하나의 지식으로 받아들여지며, 독자는 이러한 지식의 소통에서 수동적 위치에 놓이게 된다. 독자가 만약 이러한 텍스트들을 통해 스스로의 교양을 형성하려 한다면, 그 교양은 다만 이러한 초월적 기원에 대한 확고부동한 절대적 지식을 습득하는 데 그치게 된다. 이것은 고전에 대한 신화화를 낳는다. 이러한 방식으로 수용된 로고스는 아무런 검열이나 비판을 거치지 않으며, 그로 인해 그것은 세상의 수많은 텍스트들을 같은 방식으로 재단하는 동일화의 기제를 만들어낸다. 이것이 바로 로고스가 극대화되어 드러나는 뮈토스이며, 이때 고전은 신화로서 받들어야 할 숭배의 대상이 된다. 이러한 수용적 독해에 익숙한 독자는 고전에서 드러나는 지표기호들을 통해

축자적 의미를 넘어선 의미를 만들어내지만, 그것이 갖는 신화성으로 인해
한 인간의 교양의 형성에 미치는 영향은 매우 제한적이 된다. 한 인간의
완성을 추구하는 교양이 스스로 그리고 능동적으로 의미를 생산할 수 있
는 그의 역량에 토대를 두는 것이라면, 우리는 이를 위해 알레고리적 소통
을 넘어선 고전에 대한 새로운 대안적 소통의 가능성을 탐색해보아야
할 것이다.

3. 고전의 시적 소통과 탈신화화

앞서 살핀 고전의 알레고리적 소통이 텍스트와 그것이 반영하는 대상에
초점을 맞춘 2차성에 근거하고 있다면, 우리는 퍼스가 말한 3차성에 근거
한 독해의 방식을 구안해볼 수 있다. 기호와 대상 간의 관계 자체에서가
아니라, 기호와 대상 간의 관계를 누군가가 해석함으로써 새로운 기호가
생성되는 진행적 과정이 이러한 3차성에서 드러나는데, 고전 텍스트가 나
타내는 의미가 아닌 그것에 대한 해석으로 새롭게 생성되는 의미를 탐색
하고자 할 때 필요한 독해의 방식이 바로 그것이다. 이러한 독해를 '반성적
독해'[40]라 명명해보기로 하자. 반성적 독해에서 해석의 주체는 독자이므
로, 앞서 수용적 독해와는 달리 야콥슨의 소통 모델에서 수신자의 역할이

---

40) 여기서 "반성적" reflexive이란 일종의 자기지시적 작용을 내포하는데, 인간과 문화가 그
   자체의 작용에 의해 그 작용에 관한 어떤 것을 말함으로써, 일종의 인식론적 역설을 보
   여주는 것이다. 고전을 읽는 행위에 의해 그 독서 행위 자체에 대한 어떤 행위를 할 수
   있을 때, 이를 반성적 독해라 지칭할 수 있다. 독자는 스스로 고전을 읽는 소통 상황을
   인식하고, 이를 독서에 반영함으로써 스스로 독해의 길을 찾아나갈 수 있다.
   Barbara A. Babcock, "Reflexivity: Definitions and discriminations", *Semiotica* 30-1/2(1980),
   p.5.

부각된다. 메시지의 발신자와 콘텍스트가 초월적인 목소리의 기원으로 작용한다면, 이러한 독해에서는 독자가 그러한 역할을 할 수 있다. 그러나 이때의 독자는 초월적 기원이 될 수 없다. 이미 존재하는 텍스트를 대면하는 독자는 어떤 방식으로든 독해를 위해 메시지와 대화적 관계를 유지해야 한다. 극단적으로 독자의 초월적 목소리를 반영하는 독해가 있다면, 이것 역시 앞서 살핀 알레고리적 소통과 다를 바 없는 일방적 소통으로 흘러가게 된다. 그런 점에서 반성적 독해는 발신자나 콘텍스트뿐만 아니라 수신자에 의해 만들어지는 반영론적 오류도 경계해야 한다.

반성적 독해는 야콥슨의 소통 모델의 여섯 가지 요소들이 일정한 관계를 맺으며 소통을 이루어낸다. 반성적 독해의 중심에 선 수신자는 이러한 관계들에 대한 반성을 통해 메시지를 해석해야 하는데, 그 메시지는 두텁고 불투명한 것으로 나타나기 때문에 그 해석에서 난관에 봉착한다. 고전을 읽는 과정에서, 지표기호를 통해 알레고리를 일방적으로 수용하는 데서 벗어나기 위해서는 메시지가 갖는 자율성을 존중하는 것이 필요하다. 메시지를 무엇인가를 반영하는 투명한 거울이 아닌, 그 스스로 의미를 생성하는 가능태로 보는 것은 곧 메시지가 갖는 자동사적 특성[41]을 인정하는 것으로부터 비롯된다. 이러한 메시지의 자동사적 특성이 가장 극명하게 드러나는 사례가 바로 시적 메시지라 할 수 있다. 시적 기능을 "메시지 자체에 초점이 맞추어질 때" 발현되는 것으로 본 야콥슨의 견해[42]나, 시적 이미지가 사물들의 결합이 아닌 낱말들의 결합임을 분명히 하면서 이것을

---

41) 바르트는 글쓰기가 갖는 자동사적 특성을 작가가 무엇인가를 위해 쓰는 타동사적 글쓰기와 대비시켰는데, 이러한 자동사적 글쓰기에 의해 형성된 메시지는 작가가 소거되고 글쓰기 자체가 부각되는 효과를 낳는다. 바르트는 목소리가 그것의 기원을 잃어버리고, 작가가 소거되는 순간, 비로소 글쓰기가 시작된다고 말한다.
   Roland Barthes, "The Death of the Author", Barthes, op. cit., pp.142-148.

42) Jakobson, op. cit., p.69.

감각적 용어로 번역하는 것을 경계한 토도로프의 견해[43]는 모두 이러한 시적 메시지가 갖는 자동사적 특성을 드러낸 것이다. 이러한 메시지는 쉽게 소통이 이루어지지 않는데, 왜냐하면 메시지가 이미 존재하는 코드에만 의존하는 것이 아니라, 그 스스로 코드를 창조해내기 때문이다. 이 경우 메시지는 로트만이 말한 '나-그' 소통이 아닌 '나-나' 소통의 형식을 띠며, 공간이 아닌 시간 안에서 그것이 이루어진다.[44] 이는 시적 메시지의 의미가 '나'의 독서 행위를 통해 계속 갱신됨을 뜻하는데, 그런 점에서 그것은 계속 새로운 의미를 생성하는 과정에 놓이는 것이다. 이러한 시적 메시지는 시라는 문예장르에 국한된 것이 아니라, 모든 담화에 보편적으로 나타나는 것이기에, 그것은 일정한 시적 본질로 드러나는 것이 아니라, 다양한 시적 소통 방식을 통해 실현되는 것이다. 필자는 이러한 시적 소통 방식을 고전에 대한 알레고리적 소통에서 벗어날 수 있는 대안적 방식으로 제안하고자 한다.

시적 소통 방식이 알레고리적 소통 방식과 다른 점은 발신자와 콘텍스트가 초월적 기원으로 상정되지 않는다는 점이다. 그것이 가능한 것은 말할 것도 없이 메시지가 갖는 자동사적 특성 때문이다. 이러한 자동사적 특성을 토대로 수신자가 할 수 있는 것은 메시지가 소통되는 상황에 관여하는 여러 요소들 간의 상호작용을 포착하여 거기에서 의미를 이끌어내는 일이다. 그러나 그러한 의미가 알레고리적 소통에서의 경우와 다른 점은 그것이 초월적인 기원이 아닌 텍스트 자체에서 비롯된다는 것이며, 또한 그것이 여러 상황적 요소들에 따른 가변성을 갖게 된다는 것이다.

야콥슨의 소통 모델 가운데, 접촉은 알레고리적 소통에서 문제시되지

---

43) Todorov, op. cit., p.60.

44) Yuri M. Lotman, *Universe of the Mind: A Semiotic Theory of Culture,* (trans.) Ann Shukman, Indiana University Press, 2000, pp.20-22.

않았던 것이다. 어떤 형이상학적 관념이 전달되는 데 그 매개는 그다지 중요한 것으로 간주되지 않는다. 그러나 접촉의 매개인 채널은 메시지를 구성하는 물질적 토대를 보여주는 것이기에, 메시지의 전달에 가장 직접적인 영향을 미친다. 그림과 같은 조형형식은 곧 그림의 주제를 형성하는 핵심적 요소로 간주되며, 언어에 의한 전달도 그것이 어떤 매체에 의한 것인가에 따라 그 언어 메시지의 의미가 좌우될 수 있다. 이것은 메시지의 가장 표면적 층위에서 독자의 감각이나 지각에 호소하는 것이며, 그런 점에서 메시지의 시적 소통에서 매우 중요한 역할을 한다. 가령 한국 고전문학에서 시조가 음악적 매체와 결합하여 시조창의 형식으로 연행된다면, 시조가 전달하는 의미는 달라질 것이다. 이는 시조가 갖는 시적 소통의 양상을 이해하는 데 필수적인 것이다.

야콥슨의 소통 모델 가운데 코드는 메시지의 소통 전체를 지배하는 가장 중요한 요소라 할 수 있다. 소통에 코드가 관여하지 않으면 소통이 이루어질 수 없다. 그런 점에서 알레고리적 소통 역시 일정한 코드가 개입되어 있다. 알레고리적 소통에서의 코드는 발신자와 수신자 간의 일정한 합의가 지속적으로 유지되는 코드라 할 수 있다. 이러한 코드의 극단적인 예는 인공언어에서 찾을 수 있다.[45] 그러나 텍스트가 창조적인 기능을 하기 위해서는 발신자와 수신자 간의 코드의 충돌이 불가피하다. 메시지의 해석가능성과 불가능성이 해석 과정에 함께 존재해야만 메시지가 창조적 기능을 수행할 수 있다.[46] 시적 메시지는 그 해석이 쉽지 않은데, 그렇기에 그것은 오히려 풍부한 의미생성의 가능성을 안고 있다. 고전의 시적 소통은 고전이 갖는 이러한 가능성을 극대화시키는 것으로, 이미 정해진 코드

---

45) Ibid., p.14.
46) Ibid., p.15.

가 아닌 새롭게 생성된 코드에 따라 텍스트를 읽는 일이다.

고전 텍스트가 교양의 형성에 기여하기 위해서는 수신자의 역할이 매우 중요하다. 교양 형성의 주체는 수신자이며, 그 수신자는 텍스트 소통의 한 요소이기 때문이다. 이러한 수신자를 우리는 곧 독자로 상정할 수 있다. 그러나 그 독자는 실제 독자라기보다는 소통의 상황 속에서 일정한 역할을 하는 것으로 코드화된 독자, 이른바 에코가 말한 '모델독자'47)에 가까운 것이다. 이는 교양을 형성하는 일반적 주체로서의 독자를 말하는 것이다. 시적 소통에서 이러한 독자의 역할은 매우 크다. 우선 그는 메시지를 해석하는 주체이며, 그러한 해석의 과정에서 다양한 상황적 요소들을 조정하는 역할을 한다. 이러한 과정에서 당연히 발신자와 콘텍스트가 유지했던 초월적 기원의 역할은 해체된다. 소통에 관여하는 어떤 요소도 소통의 상황에서 만들어진 새로운 코드의 지배를 받아야 하기 때문이다. 이러한 관점에서 한국고전문학의 해석은 필연적으로 그간의 의미 반영론에서 벗어나 독자의 반성적 독해에 따른 일종의 의미 생성론의 모습을 띠게 된다.

앞서 알레고리적 소통에서 보았던 지표기호에 따른 명백한 해석 대신, 시적 소통은 다른 해석 방식을 제시한다. 텍스트에서 그것을 해석할만한 단서가 명백하게 드러나지 않는 것은 이러한 소통에서 고려해야 할 요소들이 너무 많기 때문이다. 단군이나 주몽 전승에서 주인공이 하늘에서 내려왔다 하더라도, 그것이 곧 천신숭배사상을 나타내는 것이 아니다. 하늘은 그저 서사를 구성하는 다양한 요소들 가운데 하나일 뿐이며, 다른 요소들과의 관계 속에서 그 위상을 부여받는다. 그것은 중심적인 것도 절대적인 것도 아니다. 그것은 텍스트 내적 요소뿐만 아니라, 텍스트 외적 요소들과의 관계에서 설명될 수도 있다. 그리하여 그것은 가령 무엇인가를 표

---

47) Eco, op. cit., pp.7-11.

상하는 도상적인 메타포로 나타날 수도 있지만, 그것이 결코 하나의 명백한 의미로 환원되지는 않는다. 시적 소통의 특징은 소통의 과정이 매듭지어지 않으며, 소통의 코드가 계속 갱신될 수 있다는 점이다. 단군이나 주몽 신화, 〈춘향전〉이나 시조와 같은 한국 고전문학 텍스트에서 해석해낼 수 있는 의미는 그것의 소통 과정에서 끊임없이 생성되는 새로운 코드들에 의해 무한히 추론될 수 있다. 따라서 이러한 소통에서의 독해는 반성적 독해이면서, 아울러 해체적 독해이기도 하다. 하나의 의미가 생성되는 것은 그 이전에 생성된 의미를 깨뜨리는 것이지만, 그렇다고 해서 그 이전의 의미 자체가 완전히 소거되는 것은 아니다. 하나의 텍스트를 읽는 코드는 그 이전의 코드를 바탕으로 하고 있다는 점에서, 형이상학적인 정반합의 변증법적 과정이라고 할 수 없다. 비유하자면, 새로운 코드는 이전의 코드를 숙주로 만들어진 곰팡이와 같은 것으로, 텍스트를 환경에 맞게 발효시키는 역할을 하는 것이다.

요컨대, 퍼스가 말한 3차성을 구현하는 반성적 독해는 단순히 메시지의 의미를 초월적 기원으로부터 이끌어내지 않는다. 텍스트가 읽히는 상황에서의 여러 요소들 간의 가변적인 관계는 그 상황에 맞는 코드를 만들어내는데, 이러한 코드는 실상 소통에 관여하는 모든 요소들에 일정한 규칙적 질서를 부여하는 것이다. 메시지의 어느 한 부분에서 명백히 드러난 것만으로 그것의 전체 의미를 추론하는 알레고리적 독해와는 달리, 메시지의 어떤 부분도 무엇인가를 명백하게 드러내지 않는다. 그러기에 그 독해는 난관에 봉착하지만, 그러한 난관을 이겨내기 위한 다양한 대화적 관계들이 형성된다. 발신자, 콘텍스트, 수신자 그 어느 것도 이러한 관계 속에서 초월적인 위상을 부여받지 않기에, 여기에는 텍스트에 대한 신화화도 일어나지 않는다. 이것은 수용적 독해에 의해 형성된 신화에 대한 탈신화화라 할 수 있다. 반성적 독해는 계속 갱신의 가능성을 전제하는 것이기 때문에,

거기에서 일정한 의미에 머무르는 텍스트는 존재할 수 없다. 텍스트에서 강력한 로고스가 추출되지 않기 때문에, 그것은 불안정한 담화로 남아있다. 시적 소통은 단지 시라는 문예장르에서만 이루어지는 것은 아니다. 한국 고전문학에 존재하는 수없이 많이 존재하는 알레고리적 경향의 텍스트도 그것을 알레고리로만 읽을 때, 그것이 갖는 의미는 황폐해진다. 텍스트에 대한 반성적 독해는 알레고리도 시적으로 읽는 시적 소통의 상황 속에서만 가능하다.

4. 세미오시스로서의 독해와 교양의 형성

이 글의 모두에서 교양에 대한 전통적 개념을 언급한 바 있다. 교양은 완성을 지향하며, 무질서로부터 벗어나는 것이며, 특수한 사회적 계층과 관련되며, 무엇보다도 문학에 관해서는 이러한 것을 실현시킬 수 있는 정전이 존재한다는 것이다. 지금까지의 이 글에서의 논의는 이러한 전통적 개념이 오늘날 한국고전문학의 역할을 논의하는 데 더 이상 유효하지 않음을 증명하고 있다.

이 글에서 분명히 한 것은 교양에 일정한 가치론적 함의가 있다 하더라도, 그것은 본질적인 것이 아니며, 형성적인 것이라는 점이다. 교양에 기여하는 고전이 있다 하더라도, 그것은 고전으로서의 본질적인 가치를 갖는 것이 아니라, 오로지 그것을 고전으로 읽는 방식만이 존재할 뿐이라는 것이다. 이를 위해 이 글은 독해의 세 가지 방식을 제시한다. 이는 퍼스의 삼항성에 기초로 한 것으로 다음과 같이 도식화될 수 있는 것이다.

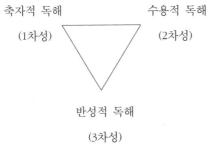

축자적 독해   수용적 독해

(1차성)   (2차성)

반성적 독해

(3차성)

[표 4-2] 독해의 세미오시스

이러한 삼항성은 독해의 방식을 분류하는 것이 아니라, 반성적 독해에 도달하기 위한 단계적 과정을 제시한 것이다. 이것이 굳이 퍼스의 삼항성으로 설명되어야 하는 까닭은 이러한 단계적 과정이 곧 기호작용 즉 세미오시스로 드러나는 것이기 때문이다. 1차성으로서의 축자적 독해는 텍스트가 갖는 있는 그대로의 의미를 읽어내는 것이다. 한국 고전문학에서 이러한 축자적 독해는 가령 향가의 어휘 해석이나 한문의 번역과 같은 주석 작업에서 이루어지는 것이다. 그러나 축자적 독해는 텍스트에 어떤 의미도 덧붙이지 않고 텍스트 자체의 존재만을 부각시킨다는 점에서 실제적인 소통이 이루어지는 것으로 보기 어렵다. 이에 따라 2차성으로서의 수용적 독해가 필요한 것이다. 수용적 독해에서 텍스트의 언어는 투명한 것으로 간주된다. 언어가 대상을 반영한다는 오래된 형이상학적 언어관의 토대에서, 텍스트의 형이상학은 발신자나 콘텍스트(때로는 수신자)의 초월적 기원을 찾는 것으로 나타난다. 텍스트와 초월적 기원의 이중성은 곧 이러한 이중성의 관계를 분명한 것으로 받아들이는 알레고리적 소통을 불러일으킨다. 이러한 수용적 독해는 이러한 초월적 기원의 지배를 그대로 받아들인다는 점에서 텍스트에 대한 신화화를 초래한다. 한국 고전문학은 특히 그간 한국을 지배했던 국가주의 이념과 관련하여 이러한 신화화에 더욱 취약한 텍스트로 존재할 가능성이 크다. 이러한 수용적 독해가 갖는 문제점은 기호 해석자의 해석이 드러나지 않는다는 점이다. 3차성으로서의 반성적 독해가 필요한 것은 그 때문이다. 3차성의 반성적 독해는 퍼스가 말한 해석소의 생산이라 할 수 있다. 이는 기호와 대상 간의 관계에 그것을 해석하는 인식주체가 개입하는 것으로, 텍스트에 대한 적극적이고 능동적인 해석이 이루어지는 것이다. 기호로부터 새로운 기호를 만드는 세미오시스는 결국 텍스트로부터 텍스트를 만드는 기호작용으로서의 독해의 모습을 보여준다. 여기에서는 소통에 관여하는 요소들 어떤 것에도 초월적인 위상이 부여되지 않는다. 텍스트의 소통에 관여하는 여러 요소들 간의 상황에 따른 조절이 텍스트 독해를 위한 새로운 코드를 만들고 새로운 의미를 창출한다. 이러한 과정은 에코가 말한 '무한한 세미오시스' unlimited semiosis[48]로 나타나는 것이다. 텍스트는 그것에 내재한 지표를 통해 독자에게 명백한 의미를 전달하는 매개체가 아니라, 두터운 담화의 층 속에 그것이 창출해낼 의미들을 감추고 있는 가능태로서 존재한다. 이러한 가능태는 계속 텍스트의 해석의 코드를 갱신할 수 있게 하며, 독자는 이러한 갱신에 능동적이고 적극적으로 참여한다. 이 글에서 말하는 교양이 문제되는 지점이 바로 여기이다.

교양은 특수한 계층의 것도 아니고, 본질적인 지식을 말하는 것도 아니다. 교양은 이러한 반성적 독해를 통해 의미를 생산해낼 수 있는 역량이며, 이러한 역량은 누구든 갖출 수 있다. 이러한 역량에 부응하는 텍스트 즉 정전과 같은 것도 존재하지 않는다. 왜냐하면, 이 글에서 말하는 시적 소통은 어떠한 텍스트를 통해서도 일어날 수 있기 때문이다. 그렇다면, 한국

---

48) 퍼스의 기호 개념에 내포된 끝없는 해석소의 생산 가능성을 가리켜 에코가 지칭한 말로서, 퍼스의 기호가 갖는 역동성과 진행성을 단적으로 표현한다. Eco, op. cit., pp.193-198.

고전문학에서의 '고전'이 갖는 두 개의 함의, 즉 시대론적 함의와 가치론적 함의 모두 큰 의미를 갖는 것은 아니다. 다시 말해 한국 고전문학에서 '고전'이 교양과 관련하여 텍스트의 소통에서 갖는 의미는 매우 미미하다. 고전을 더욱 교양적인 것으로 보려는 시각은 고전에 초월적 기원을 설정하는 일종의 신화화라 할 수 있다. 한국 고전문학도 일반 문학 혹은 일반 담론들과 같은 맥락에서 시적인 독해를 통해 그것의 의미를 산출해야 하며, 이러한 산출에 적극적으로 참여할 수 있는 인간의 능력을 교양이라 해야 마땅하다. 한국 고전문학 텍스트에 대한 반성적 독해는 축자적 독해와 수용적 독해를 거쳐 이루어지는 것인데, 이러한 독해는 한국 고전문학의 시적 소통을 가능하게 하며, 수많은 함의를 지닌 가능태로서의 한국 고전문학이 지닌 상징 생산 능력을 드러낼 것이다. 한국 고전문학이 한 인간의 교양 형성에 본격적으로 기여할 수 있는 것도 바로 이 시점부터이다.

제5장

구술성과 기술성의 통합과 확산
– 국문학의 새로운 사유와 담론을 위하여

1. 해체, 통합과 확산을 위한 전략

오늘날의 새로운 인문학적 상황은 지금까지 우리가 학문에 대해 가졌던 패러다임의 전환을 요구한다. 학문에 대한 사유는 학문들이 다른 학문들과 갖는 관계들과 그것이 구성하는 총체성 속에서의 존재론에 대해 의문을 갖게 한다. 이는 학문이 왜 존재하는가, 학문을 어떻게 할 것인가와 같은 가장 기본적인 물음과 직결되어 있으며, 이러한 사유를 우리는 메타학문적 사유라 말할 수 있다. 이제 국어국문학에서의 통합과 확산을 논의하는 자리는 다름 아닌 이러한 메타학문적 사유를 통해 국어국문학이라는 학문 체계에 대해 반성하며, 또한 앞으로 만들어갈 학문 체계에 대해 전망해 보는 대화적인 담론의 장이 되는 것이다.[49] 이 글에서 다루게 될 구술

---

49) 이 글은 '국어국문학, 통합과 확산'이라는 주제로 열린 국어국문학회 창립 50주년 기념

성과 기술성의 통합과 확산 역시 그러한 맥락에서 논의될 터인데, 그에 앞서 필자는 먼저 학문들 간의 통합과 확산이 갖는 보편적 의미에 대해 살펴보기로 한다.

통합이란 분할된 실재들을 하나의 총체성으로 수렴해내는 것을 말하며, 이러한 분할된 실재들의 입장에서 보면 통합은 결국 실재의 확산으로 나아가는 것이다. 다시 말해 국문학과 국어학, 고전문학과 현대문학, 국문학과 세계문학, 국어국문학과 인접학문, 국어국문학과 대중문화와 같은 구분은 각각의 개념들이 갖는 형이상학적 실재가 있으며 이러한 실재들은 그 본질상 구별될 수밖에 없는 자질을 지니고 있음을 가정하는 것이다. 이러한 형이상학적 관점은 서구의 오랜 관념론적 철학의 유산이며, 특히 근대 이후 여러 가지 학문과 교육의 제도적 변화와 맞물려 제도화된 담론으로 굳어지게 된 것이다. 국어학과 국문학, 국문학과 다른 학문들 간에는 넘을 수 없는 벽이 있으며, 이러한 벽이 교육제도 안에서 현실화되면서, 학과 간의 구분 혹은 전공 간의 구분이 뚜렷해지게 된 것이다. 학문은 제도화된 담론이며, 따라서 현실 속에서 다양한 권력관계를 만들어낸다. 오늘날 지나치게 세분된 학과와 전공은 그것들 간에 존재하는 담론적 권력 관계를 만들어내고, 이러한 권력을 통해 학문을 분할하는 개념적 실재들 간의 갈등은 더욱 심화된다. 이러한 갈등이 대화의 장을 마련하고 이를 통해 담론을 확충해나가는 방향이 아닌, 각각의 실재들이 갖는 권력이 서로 배타적인 관계에서 대화를 단절하는 방향으로 나아갈 때, 학문은 삶으로부터 유리된 공허한 유희가 될 수밖에 없다. 오늘날 이러한 이념은 학부제라는 새

학술대회(2002년 5월)에서의 주제발표를 토대로 한 것이다. 국어국문학이 그간 고수했던 영역을 깨뜨리려는 시도가 이루어졌다는 점에서 매우 의미 있는 자리였다고 생각하지만, 16년이 지난 현재의 시점에서 그 당시에 제기되었던 문제들이 얼마나 지속적으로 탐색되어 왔는지에 대해서는 반성의 여지가 있는 것으로 판단된다.

로운 제도로 실현되고 있다. 학부제가 한국의 교육현장에서 갖는 문제가 무엇이든 간에, 그것의 이념은 이러한 학문 간의 통합과 확산을 목표로 하고 있다. 이는 특히 인문학의 경우에 절실하다. 인문학은 본래 통합과학적 이념을 갖는데, 이는 인문학이 인간을 연구하는 학문이라는 사실과 관련된다. 인간이 갖는 복합적인 요소들은 서로 간에 긴밀한 관련을 가지며, 이러한 관련들이 생성하는 의미는 다양한 영역을 다루는 학문들 간의 대화를 통해 밝혀질 수밖에 없다. 따라서 오늘날 국어국문학 안에서 국어학과 국문학, 또 국어국문학과 다른 인문학, 더 나아가서는 인문학과 자연과학 사이의 대화가 이루어지는 것이 자연스럽게 되었다.

그렇다면, 학문 간의 대화는 어떻게 이루어져야 할까? 우리는 어쩔 수 없이 전공을 선택하고 그 전공 안에서 어떤 관점을 갖고 대상을 탐구하게 되는데, 인문학에서 중요시되는 온전한 '나'의 관점이 어떻게 타자의 관점과 통합될 수 있다는 것일까? 오늘날 학문들 간의 대화를 위해 이른바 '학제적' interdisciplinary 접근이 시도되고 있다. 이는 하나의 공통된 문제의 분석을 위해 개별적인 학문의 시각들을 결합시켜 적용하는 것을 말하는데, 필자는 이러한 결합이 갖는 문제점 때문에 오히려 '초학문적' transdisciplinary 접근이 바람직하다고 보고 있다.[50] 초학문적 접근이란 현실에 대한 관점과 어느 한 분야 안에서의 방법을 먼저 제시하고, 이를 신중하면서도 확신을 가지고, 그 분야의 영역을 넘어서 다른 학문의 영역으로 확대시켜가는 것을 말한다. 가령 학제적 접근이란 다른 학문을 연구하는 두 명 이상의 학자가 하나의 주제에 접근할 때 가능한 것이지만, 한 명의 학자가 자신이 가진 학문적 배경을 바탕으로 학문의 확산과 통합을 시도할 때는 어쩔 수

---

50) '학제적' 접근과 '초학문적' 접근의 개념에 대해서는, Walter A. Koch, *Evolutionary Cultural Semiotics: Essays on the Foundation and Institutionalization of Integrated Cultural Studies*, (trans.) Susan Carter Vogel, Studienverlag Dr. Norbert Brockmeyer, 1986, p.5 참조.

없이 초학문적 접근이 될 수밖에 없는 것이다. 가령 『삼국유사』라는 텍스트를 국어학자와 국문학자가 대화와 토론을 통해 그 누구의 것도 아닌 제3의 연구담론을 만들어낼 수 있다면, 이는 학제적 접근이 성공한 것이다. 그러나 공동저자로서 만들어진 논문이라고 해서 그것이 두 사람의 그 주제에 대해 완전한 학문적 일치를 보여주는 것은 아니다. 어쩌면 인문학에서 두 사람에 의해 만들어진 공통 담론은 존재하지 않는 것인지도 모른다. 여기에 인문학에서 널리 유포된 형이상학적 오류가 드러난다. 공통된 어떤 형이상학적 관념이 있으며, 그것에 두 명의 다른 학자가 동시에 도달할 수 있다는 이념이 그것이다. 그러나 그러한 이념은 없으며, 실제로 그 이념은 상대적인 것이며, 담론화되어 나타날 수밖에 없다. 이는 결국 한 인간의 글쓰기의 과정을 통해 나타나는 것이다. 그렇다면 문제는 바로 이러한 한 인간의 글쓰기에 수렴되며, 초학문적 접근은 이러한 글쓰기의 과정을 집약적으로 보여주는 것이다. 글쓰기는 혼자 할 수밖에 없으며, 혼자하는 글쓰기에서 비로소 담론의 확산과 통합이 가능한 것이다.

이러한 확산과 통합에 앞서 먼저 전제되어야 할 과정이 있다. 이른바 해체의 과정이 그것이다. 확산과 통합은 경계를 허물지 않으면 이루어지지 않는다. 경계란 앞서 말한 형이상학적 실재에 의해 유지되는 본질론적 관념 간에 존재하는 것이며, 이러한 경계들은 이미 우리의 인식 속에 수없이 많이 각인되어 있다. 여기서 문제되는 것은 학문 간의 경계이며, 이러한 경계에서 비롯되는 개념들 간의 경계다. 확산과 통합은 이러한 경계에 대한 반성과 상대화, 그리고 해체를 통해 이루어진다. 이는 곧 메타적 사유를 전제로 한다. 어떤 개념이 담고 있는 그 무엇에 대한 반성이 아니라, 그것을 개념으로 보는 사유 자체에 대한 반성이다. 가령 국문학이 통합과 확산의 자장 속에 존재하기 위해서는 국문학이 담고 있는 무엇에 대한 반성이 아니라, 국문학이 무엇인가에 반성이 필요한 것이다. 이러한 반성을 통해 지금까지 가졌던 국문학에 대한 개념이 바뀔 수 있으며, 이러한 바뀜은 하나의 개념을 다른 하나로 대체하는 것이 아닌, 변화하는 상황에서 국문학이 갖는 불안정한 담론적 위상 그 자체를 보여주는 것이라 할 수 있다. 그렇다면 우리는 확산과 통합을 통해 국문학이 도달해야 할 어떤 형이상학적 실재에 대해 말할 수 없다. 확산과 통합은 끝이 없으며, 그러기에 도달해야 할 실재나 본질도 없는 것이다. 우리가 할 수 있는 것은 그러한 확산과 통합을 위해 우리가 가졌던 국문학에 대한 본질론적 관점을 하나하나 해체해 나가는 것이다. 그리고 그 해체를 기술하는 것은 곧 국문학의 확산과 통합을 기술하는 일이 될 것이다.

이 글은 '국문학'이라는 개념을 하나하나 단계적으로 해체하는 과정에서 결국 국문학이 일반문화를 다루는 담론의 맥락에 놓일 수밖에 없음을 밝히고자 한다. 또한 그러한 맥락에서 21세기의 새로운 매체들의 출현으로 인해 구술성과 기술성의 양분론이 해체되는 양상을 살피고, 이에 수반하여 이루어지는 통합과 확산의 여러 양상들과 그 담론적 가능성들에 대해 기술하고자 한다.

2. '국문학'의 해체

'국문학'을 해체하기 위해서는 국문학이라는 개념이 함축한 배타적인 구분들을 찾아낼 필요가 있다. 이러한 구분은 상대화를 겨냥하는 전략이라기보다는 절대화를 겨냥하는 전략이었으며, 그 전략의 바탕에는 이른바 '중심주의적' 이념이 깔려 있다. 국문학이라는 개념은 다른 학문들을 지칭하는 개념들에 비해 그러한 경향이 더욱 두드러져 보이며, 그러기에 해체의 과녁이 된다.

먼저, '국문학'에서의 '국'이 함축한 중심주의에 대해 살펴보자. 우리는 '한국문학'이라는 말 대신 '국문학'이라는 말을 쓴다. 이는 국문학을 영국문학, 미국문학, 프랑스문학, 일본문학 등과 동렬에 놓지 않음을 말한다. 국문학은 나라문학이며 우리문학이기 때문에 영국문학 등과 같은 외국문학과 구분되어야 함은 물론, 이들을 주변화하면서 중심의 자리를 차지하지 않으면 안 된다. 여기에는 민족주의적 혹은 국가주의적 이념이 깔려 있으며, 이러한 이념은 국문학을 민족주의적이고 국가주의적 본질을 담은 것으로 인식하게 한다. 이는 국문학 초창기의 국문학자들의 담론에서 뚜렷하게 드러난다. 가령 다음과 같은 기술은 그 대표적인 예다.

시대가 여하히 변천해 가더라도 민족이 있는 이상 길이 보전될 것이니 이것이 말하자면 전통성이라는 것이다. 그런데 역사는 필경컨대 이 전통성 있는 생활의 연속일배 틀림없을 것이니까, 그 전통성 있는 생활의 연속적 반영인 고전문학에 일관하여 끊어지지 않고 흐르는 일련의 생명성이 있다면 그것은 역사성이라고 하는 것이 될 것이다.[51]

이러한 담론은 국문학 연구의 한 거대담론으로 자리 잡으면서, 수없이 많은 복제담론들을 산출해낸다. 여기에 존재하는 자민족중심주의는 국문학의 통합과 확산을 가로막는 첫 번째 장애물이다. 오늘날의 인문학적 상황에서 국문학이 차지하는 담론적 위상은 상대적이며, 복합적이다. 순수한 국문학이란 개념은 존재하지 않으며, 수많은 국적을 가진 목소리들에 의해 침윤된 담론이 있을 뿐이다. 도서관이나 책방에서 국문학 작품이 놓이는 위치는 영국문학이나 프랑스문학이 놓이는 위치나 다를 바 없다. 독자들

---

51) 조윤제, 앞의 책, 62-63면.

은 이제 국문학 작품이라 해서 외국문학 작품을 제치고 선택하여 읽지 않는다. 수많은 외국문학 작품을 읽은 작가들에 의해 수많은 국문학 작품들이 쓰이며, 그러기에 국문학 담론에는 수많은 타자의 목소리들이 존재할 수밖에 없는 것이다. 이제 국문학이기 이전에 문학이어야 할 필연성은 오늘날의 보편적이 될 수밖에 없는 우리의 삶의 경험에서 기인하는 것이다.

'국문학'의 개념 속에서 두 번째로 해체되어야 할 것은 바로 '문학'이다. 문학은 역사학, 철학, 인류학 등과 같은 인문학의 다른 학문들과 구분되며, 지금까지 우리는 '문학'에 대해 이러한 배타적 구분으로부터 비롯되는 어떤 신화적 믿음을 가져왔다. 앞서 말한 민족주의적 신화는 아니라 하더라도, 문학은 우리에게 휴머니즘적 신화를 가져다주었다. 이러한 신화는 서구에서 문학연구가 시작된 이래 생겨난 것이지만, 우리에게도 보편적인 이념으로 받아들여졌다. 휴머니즘적 문학이론에서 문학은 인간성의 어떤 절대적인 가치을 담고 있는 것으로 받아들여진다. 문학은 인간이 추구해야 할 진, 선, 미와 같은 것을 담고 있으며, 따라서 그것을 담고 있지 않은 다른 담론들과는 구분되어야 한다. 위대한 작가는 작품 속에 위대한 정신을 구현하며, 독자는 이러한 작품을 통해 이러한 위대한 정신을 체험할 수 있다. 이러한 위대한 정신은 면면히 흐르는 전통과도 깊이 관련된다. 엘리오트나 리비스와 같은 이론가는 이러한 위대한 정신을 구현하는 작품들을 일종의 정전으로 삼아, 이러한 정전에서 벗어나는 작품들과 구분했다. 문학이 갖는 절대적 가치를 구현하는 데 있어, 문학다운 문학이 존재하며, 이러한 문학다움에 대한 믿음이 문학중심주의를 낳는다. 이러한 문학중심주의는 문학을 전공하는 사람들의 문학에 대한 애정의 일단을 드러내는 것이지만, 문학의 확산과 통합을 위해서는 해체되지 않으면 안 되는 것이다.

문학중심주의가 또 다른 형태로 나타난 것이 문학에 대한 모더니즘적인 접근이다. 주로 형식주의와 구조주의적 방법에서 드러나는 이러한 접근의 핵심은 문학 텍스트는 그 나름의 자율적인 구조를 갖는다는 것이다. 그러기에 그것은 정태적이며 분석의 대상이 될 수 있다. 또 텍스트는 중요한 주제를 담고 있는데, 그러한 주제를 담기 위해 텍스트는 나름대로의 유기성을 갖고 있어야 한다.[52] 문학에 대한 형식주의적 관점은 문학 텍스트에 쓰여지는 언어는 일상적인 언어와는 다른 방식으로 쓰여짐을 전제한다. 비록 문학적 언어가 일상적 언어를 변형하여 만들어내는 여러 가지 기법들을 통해 드러난다고 가정하더라도, 이러한 형식주의 관점에서 문학을 문학적이지 않은 것과 굳이 구분하려는 의도는 분명하다. 이러한 점은 형식주의와 같은 모더니즘적 문학이론이 떨치지 못한 문학중심주의의 그림자라 할 수 있다. 구조주의 문학이론은 형식주의에 비해 문학중심주의에서 벗어난 것처럼 보이지만, 역시 그것의 그림자를 완전히 떨쳐내지는 못했다. 구조는 하나의 체계를 전제하는 것이고 이러한 체계는 그 자체로 닫힌 것으로 인식된다. 구조라는 개념은 적어도 구조주의적 사유를 지배하는 메타적 위력을 갖는데, 이러한 힘은 모든 대상을 구조화한다. 여기에 문학적인 것 역시 구조화되어 드러나며, 이러한 결과는 결국 문학적인 것을 비문학적인 것과 구분하게 한다.

그러나 이러한 형식주의와 구조주의와 같은 문학에 대한 모더니즘적 관점은 그 관점 자체 안에 문학중심주의를 벗어날 수 있는 가능성을 또한 품고 있다. 문학적 언어를 일상적 언어와 구분하지만, 문학적 언어 역시 일상적 언어로부터 비롯된다고 보는 형식주의는 문학적 언어를 일상적 언어의 연장에서 파악한다. 러시아 형식주의에서 말하는 '낯설게 하기'의 미학은 결국 일상적 언어를 어떤 상황에서 인식하는가에 따라 낯설게도 되고 낯익게도 되는 상대론적 미학을 드러내는 것이다. 구조주의는 그런 점에

---

52) Antony Easthope, *Literary into Cultural Studies*, Routledge, 1991, pp.16-17.

서 문학중심주의에서 벗어날 가능성을 보다 분명하게 보여준다. 구조주의에서의 구조는 실체가 아닌 관계에 의해 만들어진다. 다시 말해 문학적인 것 역시 실체가 있는 것이 아니라, 관계에 의해 생성되는 것으로 파악된다. 뿐만 아니라 이러한 관계들로의 파악은 그 관계들의 확대를 가능하게 한다. 어떤 관계들의 총체가 구조라 할 수 있지만, 이러한 총체 역시 더 큰 관계 속에 놓일 수 있다. 그렇다면 어떤 완결된 총체가 존재하는 것이 아니라, 새로운 관계 설정의 가능성만이 존재한다. 그런 점에서 구조주의에서의 구조는 닫힌 것이면서 동시에 열린 것이다. 이러한 구조주의적 관점은 그러기에 탈구조주의로의 지평 확대가 가능한 것이다. 탈구조주의는 구조주의에 대한 반동이면서 또한 그것의 연장이다. 우리가 문학중심주의를 해체하는 데 이러한 탈구조주의적 관점은 중요한 의미를 갖는다.

문학중심주의에서 벗어나게 되면, '문학적/비문학적'의 양분론은 큰 의미를 갖지 못한다. 가령 『삼국유사』를 문학적 혹은 비문학적 담론으로 분류하는 것이 가능한가? 많은 비문학적 담론 속에서 우리는 문학적인 것을 찾아낼 수는 없는가? 예를 들어, 광고의 카피에서 수도 없이 많이 쓰이는 문학적 표현을 찾아낼 수 있다. 그러나 광고의 카피는 문학이 아니기 때문에, 문학적 관심을 가져서는 안 되는 것인가? 문학중심주의에서 벗어나 텍스트를 읽게 되면 오히려 교과서, 문학 잡지, 문학 전집에 실리지 않는 수많은 담론들이 모두 문학적일 수 있게 된다. 문학의 확산은 이와 같이 이루어지는 것이다. 양분론의 해체가 오히려 확산과 통합에 이르는 길임을 알 수 있으며, 이는 오늘날 이른바 해체적 사유가 단지 있는 것을 무화시키는 것이 아니라, 새로운 것을 생성해내는 것임을 알게 한다.

그렇다면 이러한 해체가 이루어졌을 때, 우리에게 다가오는 대상들은 어떤 모습일까? 우리가 국문학이니 문학이니 하는 형이상학적 실재를 담은 개념들, 그리고 그 개념들이 만들어내는 배타적인 범주를 해체했을 때,

우리는 이 세상에 존재하는 수없이 많은 인식 대상들이 이른바 '텍스트' 혹은 '담론'으로 다가오는 것을 경험하게 된다. 여기서는 텍스트 혹은 담론의 여러 함축들에 대해 자세히 논의할 자리가 아니므로, 그것이 쓰일 수밖에 없는 인문학적 상황만을 언급하고자 한다. 텍스트와 담론은 모두 우리가 지금까지 가졌던 여러 가지 개념적 범주들을 언어로 귀속시켜 상대화시키는 역할을 한다. 텍스트란 언어로 이루어진 대상을 말하는데, 여기서의 언어는 자연언어만이 아니다. 예를 들어 그림 텍스트라는 말을 할 때, 그림 속에 어떤 글자가 새겨지지 않았다 하더라도 우리는 그것을 언어로 받아들인다. 이러한 점은 세상을 범언어적 관점으로 바라보게 하고, 또한 거대한 커뮤니케이션의 망으로 인식하게 한다. 텍스트란 우리가 접하지 않은 것에 대해 무리하게 추정하는 것을 막아주고 모든 것을 언어로 읽게 해준다. 그림도 언어일 수 있는 것은 우리가 그것을 받아들일 때 언어로 받아들이는 기제를 갖고 있기 때문이다. 이것을 굳이 소쉬르의 용어를 빌어 랑그라 할 필요는 없다. 다만 우리는 어떤 대상이든 그것을 체계 속에 편입시키고, 그러한 상대성 속에서 파악하는 것이다. 이는 인문학에서 독단과 편견을 막는 가장 빠른 길이기도 하다. '담론'이라는 말 역시 마찬가지다. 필자는 여기서 담론이라는 개념을 언어와 그것이 갖는 이념 혹은 그것이 위치하는 제도 속에서 파악할 수 있는 것으로 본다. 푸코의 말대로, 그것은 단지 기호들의 집적이 아니라 그들이 말하는 대상을 체계적으로 형성하는 실천인 것이다.[53] 담론이란 그렇기에 정치적인 의미를 띨 수 있다. 그러나 그 정치적 의미는 언어를 통해 지시되는 것이 아니라, 언어를 통해 구현되는 것이다. 이 세상에 투명한 언어는 없다. 내가 무심코 던진 말도

---

53) Michel Foucault, *The Archaeology of Knowledge*, (trans.) A. M. Sheridan Smith, Tavistock, 1972, p.49.

내가 담론으로 구성된 사회 속에서의 나의 위치를 말해준다. 나는 말을 통해 이미 정치적인 어떤 역할을 하는 것이다. 이러한 말의 비순수성은 오히려 말의 힘을 강화시킨다. 담론으로 우리가 문학 텍스트를 볼 때, 그것은 그 텍스트가 점유한 담론적 위상 속에서 파악된다. 이는 텍스트가 어떤 정치적이거나 역사적 의미를 담는다는 종래의 맑시즘이나 역사주의와는 다른 관점이다. 텍스트를 담론으로 보는 관점은 오히려 그보다 더 정치적이고 역사적일 수 있다. 여기에 문학중심주의와 같은 것은 수많은 정치적 함의를 지닌 담론들 중의 하나로 상대화될 수밖에 없다.

지금까지 필자는 '국문학'의 범주를 하나하나 해체해가면서, 드디어 국문학의 연구가 문화 담론의 생성으로 나아갈 수밖에 없는 필연성을 밝혔다. 해체의 과정이 진행되면서, 우리 앞에 더 많은 담론의 가능성이 열림을 목격할 수 있었다. 이러한 지평에서 이제 우리는 구술성과 기술성의 양분론에 대한 해체를 시도할 것이다. 이러한 해체는 이 시대의 다양한 문화적 상황과 밀접하게 관련된 것이기에, 우리는 그러한 해체를 통한 새로운 의미생성을 보다 실감나게 경험할 수 있을 것으로 본다.

3. '구술성/기술성' 양항대립의 해체

구술성과 기술성의 구분은 언어가 말로 실행되느냐 글로 실행되느냐에 따른 것이다. 우리가 어떤 관념을 전달하는 매개체로 언어를 인식한다면, 구술과 기술의 구분은 큰 의미가 없을지 모른다. 그러나 구술성과 기술성의 구분은 그것이 어떤 방식으로 전달되는가에 따라 달라지는 담론의 실천을 불러일으킨다. 구술성과 기술성이 서구에서 플라톤 이래로 문제시된 까닭은 바로 여기에 있다.

구술성과 기술성의 관계에 대한 이론은 크게 '지속 이론'과 '대분할 이론'으로 나누어진다. 지속의 이론에서는 구술성과 기술성이 유사한 기능을 수행하기 위한 본질적으로 등가적인 언어학적 방식이라고 말한다. 이 경우, 기술은 단지 시간과 공간을 초월하여 정보를 보존하는 기능만을 갖는다. 그러니까 기술성의 기능은 심리학적이거나 언어학적인 것이기보다는 사회학적이고 제도적인 것에 머문다. 이에 반해 대분할 이론에서는 구술성과 기술성이 낡은 기능을 새롭게 갱신하거나 또한 스스로 새로운 기능을 수행할 가능성을 드러낸다. 이 과정에서 이들은 심리학적인 과정과 사회적 조직화를 재정비한다. 이러한 관점은 서구 사회에서의 기술성이 사회적이고 심리적인 변화의 원동력이 되었다고 본다.[54]

이러한 두 개의 관점 중 이 글에서 문제되는 것은 두 번째 관점이다. 구술성과 기술성은 그것이 실현되는 여러 가지 담론적 상황에 따라 다른 의미를 생성하는데, 이는 구술성과 기술성의 특성에 따라 좌우되는 의미가 분명히 존재하기 때문이다. 여기서는 문학을 해체하고 담론으로서의 구술성과 기술성의 실현을 논의하는 것이지만, 구술문학을 우리가 논의한다고 할 때, 구술문학의 구술문학다움을 드러내는 시학의 문제에 우리가 관심을 가지지 않을 수 없는 것은 그런 까닭이다. 대분할 이론에서 말하는 것은 구술성과 기술성을 다른 방식으로 실현함으로써 다른 의미를 전달하고 그럼으로써 다른 사회적 심리적 효과를 거둔다는 것이다. 그렇다면 무엇이 다르다는 것일까?

이에 대한 논의의 과정에서 학자들은 구술성 혹은 기술성 어느 한쪽에 가치를 부여하면서 다른 쪽을 종속화시키거나 주변화시킨다. 다시 말해

---

54) 이러한 두 개의 관점에 대해서는, David R. Olson & Nancy Torrance, "Introduction", (eds.) David R. Olson & Nancy Torrance, *Literacy and Orality*, Cambridge University Press, 1991, p.7 참조.

이들은 구술중심주의나 기술중심주의적 관점을 드러내는 것이다. 이러한 두 개의 상이한 관점은 매우 오랜 역사를 두고 병존해 왔다.

구술중심주의적 관점에서 보면, 기술은 단지 거짓 혹은 조작의 위험에 놓인 것으로 보인다. 우리는 그것을 플라톤의 담론에서 찾을 수 있다. 플라톤은 『파에드러스』에서 기술이 인간의 기억이 갖는 중요성을 위협하는 것이라고 본다.[55] 인간은 기술을 통해 자신의 기억보다는 외부적 기호에 의한 기억에 의존하게 되었다는 것이다. 그러나 이러한 언급에도 불구하고 플라톤의 산문은 5세기 초 그리스에서 지배적이던 구술적 작문의 법칙으로부터 벗어나 기술의 법칙을 확립한 것으로 평가된다.[56] 구술중심주의자들은 기술을 단지 구술된 것을 보존하기 위한 제2차적인 것으로 보거나, 플라톤처럼 왜곡 혹은 조작될 가능성이 늘 있는 것으로 보았다. 인쇄와 같은 복제 기술의 발달로 기술된 텍스트가 시간과 공간을 초월하여 위력을 발휘하면서 이러한 구술중심주의는 그 힘을 잃는 것처럼 보였지만, 20세기 들어 구술은 새로운 매체의 개발과 더불어 새롭게 조명되기 시작했다. 특히 옹은 구술성이 갖는 심리역학적인 측면을 강조했는데, 그에 따르면 구술성을 바탕으로 한 문화는 종속적이기보다는 부가적이며, 분석적이기보다는 축적적이며, 잉여적이며, 보수적이며, 인간의 삶의 세계와 밀착되어 있으며, 논쟁적인 톤이며, 거리를 두기보다는 참여적이며, 항상성을 가지며, 추상적이기보다는 상황적이다.[57] 이러한 구술문화의 양상들은 인간의 심리적이고 사회적인 측면에서 중요한 결정적 요소로 작용하는데, 이러한 양상들은 단지 원시의 구술문화에만 나타나는 것은 아니다. 앞으로 논의

---

55) Loc. cit.

56) Eric Havelock, "The oral-literate equation", (eds.) Olson & Torrance, op. cit., pp.22-23.

57) Walter J. Ong, *Orality and Literacy: The Technologizing of the Word*, Methuen, 1982, pp.36-57.

하겠지만, 이러한 구술성이 오늘날 새롭게 조명되는 것은 기술성의 한계를 넘어서는 새로운 테크놀로지의 개발 때문이다. 구술중심주의자들은 어떤 한정된 맥락 안에서 인간의 감각에 직접적으로 호소하는 구술언어가 이른 바 '진정성'을 가질 수 있는 것으로 보았는데, 이러한 견해들은 기술중심주의자들에 의해 비판된다.

구술이 귀와 관련된 것이라면 기술은 눈과 관련된 것이다. 눈의 편견은 기술성을 구술성보다 진보적인 것으로 본다. 합리성과 같은 근대적 가치는 모두 보는 것과 관련되어 있으며, 인간이 지식을 진보시키는 것도 이러한 보는 것을 통해서이다. 근대 이후 보는 자의 관점이 중요시되었는데, 이는 누군가가 하는 말을 들어야 하는 수동성에서 벗어나 인간이 스스로의 위치와 관점을 정립해나감을 말한다. 근대 이후에 미술에서 발견된 원근법도 이러한 보는 자의 관점에서 세계를 보기 시작함을 말하는 것이다. 옹이 말한 대로 기술은 의식을 재구조화하는 것이다.[58] 재구조화란 의식 그 자체가 그대로 기술될 수 없음을 말한다. 이는 인간의 의식이 기술의 체계 속에서 새롭게 의미를 부여받을 수밖에 없으며, 이러한 의미부여는 맥락에서 벗어나 어떤 허구적 세계를 구축하는 것임을 말하는 것이다. 기술의 특성을 한마디로 요약한다면 바로 탈맥락화가 될 것이다. 탈맥락화는 두 가지의 의미를 가질 수 있다. 하나는, 맥락에서 해방됨으로써 커뮤니케이션의 장애가 발생할 수 있다는 점이다. 맥락 안에서 인간은 묻고 되묻는 끊임없는 대화를 통해 '진실'에 도달할 수 있다.(혹은 그럴 수 있는 것처럼 보인다.) 그러나 기술에서는 이러한 맥락이 부재함으로써 기술체를 이해하는 데는 보완적인 기제를 필요로 한다.[59] 그러나 기술중심주의자들

---

58) Ibid., p.78.

59) Jeffrey Kittay, "Thinking through literacies", (eds.) Olson & Torrance, op. cit., p.167.

에게 이는 중요한 문제로 간주되지 않는 듯하다. 탈맥락화가 갖는 두 번째 의미는 기술이 갖는 여러 가능성의 지평을 열어주는 것이다. 맥락에 구속을 받지 않음으로써 텍스트에 의미를 부여하는 것이 보다 자유로워졌다. 텍스트를 통해 여러 개념들을 정리하여 나름대로의 체계를 세우는 학문적인 작업도 이런 탈맥락화가 가져다준 선물이다. 그런가 하면 이런 맥락에서 자유로워진다는 것은 더 큰 맥락으로 이러한 맥락이 해체됨을 말하는 것이기도 하다. 맥루한이 말한 '구텐베르크의 은하계'는 수많은 책이 존재할 수 있는 무한대의 맥락을 말한 것이다.[60] 그리하여 학문의 전수와 발전에도 크나큰 혁명이 일어나게 되었다.

이러한 대분할 이론에서의 구술성과 기술성의 분명한 구분은 구술성과 기술성의 문제가 단지 그것이 구현되는 매체나 제도의 문제뿐만 아니라 인간의 심리나 사회의 조직, 그리고 문화의 형성에 결정적인 영향을 끼침을 보여준다. 그러나 이러한 대분할 이론에서 구술중심주의건 기술중심주의건 어느 하나가 다른 하나를 배제하는 중심주의는 우리가 만들어내는 담론의 실제 상황과 거리를 가질 수밖에 없다. 구술성과 기술성의 본질적 속성이 그러하다 하더라도, 구술성과 기술성은 담론 안에서 밀접하게 결합되어 실현된다. 그런 점에서 우리는 새로운 의미에서의 지속 이론에 관심을 가질 필요가 있다.

여기서 말하는 새로운 지속 이론이란 구술성과 기술성을 같은 관념을 전달하는 다른 방식으로 보는 것이 아니라, 이들이 서로 침윤될 수 있는

---

60) 맥루한은 그러나 활자 기술에 의한 이러한 확산이 감각의 분리, 사고의 균질화나 선형화를 낳는다고 하면서, 오늘날 새로운 전자 매체들이 구술성을 통해 이를 극복할 것으로 본다.
마샬 맥루한, 『구텐베르크 은하계: 활자 인간의 형성』, 임상원 옮김, 커뮤니케이션북스, 2001 참조.

자질을 가질 수 있다고 보는 것이다. 가령 우리는 기술성을 근대성과 동일시한다. 그러나 근대성은 꼭 기술성을 통해서만 구현되는 것은 아니다. 근대적 삶 속에서 말의 역할은 중요하다. 근대적인 교육제도의 현장인 대학에서 강의는 말로 이루어진다. 강의의 공간은 맥락이며 적어도 강의가 이루어지는 순간, 탈맥락화는 없다. 그러나 이러한 강의에서의 말이 기술성을 배제하는 것은 아니다. 강의는 논리적으로 이루어지며, 그 논리는 기술성으로부터 오는 것이다. 마찬가지로 전근대적 사회에서 일어나는 전승이 모두 구술에 의존하지는 않는다. 전통을 존중하는 전근대적 사회에서 신화나 의례의 전승이 기술에 의존하는 경우가 많다. 그렇다고 해서, 그것의 전통성이 사라지는 것은 아니다. 기술성이 구술성을 대체한다는 진화론적 사고는 더욱 위험하다. 구술성과 기술성이 공존하면서 담론에서 함께 실현되기 때문에 중요한 것은 바로 이러한 담론 그 자체인 것이다.

국문학에서 문헌을 중요하게 여겼던 시기에 모든 문학은 기술문학이었다. 그러나 이러한 문헌보다는 실제적인 연행에 대한 중요성이 인식되면서 구술문학에 대한 관심이 싹트게 되었다. 그러나 문제는 구술문학과 기술문학을 구분하는 데 많은 어려움이 있다는 데 있다. 현재 문헌에 전승되는 많은 텍스트들이 한때는 구술되어 전승된 것이었다. 우리가 구술문학이라고 하는 민요, 설화 등도 그것을 채록하여 문자화하면서 고정된 기술성을 갖게 된다. 그렇다면 『삼국유사』를 기술문학으로, 〈바리데기〉를 구술문학으로 못 박는 것은 별 의미가 없다. 이들은 모두 얼만큼의 구술성과 얼만큼의 기술성을 실현시키고 있는 담론들이다. 구술중심주의와 기술중심주의의 이론들이 갖는 중심성을 해체하면서, 우리는 아울러 지금까지 우리가 사용했던 구술문학이니 기술문학이니 하는 구분도 함께 해체해야 할 것이다. 그럼으로써, 우리는 오늘날 다양한 매체들에서 구현되는 구술성과 기술성의 양상들을 보다 풍요롭게 기술할 가능성을 열 수 있다.

4. 매체의 혁명과 맥락의 확산

국문학의 해체를 통해 우리는 전 지구적인 삶 속에서 그리고 다매체들에 의해 전달되는 수많은 정보들 안에서 '국문학적'인 것이 산포될 수 있음을 본다. 이것이 바로 국문학의 확산이고 통합이다. 이러한 관점에서 우리가 오늘날의 구술성과 기술성이 실현되는 복합적 담론들을 살피는 것도 국문학을 해체하면서 생성해낸 생산적인 담론들에 의해 이루어지는 것이다.

구술성과 기술성이라는 양분론적 개념만으로 담론의 양상들을 설명할 수 없음은 이미 앞에서 밝힌 바 있다. 이는 근대 혹은 탈근대의 담론뿐만 아니라, 전통적 담론에서도 마찬가지다. 우리는 오늘날의 구술성과 기술성의 해체를 드러내는 복합적 양상을 기술하기 위해서는 두 가지 측면에서의 관찰이 필요하다. 첫 번째는 인간의 감각들을 동시적으로 자극하여 정신과 몸을 함께 작동하게 하는 테크놀로지의 개발이고, 두 번째는 이러한 테크놀로지로부터 혹은 이러한 테크놀로지가 촉발시킨 인간의 새로운 사유 양식이다. 이들 두 측면은 서로 밀접하게 연관되어 있다.

먼저 매체의 혁명을 불러일으킨 테크놀로지의 측면을 살펴보기로 하자. 구술성을 기술성으로 전환시킨 것은 문자의 발명을 통해서다. 문자는 정보를 시각화시켜 보여주었으며, 항구성을 갖게 만들었다. 여기에 인쇄 기술의 발달은 이러한 정보들의 복제를 가능하게 했다. 그런 점에서 기술 역시 일종의 테크놀로지라 할 수 있다. 책이 구현하는 기술성은 근대성을 상징하는 것처럼 보이지만, 이러한 기술성을 구술성과 결합시키는 새로운 테크놀로지가 개발됨으로써, 책이 표상하는 근대성은 위기를 맞게 되었다. 기술성의 탈맥락화는 독자로 하여금 텍스트에 의미를 부여하는 과정을 불러일으킨다. 이는 곧 '주어진 것/해석'이라는 양분론을 불러일으키며, 이는 곧 관찰과 추론, 사실과 이론, 주장과 증거 사이의 불연속이라는 근대 학문의 맥락에 존재하는 것이다.[61] 그런데 새로운 테크놀로지는 탈맥락화에서 탈-탈맥락화로 나아갈 수 있는 계기를 마련해준다. 다시 말해 맥락을 새로이 구성함으로써 기술성이 잃어버렸던 맥락을 다른 형태로 재구성해주는 것이다. 이러한 재구성을 위한 테크놀로지의 발달은 19세기 이래 급속한 발전을 거듭해 왔다. 이러한 테크놀로지의 핵심은 복제에 있다. 이미지가 복제되어 사진이 발명되었으며, 목소리의 복제를 위해 축음기와 라디오가 발명되었다. 이미지와 소리가 동시에 복제되면서 영화와 텔레비전이 발명되었다. 이러한 복제의 기술이 만들어내는 것은 복제된 이미지와 소리를 함께 보고 듣는 공동체다. 이러한 공동체는 기술성뿐만 아니라 구술성까지도 복제를 통해 확산시키는 새로운 테크놀로지의 개발을 통해 형성된 것이다. 이러한 테크놀로지는 눈이면 눈, 귀면 귀와 같은 하나의 감각기관만을 자극하는 것이 아니라, 이 모든 것을 동시에 자극시키는 방향으로 나아간다. 가령 바그너가 꿈꾸었던 총체적인 음악극은 이러한 인간의 모든 감각을 자극시켜 몸 전체로 느끼는 예술이었는데, 이러한 예술은 무대에서 거의 완벽한 현실의 재현을 목표로 하는 것이다. 이러한 꿈이 무대라는 공간적 한계를 뛰어넘어 이루어질 수 있게 한 것이 바로 영화다. 영화는 화면에서 거의 완벽에 가까울 만큼 맥락을 재현하며, 관객은 영화의 관람을 통해 구성된 맥락을 체험할 수 있다. 이와 같은 탈-탈맥락화는 오늘날 구술성이 복제의 테크놀로지에 의해 무한히 유포되어 맥락을 확대해가는 모습을 보여준다. 옹은 이를 '제2의 구술성'이라고 말하는데,[62] 이는 이러한 테크놀로지의 실현이 옹이 말한 구술성의 심리역학적 역할을 구현

61) David R. Olson, "Literacy and objectivity", Olson & Torrance, op. cit., pp.160-161.

62) Ong, op. cit., p.11.

하고 있기 때문인 듯하다. 다시 말해, 이러한 탈－탈맥락화는 곧 구술성의 맥락화와 상통하는 면을 가진 것으로 간주될 수 있고, 이는 오늘날을 새로운 구술성의 시대로 규정할 수 있는 근거가 된다.

탈－탈맥락화의 보다 극단적인 형태는 컴퓨터의 발명과 이로 인해 실현된 디지털 커뮤니케이션의 가능성에서 드러난다. 이는 텔레비전이나 영화에서 한 걸음 더 나아가 새로운 형태의 탈－탈맥락화를 가능하게 한다. 컴퓨터는 옹이 제시한 제2의 구술성의 여러 매체들을 통합하면서, 새로운 맥락을 생산해내는데, 그것이 이른바 사이버 공간이라 불리우는 가상실재 공간이다. 이러한 공간의 특징은 무엇보다도 일방적이 아닌 쌍방적 커뮤니케이션이 가능하다는 데 있다. 오늘날 사이버 공간에는 수많은 담론 공동체들이 존재하며, 그 안에서 수많은 맥락들이 만들어지면서, 담론들을 생산해낸다. 이러한 공동체에서 이루어지는 즉각적인 대화적 담론들은 기술성이 갖는 탈맥락화를 통해 분리된 인간들 간의 관계를 회복시킬 가능성을 드러낸다. 이러한 공간에서의 커뮤니케이션은 글쓰기 즉 기술성의 실현을 통해 이루어지는데, 이러한 기술성은 이른바 디지털 글쓰기로서 구술성이 강하게 반영된 새로운 형태의 기술성이라 할 수 있다. 필자는 이를 '제2의 기술성'이라 한 바 있다.[63]

컴퓨터에서 만들어지는 텍스트는 그것의 밖에서 만들어지는 텍스트와 현저하게 다른 특성을 갖는데, 그것을 우리는 하이퍼텍스트라 부른다. 1960년대 넬슨에 의해 만들어진 용어인 하이퍼텍스트를 그는 다음과 같이 설명한다.[64]

---

63) 송효섭, 앞의 책, 310면.
64) 조지 P. 랜도우, 『하이퍼텍스트 2.0: 현대비평이론과 테크놀로지의 수렴』, 여국현 외 옮김, 문화과학사, 2001, 14면에서 재인용.

하이퍼텍스트라는 용어를 통해 나는 비연속적 글쓰기, 즉 곳곳에서 갈라지며 독자들에게 선택을 허용하고 쌍방향적인 스크린 상에서 가장 잘 읽히는 텍스트를 의미한다. 일반대중들이 인식하고 있듯이 이것은 독자들에게 상이한 경로를 제공하는 연결부들에 의해 연결된 일련의 텍스트 덩어리들이다.

이와 같은 하이퍼텍스트의 개념은 우리가 지금까지 생각해온 텍스트의 개념과는 전혀 다르다. 비연속적 글쓰기로서의 하이퍼텍스트는 텍스트가 유기적인 짜임새를 가지고 있다는 생각을 전도시킨다. 비연속성은 텍스트의 한 연결점이 또 다른 연결점으로 자연스럽게 나아가지 못함을 말한다. 가령 음악에서의 선율의 아름다움은 음과 음 사이의 자연스러운(예측 가능한) 연결에서 오는데, 이러한 하이퍼텍스트의 비연속성은 우연성에 의존하는 존 케이지의 음악을 연상시킨다. 그런데 이러한 우연성에 의한 연결은 샤논과 위버의 용어를 빌면, 예측성의 부재로 엔트로피를 증가시킴으로써, 정보의 양이 극대화되는 것이다.[65] 예를 들어, 각주가 많이 달린 논문이 있다고 하자. 논문을 읽는 과정에서 일일이 각주를 참조하면 읽는 데 방해가 되고 읽는 속도가 느려진다. 그러나 각주들에는 많은 정보가 담겨 있다. 만약 이 논문이 하이퍼텍스트로 사이버공간에서 읽힌다고 하자. 독자는 단지 각주뿐만 아니라, 논문에 나오는 수많은 용어들이 다른 텍스트로 연결되는 연결점이 되는 것을 볼 수 있다. 다른 텍스트에는 또 그러한 수많은 연결점들이 있다. 이러한 연결들을 따라가다 보면 처음에 읽고 있던 논문의 흐름을 따라갈 수 없고, 독자는 독해의 지체를 경험할 수밖에 없다. 그러나 이러한 독해의 지체는 오히려 수많은 정보의 가능성 때문이

---

65) John Fiske, *Introduction to Communication Studies, 2nd edition*, Routledge, 1990, p.12.

며, 독자는 논문의 저자가 제시한 흐름과는 다른 경로를 따라 논문을 새롭게 읽게 된다. 사이버 공간에서 이루어지는 소설과 같은 서사 형태는 하이퍼텍스트의 비연속성으로 인해 또 다른 서사의 미학을 산출할 가능성을 보여준다. 일관적인 플롯에 길들여진 우리에게 비연속적인 플롯, 때로는 독자에게 재구성될 수 있는 플롯은 전혀 새로운 서사 읽기의 경험을 제공한다. 이것 역시 책을 통한 서사에서는 테크놀로지의 한계 때문에 불가능한 것으로 여겨지는 것이다.

그렇다면 이와 같은 모든 탈−탈맥락화의 테크놀로지가 우리에게 열어준 가능성은 무엇일까? 그것은 맥락의 무한한 확산이다. 우리가 우리의 모든 감각을 작동하여 체험하는 맥락이 사이버 공간에서 만들어질 수 있다. 하이퍼텍스트가 아니라 하더라도, 컴퓨터는 수많은 영상들을 만들어내고 전송하고 유포시킨다. 그리고 그것은 소리나 문자와 결합되어 보다 실감나는 맥락을 만들어낸다. 그런가 하면 컴퓨터는 그러한 맥락이 실현될 가능성, 즉 수많은 패러다임으로 이루어진 것이기도 하다. 가능성과 실현 사이에 컴퓨터 앞에 앉아있는 내가 있다. 컴퓨터에서의 실현이란 책과 같은 문자를 통해서는 상상할 수밖에 없었던 것을 실현시키는 것이다. 여기에 구술성과 기술성의 구분은 별 의미가 없다. 어쩌면 제2의 구술성이나 제2의 기술성이란 말도 별 의미가 없을지 모른다. 왜냐하면, 컴퓨터를 통해 만들어지는 담론은 이러한 범주에 고정시킬 수 없는 유동성이나 불안정성을 갖기 때문이다.

테크놀로지에 의한 이러한 새로운 담론의 생산은 오늘날 우리의 인문학적 사유와도 깊은 관련을 갖는다. 소쉬르의 영향으로 20세기 인문학은 언어학적 전회라는 새로운 계기를 맞는다. 그것은 앞서 말한 텍스트 혹은 담론으로 현실 세계를 구조화하거나 체계화하려는 경향을 말한다. 이러한 구조화나 체계화는 어떤 실재도 그것이 체계 속에 존재함으로써 상대화될 수밖에 없음을 말하는 것이다. 여기서 체계는 언어적 체계를 말하는 것이며, 그 언어적 체계는 하나의 총체로 구성됨으로써 끊임없이 고정화되려는 욕망을 갖는다. 그것은 구조가 실재화될 수 있는 위험에 놓이는 것이며, 끝없는 상대성을 추구하는 욕망에 반하는 것이며, 형이상학적 관념을 완전히 해체시키지 못할 가능성을 안고 있는 것이다. 오늘날 인문학이 이러한 상대화의 경향으로 나아가는 것은 고정된 관념으로 인해 생겨날 수 있는 엄청난 폐해 때문이다. 인간의 삶의 복합성과 가변성을 인정한다면, 그러한 것들이 기술될 수 있는 담론은 이미 존재하는 고정된 의미나 중심을 해체하는 데서 생성될 수 있다. 이러한 담론은 하나의 중심을 또 다른 중심으로 대체하는 것이 아니라, 하나의 중심이 갖는 균열의 틈새에 나의 담론을 위치 지우는 일이다. 그것은 해체의 사유가 결코 현실을 부정하거나 무화시키려는 허무주의가 아닌, 가장 겸손한 그러나 가장 능동적인 담론의 생산을 실천하는 것임을 보인다. 이는 로티가 말한 "객관적 진실을 발견한다기보다는 대화를 계속 유지시키는" 정신을 드러내는 것이다.[66] 오늘날 구술성과 기술성을 넘어서는 새로운 담론을 생산해내는 과정에 숨어있는 탈중심의 이념은 누구나 참여하여 풍요로운 정보를 향유하며, 때로는 그것을 스스로 교정하기도 하는 지식과 담론의 민주화를 지향하고 있는 것이다.

5. '국문학'의 담론적 확산

다시 강조하지만, 국문학의 해체는 국문학의 소멸을 뜻하지 않는다. 우

---

66) 랜도우, 앞의 책, 132면에서 재인용.

리가 국문학이라는 개념과 범주 속에 담아두었던 관념들은 다른 관념들을 타자화시키는 배타성을 갖는다. 국문학의 해체는 국문학의 무한한 산포를 뜻한다. 자기중심적 경계를 허물 때, 국문학은 마치 바이러스처럼 이 세상의 모든 담론들에 침투할 수 있다. 이제 주변에서 수많은 '국문학적'인 것들을 만날 수 있다. 그리고 구술성과 기술성을 넘어서 존재하는 담론들은 이러한 국문학적 '기호들'로 가득 차 있다. 그것은 국문학의 거대담론을 다시 세우는 국문학적 제국주의를 의미하는 것이 아니다. 그것은 형이상학적 관념으로 추상화시킬 수 없는 현실의 복합성에 대한 반성적 언어의 섬세한 반응이며, 대화를 유지시키려는 눈물겨운 노력이며, 또한 우리의 담론 곳곳에 내비치는 '머뭇거림'의 몸짓이기도 하다.

제6장

'구술/기술'의 패러다임과 그 담화적 실현

1. '구비/기록'에서 '구술/기술'로

이 글은 '구술/기술'의 양항대립이 단지 메시지를 전달하는 도구적 매체의 문제에 그치지 않고, 메시지의 심리적, 사회적, 역사적인 조건들을 결정하는 중요한 패러다임이 될 수 있다는 전제에서 출발한다. 이러한 패러다임은 문학은 물론 문화 전반에서 인간의 사유를 형성하는 중요한 기제로 작용하며, 또한 그것의 실현 양상에 따라 다양한 새로운 담론을 생산하기도 한다. 이를 위해 먼저 우리는 '구술/기술'의 패러다임이 왜 이 시대에 문제가 되는지, 그리고 그것이 지금까지 문학연구에서 통용되어온 '구비/기록'의 패러다임을 어떻게 대체할 수 있는지에 대해 살펴보기로 한다.

이를 위해서는 먼저 지금까지 한국문학 연구의 한 분야 혹은 한 장르로 자리 잡은 '구비문학'이라는 개념과 그것과 대립되는 개념으로서의 '기록문학'이라는 개념이 갖는 문제점을 짚어보기로 하자. 이를 위해 지금까지 학계에 널리 통용되는 '구비문학'의 개념을 인용해보기로 한다.

구비문학 口碑文學 oral literature, littérature orale, mündiche Dichtung은 '말로 된 문학'을 의미하고 '글로 된 문학'인 기록문학written literature, littérature écrite, schriftliche Dichtung과 구별된다. 구비문학을 구전문학 口傳文學이라고도 한다. 구비와 구전은 대체로 같은 뜻이나, 굳이 구별하자면 구전은 '말로 전함'을 뜻하는 데 그치나, 구비는 '대대로 전하여 내려오는 말'이라 할 수 있기에, 구전문학보다 구비문학이 더 적절한 용어라고 생각한다.[67]

여기서 말하는 '구비문학'은 먼저 예술로서의 문학의 영역을 전제로 한 용어이다. 문학이라는 개념에 이미 문자 활동의 전제가 있으며,[68] 그것이 지금까지 주로 쓰여진 자료들을 가리키는 용어로 정립되었음을 감안할 때, 구비문학은 구술 이야기나 속담 등과 같은 순수한 구술적 유산을 가리키는 데는 만족스러운 용어가 될 수 없을 것으로 보인다.[69] 문학을 언어예술로 보려는 입장이 일반적으로 통용되고 있지만, 최근 들어 이러한 문학의 개념 자체에 대해 문제를 제기하려는 움직임 또한 드러나고 있다. 문학이 갖는 독특한 미학적이고 도덕적 가치보다는 보다 구체적이고 포괄적인 문화 영역에서 그것이 작용하는 양상에 대한 관심이 고조되고 있는 것이다. 언어예술로서의 문학이라는 독특한 영역이 존재한다는 믿음은 문학을 예술 장르의 하나로 고착시켰으며, 또한 그에 종속되는 다양한 하위 장르들을 만들어냈다. 오늘날 장르론이 문제되는 이유는 이러한 장르의 분류체계로만 설명할 수 없는 수많은 담론의 가능성이 실현되고 있으며, 또 앞으로 실현될 것이라는 점이다. 이러한 장르론을 토지를 분할하고 그것에 뿌

---

67) 장덕순 외, 『구비문학개설』, 일조각, 2006, 19면.

68) 위의 책, 21면.

69) Ong, op. cit., pp.10-11.

리박는 정주적 사유의 소산이라 한다면, 오늘날의 문화적 상황은 이러한 영역을 넘어서 끊임없이 탈영토화를 실현하는 유목적 사유를 요구하고 있다.[70] 이에 따라 문학 역시 문학의 영역에 머물러서는 안 되고, 그것을 넘어서는 과정을 통해 스스로를 확산하는 역동적 움직임을 보여주어야 한다. 이러한 점에서 흔히 문학연구가들이 갖고 있는 '문학중심주의'에서 벗어날 필요가 있으며, 문학을 하나의 독자적 장르가 아닌 보편적인 담론 안에 위치 지어진 하위코드로 기술할 필요가 있다. 코드란 상황에 따라 유동적으로 생성되는 것이기에 자연히 '문학'이라는 개념도 고착된 정의에 갇히지 않고 새로운 담론을 생성하는 씨앗 혹은 텃밭의 역할을 하는 담론적 코드가 될 수 있을 것이다. 이러한 문제는 우리가 '구비문학'이라는 용어를 쓰든, '구술문학'이라는 용어를 쓰든, 늘 따라다니는 것이기에, 우리는 어떤 용어를 쓰든, 가능한 한 그것이 갖는 한정된 개념의 틀에서 벗어날 필요가 있다. 특히 문학을 언어예술로 보는 관점은 서구의 형식주의 이론에 의해 보다 과학적인 토대를 갖게 되지만, 오늘날 구조주의와 탈구조주의의 사유를 거치면서 그것이 문학을 문화의 맥락과 분리하지 않는 개방적이고 실천적인 관점으로 전환되고 있음에 주목할 필요가 있다.[71] 예를 들어, 『삼국유사』를 문학적으로 보는 것은 별 의미가 없다. 『삼국유사』가 갖는 담론적 가능성을 말하기 위해서는 문학적인 코드가 다른 코드들과 결합하여 생성하는 의미를 기술해야 하며, 이를 위한 다양한 읽기 전략을 마련할 필요가 있다.

---

70) 그중 가장 중요하고 획기적인 변화는 다양한 디지털 매체를 통한 새로운 소통 양식에서 찾아진다. 이러한 양식은 곧 21세기를 지배하는 인간의 사유를 변화시키고 있음을 주시할 필요가 있다.

71) 이러한 흐름은 오늘날 한국은 물론 서구의 대학에서도 기존의 어문학과에서 문화연구를 중심적으로 다루거나 심지어는 어문학과를 아예 다른 문화연구학과로 대체하는 경향을 통해 읽어낼 수 있다.

'구비문학'의 정의에서 강조되는 개념은 '구비'이다. 구비의 어원이 말로 된 비석, 즉 "비석에 새긴 것처럼 오래도록 전해온 말"[72]이라는 점은 '구비'라는 말이 갖는 중요한 의소적 자질이 /불변성/이나 /항구성/임을 말해준다. 다시 말해 구비문학을 연구한다는 것은 변하지 않는 항구적인 것을 연구한다는 뜻이다. 이에 대해 우리는 다음과 같은 문제를 제기해 볼 수 있다. 구비문학이 입으로 된 말을 연구하는 것이라면, 그 입은 수많은 전승자들의 입이라 할 수 있다. 그러한 수많은 전승자들은 각각 다른 역사적이고 사회적인 상황에서 다른 개성과 경험을 토대로 그것을 전승했을 것이다. 만일 '비석에 새긴 것과 같은' 것을 연구한다면, 이러한 전승의 모든 구체적인 상황들은 논외가 되어야 한다. 가령 아기장수 설화라 할지라도 수많은 판본이 있다. 판본의 차이는 단지 문헌학적인 차이가 아니라, 다양한 역사, 사회, 문화적 상황을 통해 형성된 개별화된 사유의 차이이다. 종래의 실증적인 문헌학적 텍스트 연구가 갖는 문제점은 이러한 차이까지 관심을 확장시키지 못한 데 있다. 아기장수 설화가 갖는 불변성이나 항구성을 논한다면, 그것은 가령 『한국구비문학대계』 등에 채록된 설화나 어린이용 동화책에 각색된 동화에서 모두 동일한 원리를 찾아내야 할 것이다. 그러나 우리의 관심은 각각의 텍스트가 구체적인 상황에서 생성하는 의미작용에 대한 것이며, 이에 따라 적어도 구술로 전승되거나 구술로 연행된 문학에 대해서는 그 구술 상황에 대한 고려를 간과해서는 안 될 것이다.

이러한 '구비성'과 대를 이루는 개념인 '기록성'이 갖는 문제점 역시 이와 연관된다. 앞서 구비문학의 정의에서 보았듯, 그것은 대대로 전해오는 것이기 때문에 어디엔가 기록되지 않으면 안 된다. 혹 녹음이나 녹화라는 기술로 인해 말이 재생될 수 있다 하더라도, 그것 역시 그 상황에서 채록되

---

72) 이희승, 『국어대사전』, 민중서관, 1961; 장덕순 외, 앞의 책, 19면에서 재인용.

어 고착된다는 점에서 새로운 형태의 기록성에 불과하다. 이러한 기록성 역시 구비성과 마찬가지로 /불변성/이나 /항구성/과 같은 의소적 자질을 갖는다. 문학이라는 장르적 개념을 넘어서 텍스트라는 개념이 연구대상이 된 이래, 주로 텍스트는 문헌이라는 개념과 동의어로 간주되었다. 일단 문헌에 기록되면 그것은 항구적으로 변하지 않으며, 그것을 쓰거나 편집한 작자, 편집자, 그리고 그것이 쓰인 동기나 역사적 상황 역시 변할 수 없다. 텍스트의 물질적 형태나 양식 또한 낡을지언정 변할 수 없는 것이며, 따라서 결코 대상 넘어서 형이상학을 추구하지 않는 실증주의의 연구 대상이 될 수 있었다.[73] 이때의 텍스트는 곧 /불변성/과 /항구성/의 자질을 갖는 기록물로 존재한다. 그런 점에서, 구비성과 기록성은 대립된 개념이면서도 또한 동일한 계열에 속하는 개념이라 할 수 있다. 그렇다면 오늘날 우리가 이른바 기록문학을 연구하는 태도 역시 이에 그치는 것은 아닐까? 기록된 것으로 고정된 메시지에 대한 독해는 메시지가 생산하는 의미보다는 그것의 메시지가 비롯된 기원에 주목한다. 그 기원 역시 /불변성/과 /항구성/을 갖는 것인데, 문제는 그러한 기원을 찾는 것이 불가능하다는 데 있다. 기록된 것이 의미를 생산하기 위해서는 새로운 상황에서 읽혀야 하며, 그리하여 그것에 대한 또 다른 기록을 남겨야 한다. 공자의 『논어』나 셰익스피어의 〈오셀로〉가 있다면, 오랜 시간에 걸쳐 그것을 읽어낸 수많은 기록들이 있다. 『논어』나 〈오셀로〉는 그저 단일한 메시지가 아니라, 수많은 읽기의 기록을 통해 켜켜이 쌓인 의미의 축적으로 나타난다. 그렇다면, 우리는

---

73) 텍스트연구는 이에 따라 서지학의 성격을 띤다. 서지학자들도 텍스트를 단지 '산물'로만 보지 않고 '과정'으로 보기도 한다. 그러나 그 '과정'이란 것이 텍스트의 생산, 전파, 수용이 이루어지는 역사적 과정을 연구하는 것이기 때문에, 실증적 연구에서 벗어나는 것은 아니다.
D. C. Greetham, *Textual Scholarship: An Introduction*, Garland Publishing, Inc., 1994, p.2.

『논어』나 〈오셀로〉도 그 이전의 어떤 텍스트에 대한 기록이라 가정할 수 있으며, 그러한 과정을 염두에 둔다면, 모든 기록은 남겨진 기록이라기보다는 새롭게 수행된 '기술'이라 할 수 있다.

이와 같은 논의를 통해 우리는 '구비/기록'의 패러다임이 보다 미래지향적인 가치를 추구하는 오늘날의 상황에서 '구술/기술'의 패러다임으로 전환되어야 할 필연성을 찾을 수 있다. '구비'나 '기록'과는 달리 '구술'과 '기술'에는 '술'(述)의 행위가 내포된다. 행위는 상황에서 이루어지고, 또한 상황을 바꾼다. 구비된 것 혹은 기록된 것은 그 자체로 머물러 있지만, 구술되고 기술되면서 언어는 상황 속에서 상황을 바꾸는 의미 있는 역할을 하게 된다. 그것은 /불변성/이나 /항구성/이 아닌 /가변성/이나 /일회성/의 자질을 갖는 것이지만, 이러한 자질들이야말로, 오늘날의 상황에 가장 직접적으로 관여하고 영향을 미치는 것이기에 마땅히 인문학적 관심의 대상이 되어야 하는 것이다.

2. 구술성과 기술성, 그 복합적 실현

'구술/기술'의 양항대립을 보는 입장은 이 책의 제5장에서 논의했듯, 지속 이론과 대분할 이론으로 나뉠 수 있다.[74] '구술/기술'을 문화적 패러다임으로 보는 이 글은 후자의 입장에 선다. 왜냐하면 지속 이론에서는 구술인가 기술인가의 문제는 도구적인 데 불과하기 때문에, 소통의 과정에서 결정적인 영향을 미치지 않지만, 대분할 이론의 입장에서는 이들의 대립이 문화 안에서 다양한 소통들을 계열화시켜 이해하는 데 결정적인 역할을

---

74) (Eds.) Olson & Torrance, op. cit., p.7.

하기 때문이다. 이는 귀와 눈이라는 신체의 기관과 지표적으로 연결됨으로써, 인간이 실제로 자신의 몸을 통해 받아들이는 소통의 경험이 얼마나 본질적인가를 보여주는 것으로, 인간의 진화나 발전 혹은 근대화나 문명화와 같은 통시적 개념과 연결되기도 한다. 그런가 하면 음성중심주의phonocentrism나 문자중심주의graphocentrism와 같은 개념75)에서 보듯, 인간의 소통과 사유에서의 매체지향성과도 밀접하게 관련된다. 오늘날 데리다와 같은 해체주의자들이 말하는 초월적 기의의 해체는 기원적인 목소리가 드러나는 구술중심주의의 해체라고 할 수 있으며, 이러한 구술중심주의는 구조주의의 시조라 말하는 소쉬르의 기표 개념에서도 그 그림자를 드리우고 있다. 문제는 이러한 구술과 기술이 단선적인 진화의 과정으로 이해되면서, 원시/문명, 자연/문화, 문맹/문지, 전통/근대 등과 같은 계열체로 대체되고 있다는 점이다. 그런 점에서 본다면, 구비문학을 '단순한' '보편적인' '민중적인' 문학으로 보는 입장 역시 이에서 벗어나지 않는다.76) 비문자 시대와 문자 시대를 구분하는 것도 쉽지 않지만, 비문자 시대라 하더라도 문자를 대신하는 조형들이 창조되었고, 문자 시대라 하더라도 구술은 인간의 문화 안에서 중요한 역할을 해왔다. 그런 점에서 '구술/기술'의 패러다임을 통시론적이고 진화론적인 궤적에서 이해하기보다는 인간의 소통과 사유를 지배하는 두 가지 상이한 방식으로 이해하는 것이 바람직하며, 무엇보다도 이들이 실제 담화 안에서 복합적으로 실현되는 양상에 주목해야 할 것이다.

구술성과 기술성은 말로 하느냐 글로 쓰느냐의 문제로서 야콥슨이 제안한 [표 4-1]의 소통 모델 중에서 접촉에 해당하는 문제라 할 수 있다. 접촉이란 발신자와 수신자 간에 이루어지는 물리적 채널과 심리적 연계를 말

---

75) Daniel Chandler, "Biases of the Ear and Eye",
　　http://www.aber.ac.uk/media/Documents/litoral/litoral.html 2014-01-08 참조.
76) 장덕순 외, 앞의 책, 25-28면.

하는 것으로 이들 간의 소통을 지속시켜주는 역할을 하는 것이다.[77] 따라서 접촉이란 발신자와 수신자가 어떤 물리적이고 신체적인 상황에 놓이느냐와 깊은 관련을 갖는다. 구술과 기술 즉 말하는 것과 글쓰는 것의 차이는 바로 이러한 물리적이고 심리적인 신체적 차이의 문제라 할 수 있는데, 말을 할 때 음성이 입으로부터 나오고 그것이 공기를 통해 전파되어 상대방의 귀에 들어가는 과정 그리고 글을 쓸 때 손 혹은 타자로 글자를 치고 그것이 인쇄되어 독자의 눈으로 읽히는 과정의 차이가 그러한 것이다. 그리고 이러한 상황은 또한 인간의 심리적 기제와 연계될 수 있어, 말하는 상황과 글 쓰는 상황 혹은 말을 듣는 상황과 글을 읽는 상황에서 인간은 각기 다른 인지적이고 심리적인 체험을 하게 되는 것이다. 문제는 이러한 것들이 구조화되거나 추상화되기 쉽지 않다는 데 있다. 야콥슨이 제안한 소통 모델이 우리에게 유익한 것은 메시지의 의미작용이 단지 메시지를 통해서만 이루어지는 것이 아니라는 것을 보여준 것이다. 메시지를 비록 의미론적으로 분석할 수 있다 하더라도, 그것을 둘러싼 그 외의 요소들이 관여함으로써 의미론을 넘어서는 의미가 생성된다고 할 수 있다. 이것은 의미론이 갖는 화용론적 경향을 보여주는 것인데, 문제는 이러한 요소들이 복합적으로 관여하는 양상을 어떻게 기술하는가이다. 메시지가 전달되는 상황은 세상 어디서나 일어나고 있으며, 그러한 모든 상황에서 만들어지는 메시지는 이른바 소쉬르가 말한 파롤에 해당하는 것인데, 구조주의에서 이러한 파롤은 연구의 대상이 될 수가 없다. 그중에서도 특히 접촉은 이러한 파롤적인 것을 결정하는 데 가장 직접적으로 관여하는 것으로 다른 어떤 요소보다도 더 구조적으로 기술해내기 어려운 것이다. 무엇보다도 담화에서 드러나는 구술성과 기술성은 이들 중 어느 하나로 환원시킬 수 없는 복

---

77) Jakobson, op. cit., p.66.

합성을 갖고 있어, 이를 기술하기 위한 방법론적 모색이 필요하다. 이러한 복합성은 구술적 메시지가 언제든 기술적 메시지로, 혹은 기술적 메시지가 언제든 구술적 메시지로 전환될 가능성을 갖는다는 데서 비롯된다. 구술 과 기술은 전달을 위한 채널로서 일종의 테크놀로지라 할 수 있는데, 이러 한 테크놀로지가 의미작용에 관여하는 양상을 기술하기 위해서는 이러한 구술과 기술이 생성하는 코드를 기술할 필요가 있다. 구술적 코드가 기술 적 코드와 결합되어 담화에 실현되는 것은 이들 양 코드 간의 전환이 언제 어디서든 일어날 가능성이 있다는 데서 비롯된다. 이들의 복합성이 실현 되는 양상을 실제 텍스트를 통해 살펴보기로 한다.

A)

『위서』에 말하기를 지금부터 이천년 전에 단군왕검이 있어 아사달[경 에는 무엽산이라고 하고 또한 백악이라고도 하는데 백주에 있다. 혹은 개 성의 동쪽에 있다고도 하는데 지금 백악궁이 이것이다]에 도읍을 정하고 나라를 세워 조선이라 불렀는데 요와 같은 때였다. 『고기』에 이르기를, 옛날에 환인[제석을 이른다]의 서자 환웅이 있어 자주 천하에 뜻을 두고 인간세상을 탐하여 구했다.[78]

『삼국유사』 고조선

B)

그 손에서, 그 의붓 손에서 내가 인제 그 친아버이는 얼굴을 몰르고 의 붓아버지 인제, (조사자에게) 밥 더 드릴까? [조사자: 에, 많이 먹었습니

---

78) 魏書云 乃往二千載 有檀君王儉 立都阿斯達 經云無葉山 亦云白岳 在白州地 或云 在開城東 今白岳宮是 開國號朝鮮 與高[堯]同時 古記云 昔有桓因 謂帝釋也 庶子桓雄 數意天下 貪求 人世

다.] 의붓아버지 손에서 그래 크고 자라왔는데. [조사자: 그럼 그 아버지는
잘 해주셨어요?] 그래다보니까 뭐 아무래면 참 옛날 속담이 뭐 의붓아버
이 아버일란가 뭐 의붓어머이 어머일란가. (웃음) 그런 속담이 내려오잖아.

「의붓아버지, 투전꾼 남편, 신내림」[79]

A)에는 우리가 흔히 단군신화라 칭하는 줄거리가 서술된다. 단군신화가
구비적으로 전승되었다 하더라도, 『삼국유사』라는 문헌에 기록되는 순간
하나의 판본으로 고정된다. 그러나 『삼국유사』는 단지 기록물이 아니라,
기술물이다. 이에 따라 무엇이 기록되었는가보다는 어떻게 기술되었는가
가 문제된다. A)에서 눈에 띄는 것은 인용과 주석이다. 인용이란 다른 문
헌의 권위를 빌려오는 것이지만, 한편으로는 그러한 권위를 텍스트에 재배
치함으로써 그것을 해체하는 효과를 거두기도 한다. 다시 말해 『위서』나
『고기』의 맥락을 해체하여 『삼국유사』의 맥락으로 재구성하는 것이다. 주
석은 텍스트에 대한 부연 설명이지만, 실제로는 텍스트의 맥락에서 벗어나
잠시 현실의 맥락으로 되돌아오는 것이다. 이러한 방식이 갖는 특징은 다
중적인 맥락을 담화를 통해 구현해낸다는 점이다. 『삼국유사』에 자주 등
장하는 논평 역시 이야기와는 다른 차원의 맥락을 새롭게 덧붙인다.[80] 이
러한 점은 『삼국유사』가 이야기를 기록한 문헌이 아니라, 그것을 새로운
맥락으로 구성한 텍스트임을 말한다. 여기에서 중요한 것은 이러한 구성
이 바로 기술이 갖는 특성을 보여준다는 점이다. 구술은 그것이 구연되는
현장이라는 하나의 맥락에서 작동하는 반면 기술은 이에 대한 메타적인

---

79) 신동흔 외, 『시집살이 이야기 집성』 2, 박이정, 2013, 13-14면.
80) 『삼국유사』의 담화에서의 인용, 주석, 논평의 역할에 대해서는 송효섭, 「『삼국유사』의
  신화성과 반신화성」, 『한국문학이론과 비평』 37집, 한국문학이론과 비평학회, 2007,
  7-27면 참조.

새로운 맥락을 다양하게 덧붙임으로써 다양한 의미의 생성 가능성을 보여 준다.

그렇다면 여기에서 구술성을 찾을 수는 없는 것일까? 우리가 흔히 구술 문학이라는 문예장르로서의 신화의 개념을 설정할 때, 거기에는 구술성에 대한 전제가 있다. 『삼국유사』고조선조의 단군 이야기 역시 이러한 구술로 전승되었을 것이다. 그러나 그러한 구술의 현장은 어디에도 남아있지 않다. 따라서 그것을 추론할 수밖에 없는데, 그러한 추론은 가령 이야기 자체의 분석을 통해 그것의 자질을 추출하고 그러한 자질을 갖는 이야기가 전승될 수밖에 없는 소통의 상황을 가정해보는 정도에 그친다. 가령 초월적인 것의 지배를 받는 이야기의 전달은 초월적인 발신자에 의해 일방적으로 이루어졌을 것이라는 막연한 해석이 가능할 뿐이다. 다시 말해 기술적 텍스트라 하더라도, 거기에 구술적 기억이 흔적처럼 아로새겨 있으리라고 짐작해볼 수 있을 뿐이다.

A)에 비하면, B)는 구술 상황을 텍스트에 반영하여 기술한 것이다. 먼저 이 텍스트는 특정한 구술 상황을 설정한 뒤 채록된 것임이 밝혀져 있기 때문에, 그러한 상황이 어느 정도 담화에 반영되었음을 짐작할 수 있다. 제보자가 보이는 언어적 특징들이 그대로 드러나며, 가끔은 웃음과 같은 언어 외적인 반응도 함께 기술된다. 거기에 조사자의 응답이나 질문을 통해 발신자와 수신자가 그때그때 만들어내는 소통상황이 기술된다. 가령 B)에서 "밥 더 드릴까?"와 같은 제보자의 질문은 이야기의 맥락에서 잠시 벗어난 것으로 이야기가 소통되는 현실의 맥락으로 되돌아온 것이다. 이 경우, 이야기의 맥락과 별개로 이야기가 구연되는 맥락이 함께 존재한다는 점에서 A)와 같은 다중적 맥락이 존재한다고 가정할 수 있으나, A)에서의 맥락이 기술자에 의해 구성되는 것이라면, B)에서의 맥락은 현장에서의 가변적인 상황에 따라 그때그때 만들어지는 것이다. 이러한 가변성을 최대한 기

술하는 것은 구술 텍스트가 갖는 구술성을 최대한 드러내는 일이다.

그럼에도 불구하고, 우리는 B)가 문자로 기술되었음을 간과할 수 없다. 이것은 구술된 것은 그 현장을 벗어나면 사라질 수밖에 없는 운명을 보여주는 것이며, 그렇기에 구술 텍스트의 구술성 연구가 갖는 한계를 보여주는 것이기도 하다. 아무리 구술성을 살린 텍스트라 하더라도, 그 구술성을 드러내는 데는 한계가 있으며, 또한 기술되는 과정에 필연적으로 기술성이 개입할 수밖에 없는 것이다. 기술성에서 구성되는 맥락이 존재하듯, B) 역시 그러한 맥락이 존재함을 부정할 수 없다. B)는 일정한 학술적 기획에 의해 시집살이담을 수집하는 과정에서 채록되었으며, 그것은 일정한 주제를 갖는 학술서의 체재 안으로 편입된 것이다. 현장이 파롤이라면, 책의 구성은 랑그라는 점에서, 이 경우 이미 구술성이 갖는 수많은 가변성은 책과 기술의 체재 안에서 해체되어버리고 만다. 이러한 시집살이 이야기에서 구술이 촉발한 상황에 대한 화용론적 관심은 접어버리고, 단지 줄거리를 중심으로 한 의미론에만 관심을 갖는다면, 구술이 갖는 문화적 패러다임으로서의 역할은 과연 어디에서 찾을 수 있을까?

A)와 B)의 인용에서 드러난 구술과 기술의 복합적 양상을 통해 우리는 문화적 패러다임으로서의 '구술/기술'을 어떻게 담화적으로 실현시키며 그것을 어떻게 기술할 것인가와 같은 방법론적 질문을 던져볼 수 있다.

3. '구술/기술' 패러다임의 시학적 실현

'구술/기술'이 담화적으로 실현되는 양상을 살피기 위해서는 담화의 층위에 대한 이해가 필요하다. 담화에는 '구술/기술'이 가장 민감하게 드러나는 층위가 있는가 하면, 그것과 거의 무관하게 존재하는 층위도 있기 때문이다. 앞서 A)에서 추출해낸 단군 이야기는 다른 신화집이나 설화집에서도 추출될 수 있다. 그것을 말로 풀어낸다 하더라도, 거기에서 추론해내는 줄거리는 바뀌지 않는다. 레비스트로스가 번역을 통해서도 바뀌지 않는 이러한 속성을 시와 구분되는 신화의 특징으로 본 것[81] 역시 이러한 층위가 분명히 존재한다는 것을 보여주는 것이다. 앞서 구술과 기술의 지속 이론은 바로 이러한 층위를 본질적으로 보는 관점이라 할 수 있다. 이러한 층위는 이른바 러시아 형식주의자가 구분한 플롯과 줄거리[82] 중 줄거리에 해당하는 것이며, 옐름슬레우가 말한 표현과 내용의 구분[83] 가운데 내용에 해당하는 것이다. 우리가 앞서 제시한 대분할 이론의 입장에 선다면, 줄거리나 내용이 아닌 플롯이나 표현이 갖는 역할에 주목할 필요가 있다. 왜냐하면 이들이 바로 구술과 기술이라는 테크놀로지와 직결되는 층위이며, 이러한 구술과 기술의 코드화를 통해 텍스트가 갖는 의미작용 전체가 좌우될 수 있기 때문이다.[84] 이러한 층위는 담화에서 가장 표층에 현시되는 것이며, 이에 따라 우리는 담화의 심층으로 들어가기 전에, 이러한 담화 자체가 드러내는 다양한 특성들에 관심을 기울여야 하는 것이다.

---

81) Claude Lévi-Strauss, *Structural Anthropology*, (trans.) Claire Jacobson & Brooke Grundfest Schoepf, Penguin Books, 1963, p.210.

82) Boris Tomashevsky, "Thematics", (trans. & intro.) Lee T. Lemon & Marion J. Reis, *Russian Formalist Criticism: Four Essays*, University of Nebraska Press, 1965, pp.66-78 참조.

83) Louis Hjelmslev, *Prolegomena to a Theory of Language*, (trans.) Francis J. Whitfield, The University of Wisconsin Press, 1969, pp.47-60 참조.

84) 최근 제출된 시집살이담에 대한 연구에서 신동흔이 시집살이담의 질적 층위를 가리는 기준으로 제시한 '표현 능력'이나 최원오가 전통 이야기의 핵심적 요소로 제시한 '미디어적 성격'은 모두 이러한 층위와 관련된 것이다.
신동흔, 「시집살이담의 담화적 특성과 의의」, 신동흔 외, 『시집살이 이야기 연구』, 박이정, 2012, 14면.
최원오, 「여성생애담의 이야기화 과정, 그 가능성과 한계」, 앞의 책, 64-69면.

구술과 기술이 야콥슨이 말한 소통 모델에서 접촉에 해당하는 것이기는 하지만, 이들 역시 코드화됨으로써, 일정한 규칙을 만들어낸다. 메시지 자체가 현시되는 규칙을 시학이라 한다면, 구술과 기술의 문제 역시 이러한 시학의 차원에서 다루어질 필요가 있다. 언어의 시적 기능이 메시지 자체를 통해 수행된다고 보는 야콥슨의 가설[85]은 텍스트를 상황에서 분리시키는 형식주의적인 경향을 강하게 띤다. 텍스트가 상황에서 분리될 수 있는 것은 그것이 기술물로 존재할 때이다. 앞서 인용된 A) B) 모두 하나의 기술물이라 한다면 이들 모두 이러한 메시지 자체로부터 비롯되는 시학을 구현할 수 있다. 이때 메시지를 둘러싼 여러 요소들-발신자, 수신자, 콘텍스트, 접촉, 코드-은 모두 이러한 메시지 안에서 찾아지는 가정적으로 추론된 요소들이다. 필자는 이러한 시학을 보편시학으로 보고 다음과 같은 영역으로 도식화한 바 있다.[86]

[표6-1] 보편시학의 영역

이 경우, 발신자는 A)의 일연, B)의 최옥녀라는 실제 인물이 아니다. 발신자는 서술자나 내포작가 혹은 담론적 저자와 같은 이름으로 불리울 수 있는 담화적 형상으로 나타나며, 수신자 역시 피서술자, 내포독자 혹은 담

85) Jakobson, op. cit., pp.69-70.
86) 송효섭, 『해체의 설화학』, 서강대출판부, 2009, 92면.

론적 독자와 같은 형상으로 나타나게 된다. 이들이 갖는 공통된 특징은 이들이 모두 메시지로부터 추론되었다는 점이다. 콘텍스트 역시 기술물로 존재할 때, 그것의 기술 상황에 대한 정보를 드러내지 않는다. 이미 기술은 끝났으며 우리가 할 수 있는 것은 그 기술 상황을 추론하는 일이다. A)에서 인용이나 주석과 같은 글쓰기의 전략은 우리가 텍스트를 통해 추론해낸 글쓰기의 코드일 뿐이다. 일연이 특정 시대 특정 상황에서 『삼국유사』를 집필했다는 정보는 기술물로서의 『삼국유사』의 시학을 구성하는 데 있어서 하나의 사전 정보에 불과할 뿐이다. 이와 같이 기술물로 존재하는 텍스트의 시학은 메시지 자체로부터 비롯된 모든 것을 코드화시킴으로써, 현실 상황으로부터 텍스트를 분리시키면서 텍스트가 갖는 담화적 특성을 강화시킨다. 이를 기술하는 일은 모든 텍스트가 글로 존재함으로써 소통되는 현재의 상황에서 선택할 수 있는 유일한 방법론적 대안으로 보인다.

그러나 이러한 시학이 앞서 A)와 B)의 텍스트를 기술하는 데, 동일하게 적용될 수는 없다. 비록 양자가 모두 기술된 것이기는 하지만, B)는 A)에 비해 메시지 자체뿐만 아니라 그것이 전달되는 여러 상황적 요소들을 덧붙여 기술하고 있기 때문이다. 조사일자와 시간, 구연자의 나이, 성별, 조사자, 조사장소에 대한 정보가 기본적으로 주어진다. 조사과정 및 구연상황을 다음과 같이 기술하기도 한다.

C)
최옥녀와는 본래 전날 만나기로 약속이 되어 있었다. 하지만 갑작스레 딸 내외가 방문하는 바람에 부득이하게 일정을 하루 미뤘다. 최옥녀는 조사팀에게 아침을 대접해 주었고, 이런저런 이야기를 나누며 자연스럽게 이야기판이 펼쳐졌다. 집으로 두 차례 손님이 찾아왔으나, 최옥녀는 이야기를 풀어내는 일에 집중했다. 최옥녀는 지치지 않고 지나온 삶의 사연을 펼쳐냈고, 이야기판은 오랜 시간 지속되었다.[87]

이야기에 대한 의미론적 분석을 한다면, 이러한 정보들은 별 의미를 갖지 않는다. 그러나 이야기의 구술 상황이 어느 특정 시점에서 일어난다는 점을 감안한다면, 이러한 정보들이 이야기의 해석에 미치는 영향을 고려하지 않을 수 없다. 텍스트를 기술물로 보고 그것의 시학을 탐구할 때 메시지에서 추론되었던 소통에 관여하는 여러 요소들이 이러한 구술시학적 관심에 의해 실제 상황으로 호출된다. 가령 발신자와 수신자도 앞서의 경우처럼 서술자나 피서술자 등과 같은 구조적 개념이 아니라, 실제 최옥녀라는 인물과 그를 제보자로 하여 조사한 조사자들이 된다. 그 외에도 우리가 메시지의 구술성을 고려하여 소통과정에서 찾아낼 수 있는 요소들로 다음과 같은 것들이 있다.

화자의 개성
화자의 신체적 조건
화자의 정신적 조건
화자의 정서 상태
화자의 말하는 자세
화자의 위치
화자의 사회적 위치
화자의 음성 자질
화자의 유창함의 정도

---

87) 신동흔 외, 『시집살이 이야기 집성』 2, 11면.

참여자의 수

참여자의 공간 배치

청자의 사회적 위치

발화 사건의 위상

메시지의 채널을 통해 드러나는 청각적 요소

말에 수반되는 몸짓

말하는 시간

말하는 시간의 길이

메시지의 통로

발화 사건 안에서의 연결 관계

메시지의 진리가치

청자에 의한 메시지의 수용

주제

장르

메시지의 형식

코드(언어)[88]

여기에서 언급되는 모든 요소들은 메시지에서 추론될 수 있는 것이 아
니라, 실제로 발화가 이루어지는 구술 상황과 지표적 관계를 갖는 요소들
이다. 다시 말해 이들은 메시지 바깥에 존재하는 요소들이기에, 우리는
이들 요소들을 현실의 상황에서 포착해내지 않으면 안 된다. 가령 탁한
음성으로 발화된 메시지에서 그 탁한 자질은 메시지 자체와 지표적 관계

---

88) Brian Stross, "Speaking of Speaking: Tenejapa Tzeltal Metalinguistics", (eds.) Richard Bauman & Joel Sherzer, *Explorations in the Ethnography of Speaking(2nd edition)*, Cambridge University Press, 1989, p.217.

를 가짐으로써 메시지에 영향을 미친다. 앞서 열거된 모든 요소들도 이와 같이 메시지가 발화되는 상황에서 지표기호[89]로서의 역할을 한다. 그렇다면 C)에서의 우연한 요소들(갑작스레 딸 내외 방문으로 일정이 미뤄진 사정 등)도 메시지에 어떤 영향을 미쳤을 가능성도 부정할 수 없다. 이러한 모든 요소들을 시학에 관여시킬 때, 우리는 기술시학과는 다른 구술시학의 영역을 구축할 수 있으며, 이는 메시지와 코드가 현실의 소통에 관여하는 다른 요소들과 상호작용하는 경계의 영역에 존재하는 것으로 가정된다. 필자는 이러한 구술시학의 영역을 다음과 같이 도식화시킨 바 있다.[90]

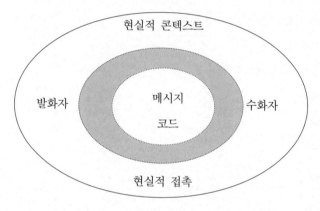

[표 6-2] 구술시학의 영역

---

89) 지표기호란 "그것의 표상적 자질이 그것의 존재 안에서 개별적인 2차성으로 이루어진 표상체"로 정의된다. 다시 말해 기호가 대상을 표상하는 방식이 현실 속에 존재하는 실제적 관계(2차성)를 통해 이루어지는 것을 말하는 것으로, 예를 들어 제보자가 어떤 제스처를 했을 때, 그 제스처는 그와 동시에 일어난 발화와 실제적 관계를 갖는 것이기에, 제스처가 그 발화를 나타내는 기호로 작용할 수 있다.
CP 2.283.
90) 송효섭, 『해체의 설화학』, 102면.

문제는 이러한 모든 요소들은 변화하는 상황 속에서 계속 변화될 가능성이 있는 파롤의 성격을 갖고 있기 때문에, 어느 순간 그것을 포착했다 하더라도, 그것은 이미 과거의 상황이 되어버리고, 이에 따라 현재와 거리를 둔 해석학적 상황이 발생한다는 점이다. 그리고 이러한 해석학적 상황은 우리로 하여금 다시금 기술의 시학으로 되돌아가게 한다. 실제로 연행에 작용하는 요소들로 바우만이 열거한 특수코드들, 형상적 언어, 병행, 특수한 초언어학적 자질들, 특수한 포뮬라, 전통에의 호소, 연행의 거부와 같은 요소[91]들이 실상은 야콥슨이 말한 시학적 자질과 크게 다를 바 없음에 주목할 필요가 있다. 그렇다면, 구술시학의 기술은 구술 자체가 갖는 우연성, 가변성, 일회성, 상황성 등과 같은 요소들을 최대한 수용하여 기술하는 것이 바람직하며, 이에 대한 방법론적 모색 또한 필요할 것이다.

필자는 이미 이에 대한 모델[92]을 제시한 바 있다. 퍼스의 기호학에서의 세미오시스의 개념에 착안하여 고안한 다음 모델은 구술과 기술의 상반된 시학이 어떤 방식으로 기호작용 안에서 통합될 수 있는지를 보여준다.

---

91) Richard Baumann, *Verbal Art as Performance*, Prospect Heights: Waveland Press, Inc., 1977, p.16.
92) 송효섭, 앞의 책, 117면 참조.

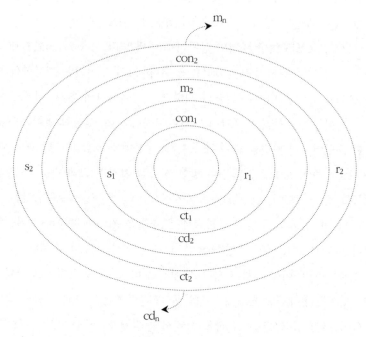

m:메시지, cd:코드, con:콘텍스트, ct:접촉, s:발신자, r:수신자

[표 6-3] 구술시학의 기술 모델

이러한 모델이 구체적으로 실현되기 위해서는 '구술/기술'이 갖는 문화적 패러다임으로서의 역할이 보다 확장될 필요가 있다. 구술 상황이 기술되는 순간, 그것은 기술시학의 영역에 들지만, 그것이 구술 상황에서 이루어진 것임을 감안하면, 이러한 기술시학의 기술에 대한 해체가 지속적으로 이루어질 필요가 있다. 앞서 B)에서 메시지 자체를 서사시학적으로 분석하여 그것의 구성이나 서술시점 등을 분석할 수 있다 하더라도, 그것이 최옥녀라는 실제 인물의 발화임을 감안한다면, 그녀의 생애사와 관련된 정보가 개입하여 설화의 구연에 어떻게 작용하는지도 기술할 수 있어야 할 것이

다. 이들은 상반된 층위처럼 보이지만, 상호해석이 가능한 기호작용 안에 놓이며, 우리는 이들의 작용이 어느 하나로 환원되는 것이 아닌 지속적으로 시학의 기술에서 이루어질 수 있다고 가정하게 되는 것이다. 한 마디로 어떤 텍스트든 거기에서 구술과 기술의 패러다임이 실현되는 과정은 끝없이 의미를 생성하는 기호작용의 과정으로 기술할 수밖에 없는 것이다.

4. '구술/기술' 패러다임의 문화적 확장

구술과 기술의 패러다임이 담화에서 첨예하게 드러나는 양상을 찾는 것을 시학이라고 했는데, 이러한 시학은 야콥슨이 말한 '언어적 메시지를 예술작품으로 만드는 것이 무엇인가?'[93]와 같은 미학적 물음만을 다루지는 않는다. 이러한 물음을 수정하여 "언어적 메시지는 어떤 방식으로 의미작용하는가?"와 같은 질문으로 확장해볼 수 있다. 앞서의 질문에서 '예술작품'이 갖는 모호한 함의를 제거하고 담화 일반의 문제로 본다면, 구술시학과 기술시학 역시 문화의 다양한 국면들과 구조적 관계를 갖게 될 것이다.

시학이 포함하거나 이와 연루될 영역으로 우리는 문체론과 수사학을 들 수 있다. 의미론이 내용을 다루는 영역으로 구술과 기술의 구분과 무관하게 존재한다면, 문체론과 수사학은 구술과 기술의 테크놀로지와 긴밀한 연관을 갖는 영역이다. 문체론과 수사학을 의미론과의 관계에서 구조적으로 기술한 로트만은 이들의 관계를 음계의 비유를 통해 설명한다. 하나의 음계에 '도'라는 음이 있고 또 다른 음계에 역시 '도'라는 음이 있다면, 이는 모두 '도'라는 점에서 동일한 것이다. 즉 같은 내용이 달리 표현된다고 할

---

93) Jakobson, op. cit., p.63.

때, 그 표현의 차이에도 불구하고 동일하게 남아있는 요소가 바로 의미론의 대상이다. 그런데 하나의 음계는 분명히 다른 음계와 다르기 때문에 각각의 음계는 그 나름의 독자적인 음의 구조를 갖는다. 바로 이러한 독자적인 음의 구조가 바로 문체론에서 다루는 문체이다. 같은 사랑의 내용을 이상과 김유정이 각기 달리 표현했을 때, 이상은 이상의 문체로 김유정은 김유정의 문체로 표현하게 된다. 그런데 이러한 음계의 차이로 인해 음악 안에서 어떤 충돌이 발생하고 이 때문에 어떤 효과가 발생한다면, 이는 수사적 효과이다.[94]

구술의미론이나 기술의미론과 같은 영역은 구분되기 어려워도, 구술문체론이나 기술문체론 혹은 구술수사학이나 기술수사학과 같은 영역은 그 구분이 가능한 것이 문체론과 수사학이 이질적인 것 간의 차이를 추구하는 것이기 때문이다. 가령 최옥녀라는 한 제보자가 그 나름의 개성적인 구술적 관습을 갖는 실제인물이라 할 때, 그가 갖는 특정한 관습은 최옥녀라는 제보자의 문체라 할 수 있다. 이는 그가 사는 시대나 지역의 관습의 지배를 받을 수도 있는데, 이때 이러한 시대나 지역의 언어 관습도 넓은 의미의 문체라 말할 수 있다. 그러나 이러한 최옥녀의 생애가 기술되어 책의 형태로 보급될 때, 이러한 구술문체론은 책이라는 체재가 지배하는 또 다른 기술문체론의 지배를 받게 된다. 그러니까 우리가 자료집을 통해 접하는 텍스트의 문체는 이들 구술문체론과 기술문체론의 상호작용이 일어나는 과정을 보여주는 것이다.

구술수사학 역시 기술수사학과 상호작용한다. 최옥녀라는 제보자가 그의 담화에서 서로 충돌하는 기호들을 보여줄 때, 여기에서 구술수사학적 효과가 발생한다.

---

94) Lotman, op. cit., pp.50-53.

D)

그렇게 살아가면서 **감자**를 누가 **감자** 눈까리를 아매 거의 지끔 생각하면 한 말은 되게 췄을거야. 심고 남은 거 준 긴**데**. 뭐 거름이 있나 만구에. 아무것도 없는**데** 기양 땅바닥에 인제 심궈났더니 이놈이 올라오는 **기** 노란 게 아주 그냥 뭐 같은 **기** 그렇게 거름기가 없으니까. **송아지**를 하나 어머이더러 은어달라 내놓고는 인제 아침에 인제 **소곱빼이** 들고 산으로 내려가면 **소곱빼이** 들고 **낫** 들고 이래 가서 **송아지** 갖다 매놓고는 **낫**을 가지고 갈을 한 움큼 뜯어 **외양간**에 놓고 또 인제 한 열 시쯤 넘으면 뜸을 이고 나가민 또 인제 **낫** 들고 나가 또 갈 꺾어 가주 들찌고 **외양간**에 갖다 넣고.(굵은 활자: 필자)

「의붓아버지, 투전꾼 남편, 신내림」[95]

제보자 최옥순의 언어 관습을 잘 보여준다는 점에서 D)는 최옥순의 문체라 하겠지만, 여기에서 독특한 반복의 수사가 드러난다. 반복과 부연이 구술이 갖는 일반적 특징일 수 있지만, 그러한 것이 특히 이 대목에서 드러나는 것은 제보자가 구술 상황에서 이러한 수사를 필요로 했기 때문이다. 굵은 활자로 나타난 부분은 담화에서 반복적으로 드러나는 것인데, 반복은 이야기에서 서사의 진행을 지체시킨다. 다시 말해 서사 기호와 충돌하는 반서사적 기호로서 반복이 드러나는 것이다. 이는 원관념을 보조관념으로 대체해서 표현함으로써, 전달의 지체를 실현하는 은유와도 같은 것이다. 이러한 것은 구술이 연행되는 상황에서 제보자에 의해 연출된 수사적 효과를 보여주는 것이다. 그러나 이러한 수사적 효과도 책이라는 매체를 통해 기술되었을 때는 이에 덧붙여진 새로운 수사적 효과가 드러난다.

---

95) 신동흔 외, 『시집살이 이야기 집성』 2, 34면.

이러한 양상 역시 구술수사학과 기술수사학이 담화에서 상호작용하는 모습을 보여주는 것이다.

'구술/기술'의 문화적 패러다임이 담화로 실현될 때, 이와 같은 상호작용이 일어나는 것은 이들 양항이 본질적인 것으로 존재하지 않고, 상황에 따라 담화적으로 적절히 실현되기 때문이다. 구술은 현실 상황에서 일어나는 것이기 때문에 국지적이지만 기술은 담화의 세계 안에서 일어나기 때문에 보편적이라 할 수 있다. 따라서 우리는 이러한 국지성과 보편성의 기준을 통해 상황에 맞는 시학의 방법론을 모색해볼 수 있을 것이다. 가령 종족시학과 같은 것은 어느 정도 국지적이면서 보편적이기도 한데, 이 경우 우리는 거기에 맞는 시학 혹은 문체론과 수사학적 분석을 해볼 수 있을 것이다. 그리고 이러한 패러다임의 적용이 확장되면, 문화 모델의 수립이나 문화사 기술과 같은 데에도 탄력적으로 적용해볼 수 있을 것이다. 경계를 가로지르는 탈형이상학적 사유와 텍스트의 다층성을 읽어내는 섬세한 방법론적 전략이 이를 위한 필수적 전제가 될 것이다.

제7장

구술서사학의 현재와 미래
– 구조주의에서 탈구조주의까지

1. 구술서사학을 위한 전제

서사학이라는 일반 학문적 관점을 통해 구술 서사를 바라보는 데, 가장 걸림돌이 되는 것은 그간 한국문학 연구에서 끈질기게 이어져온 장르론의 전통이다. 장르론이 이미 대상의 분류를 목적으로 하는 19세기의 유산임에도 불구하고, 21세기에 이른 지금 문학연구는 물론 예술 일반의 연구에서도 이로부터 완전히 벗어나지 못하고 있는 점은 매우 안타까운 일이다. 장르론은 한 마디로 영역 만들기 그리고 그 영역을 고수하기와 같은 배타성을 갖고 있으며, 이는 땅에 집착하는 농경적 상상력의 산물이다. 장르의 구분을 통해 만들어진 영역은 다른 영역과 넘나들 수 없는 경계를 만들고, 그 경계를 넘어서는 것을 두려워하거나 경계하는 아카데미즘의 폐습을 낳았다. 이것이 갖는 가장 큰 문제점은 오늘날 더 이상 장르로만 구분될 수 없는 수없이 복잡하고 다양한 언어 현상들에 대해 아무런 해명을 할 수 없는 것은 물론, 그것을 환원론적으로 왜곡시킬 가능성이 있다는 데 있다.

이런 관점에서 우리는 '구비문학' 혹은 '구술문학'이라는 개념으로 통용되어 왔던 한국문학 연구의 한 분야에 대해 다시금 점검해보지 않을 수 없다. 가장 일반적으로 쓰이는 '구비문학'이라는 개념에 대해서 필자는 이미 '구비'라는 말이 지나치게 전승성에 초점이 맞추어져 있어, 오늘날 펼쳐지는 구술로 된 문학의 현상을 포괄하지 못한다는 점을 앞서 지적한 바 있다. 이에 대한 대안으로 필자는 그간 '구술문학'이라는 말을 주로 썼으나 이 개념 역시 문제가 있기는 마찬가지다. 옹이 적절하게 지적했듯, '구술'과 '문학'은 전혀 어울리는 개념이 아니다.[96] 구술은 입으로 말하는 것을 뜻하는데, 문학이라는 개념에는 이미 쓰이는 '글'의 개념이 함의되어 있기 때문이다. 따라서 구술된 것을 문학으로 연구한다는 것은 말을 글로 화석화시키는 결과를 낳게 된다. 구술은 하나의 매체를 말하는 것인데, 그간 이러한 매체적 성격을 도외시하고 그것을 글로 쓴 문학과 같은 방식으로 분석하고 해석해온 것이다. 이에 따라 구술문학은 그것을 누가 만들었는지, 어떤 경로를 거쳐 전승되어 온 지도 모르는 채, 그저 그것이 갖는 단순성이나 전형성에 과도한 의미가 부여되었으며, 이에 따라 이를 집단무의식의 원형이나 민중의식을 추론하기 위한 심리주의적 해석의 대상으로 귀결시켜 왔던 것이다. 서사학은 이를 해결하기 위한 하나의 대안이 될 수 있다.

기본적으로는 서사학이 문학에만 국한된 영역이 아니라는 점에서, 적어도 서사학의 논의에서 문학이라는 장르의 개념은 해체되어야 마땅하다. 실제로 오늘날 '아름다운 글' belles · lettres로서의 문학이라는 개념이 더 이

---

96) Ong, op. cit., pp.10-15 참조.

상 통용되기 어려울 만큼 문학의 경계는 모호해졌다. 그렇다면, 문학이라는 범주를 한정하고 그 안에 들어오는 것만을 다룬다면, 오늘날 생산되는 다양한 담론들과 그것이 갖는 문학적 함의들에 대해 논의하는 것은 불가능하다. 서사학이 필요한 것은 그 때문이다. 서사학에서의 '서사'는 장르 개념이 아니다. 서사학에서 다루는 것은 언어를 비롯한 모든 문화 현상에서 일어나는 서사의 논리를 해명하는 것이기에, 서사를 어느 한 영역에 국한시킬 수는 없는 것이다. 한 마디로 서사학은 인간의 삶에서 일어나는 범 서사적 현상을 다루는 것이다.[97] 따라서 구술에 국한시켜 이루어지는 이러한 현상에도 '구술서사'라는 말이 더 적절하며, 이 글 역시 '구비문학'이나 '구술문학'보다 이 개념을 근거로 논의를 진행할 것이다.

구술서사를 다루는 서사학의 영역을 '구술서사학'이라 하자. 이러한 서사학도 당연히 구조주의 서사학의 한 분야라 할 수 있다. 그러나 구술서사학은 그것이 갖는 '구술성'의 함의로 인해 좀 더 다른 서사학적 전략이 필요하다. 구조주의 서사학에서 기술하는 구조와 '구술성'이 실현되는 과정에서 일어나는 수많은 연행들 간에는 어쩔 수 없는 간극이 있다. 소쉬르의 용어로 말한다면, 전자를 랑그, 후자를 파롤이라 할 수 있겠는데, 구술서사학은 기본적으로 랑그를 지향하면서, 파롤을 해명해야 할 모순적 상황 앞

---

97) 서사학의 발생을 1966년 프랑스의 저널 『코뮤니카시옹』 8호의 출간으로 보는 견해가 있다. 여기에 투고한 브레몽, 주네트, 그레마스, 토도로프, 바르트는 대표적인 구조주의자들인데, 이는 서사학이 구조주의의 토대에서 출발했음을 말해준다. 이 저널에 실린 글 「이야기의 구조 분석」에서 바르트는 "세상의 서사는 수도 없이 많다. 구술이건 기술이건 분절된 언어, 고정되거나 움직이는 이미지들, 동작들, 이 모든 실체들의 질서화된 혼합에 의해 드러날 수 있다.… 좋은 문학과 나쁜 문학의 구분과는 무관하게, 서사는 국제적이고 트랜스문화적이다; 그것은 단지 거기에 있다. 삶 그 자체처럼"이라고 언명함으로써 서사가 갖는 범서사성을 부각시킨다.
  Marie-Laure Ryan, *Avatars of Story*, University of Minnesota Press, 2006, p.3 참조 및 재인용.

에 서게 되는 것이다.

이 글은 바로 이러한 점을 해결하기 위한 새로운 서사학을 모색하는 데 목적을 둔다. 따라서 먼저 기존의 구조주의 서사학을 살펴보고, 구술서사학에서 그것이 갖는 문제점을 지적한 뒤, 가능한 몇 가지 대안을 제시하고자 한다. 그것을 이 글에서는 '탈구조주의 서사학'이라는 범주로 제시할 것이다.[98]

2. 구조주의 서사학

먼저 구조주의 서사학에 대해 살펴보기로 한다. '고전적' 서사학이라는 말이 함의하듯, 구조주의는 이미 오늘날 긍정적이건 부정적이건 고전적인 것이 되었다. 구조주의 서사학과 탈구조주의 서사학을 구술서사학과 관련하여 다루기 위해, 이 글에서는 또한 매우 고전적인 [표 4-1]의 야콥슨의 언어소통 모델[99]을 출발점으로 삼기로 한다.

---

98) 뉘닝은 구조주의 서사학을 고전적 서사학이라 보고, 그것의 변이들로, 의미론적 서사학, 스토리 지향적 서사학, 담화지향적 서사학, 수사학적/화용론적 서사학을 제시한 바 있다. 허만과 버벡은 이러한 고전적 서사학 이후의 서사학을 탈고전적 서사학이라 하여 포스트모던 서사학, 젠더와 윤리를 다루는 이데올로기 서사학, 가능세계의 서사학, 독자 중심의 서사학을 제시한 바 있다.
이 글에서는 그러나 고전적 서사학이라는 말보다는 구조주의 서사학이라는 개념을 씀으로써, 구조주의와 탈구조주의 서사학 간의 구조주의적 연계점에 초점을 맞추고자 한다.
Ansgar Nünning, "Narratology or Narratologies?: Taking Stock of Recent Developments, Critique and Modest Proposals for Usages of the Term", (eds.) Tom Kindt & Hans-Harald Müller, *What is Narratology?: Questions and Answers Regarding the Status of a Theory*, De Gruyter, 2004, p.246.
Luc Herman & Bart Vervaeck, *Handbook of Narrative Analysis*, University of Nebraska Press, 2001, pp.103-176 참조.
99) 야콥슨의 이러한 모델은 커뮤니케이션에 관여하는 여러 상황적 요소들이 커뮤니케이션

구조주의 서사학의 고전적 이론이 완성되기 이전, 그 싹은 러시아 형식주의 이론에서 비롯되었다. 형식주의에서 가장 중요하게 여기는 것은 텍스트 그 자체이다. 왜냐면 형식은 텍스트 바깥에서는 찾을 수 없는 것이기 때문이다. 텍스트에 내재한 형식에 의해 여러 미학적 효과가 발현될 수 있는데, 형식주의자들은 그것이 바로 주제를 나타낸다고 보았다. 러시아 형식주의에서 구분한 파불라와 수제에서 수제는 곧 플롯을 말하는데, 그것이 갖는 형식성을 통해 파불라로서의 줄거리는 시학적 효과를 거둘 수 있다는 것이다.[100] [표 4-1]에서 이에 해당하는 것은 메시지이다. 야콥슨은 시적 기능이 "메시지 자체에 초점을 맞춤으로써"[101] 수행된다고 보았는데, 이는 구조주의자로서의 야콥슨이 문학연구에서 시학을 강조한 형식주의의 유산을 계승하고 있음을 보여준 것이다.

이러한 형식주의가 구조주의로 나아가는 과정은 [표 4-1]의 도식에서 코드라는 개념이 제시되면서이다. 메시지의 형식적 요소가 아닌, 메시지를 구성하거나 해독하는 규칙이나 원리로서의 코드의 개념은 단지 메시지 자체만으로는 설명될 수 없다. 메시지만의 구조가 아닌, 그것을 둘러싼 여러 요소들이 참여하는 과정에서 생성되는 구조를 기술하게 됨으로써, 구조주의는 텍스트뿐만 아니라, 그것 넘어서까지 구조적 틀을 확대시킨다. 구조주의의 공리는 따라서 메시지뿐만 아니라, [표 4-1]에서 제시된 다른 요소들, 즉 발신자, 수신자, 콘텍스트, 접촉에까지 확대 적용되는 것이다. 코드는 구조주의를 설명하는 가장 핵심적인 개념이며, 적어도 구조주의에서 본

의 목적 실현에 미치는 영향을 보여준다는 점에서 매우 유용하다. 특히 이 글의 뒷부분에서 다루게 될, 인지, 연행, 매체를 바로 이러한 도식의 각 항들에 대응시켜, 이들 간의 관계를 통해 구술서사학의 전체적 구도를 설계해볼 수 있을 것이다.

Jakobson, op. cit., p.66 참조.

100) Tomashevsky, op. cit., pp.66-67 참조.
101) Jakobson, op. cit., p.69.

다면, 앞서의 여러 요소들도, 코드화된 발신자, 코드화된 수신자, 코드화된 콘텍스트, 코드화된 접촉일 뿐이며, 이들은 모두 메시지로부터 추론될 수밖에 없는 것이다.

구술서사학과 관련하여, 구조주의적 관점이 적용된 사례로, 프로프, 레비스트로스, 그레마스를 들 수 있다.

프로프는 러시아의 마법담에 대한 분석을 통해 31개의 기능소를 추출해 냈으며, 그에 해당하는 7개의 행동반경들을 찾아냈다.[102] 다수의 민담에 공통적으로 나타나는 요소들을 추출해낸 것은 그 이전에 단지 설화에서 모티프나 주제를 추출하여 이들을 텍스트로부터 분리시켜 연구한 사례와는 결정적으로 다른 것이다. 프로프에서 중요한 것은 기능소들을 추출했다는 점이 아니라, 이들이 일정한 순서로 동일하게 드러남을 밝혔다는 점이다. 이는 기능소들 간에 일정한 통사론적 관계가 존재함을 밝힘으로써, 일정한 범위 안에서 민담이 갖는 형태론을 구성해낸 것이라 할 수 있다. 프로프가 주목을 받게 된 것은 구조주의의 흐름 속에서 그의 이론이 한정적이지만 구조적인 특성을 갖고 있다고 여겨졌기 때문이다. 그러나 잘라 말해, 프로프는 구조주의자가 아니다. 이는 프로프 스스로도 그렇게 생각했고, 또 레비스트로스와의 논쟁에서도 이를 분명히 했다.[103] 그는 형태론에서 다룰 수 없는 부분에 대해서는 역사주의적 연구가 필요하다고 보았으며, 그는 실제로 그러한 연구를 실행한 바 있다.

보다 본격적으로 구조주의가 구술서사에 적용된 것은 레비스트로스를

---

102) Vladimir Propp, *Morphology of the Folktale(2nd edition)*, (trans.) Ariadna Y. Martin & Richard P. Martin, University of Texas Press, 1968 참조.

103) 오히려 그는 스스로를 "순진한 경험주의자"로 자처한다.
    Vladimir Propp, "The Structural and Historical Study of the Wondertale", *Theory and History of Folklore*, (trans.) Adriadna Y. Martin and Richard P. Martin and several others, (ed.) Anatoly Liberman, University of Minnesota Press, 1984, pp.79-80.

통해서이다. 그러나 레비스트로스가 신화를 분석하고 밝혀낸 것은 신화 자체의 의미가 아니다. 유명한 오이디푸스 신화의 분석104)에서 그는 파격적으로 신화의 중심으로 여겨졌던 스토리를 분절하여 완전히 새롭게 배치하고, 거기에서 신화소들 간의 양항적인 구조적 관계들을 추출했다. 그리고 이들 양항 관계가 또한 일정한 구조적 정합성을 보여줌으로써, 양항 관계항들 간의 모순이 중재된다고 보았다. 그가 내린 결론은 신화의 구조가 아니라, 문화 속에서 신화가 수행하는 이러한 중재적 역할이었다. 그가 관심을 가진 것은 신화라기보다는 문화의 구조이며, 그는 그것이 일정한 체계 안에서 반복과 교체를 통해 실현된다고 보았다. 그가 인류학자라는 점을 감안하더라도, 그의 분석은 서사를 밝히기보다는 서사를 해체하고자 했으며, 따라서 서사학 혹은 구술서사학으로부터 그만큼 거리가 멀어진 것으로 보인다.

그레마스 역시 설화나 신화에 대해 깊은 관심을 가졌다. 프로프와 레비스트로스의 이론을 받아들여 나름대로 새로운 의미론적 체계를 구성하였는데, 그레마스가 궁극적으로 목표한 것은 의미생성의 과정을 기술하는 것이었다.105) 그는 레비스트로스처럼 양항대립을 의미의 본질적 구조로 보아, 이른바 기호사각형이라는 모델을 그가 말한 의미생성행로의 가장 심층에 위치시켰다. 그리고 표층에는 행위소들 간의 통사론적 관계를 제시하였는데, 그가 말한 행위소는 프로프가 말한 행동반경을 양항대립으로 체계화시킨 것이다. 여기서 행위소들은 의사인간적 요소라 할 수 있는데, 이러한 행위소들이 모든 담화의 표층구조 속에 드러난다고 봄으로써, 그의 이론이 갖는 범서사성을 추론할 수 있게 한다. 모든 담화는 그것이 서사 형

---

104) Lévi-Strauss, op. cit., pp.206-231.

105) A. J. Greimas, *Du sens*, Seuil, 1970, pp.135-136.

태를 띠든 아니든, 의미생성 행로에 따라 의미가 생성되는데, 거기에 언제나 행위소가 존재한다는 점은 '모든 담화는 서사적'이라고 말할 수 있는 근거가 된다. 여기에 덧붙여 그가 말한 담화적 구조는 담화가 갖는 특수성을 드러내는 층위로서, 거기에서 구체적인 형상들, 즉 행위, 시간, 공간 등이 드러나는데, 이것 역시 양항대립으로 구조화될 수 있는 것들이다.

구조주의 서사학은 이들 외에도, 바르트, 주네트, 토도로프, 브레몽 등에 의해 전개되었는데, 이들 서사학은 구술서사학과 관련되는 부분이 비교적 적은 서사의 플롯이나 수사적 기능에 초점을 맞추었다.

이러한 서사학, 즉 고전적인 구조주의 서사학의 공통점은 이들 모두 앞서 [표 4-1]에서 메시지에 해당하는 텍스트를 중심으로 분석이 이루어지고 있으며, 또 그것으로부터 벗어나려 하지 않는다는 점이다. 가령 발신자에 해당하는 작가는 실제 작가가 아닌 내포작가이거나 서술자이며, 독자 역시 마찬가지이다. 콘텍스트가 고려된다면, 이는 텍스트의 구조 안에서만 의미론적으로만 드러날 뿐이며, 접촉에 대한 관심은 거의 드러나지 않는다. 이에 따라 구술서사학의 대상이 될 만한 신화나 설화는 주로 그것의 스토리에 국한시켜 다루었을 뿐, 그 스토리가 구술이라는 매체를 통해 전달될 때 생겨나는 여러 상황적이고 연행적인 효과에 대해서는 다루지 않았다. 필자는 구조주의 시학이 기술시학이며, 구술 연행을 다룰 때는 구조주의 시학을 해체한 구술시학이 필요함을 역설한 바 있는데,[106] 이는 구술서사학에도 그대로 적용된다. 메시지와 코드에 집중한 구조주의 서사학으로 인해 구술서사가 연행되는 현장에 엄연히 존재하면서도 이들에 의해 외면되었던 파롤적인 요소들을 어찌할 것인가? 더욱이 이들이 구술서사 연행의 핵심적 특질들을 드러내는 요소들이라면?

---

106) 송효섭, 『해체의 설화학』, 94-102면.

그러나 서사학이 구조주의의 토대에 굳건히 자리 잡고 있다는 점에서, [표 4-1]의 나머지 요소들, 발신자, 수신자, 콘텍스트, 접촉의 실체적 위상을 복원하기는 쉽지 않아 보인다. 그럼에도 불구하고, 최근 대두된 인문학의 새로운 연구 경향들은 이들을 구술서사학의 이름으로 호출하고 복권시키는 데 유리한 상황을 제공하고 있다. 이 글은 필자 나름대로, 구조주의를 넘어서 구술서사학을 구축하기 위한 이론적 토대와 그 실현 가능성에 대해 논의해보고자 한다.

3. 탈구조주의 서사학

고전적인 구조주의 서사학을 벗어나는 길은 앞서 제시한 메시지와 코드로 이루어진 텍스트 자체를 넘어서 그 주변의 것들을 함께 살피는 일이다. 이에 따른 서사학의 설계는 구조주의의 연장선상에서 이루어지지만 한편으로는 그것을 넘어서야 하는 딜레마에 봉착하게 된다. 따라서, 발신자와 수신자는 구술서사에서 실제로 연행하는 발화자이거나 수화자, 즉 이야기꾼이거나 청중이며, 콘텍스트도 야콥슨이 말한 "언어적이거나 언어화될 수 있는"[107] 것이 아닌, 실제로 구술서사가 연행되는 상황이거나 현장이다. 접촉 역시 마찬가지인데, 구술서사에서 실제로 포착되는 커뮤니케이션의 방식과 관련된 여러 양태적인 현상들이 여기에 포함된다. 이들과 관련된 서사학을 이 글에서는 각각 인지서사학, 연행서사학, 매체서사학으로 범주화한다. 여기에서 다루는 것들은 구조주의 관점에서 보면 모두 파롤에 해당하는 것으로, 구조화될 수 없는 우연적인 것이 될 가능성이 크다. 그럼

---

107) Jakobson, op. cit., p.66.

에도 불구하고, 이러한 파롤들을 설명할 수 있는 해석의 논리를 찾는 것이 이 글이 조준하는 목표이다.

1) 인지서사학

인지서사학은 인간의 마음에서 일어나는 서사의 발생, 구성, 수용에 개입하는 논리를 다루는 연구를 말한다. 구조주의에서 발신자와 수신자는 앞서 말했듯, 코드화된 발신자이거나 수신자이며, 그것은 텍스트 안에 존재하거나 텍스트를 구동시키는 코드에 종속되어 있다. 열린 해석을 주장한 에코도 '모델독자'라는 개념을 통해, 독자가 갖는 실제성에 제동을 건 바 있다.[108] 이러한 점은 구조주의 기호학이 갖는 언어중심주의로부터 비롯된 것이지만, 이러한 언어가 인간의 인지적인 활동을 통해 만들어지는 것으로 본다면, 전혀 다른 논리가 만들어진다. 인지서사학은 바로 이러한 지점에 착안하여, 이야기를 만드는 발신자의 마음과 이야기를 수용하는 수신자의 마음에서 어떤 인지활동이 일어나는가를 탐구한다.

허만은 인지서사학의 주요 논점을 다음과 같이 요약한다.[109]

*이야기에 의해 야기된 세계의 정신적 모델을 구축하는 데, 독자와 청자의 인지적 과정이 어떻게 관여하는가?

*담화 혹은 줄거리(수제 혹은 파불라)의 토대 위에서 매체가 어떻게 적절하게 사용되는가?

*이야기들이 사고를 위한 도구로서 정확히 어떻게 기능하는가?

*서사가 생생한 경험이 갖는 가변성을 조절하는 표현 양식이 될 수 있

---

108) Eco, op. cit., pp.7-11.
109) David Herman, "Cognitive Narratology", http://wikis.sub.uni-hamburg.de/lhn/index.php/Cognitive_Narratology 참조.

는가?

　*서사가 의식 자체를 구축할 수 있는가?

　이러한 논점들은 매우 포괄적이어서, 실제로 서사의 생성, 전달, 수용 전반에 걸쳐 있으므로, 이 글에서는 구술서사학으로 논점을 좁혀 기억과 거기에서 만들어지는 이야기세계의 인지적 측면을 살피고자 한다.

　구술서사가 연행되는 가장 중요한 매개는 인간의 기억이다. 전통적인 구비문학의 개념에서 중요시하는 전승은 특히 기억이 중요한데, 따라서 로드 등의 구술상투어구이론가들은 이러한 기억이 어떻게 유지되고 연행까지 이루어지는가에 주목했다.[110] 그러나 인지서사학적인 관점에서 본다면, 기억은 기술이 문제가 아니라, 그 내용이 문제이다. 기억되는 그 무엇은 발화자의 마음 안에 존재하는 것으로 간주되는데, 그것은 발화자가 실제로 경험한 것이거나 혹은 누군가에게 들은 것일 수도 있다. 어느 것이든 발화자의 마음 안에는 발화를 통해 이야기로 만들어지기 이전의 또 다른 이야기가 필수적으로 존재한다. 가령 발화자가 자신이 겪은 전쟁과 같은 특수한 경험에 대해 이야기할 때, 그러한 경험은 그의 생애라는 이야기 안의 일부를 어떤 상황에서 말한 것이 된다. 그렇다면, 특수한 경험의 이야기는 발화자의 스토리세계storyworld[111]로부터 나온 것이고, 그것이 발화 시점

110) Albert B. Lord, *The Singer of Tales(2nd edition)*, Harvard University Press, 2000 참조.
111) 최근 인지서사학과 관련하여, 스토리세계의 개념이 부각되고 있다. 라이언에 따르면, 스토리세계는 단지 이야기의 사건이 일어나는 공간적 배경만을 의미하는 것이 아니라, 이야기의 전체적 변화를 수행하는 복합적인 시공간적 총괄성을 말하는 것이다. 즉 이야기의 사건에 따라 생겨나는 상상적 총괄성을 의미하며, 따라서 스토리세계는 텍스트에서 직접 드러나는 '지금' '여기'보다 더 큰 세계로 드러난다는 것이다.
Marie-Laure Ryan, "Texts, Worlds, Stories: Narrative World as Cognitive and Ontological Concept", (eds.) Mari Hatavara, Matti Hyvärinen, Maria Mäkelä, Frans Mäyrä, *Narrative Theory, Literature, and New Media: Narrative Minds and Virtual Worlds*, Routledge,

의 특수한 상황에 의해 발화된 이야기로 만들어진 것이다. 이러한 모든 과정은 인지적으로 이루어진다. 먼저 발화자의 실제 삶이 있다. 이러한 삶은 그 자체로 존재하는 존재론적 스토리세계를 구축한다. 이러한 삶은 발화자의 인지 속에서 어떤 삶으로 인지된다. 자신의 삶을 긍정적으로 혹은 부정적으로 인식하거나 미래의 전망을 낙관적 혹은 비관적으로 인식하는 것과 같은 매우 다양한 인지작용이 일어난다. 그 결과 발화자의 마음속에 그려진 그의 생애는 하나의 스토리세계를 구성한다. 이것을 인지적 스토리세계라 할 수 있는데, 그 세계에서 여러 시간적, 공간적 배경이나 형상이 만들어진다. 그 다음, 어떤 발화 상황에서 마음속에 만들어진 이야기는 발화 상황에 맞는 가공을 거쳐 또 다른 스토리세계로 만들어진다. 가령 전쟁을 겪은 이야기 중에서도 피난 상황에서 일어난 에피소드를 이야기로 엮었을 때, 그것은 또 다른 스토리세계이며, 여기에는 발화자의 현재 감정이나 정서, 지식, 인생관이나 세계관 등이 반영된다. 이는 서사적 기억[112]의

2016, pp.13-14.

112) 최근 레온은 서사적 기억의 전체구조를 다음과 같이 제시한 바 있다.

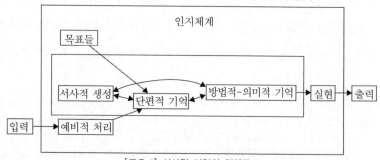

[표7-1] 서사적 기억의 전체구조

여기서 인지체계는 서사적 기억과 거기에 작용하는 목표들 그리고 그것의 예비적 처리(마음 안에서의)를 포함하고 있으며, 서사적 기억은 단편적 기억, 방법적—의미적 기억 그리고 서사적 생성의 상관관계를 포함한다. 이는 이야기 발화자가 현실의 원재료를 자신의 인지 속에 입력하여 그것을 이야기로 가공, 출력하는 과정을 보여주는 것

가장 핵심적인 부분이라 할 수 있다. 그런데 이러한 스토리세계들은 구조주의 서사학의 연구대상이 아니다. 이러한 스토리세계를 토대로 발화가 이루어지고, 그 발화의 결과인 담화, 즉 언어적 구성물이 나왔을 때, 비로소 그것은 구조주의 서사학의 분석대상이 되는 것이다.

인지서사학은 단지 발화자의 인지체계만을 다루는 것은 아니다. 수화자 역시 인지체계를 갖고 있으며, 이에 따른 스토리세계를 구축하게 된다. 수화자가 구축하는 스토리세계는 발화자의 스토리세계와 같을 수는 없다. 언어라는 매개를 사용하는 이상, 그것은 어떤 형태로든 왜곡될 수밖에 없다. 이에 따라 수화자는 발화자가 말한 이야기에서 사용된 여러 언어적 지표들을 통해 새롭게 자기 나름의 스토리세계를 구축한다. 라이언이 말한 "상상적 총괄성"[113]이 생성되는데, 그 과정에서 이야기는 수화자의 상황, 경험, 정서, 세계관 등에 따라 단편화되고, 또한 그 단편화된 것을 다시금 방법적이고 의미적인 기억으로 만드는 서사적 생성 과정을 거쳐 인지체계 속에 저장한다. 가령 발화자가 전쟁에서의 피난에 관한 이야기를 하면서 묘사했던 인물들, 시공간적 형상들, 그리고 그로 인해 총괄적인 모습으로 발화되었던 이야기는 수화자에게는 다른 인물들, 다른 시공간적 형상들로 단편화되고, 그는 그것에 대한 해석을 통해 그의 인지체계 안에 다른 스토리세계를 만들어낸다.

이러한 과정은 모두 이야기가 인지체계 안에서 생성되고 수용됨을 보여주는 것이고, 인지서사학은 그 과정을 기술해내는 것을 목표로 한다. 누차 강조했듯, 구조주의에 토대를 둔 서사학은 이러한 영역을 다루는 데 명백

으로 인지서사학이 다루게 될 핵심적 부분이라 할 수 있다.
Carlos León, "An architecture of narrative memory", Biologically Inspired Cognitive Architectures 16, 2016, p.28.

113) Ryan, op. cit., p.13.

한 한계가 있다. 인간의 마음속에서 수도 없이 만들어질 스토리세계는 그저 파롤일 뿐이며, 기술해낸다 하더라도, 특수한 사례 하나를 보여주는 데 그친다면, 과연 인지서사학에서 보편적 규칙을 찾아낼 수 있는 것일까? 구조주의를 넘어서고자 하지만, 결국 소통은 언어를 통해 이루어질 수밖에 없다는 인간의 근본적인 한계 앞에서 다시금 구조주의를 소환해낼 수밖에 없는 까닭이 여기에 있다. 결국 탈구조주의가 구조주의의 연장임을 확인한다면, 이에 대한 보다 정치한 방법론적 탐구는 숙제로 남는 것이다.

2) 연행서사학

[표 4-1]에서 콘텍스트는 메시지에 의해 지시되는 것으로 수화자에 의해 포착될 수 있는 언어적이거나 언어화될 수 있는 것이다.[114] 이러한 정의는 매우 구조적이다. 텍스트 주변의 모든 것이 콘텍스트가 아니라, 텍스트 안에서 일정한 코드를 통해 전달 가능한 것만을 콘텍스트로 보는 것이다. 이러한 관점에서 본다면, 결국 콘텍스트도 텍스트로부터 추론되는 것이고, 그것의 성격은 구조적이어야 한다.

그렇다면 이러한 콘텍스트의 개념이 구술서사학에서 어떤 의미를 가질까? 먼저 구술서사는 입으로 말해진 이야기를 말하고, 여기에는 분명히 그러한 발화가 벌어지는 상황이 실제로 존재한다. 이러한 실제상황은 야콥슨이 말한 콘텍스트와는 분명히 다른 것이다. 구술서사학에서 서사를 다룬다면, 이와 같이 현장에서 일어나는 여러 지표적인 요소들에 대한 고려가 필수적으로 이루어질 필요가 있다. 이미 연행론에서 이러한 현장에서 생겨나는 여러 즉발적인 요소들을 고려한 시학의 가능성이 탐구된 바 있지만,[115] 연행서사학은 좀 더 서사의 연행적 성격을 고려한 서사의 논리를

---

114) Jakobson, op. cit., p.66.

탐색한다.

　연행은 한 마디로 실제적 행위가 이루어지는 것을 말한다. 실제적 행위는 그것이 일종의 기획이나 가이드라인에 의한 것이라 할지라도, 현장의 다양한 우발적 상황에 따른 여러 요소들이 개입한다. 연행서사학은 이러한 요소들까지 고려해서 만들어지는 서사에 대해 탐색한다. 이는 단지 추상적인 줄거리를 탐구하는 기존의 구조주의 서사학과는 다르다. 바우만은 틀짓기framing라는 고프만의 용어를 끌어들여, 소통의 모든 행위에는 전달된 메시지들을 해석하는 방식에 대한 도구들을 전달하는 외재적이거나 내재적인 틀 짓는 메시지들이 포함됨을 지적한 바 있다.[116] 이는 곧 베이트슨이 말한 메타커뮤니케이션이라 할 수 있는데,[117] 구술서사의 구술성과 관련된 보다 핵심적인 소통 방식을 보여주는 것이다.

　이러한 메타커뮤니케이션이 일어나는 상황에서 기존의 구조주의에서 말하는 텍스트와 콘텍스트의 개념은 보다 역동적 개념으로 전환된다. 텍스트는 연행되는 과정에서 고정된 것이 아닌 만들어지는 것이 된다. 연행서사학에서 텍스트는 텍스트화entextualization가 되어야 하며,[118] 서사 역시 '서사화'narrativization라는 개념으로 쓰일 필요가 있다. 서사화는 커뮤니케이션과 메타커뮤니케이션의 상관관계를 통해 이루어진다. 메타커뮤니케이션의 관여로 이루어진 서사는 상황에 따른 즉발성을 구현하면서, 발신

---

115) Bauman, op. cit., pp.16-22.

116) Richard Bauman, "Performance", (ed.) Richard Bauman, *Folklore, Cultural Performances, and Popular Entertainments: A Communication-centered Handbook*, Oxford University Press, 1992, p.45.

117) Gregory Bateson, *Steps to an Ecology of Mind: Collected Essays in Anthropology, Psychiatry, Evolution, and Epistemology*, Jason Aronson Inc., 1987, pp.183-198 참조.

118) 이 글에서 쓰인 텍스트화와 콘텍스트화의 개념은 Richard Bauman & Charles Brigg, "Poetics and Performance as Critical Perspective on Language and Social Life", *Annual Reviews Anthropology*, vol.19, 1990, pp.66-78 참조.

자와 수신자 간의 코드를 조정해낸다. 가령 무당이 서사무가를 부를 때, 그때그때의 청중들의 반응이나 당시의 여러 사회적, 정치적인 상황을 반영하여 무가의 줄거리에 덧붙여진 또 다른 서사를 생성해내는 것이 그러한 예이다.[119] 이러한 텍스트화의 과정에서 일어나는 여러 상호작용은 곧 콘텍스트화를 불러일으킨다. 콘텍스트 역시 야콥슨이 말한 언어적이거나 언어화될 수 있는 데 그치는 것이 아니라, 현장에서 만들어지는 것이다. 이때 콘텍스트화는 텍스트가 지시하는 콘텍스트로부터 나온 개념이지만, 그 지시물은 상황에 따라 달라질 수밖에 없다. 예를 들어, 무당이 사회적 문제를 무가에 담았을 때, 그 사회적 문제는 텍스트가 만들어지는 과정에서 함께 만들어지는 것이다. 그런가 하면, 구술서사가 구연되는 현장에서 직시적으로 드러나는 여러 지표들 역시 콘텍스트가 되는데, 이러한 것들 역시 발화자가 그러한 상황을 만들어가는 과정, 혹은 판을 짜나가는 과정과 같은 콘텍스트화로서 드러나는 것이다.

연행서사학과 관련하여, 또한 문제되는 개념이 의례라는 개념이다. 격식화된 행위로서 의례는 그것이 행위이기도 하지만 일종의 서사를 함의하고 있다. 반겐넵이 말한 통과의례는 갈등이 해소되는 과정을 드러내는 서사[120]이며, 터너가 말한 리미널리티는 사회적 드라마라는 상징적 서사 안에서 의례의 역할을 드러내기 위한 것이다.[121] 구술서사도 서사임을 감안하면, 그것은 분명히 시작과 끝을 전제로 한다. 인간의 삶이 연속적인 것

---

119) 최근 민속학자와 연행자가 함께 단군신화의 구연을 조율하는 과정을 기술한 연구 역시 이와 같은 사례에 주목한 것이다.
   Kyoim Yun, "Negotiating a Korean National Myth: Dialogic Interplay and Entextualization in an Ethnographic Encounter", *Journal of American Folklore* 124(494), 2011, pp. 295-316.

120) A. 반겐넵, 『통과의례』, 전경수 역, 을유문화사, 1985 참조.

121) Victor Turner, *From Ritual to Theatre: The Human Seriousness of Play*, PAJ, 1982, pp. 24-30 참조.

이라면, 서사는 그중의 한 단면을 불연속적으로 드러낸 것이며, 그것을 행위로 드러내는 것이 바로 의례이다. 의례 안에서 구연되는 구술서사는 그런 점에서, 더욱 집약적으로 그것의 서사성을 구현한다. 바리데기 무가가 위령굿에서 구연되었을 때, 무가의 줄거리와 위령굿에 함의된 서사는 앞서 말한 커뮤니케이션과 메타커뮤니케이션의 관계를 보여주면서, 한편으로는 동질성을 통해 서사와 의례 간의 은유적 유대관계를 형성시킨다. 이러한 점은 연행서사학이 단순히 줄거리를 다루는 서사학이 아니라, 그것을 둘러싼 요소들과의 여러 메타적 · 상징적 · 은유적 관계를 드러내는 서사학임을 보여주는 것이다.

연행에서 그것의 연행성은 발화자와 수화자 간의 상호작용을 통해 가장 잘 발현된다. 이와 관련하여 최근 제안된 '거시스토리'Big Story와 '미시스토리'small story의 구분이 주목된다.[122] 특히 전기적 서사에서 발화자가 자신의 삶을 구술할 때, 그는 거시스토리로 구술하거나 미시스토리로 구술한다. 이는 그가 처한 연행 상황에 따라 달라진다. 쉬쩨에 따르면, 서술자는 이야기의 밀도를 높이기 위해 불필요한 기억을 생략하고 서술되는 것에 관련된 경험만을 선택해야 하며, 정서적인 배치, 모티브들 관련 사건들에 관한 자세한 배경 정보를 주어 전면을 돌출시켜야 하며, 이야기의 부분을 이야기 전체의 형식에 맞추어야 한다고 하는데,[123] 이것은 일반적인 거시스토리에서의 서술자의 역할을 말한 것이다. 거시스토리는 이와 같이 서

122) Michael Bamberg, "Biographic-Narrative Research, Quo Vadis? A Critical Review of 'Big Stories' from the Perspective of 'Small Stories'", (eds.) K. Milnes, C. Horrocks, N. Kelly, B. Roberts, & D. Robinson, *Narrative, memory and knowledge: Representations, aesthetics and contexts*, University of Huddersfield Press, 2006, pp.1-17 참조.

123) F. Schütze, "Kognitive Figuren des autobiographischen Stegreifzählens", (eds.) M. Kohli and Robert Günter, *Biographie und soziale Wirklichkeit, Neue Beiträge und Forschungsperspektiven*, ibid., p.7에서 재인용.

술자의 역할에 따라 일관되게 만들어진 이야기를 말한다. 그러나 미시스토리는 다르다. 미시스토리는 우선 짧으며, 무엇보다도 발화자와 수화자의 상호작용 가운데 만들어지는 것이어서, 화자를 주제화하는 전체적 삶을 말할 필요도 없으며 심지어는 화자가 경험한 이야기가 아니어도 좋다.[124] 마치 일상적인 대화를 하듯이 나누는 발화 속에 우연히 개입하게 된 단편적인 이야기 같은 것인데, 문제는 그것 역시 거시스토리만큼 중요하다는 데 있다. 최근 역사학에서 미시사에 관심이 커지는 까닭은 거대서사로서의 역사학이 인간의 구체적인 삶을 담지 못한다는 데 있는데, 미시스토리 역시 보다 구체적이고 일상적인 삶의 서사를 구체적인 연행 상황에서 그때 그때 만들어낸다는 데 그것이 갖는 구술서사로서의 의의가 있다. 미시스토리에 대한 관찰을 통해 거시스토리를 추론하거나 구성하는 작업이 연행 서사학에서 이루어진다면, 줄거리 중심의 구조주의 서사학을 넘어선 새로운 탈구조주의 서사학의 가능성이 실현되는 것을 목격할 수 있을 것이다.

3) 매체서사학

[표 4-1]에서 접촉은 발신자와 수신자 간의 물리적 채널과 심리적 연계를 말한다.[125] 여기서 심리적 연계는 발신자와 수신자와 관련하여 앞서 인지서사학에서 다룬 바 있다. 따라서 여기서는 발신자와 수신자 간의 물리적 채널에 초점을 맞추고자 한다. 발신자와 수신자의 소통을 지속시키는 접촉은 반드시 어떤 매체를 통해 이루어진다. 일견 이러한 매체는 소통의 도구 역할에 그치는 것처럼 보인다. 실제로 그간의 소통 이론은 메시지 전달을 위한 매체의 효율성에 초점을 맞추어왔다. 그러나, [표 4-1]에서 보았듯,

---

124) Bamberg, op. cit., p.2.
125) Jakobson, op. cit., p.66.

오로지 메시지만이 소통의 중심이라 할 수는 없다. 특히 오늘날 다양한 매체들이 새롭게 생겨나고 있는 상황은 매체가 서사학에서 보다 중요하게 다루어질 것임을 예측하게 한다.

구술서사학의 경우, 이는 보다 두드러진다. 구술서사에서 '구술'이 바로 매체적 함의를 띠고 있기 때문이다. '구술'이 이와 대립되는 개념으로서 '기술'과 양항대립을 이루면서, 이들 양항대립이 갖는 의미가 단지 소통의 도구를 넘어 인간의 근본적인 사유 양식에 관련된다는 논의가 일반화되었다. 앞서 자세히 논의한 이른바 '대분할 이론'은 구술 사회와 기술 사회는 사고의 양식 자체가 근본적으로 다르다는 것을 주장한다. 구술과 기술을 진화론적 단계로 본다면, 구술 서사는 기술 서사에 비해 더 원시적이고 단순하다는 가설에 이르게 된다. 왜냐면 구술은 기억에 의존하는 데 반해 기술은 기록에 의존하기 때문이다. 인간이 갖는 기억의 한계를 넘어서게 한 것이 문자의 발명이며, 이러한 문자로 인해 인간은 보다 발전된 복합적 사고를 하게 되었다는 것이다. 그간 보편적인 것으로 받아들여졌던 이러한 가설이 오늘날 더 이상 의미를 지니지 못하는 것은, 매체와 관련하여 달라진 소통 상황 때문이다. 기술은 결코 구술의 발전된 형태가 아니며, 오히려 이들은 발화자의 의도나 상황에 따라 선택 가능한 전략들일 뿐이다. 그렇다면 구술서사학에서 다루어야 할 것은 구술을 통해 구연되는 서사가 갖는 독특한 서사성뿐만 아니라, 그와 관련된 다른 매체들과의 관계일 터이다.

구술서사가 기술서사와 근본적으로 다른 점은 구술서사는 실제 구연 현장에서 발신자와 수신자가 직접 대면한다는 점이다. 구술서사가 구연될 때, 수화자는 단지 발화자의 목소리만을 들으며, 서사를 받아들이지는 않는다. 발화자는 이야기를 소리로 구연하지만, 또한 표정, 몸짓 등을 통해 수화자에게 이야기에 대한 자신의 태도나 관점을 드러낸다. 그렇다면, 이러한 현장에서 매체는 단지 언어적인 데 그치지 않고 비언어적인 것까지 포함하게 된다. 이러한 다양한 양태들이 하나의 소통에서 활용될 때, 이를 복수양태성 multimodality이라 한다.[126] 구술서사는 필연적으로 이러한 복수양태성을 가지며, 구술서사학은 바로 이러한 복수양태성을 다룰 필요가 있다. 그런데 문제는 오늘날의 구술적 소통은 이른바 옹이 말한 '제2의 구술성'[127]을 띠고 있다는 점이다. 이는 다양한 전자 혹은 디지털 매체의 등장으로 생겨나는 것인데, 이때의 구술 서사는 다양한 매체들과 결합하여 보다 복합적인 복수양태성을 구현하게 되는 것이다. 라이언은 서사성에 영향을 미치는 매체의 유형을 제시하면서, 시간적/공간적/시공간적, 단일채널/이중채널/다중채널, 언어적/청각적/시각적, 정태적/운동적과 같은 기준의 결합에 따라 생겨나는 다양한 매체의 실현 양상을 보여주었는데,[128] 이 경우 이들 대부분은 복수양태성을 구현하는 것이며, 이러한 기준들은 바로 양태들의 특성을 요약적으로 드러내는 것이다. 구술 상황이 디지털 매체를 통해 재현될 때, 그 구술 상황 자체에서 드러나는 복수양태성 외에도 거기에 다양한 편집이나 연출을 통해 매체들이 삽입됨으로써 생겨나는 복수양태성도 존재하게 된다. 이 경우, 구술서사학은 이러한 매체들 자체의 성격과 그것이 결합하여 생겨나는 다양한 매체적 효과에 따른 서사의 발현을 해명해야 되기에, 언어 이외의 다양한 양태들에 대한 메타기호학적 논의는 물론, 이들의 복합성에서 생겨나는 함의를 해석하는 내포기호학적 논의도 이루어질 필요가 있다.[129]

---

126) Gunther Kress, *Multimodality: A social semiotic approach to contemporary communication*, Routledge, 2010 참조.

127) Ong, op. cit., p.136.

128) (Ed.) Marie-Laure Ryan, *Narrative across Media: The Languages of Storytelling*, University of Nebraska Press, 2004, p.21

129) 내포기호학과 메타기호학은 옐름슬레우의 용어이다. 내포기호학은 표현과 내용의 관

구술성이 다른 여러 매체들과 함께 실현되는 것을 복수양태성이라 한다면, 하나의 서사가 다양한 매체를 넘나들며 실현되는 양상을 트랜스매체성 transmediality130)이라 할 수 있다. 가장 단순하게는 구술로 전승되는 설화가 기록되었다면, 이는 같은 설화가 구술매체와 기술매체를 넘나들며 실현된 일종의 트랜스매체성이라 할 수 있다. 이 경우, 이들 설화를 같은 설화로 볼 것인가, 다른 설화로 볼 것인가 하는 의문이 생긴다. 줄거리 차원에서 이루어지는 서사학에서 보면, 이들은 같은 구조를 갖는 설화라 할 수 있지만, 매체서사학의 관점에서 이들 설화들은 각기 다른 매체성을 실현하고 있어, 엄연히 다른 설화로 보아야 마땅하다. 문제는 이러한 트랜스매체성이 오늘날의 매체 상황에서는 더욱 복잡하게 실현된다는 데 있다. 다시 말해 매체수용자는 그간 단순한 수신자의 역할을 하는 것으로 인식되었지만, 매체가 다양해지고 수용자가 매체를 선택할 수 있게 됨에 따라, 이제는 친숙한 매체를 통해 콘텐츠를 받아들이려는 수용자의 적극성 또한 문제시된다. 젠킨스가 말한 컨버전스는 "다양한 미디어 플랫폼에 걸친 콘텐츠의 흐름, 여러 미디어 산업 간의 협력, 그리고 자신이 원하는 엔터테인먼트를

계를 다루는 외연기호학을 표현으로 하고 그것에 대해 설정된 내용과의 관계를 다루는 기호학을 말한다. 구술서사학의 담화에서 맥락과 관련하여 해석이 다양하게 이루어질 수 있는 여러 요소들을 이러한 내포기호학으로 다룰 수 있다. 메타기호학은 그것의 내용 국면이 외연기호학으로 이루어진 기호학을 말하는데, 여기서는 실체에 가까운 최소한의 표현이 다루어진다. 구술서사학에서 발화자의 목소리가 중요한데, 그 목소리에서 정서적인 함의를 찾아내는 것은 내포기호학이지만, 표현이 최소화된 목소리 자체의 객관적인 특성을 드러내는 것은 메타기호학이다. 옐름슬레우는 이 두 개의 기호학이 결합된 메타-내포기호학의 모델을 제시하는데, 구술서사학에서 본다면, 매체가 갖는 내포적 함의가 그 매체의 물리적 성질과 연결되는 논리를 찾는 것이 될 것이다.

Hjelmslev, op. cit., pp.114-125.

130) (Eds.) Marie-Laure Ryan & Jan-Noël Thon, *Storyworlds across Media: Toward a Media-Conscious Narratology*, University of Nebraska Press, 2014, pp.25-147 참조.

경험하기 위해서 어디라도 기꺼이 찾아가고자 하는 미디어 수용자들의 이주성 행동"[131]인데, 이로 인해, 매체를 통한 서사들은 더 이상 일방적인 전달이 아닌 다양한 피드백과 또한 능동적인 서사의 생산을 통한 상호작용을 이어가게 되는 것이다. 구술서사학에서 구술이 단지 고립된 매체로 연구된다면, 그것은 더 이상 현실의 매체 상황과 무관한 구술성의 형이상학적 본질론에 귀결될 뿐이어서, 현상에 대한 정확한 기술을 위해서는 이러한 트랜스매체성의 실현과정에서의 구술성이 갖는 역할이나 위상에 대해 해명해야 할 것이다.

이와 같은 복수양태성이나 트랜스매체성은 오늘날의 매체들이 더 이상 각기 고립될 수 없음을 보여주는 것이다. 텔레비전에서 등장하는 광고는 누군가 말하고, 표정과 행동을 보여주고, 시간적 공간적 배경을 드러내며, 또 거기에 음악과 함께 문자로 된 자막이 삽입된다. 그 광고의 메시지는 다른 매체를 통해 다르게 만들어지면서, 결국 소비자에게 상품과 기업의 이미지를 각인시킨다. 이러한 복수양태성이나 트랜스매체성은 텔레비전뿐 아니라 SNS 등 다양한 매체에서 일상적으로 실현되고 있어, 매체성으로 인한 다양한 영향이나 효과 등에 대해 더 이상 무관심할 수 없는 지경에 이르렀다. 그런 만큼, 구술서사를 매체서사학으로 다루는 일은 앞으로 더욱 많은 논점들을 만들어낼 것으로 예상된다.

---

131) 헨리 젠킨스, 『컨버전스 컬처: 올드 미디어와 뉴 미디어의 충돌』, 김정희원·김동신 옮김, 비즈앤비즈, 2008, 17면.

4. 통합적 구술서사학을 위하여

구술서사학과 관련하여, 구조주의에서 탈구조주의에 이르는 서사학의 경향들을 살폈다. 구조주의가 서사의 메시지로부터 출발하여 그것이 갖는 일반적 구조를 추출하는 것이라면, 구술서사는 그것이 실제로 구연되는 것이기에 메시지 외적인 여러 요소들을 소환하여 살필 필요가 있다. 이들은 언어 혹은 담화 형태로 나타나는 것이 아니라, 담화가 이루어지는 상황에서 등장하는 여러 지표기호들로 나타난다.[132] 따라서 구조주의적 관점에서 보면 이들은 파롤에 해당하는 것들이다. 그러나 이들이 구술서사의 커뮤니케이션에서 매우 중요한 역할을 하며, 또한 그 자체로 서사적 성격을 띠거나 전체 커뮤니이션에서의 서사적 성격을 강화시키거나 특징짓는 역할을 한다.

이들은 [표 4-1]에서 보듯, 서로 긴밀한 지표적 관련성을 갖는다. 따라서 이 글에서 살핀 인지서사학, 연행서사학, 매체서사학 역시 분명한 경계를 갖는 것이 아니라, 서로 간의 영역을 넘나들며, 상호관련성을 구현한다. 이러한 점은 분명히 미래의 구술서사학을 더욱 진전시키고 풍부하게 할 긍정적 요소로 작용한다. 문제는 이들 영역에서 다루는 대상과 방법이 각기 다르다는 점이다. 따라서 이들 영역들을 전체적인 구술서사 커뮤니케이션의 구조 안으로 편입시켜 이들 간의 상관성을 밝히는 전략이 필요해 보인다.

앞으로도 구술서사학을 포함한 서사학은 다양한 인접학문과 연대하여 새로운 영역을 개척하겠지만, 이러한 다양한 방법들을 연계시켜 기술하는

---

132) 예를 들어, 이야기꾼이 슬픈 전설을 말하면서 눈물을 흘렸다면, 그 눈물은 그 슬픈 이야기의 실제적 영향에 의해 만들어진 기호라 할 수 있다.

과정에서 일정한 정합성과 논리성을 확보하기 위한 노력은 계속되어야 할 것이다. 그 가능성을 필자는 기호학에서 찾고자 한다.[133] 인지, 연행, 매체가 서로 연관되기 위해서는 일정한 공통적 메타언어가 필요한데, 그것은 이들을 모두 기호작용으로 보았을 때 가능하다. 이들을 고립된 본질적 요소들 간의 관계가 아닌 보편적 구조 안에서 작동하는 코드들로 본다면, 그것이 인지서사학이든, 연행서사학이든, 매체서사학이든 경계를 넘어 구술서사의 서사적 성격에 부합하는 서사학을 만들어갈 수 있을 것이다. 이 글에서 서사학을 구조주의 서사학과 탈구조주의 서사학으로 구분하면서도, 거기에서 구조주의라는 연계점을 놓치지 않으려 한 것은 그런 까닭에서이다.

---

133) 기호학은 기본적으로 무엇이 무엇을 나타내는 과정의 논리를 탐구하는 학문이다. 따라서 무엇인가를 나타내는 모든 것은 기호가 될 수 있으며, 그 과정에서 인간의 지각, 인지, 행위 등과 같은 인간의 정신적, 신체적 작용들이 필연적으로 개입한다. 이러한 기호들은 독자적으로 존재할 수 없고, 일정한 논리를 통해 다른 기호들과 상관관계를 맺으며 상호작용한다는 것이 기호학의 기본 전제이다. 따라서 기호학은 인지, 연행, 매체이라는 기존의 분리된 영역을 기호작용이라는 하나의 시스템으로 포괄하여 설명할 논리를 서사학에 제공할 수 있다. 기호학을 통해 통합적 구술서사학의 미래를 전망해 보는 것은 그런 까닭이다.

제2부

방법과 실천

제8장

빛, 초월, 상징
─『삼국유사』의 가락국기 읽기

1. 흰빛 혹은 상징

에스토니아의 작곡가 아르보 패르트는 그 자신의 음악을 가리켜 "온갖 빛깔을 담은 흰빛의 음악"이라 했다. 그 음악의 흰빛의 정체는 무엇일까? 『삼국유사』를 읽으며, 필자는 패르트의 음악을 생각했다. 『삼국유사』는 다양한 색깔을 담은 설화 텍스트들이 직조되어 형성된 텍스트지만, 그것은 또한 흰빛의 단순함을 갖고 있다. 『삼국유사』를 관류하는 그 흰빛이 『삼국유사』를 『삼국유사』답게 한다. 그것은 어디서 오는 것일까?

이 글은 『삼국유사』를 지배하는 어떤 초월적 기호가 있으며, 그것이 강한 힘을 발휘하며, 『삼국유사』텍스트의 의미생성에 관여한다는 전제에서 출발한다. 필자의 이러한 직관적 체험은 하나의 가설로서 가추법적 추론의 출발이 된다. 이 글은 『삼국유사』텍스트 읽기를 통해 그러한 가설을 증명하는 글쓰기의 과정을 보이고자 한다.

　『삼국유사』를 읽는 방법은 두 가지가 있다. 하나는 선조적으로 읽는 방법이고, 다른 하나는 이러한 선조성을 깨뜨리며 읽는 방법이다. 『삼국유사』는 각각의 단위들이 반복의 과정을 통해 의미를 구현해가는 텍스트라는 점에서 굳이 선조적 읽기의 방식을 택할 필요가 없을 듯하다. 다시 말해 『삼국유사』는 어떤 편부터 읽든 혹은 그 어느 조부터 읽든 아무 상관이 없는 텍스트인 것이다. 이러한 방식의 읽기는 선조적 읽기와는 다른 기호학적 의미를 갖는다. 소쉬르의 용어를 빌어 말하면, 이는 통합체적 읽기라기보다는 계열체적 읽기라 할 수 있다. 이렇게 읽을 때, 『삼국유사』 중 어느 한 텍스트에 대한 읽기는 그것과 같은 계열의 다른 텍스트에 대한 읽기를 유도한다. 그러나 그 계열체 속의 단위들은 단순한 반복이나 복제가 아니다. 가령, 어느 한 텍스트에서 기호는 그것과 같은 계열체에 속하는 다른 기호를 『삼국유사』의 다른 텍스트 속에서 찾는 것을 가능하게 한다. 그것은 같은 것이면서 다른 것이다. 그것은 같은 것이라는 점에서 반복처럼 보이지만, 그것이 다른 텍스트에서 실현됨으로써 다른 기호학적 의미를 구현한다. 그에 대한 해석은 텍스트의 의미가 자연스럽게 확산되는 모습을 보여준다. 선조성을 깨뜨린다는 뜻은 『삼국유사』의 어느 텍스트도 『삼국유사』 읽기의 출발점이 될 수 있다는 말이며, 이러한 출발점에서부터 기호학적 의미생성은 마치 하나의 중심으로부터 확산되어가는 기호계[134]의 역동적 모습을 보여주는 듯하다.

---

134) 이 책에서 쓰인 기호계 semiosphere의 개념은 로트만이 제시한 것으로, 단지 상이한 언어들이 총합을 이루는 공간이 아닌, 언어들의 실존과 기능 수행을 위해 필요한 기호학적 공간을 말한다. 이러한 기호계 안에서 이질적인 다양한 언어들이 비대칭의 관계를 이루며, 서로 충돌하고 통합됨으로써 새로운 의미를 생성해낸다. Lotman, op. cit., pp.123-130.

『삼국유사』 텍스트에 이러한 기호계가 있다면, 그리고 구심력을 지닌 중심이 존재하고 그 중심이 어떤 힘을 가지고 역동적인 기호들의 작용을 지배한다면, 바로 그 중심은 무엇일까? 혹 그것은 바로 모든 빛깔을 함축한 패르트의 흰빛과도 같은 것은 아닐까? 이 글에서 필자는 모든 빛깔에 대해 '초월적인' 흰빛의 기호가 『삼국유사』 텍스트에서 의미를 생성하는 과정을 기술하려 한다. 이는 상징이 드러나는 과정이며, 또한 상징이 생성되는 과정이기도 하다.

여기서 상징은 퍼스가 말한 상징기호[135]와 유사한 것으로 보인다. 퍼스는 상징기호를 그 기호가 나타내는 대상을 어떤 법칙에 의해 나타낼 때의 그 대상을 가리키는 기호라고 말한다. 그러나 여기서 말하는 상징이 퍼스가 말하는 상징기호에 완전히 부합하는 개념은 아니다. 이는 보다 인류학적 맥락에서 포괄적인 의미로 쓰인다. 가령 인류학자가 어떤 문화 속의 상징의 의미를 설명하는 것이 그 사회적 과정을 더 깊이 이해하기 위한 하나의 방법이라 할 때,[136] 그것은 인간 삶의 맥락에서 서로 관계 맺는 어떤 상징들의 망을 연상하게 한다. 인류학자들의 목적은 인간의 언어나 행위에 나타난 그러한 관계망들을 기술하는 것이며, 그것을 통해 담론의 망을 확충해가는 것이다.[137] 이때의 담론은 물론 해석의 담론이며, 이는 해석자와 텍스트가 공유하는 코드를 바탕으로 한다. 그런 점에서 그것은 퍼스가 말

---

135) 이 글에서 쓰이는 도상기호, 지표기호, 상징기호는 퍼스가 기호와 대상과의 관계를 통해 분류한 삼분법에 따른 것이다. 그에 따르면, 도상기호는 기호가 그것 자체의 특성 그리고 그것이 갖는 특성을 갖는 대상을 가리키는 기호이며, 지표기호는 기호에 실제적 영향을 끼치는 대상을 가리키는 기호이며, 상징기호는 보통 일반적인 관념의 연합과 같은 법칙에 따라 그 대상을 가리키는 기호이다.
   CP 2.247, 2.248, 2.249 참조.

136) Raymond Firth, *Symbols: Public and Private*, Cornell University Press, 1973, p.25.

137) Geertz, op. cit., p.14.

한 상징기호를 포함한다. 이 글이 『삼국유사』 텍스트에 대한 해석 담론이며, 그 해석 담론이 어떤 코드를 바탕으로 한다면, 그것은 곧 상징기호를 기술하는 것이다. 그러나 그 담론에서 기술된 상징기호들은 또한 그 자체로 다양한 기호작용들을 포괄한다. 『삼국유사』의 해석 담론은 이러한 기호들 간에 이루어지는 메타적 기호작용을 기술한다. 가령 『삼국유사』에서 지표기호나 도상기호의 작용을 기술했다 하더라도, 우리는 그 기호작용을 둘러싼 하나의 틀을 상정할 수 있고, 그러한 틀이 갖는 관습적인 영향을 통해 그러한 기호작용이 가능했다는 가설을 세울 수 있다. 그 틀은 그것이 무엇이든 간에 기호작용을 제약하는 관습성을 지닌다는 점에서 상징기호적 성격을 드러낸다.

이 글은 『삼국유사』 가락국기조(이하 가락국기)에 대한 분석에서 논의를 출발한다. 그러나 분석이 가락국기에 그치지 않는 것은 그것이 둘러싼 그리고 그것을 둘러싼 어떤 틀이 있어 이들 간에 어떤 의미의 제약을 가하는 상호작용이 있다고 보기 때문이다. 이는 곧 기호작용의 역동적 양상을 보인다. 그리하여 하나의 텍스트는 그것을 둘러싼 텍스트에 의해 지배되는 것으로 해석됨으로써, 이러한 해석을 통해 그 둘러싼 텍스트의 코드를 기술할 수 있다. 이는 코흐가 말한 발생과 메타발생의 상호작용을 통해 이루어진다.[138] 어떤 텍스트가 발생했다는 것은 그 텍스트로부터 역으로 추정한 해석의 결과이다. 마찬가지로 가락국기를 둘러싼 텍스트는 가락국기의 의미를 결정하지만, 그것은 결국 가락국기로부터 해석해낸 것이다. 그 해석은 가락국기를 어떤 형이상학적 관념으로 환원시키는 것이 아니라, 그로부터 상징의 언어를 기술함으로써 해석을 확충하는 것이다. 보이는 것을 통해 보이지 않는 것을, 구체적인 것을 통해 추상적인 것을 기술하려

---

138) Koch, op. cit., p.10.

하지만, 그 보이지 않는 것과 추상적인 것 역시 어떤 해석의 언어로 존재함으로써, 또 하나의 보이는 것 혹은 구체적인 것이 된다.

가락국기는 가락국의 역사이다. 그러나 이러한 역사는 뮈토스로 존재한다. 이는 역설처럼 보인다. 뮈토스가 과거에서 현재로 그 힘을 미친다면, 역사는 현재에서 과거로 그 힘을 미치기 때문이다. 가락국기의 이러한 면모는 가락국기 텍스트에서 일어나는 기호작용을 기술함으로써 드러난다. 가락국기는 신념 혹은 이데올로기의 바탕에 존재하며, 그것을 지향하는 힘을 지닌 메시지이다. 그것은 『삼국유사』의 기이편 속에 존재하면서, 기이편이 형성하는 의미에 기여한다. 아울러 그것은 『삼국유사』 전체의 의미작용에 관여하기도 한다. 그것은 가락국기를 통해 해석될 수 있다. 가락국기는 또한 그 안에 의례의 담론을 포함한다. 가락국기에서 수로왕의 출생이나 쟁투, 결혼에 관한 기록은 격식화된 틀 속의 행위를 드러내는 의례적 담론으로 해석된다. 이러한 담론은 가락국기의 전체 담론의 제약을 받으며, 우리는 그 제약을 가락국기가 그 의례 담론을 지배하는 코드로 해석할 수 있다. 수로왕의 출생 의례의 기록에 〈구지가〉라는 노래가 실려 있다. 〈구지가〉라는 노래의 담론은 이러한 의례 담론의 지배를 받는데, 이 또한 〈구지가〉 텍스트를 통해 코드로 해석된다. 이렇게 보면, 가락국기의 담론은 그것을 중심으로 하여 여러 층의 담론들과 관계를 맺고 있으며, 그것은 언어 텍스트로서 드러난다. 의미의 망을 확대하고 담론의 층을 보다 넓힌다면, 『삼국유사』라는 한정된 언어 텍스트 넘어서 존재하는 맥락들이 이러한 『삼국유사』의 의미생성에 관여한다고 가정할 수 있다. 『삼국유사』 넘어서 존재하는 맥락은 『삼국유사』를 지배하는 코드로 이루어져 있으며, 그것은 『삼국유사』라는 보이는 상징에 대한 보이지 않는 상징의 어떤 것이다. 이를 그림으로 나타내면 다음과 같다.

[표 8-1] 가락국기의 중층담론

『삼국유사』 텍스트를 넘어설 때, 우리는 그것과 어떤 코드를 통해 연결된 수많은 현실의 맥락이 존재함을 본다. 그것은 이미 구성된 텍스트가 아닌 구성되어야 할 텍스트이다. 다시 말해 그것은 하나의 잠재성이다. 그러기에 그것은 상징을 통해서만 드러나는 상징된 어떤 것이다.

『삼국유사』를 읽으며, 우리는 그것을 지배하는 어떤 힘이 존재함을 느낀다. 그런데 그것은 바로 이러한『삼국유사』 텍스트 바깥에서 오는 것이다. 이는 마치 패르트가 말한 '흰빛'과도 같은 것이다. 그것은 무어라 규정할 수 없는 것이며, 물론 하나의 관념으로 환원시킬 수 없는 것이다. 그것은 텍스트 해석의 연장선상에 있으면서, 보이는 텍스트로 존재하지 않는다는 점에서, 초월적인 영역처럼 느껴진다. 그러나 그것은 텍스트로부터 코드를 기술해가는 과정의 끄트머리에 존재한다는 점에서, 기술 불가능한 것으로 방치해둘 수 없는 것이기도 하다.

이 글은 그러한 영역에 대한 조심스러운 기술을 목적으로 한다. 그것은 몇 가지 관념으로 환원되지 않는다는 점에서, 가락국기 담론의 의미생성을 기술하는 과정에서 자연스럽게 드러날 수밖에 없는 것으로 보인다.『삼국

유사』는 보이지 않는 발신자에 의해 전달된 메시지이며, 그 보이지 않는
발신자는 텍스트를 통해 해석된 주체로서 존재할 뿐이다.

2. 노래에서 의례로

가락국기에서 〈구지가〉는 마치 '축약된 상징'[139]과도 같은 역할을 한다.
그것은 의례의 진행 속에서 핵심에 자리한다. 그 노래는 인간에 의해 불려
진다. 그러나 실상 그것은 신에 의해 명령된 것이었다. 노래를 기호라 할
때, 그 기호의 발신자는 인간이고 수신자는 신처럼 보인다. 그레마스식으
로 말하면, 그러한 노래를 하도록 명령한 신이 조종의 발송자로 존재한
다.[140] 결국 〈구지가〉는 신의 뜻에 따라 인간이 부른 노래이다. 그것은 종

---

139) Eric W. Rothenbuhler, *Ritual Communication: From Everyday Conversation to Mediated
Ceremony,* Sage Publications, 1998, pp.16-19 참조.

140) 여기서 사용한 '발송자'의 개념은 그레마스가 제시한 행위소의 하나이다. 그가 제시한
여섯 개의 행위소를 통해 그레마스는 다음과 같은 신화의 행위소 모델을 제안했다. 이
책에서 쓰이는 아래 도식의 용어들은 이 도식에 따른 것이다.

발송자 ⟶ 대상 ⟶ 수령자
　　　　　　↑
원조자 ⟶ 주체 ⟵ 적대자

[표 8-2] 그레마스의 행위소 모델

Greimas, *Sémantique structurale,* p.180.

또한 이 글에서 쓰인 '조종'은 양태주체의 인식적 수행, 즉 주체가 실천적 행위를 하지
않으면서, 인식적 차원에서 누군가로 하여금 실천적 행위를 하도록 만드는 주체의 양
태적 행위를 가리킨다. 양태성이란 기술적 동사에 그것을 제약하는 동사가 덧붙여지
면서, 그 동사의 주체가 갖는 여러 양태들이 드러나는 것을 말한다. 예컨대, '먹다'가
기술적 동사라면, 여기에 욕망의 양태동사 '-하고 싶다'가 덧붙여져 '먹다'를 양태화시
키면 '먹고 싶다'라는 동사로 전환된다. 조종은 '하게 하다'인데, 이것은 '하다'의 기술적
동사에 '-게 하다'의 동사가 덧붙여져 양태화한 경우이다. 이러한 조종은 그레마스가

교적 담론의 특성을 드러낸다. 종교적 담론은 그것이 비록 인간에 의해 만들어졌다 하더라도, 신의 담론이라는 특성을 갖는다. 『성경』도 하느님의 말씀이고, 무속의 본풀이도 신이 자신의 내력을 구술하는 이야기이다. 인간은 이 경우 신의 대리자로서 그의 말을 전할 뿐이다. 〈구지가〉는 그러한 종교적 코드의 체계 속에서 형성되었으며 불려졌다.

거북아 거북아 머리를 내놓아라
그렇지 않으면 구워 먹으리[141]

이러한 상징적 노래 속에서 중요한 몇 가지 기호작용이 발견된다.

여기서 '거북'은 기호이다. 그것은 호격으로 불려짐으로써, 바로 노래하는 사람들에 현전하는 것으로 가정된다. 게다가 이 노래가 불려지는 공간은 '구지봉' 근처이다. 〈구지가〉가 구지봉 근처에서 보이지 않는 신의 목소리의 명령에 의해 불려졌으며, 그래서 〈구지가〉의 발신자이면서 수신자는 신이다. 신은 바로 거북으로 표상되며, 그 거북은 노래하는 백성 앞에 존재한다. 거북은 그런 의미에서 지표기호라 할 수 있다. 그러나 거북은 다른 한편으로는 도상기호이기도 하다. 거북이 머리를 드러내는 모습은 신이 그 모습을 드러내는 것을 형상화하여 표현한 것이다. 구지봉이라는 이름도 거북이 엎드린 형상을 따라 이름 붙인 것이라고 했다. 여기서 신이 거북이라는 형태로 해석된 것은 도상기호의 생산으로 볼 수 있으며, 그것이 언어화되어 표출됨으로써, 은유가 되었다. 이러한 은유적 담론은 『삼국유사』를 지배하는 하나의 코드로 작용한다. 왜냐면 『삼국유사』는 많은 부

제시한 서사프로그램에서 가장 먼저 나타나는 국면이다.
A. J. Greimas, *Du sens II*, Seuil, 1983, pp.67-91.
141) 龜何龜何 首其現也 若不現也 燔灼而喫也

분 유사한 이야기들의 반복으로 이루어지며(같은 코드의 지배를 받으며), 그러한 반복을 통해 새로운 의미를 구현하기 때문이다. 이러한 〈구지가〉는 일회적인 노래로 보이지 않는다. 〈구지가〉는 주술적 노래로서 주술적 의례가 행해지는 곳에서 반복적으로 불려졌을 가능성이 크다. 비록 다른 형태라 하더라도 〈구지가〉는 『삼국유사』의 수로부인조에 있는 〈해가〉와 깊은 유사성을 갖는다.

거북아 거북아 수로를 내놓아라
남의 부녀를 빼앗은 죄 얼마나 클까
만일 내놓지 않으면
그물로 잡아 구워 먹으리[142]

이 노래가 불려진 상황 역시 여러 사람이 모여 관습에 의해 이루어진 어떤 행위, 즉 노래 부르는 행위를 하는 상황이었다. 다시 말해 의례가 행해지는 상황이었으며, 그러한 상황에서 일종의 주술적 의도로 불려진 노래가 〈구지가〉에서와 마찬가지로 거북을 그 부름의 대상으로 했다는 점이 주목된다. 따라서 의례적 상황이 벌어질 때, 관습적으로 '거북'을 불렀을 가능성이 크고, '거북'은 무엇인가 초자연적인 어떤 대상을 가리키는 상징기호의 역할을 하는 것으로 볼 수 있다.[143]

〈구지가〉의 이러한 기호작용들은 〈구지가〉가 그것의 맥락과 맺는 어떤

---

142) 龜乎龜乎出水路 掠人婦女罪何極 汝若悖逆不出獻 入網捕掠燔之喫

143) 김열규는 반구대 암각화의 거북의 형상을 해석하면서, 『삼국유사』 가락국기조의 거북을 "천지 사이의 매개체이며 신 내림을 채근하는 주술적 힘의 소유자"로 해석한 바 있다. 그는 울주 반구대 암각화와 『삼국유사』 가락국기조에 등장하는 거북을 같은 계열체에 속하는 것으로 봄으로써, 그것이 갖는 보편적 상징성을 폭넓게 확장시켰다. 김열규, 『기호로 읽는 한국 문화』, 서강대학교 출판부, 2008, 145면.

관련성을 말해준다. 퍼스는 지표기호를 "그 기호가 나타내는 대상에 의해 실제적으로 영향을 받음으로써, 그 대상을 나타내는 기호"[144]라 한다. 〈구지가〉에서의 거북은 현실 맥락 속에 어떤 존재('거북'이라 불릴 수 있는)를 상정하면서, 또한 그것에 작용하는 기호이다. 〈구지가〉는 어떤 대상에 관한 노래이며, 그 대상이 없으면 존재할 수 없는 노래이다. 거북은 도상기호가 됨으로써, 현실 속에서 그것과 유사한 대상을 상정한다. 거북은 그러니까 현실에 분명히 존재하는 그것과 유사한 어떤 것을 가리키면서 아울러 그것에 어떤 작용을 한다. 〈구지가〉가 그것을 넘어서는 맥락에서 해석될 수밖에 없는 이유가 여기에 있다. 게다가 거북이 상징기호로 작용함으로써, 그러한 노래와 현실의 관계는 반복적으로 복제될 가능성이 있다. 상징기호에는 일반적 유형이나 법칙이 작용하는데, 이 경우, 〈구지가〉와 그것이 불려진 현실 맥락과는 어떤 일반적 유형의 관계가 존재할 수 있는 것이다. 여기서 현실 맥락은 가락국기 담론 속에서 텍스트화된 형태로 찾아질 수 있다. 〈구지가〉의 해석을 확충해갈 수 있는 가능성이 여기에 있는 것이다.

〈구지가〉에서 쓰인 돈호법과 명령법은 또한 〈구지가〉가 그 맥락과 갖는 강한 연관성을 드러낸다. '거북아'에서 드러나는 부름의 형태는 이 노래의 담론 수신자가 누구인지를 분명히 한다. 그것이 특정한 수신자를 호명한다는 점에서, 이 노래의 목적이 단순한 표현 작용이 아닌 커뮤니케이션임을 말해준다. 전달해야 할 분명한 내용이 명령법을 통해 전달된다. 그것은 상황의 변환을 촉구하는 것인데, 그것은 노래의 바깥의 맥락에서 포착될 수밖에 없다. 이는 이 노래가 실천적 역할을 요구받고 있음을 말한다. 이러한 실천적 역할은 힘을 바탕으로 한다. 힘이 노래로부터 나온다는 것은

---

144) *CP* 2.248.

중요한 의미를 갖는다. 흔히 종교적 상징은 단지 커뮤니케이션의 매개에 그치지 않고, 어떤 자발적인 힘, 즉 인간의 마음을 그것을 통해 절대적인 것에 투사하는 것으로 간주된다고 한다.[145] 〈구지가〉가 단지 무엇을 나타내는 데 그치지 않고 무엇을 이루는 힘을 갖는다는 것을 우리는 그 노래가 불려진 맥락을 통해 해석해야 한다.

〈구지가〉는 춤과 함께 불려진 것으로 기록되어 있다. 〈구지가〉가 언어 기호라면 춤은 몸의 기호이다. 〈구지가〉가 한역되어 전하므로, 그것이 갖는 율격적 특성을 자세히 알 수 없지만, 일단 한역된 노래의 형식만으로 볼 때, 그것이 음악적 율격을 가지고 있었음을 짐작할 수 있다. 율격은 언어가 가리키는 지시대상의 문제가 아니라, 메시지 자체의 질서의 문제이다. 이는 야콥슨이 말한 시적 기능의 실현이다. 춤 역시 어떤 율동에 따른 몸놀림이다. 이는 동작 내지는 행위의 질서를 구현한다. 이는 시가 말의 질서를 구현하는 것과 마찬가지다. 그 질서는 병행이나 반복과 같은 모습으로 나타난다. 시와 춤이 함께 이루어짐으로써 이들 기호들은 한 차원 다른 메타기호의 층위에 함께 존재하게 된다. 그것은 지시적 기능을 넘어서 구현되는 언어의 세계이면서 행위의 세계이다. 언어가 인간의 정신과 관련된 것이라면, 춤은 인간의 몸과 관련된 것이다. 이들의 융합은 인간의 전존재로서 구현되는 기호의 새로운 세계를 보여준다. 이는 노래를 넘어 존재하는 세계이다. 그것은 이를테면 '우주의 리듬'이라 할 만한 것이며, 마치 초월적인 어떤 것처럼 보이기도 한다. 그것은 〈구지가〉라는 텍스트를 넘어선 맥락을 해석함으로써 가까이 갈 수 있는 어떤 것이다.

노래 혹은 노래와 춤은 가락국기의 맥락에서 하나의 축약된 상징이다. 그것은 무엇을 나타내면서 아울러 어떤 힘을 갖는다. 이 두 가지 특성은

---

145) Firth, op. cit., p.49.

모두 그것의 맥락에서 나온 것으로 해석된다. 즉 이들은 어떤 코드의 지배를 받으며, 그것을 기술함으로써, 우리는 '상징된 것'의 기술에 한 걸음 다가설 수 있다.

3. 의례에서 뮈토스로

〈구지가〉가 불려진 상황은 일종의 의례적 상황이다. 그것은 앞서 말했듯, 언어와 함께 어떤 행위를 수반한다. 의례는 "행위자들에 의해 전적으로는 해석되지 않는 형식적 행위들이나 발화들의 다소 불변적 연쇄들의 연행"[146]이라고 정의되는데, 여기에는 몇 가지 주목할 점들이 있다. 먼저 의례는 행위와 말로 이루어진다는 점이다. 그러나 여기서 말보다는 행위가 주도적이다. 말과 행위가 연쇄를 이루며 전체적인 연행을 구성하는 것이다. 〈구지가〉와 더불어 춤과 노래가 행해지고, 아울러 "산봉우리를 파서 흙을 집는"[147] 행위가 이루어진다. 그것은 의례가 지속적인 반복의 성격을 가짐을 말한다. 똑같은 상황에서 똑같은 행위가 반복됨으로써 그것은 지속적 형식으로 굳어진다. 그것은 의례가 퍼스가 말한 상징기호가 될 수 있음을 말한다. 이는 또한 지속적으로 반복이 이루어질 수 없는 현실세계와 구분되는 시공을 전제함을 말한다. 다시 말해 의례는 어떤 틀 속에서 이루어지며, 그 틀이 의례의 과정을 지배한다. 그런데 그러한 행위는 '행위자들에 의해 전적으로는 해석되지 않는다'고 한다. 이는 의례, 특히 종교적 의례에서 중요한 의미를 갖는다. 의례를 행하는 사람들이 그것이 의미하는

---

146) Roy A. Rappaport, *Ritual and Religion in the Making of Humanity,* Cambridge University Press, 1999, p.24.

147) 掘峯頂撮土

바를 명확히 알지 못한 채 의례를 행하는 경우가 많다는 것은, 그가 이미 있어온 어떤 관습이나 아니면 그것을 하게 하는 어떤 힘에 복종함을 말한다. 따라서 인간은 완전히 새로운 의례를 창조하고 만들어내는 것은 아니다. 혹 그가 어떤 새로운 의례를 만들어냈다 하더라도 그것은 이미 있었던 어떤 것으로부터 온 것이다.[148] 그것이 행해질 때 그것은 분명 어떤 약속이나 관습 혹은 명령에 의해 이루어지는 어느 정도 강제성을 띤 것이지만, 그러한 강제성이 어디에서 오는지조차 인간은 분명히 알지 못한다. 그것은 인간이 해독해야 할 기호지만, 기호치고는 매우 모호한 기호이며, 그것이 나타내는 현실에 인간이 직접 참여한다는 점에서 기호보다는 상징의 성격을 띠는 것으로 보인다.[149] 또한 그것은 의례가 어떤 힘에 의해 수행되고 있으며, 또 그 힘을 실현함을 말하는 것이기도 하다. 다시 말해 의례는 어떤 힘의 조종을 받아 행해지며, 그러한 실행의 과정은 그 조종하는 힘의 의지가 실현되는 과정이다. 〈구지가〉가 불려지면서 행해진 일련의 행위는 구지봉에서 모습을 드러내지 않은 어떤 목소리의 조종에 의해 이루어진 것이다. 그 목소리는 복종해야 할 어떤 힘의 상징이며, 이는 구지봉에 모인 사람들에게 해석하기 어려운 모호한 상징으로 나타난다. 그것은 있는데 나타나지는 않는 비밀의 상태이다.[150] 또한 그들의 행위 역시 그들에게는 완전히 해석되지 않는 상징이다. 그들의 행위는 단지 어떤 모호한 존재의 명령에 따른 것이므로, 그 행위가 갖는 의미 또한 그들에게는

---

148) Rappaport, op. cit., p.32.

149) (Ed.) Thomas A. Sebeok, *Encyclopedic Dictionary of Semiotics: Tome 2,* Mouton de Gruyter, 1986, p.1028.

150) 그레마스가 제시한 서사프로그램의 첫 단계가 조종이라면, 마지막 단계는 검증이다. 그는 검증의 심층에 존재하는 진위판정의 기호사각형을 다음과 같이 제시한다. 여기서 말한 비밀은 있는 것과 나타나지 않은 것의 결합, 즉 있는데 나타나지 않는 상황을 가리킨다.

모호할 수밖에 없다. 그것 역시 무엇인가 분명히 있으면서도 나타나지는 않는 비밀의 상태로 나타난다. 그러나 그 행위가 갖는 목적은 비교적 명확하게 드러나 있다. 그 행위는 단지 그 행위로 그치는 것이 아니라, 어떤 결과를 유발한다. 그 보이지 않는 목소리는 "그러면 곧 하늘에서 대왕을 맞이하여 기뻐 춤추게 되리라"[151]고 말함으로써, 그들이 수행하는 의례가 갖는 힘을 말해준다.

가락국기에서 수로왕 출생의 사건과 더불어 이러한 일련의 행위들을 의례라고 간주할 때, 이러한 행위는 단지 일회적인 데 그치지 않는다. 먼저 문면에서 이러한 일들이 행해진 것은 3월 계욕지일(禊浴之日)이라고 밝히고 있다. 계욕은 액을 덜기 위해 목욕을 하는 정기적인 정화 의례로서 그것이 행해지는 날, 수로왕의 출생이 이루어진 것이다. 왕의 출생은 아무렇게나 이루어지는 것이 아니라 어떤 과정을 거쳐야 이루어진다. 그 과정은 다름 아닌 왕 그 자신에 의해 기획된 것이다. 왕은 그러한 일련의 과정을 말을 통해 사람들에게 전달한다. 사람들은 보이지 않는 왕의 말에 따라 그 의례를 행한다. 그리고 그것을 행함으로써 사람들은 그러한 왕을 현실에

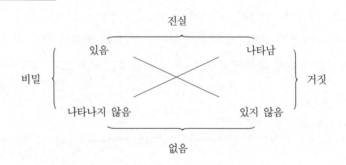

[표 8-3] 진위판정의 기호사각형

Greimas, *Du sens II*, p.54.
151) 則是迎大王 歡喜踴躍之也

서 맞이하게 된다. 그렇다면 의례의 비롯됨이 보이지 않는 왕, 즉 신으로 부터 온 것이라면, 의례의 이룩함 또한 그것을 향한 것이다. 따라서 가락 국기에서의 출생의례는 '있는데 나타나지 않은'(비밀) 왕으로 하여금 '있는 것이 나타나는'(진실) 왕으로 변화시키는 힘을 발휘한 것이다.[152] 그리고 그것은 또한 보이지 않는 조종자에 의해 이루어진다. 의례의 비롯됨과 이 룩함이 어떤 초월적 존재에 의해 전적으로 이루어진다는 점에서, 의례라는 일련의 상징적 행위를 지배하는 '절대적' 힘이 존재함을 알 수 있다. 그것 은 보이지 않으면서도, 즉 인간에 의해 쉽사리 해석되지 않으면서도, 인간 의 행위를 지배하는 힘을 갖는다. 그것은 마치 초월의 영역에 존재하는 듯 이 보인다. 출생의례의 기록에는 그가 '앞으로 임금이 될 어떤 존재'로 '하 늘의 명령을 받는' 것으로 나타난다.[153] 그러나 가락국기 전체 텍스트 혹 은 『삼국유사』 전체 텍스트에서 보면 이러한 초월의 영역은 우리가 해석 하기 힘든 어떤 상징처럼 나타나고 있으며, 『삼국유사』 텍스트 너머에서 오는 것처럼 보인다.

〈구지가〉가 갖는 상징의 힘은 이러한 의례로부터 온 것이다. 의례의 실 행에서 절대적인 보이지 않는 힘이 〈구지가〉에 작용한다. 〈구지가〉는 텍 스트로서 의례로부터 오는 힘을 실행한다. 뿐만 아니라, 의례에 미치는 어 떤 보이지 않는 힘을 실행시키기도 한다. 그런 것처럼 의례는 또한 의례 나름의 상징적 역할을 수행한다. 그것은 마치 [표 8-1]에서 보는 여러 겹의 틀을 만들어내는 듯이 보인다. 따라서 의례가 실행하는 상징적 힘의 근원 을 우리는 의례를 넘어 존재하는 또 다른 틀들을 통해 찾을 수 있다.

가락국기에는 수로왕 출생뿐만 아니라, 즉위, 결혼, 투쟁에 관한 기록들

---

152) Greimas, *Du sens* II, p.54.

153) 皇天所以命我者 御是處 惟新家邦 爲君后 爲玆故降矣

을 찾을 수 있는데, 이들 역시 의례 담론으로 해석될 수 있는 것들이다. 수로왕이 출생하는 순간을 가락국기는 다음과 같이 기록한다.

　얼마 후 우러러 하늘을 보니, 자주색 줄이 하늘로부터 늘어져 땅에 닿았다. 줄 끝을 찾아보니 붉은 보자기에 금합이 싸여 있었다. 열어보니 황금색 알이 여섯 개 있는데 둥글기가 해와 같았다. 여러 사람들은 모두 놀랍고 기뻐서 백 번 절했다.154)

　의례적 상황에서 드러나는 '하늘'은 사람들에게 중요한 기호이다. 이미 하늘은 '보이지 않는 목소리'에 의해 "나라를 세워 임금이 돼라"라는 명령을 내린 존재로 사람들에게 전달된 바 있다. 이때의 하늘은 절대성 혹은 초월성의 상징이다. 그것은 관습적인 인식을 담고 있다는 점에서 퍼스가 말한 상징기호이기도 하다. 이러한 하늘은 때때로 그의 힘을 드러내는데, 그로 인해 사람들은 그 힘이 현시된 현실을 하나의 기호로 해석한다. 위의 인용에서 나타나는 신성 징표들은 그것이 하늘로부터 영향을 미쳐 나타났다는 점에서 지표기호로 보인다. 하늘에서 알이 내려오는 과정은 자주색 줄, 붉은 보자기나 금합과 같은 의례적 도구를 통해서라는 점에서 상징기호로 해석될 수 있다. '알' 역시 사람들에게 기호로 받아들여진다. 그것은 신성한 존재를 담는 것으로 인식된다는 점에서 지표기호이며, 그것의 모양이 해처럼 둥글어 그들이 관념하는 신의 모습을 닮은 것으로 본다면 도상기호이기도 하다. 이러한 알에 대한 해석은 『삼국유사』에 전하는 국가 시조의 신화 속에서 자주 등장하므로, 그것이 신성한 것의 한 징표로 관습화

---

154) 未幾 仰而觀之 唯紫繩自天垂而着地 尋繩之下 乃見紅幅裏金合子 開而視之 有黃金卵六圓　如日者 衆人悉皆驚喜 俱伸百拜

된 상징기호일 가능성을 점칠 수 있다. 여기서 붉은색이나 황금색 역시 그것이 신성한 것을 나타내는 관습적 특성을 지닌다는 점에서 상징기호라할 수 있다.[155) 이러한 하늘과 알에 대한 상징적 해석을 통해 사람들은 '백번 절하는' 의례적 행위를 한다.

가락국기에는 수로왕 결혼 의례에 대한 기록이 있다. 수로왕은 "나를 짝지어 왕후 삼음도 또한 하늘이 명할 것이니"[156)라고 하여, 그의 결혼이 하늘이라는 초월적 힘에 의해 이루어질 것임을 예언한다. 그는 '하늘'의 명령을 받은 자로서 하늘에 의해 기획된 일을 알고 있으므로 그에 따라 왕후를 맞이하는 행위를 한다. 그리하여 이루어지는 일련의 행위들은 수로왕과 왕후의 결혼에 이르는 의례적 절차라 할 수 있다. 허왕후의 배를 맞이하면서 횃불을 올린다든지 나무로 된 키를 바로잡는다든지, 또 산 변두리에 장막을 설치하는 행위들은 결혼에 이르는 일종의 격식화된 행위들이다. 허왕후가 입고 있던 비단 바지를 벗어서, 그것을 폐백 삼아 산신에게 바치는 행위 역시 의례적 행위임은 말할 나위 없다. 이러한 과정에서 횃불, 키, 장막, .비단 바지는 모두 신성한 것에 맞닿은 어떤 것으로 해석된다는 점에서지표기호들이며, 이러한 행위들이 이미 예정된 관습을 따른다는 점에서 상징기호이기도 하다.

수로왕의 죽음 이후, 수로왕과 관련된 의례의 기록들은 의례가 갖는 반복적인 특성을 보여준다.

그 아들 거등왕으로부터 9대손 구형왕까지 이 묘에 제사를 지냈다. 매

---

155) 수로가 허황후를 맞이하는 장면에서 "갑자기 배 한 척이 서남쪽 바다로부터 붉은 돛을 달고 붉은 기를 휘날리며 북쪽으로 향해왔다 忽自海之西南隅 掛緋帆 張茜旗 而指乎北" 는 기록도 참조할 수 있다.

156) 配朕而作后 亦天之命

년 정월 3일, 7일, 8월 5일, 15일에 풍성하고 정결한 제전으로 제사 지냈는데, 대대로 끊이지 않고 이어졌다.[157]

이러한 반복성은 의례가 지속적 형식의 복제 가능한 기호로서 상징기호임을 말하는 것이다. 이러한 반복을 가능하게 한 힘은 초월의 영역에 존재하는데, 가령 '하늘'이나 '신'과 같이 지칭되는 것들이다. 그러나 그것은 그 모습을 드러내지 않음으로써 '비밀'의 양태를 보이지만, 때로는 그 힘을 드러냄으로써, 사람들로 하여금 그 힘에 대한 복종을 더욱 공고하게 한다. 다음 기록들은 그러한 힘의 기호들이 나타나는 양상을 보여준다.

영규 아간이 장군의 위세를 빌려 사당을 빼앗아 음사를 행하더니 단오날에 사당에 제사 지내던 중, 사당의 대들보가 까닭 없이 무너져 깔려 죽었다.[158]

마침내 비단 석 자에 진영을 그려서 벽 위에 모시고 아침저녁으로 촛불을 켜서 지성으로 받들었더니, 사흘도 채 안 되어 진영의 두 눈에서 피눈물이 흘러 땅 위에 고인 것이 거의 한 말 가량이나 되었다. 장군은 너무 두려워서 그 사당으로 나아가 불사르고 즉시 수로왕의 직손인 규림을 불러 말했다.[159]

또 도적들이 사당 안에 금과 옥이 많이 있다 하여 들어와 훔쳐 가려 하

---

157) 自嗣子居登王 洎九代孫仇衡之享是廟 須以每歲孟春三之日 七之日 仲夏重五之日 仲秋初五之日 十五之日 豊潔之奠 相繼不絶

158) 爰有英規阿干 假威於將軍 奪廟享而淫祀 當端午而致告詞 堂梁無故折墜 因覆壓而死焉

159) 遂以鮫絹三尺 摸出眞影 安於壁上 旦夕膏炷 瞻仰虔至 才三日 影之二目 流下血淚 而貯於地上 幾一斗矣 將軍大懼 捧持其眞 就廟而焚之 卽召王之眞孫圭林而謂曰

192   제2부 방법과 실천

였다. 처음에 왔을 때는 갑옷을 입고 투구를 쓰고 활에 살을 먹인 용사한 사람이 사당 안으로부터 나와 화살을 사면으로 빗발처럼 쏘아 일고여덟 명을 죽이니 도적들이 달아났다. 며칠 후에 다시 오니 큰 구렁이가 나타났는데, 길이는 서른 자가 넘고 눈빛은 번개 같았다. 사당 곁에서 나와여덟아홉 명을 물어 죽이니, 겨우 살아남은 자들도 모두 엎어지면서 흩어졌다. 그러므로 능원의 안팎에는 틀림없이 신물이 있어 보호하고 있음을알겠다.[160]

이와 같은 사건들은 사람들에게 해석을 요구하는 기호들이다. 의례를행하는 것은 어떤 법도를 요구한다. 그것을 요구하는 주체는 인간들에게이러한 기호를 통해 메시지를 전한다. 그러한 기호들은 그 힘을 드러냄으로써, 인간들에게 무엇인가를 요구한다. 그것은 의례라는 격식화된 행위의그 격식성에 대한 것이다. 의례는 그 의례적 성격이 인간뿐 아니라, 초월의 영역에 있는 보이지 않는 어떤 존재에 의해 보호된다. 여기서 나타나는사건들은 모두 그것이 어떤 신성한 힘을 드러낸다는 점에서 일종의 지표기호라 할 수 있다.

이와 함께 수로왕을 사모하는 놀이의 기록이 가락국기에 실려 있다. 이는 매년 7월 29일에 정기적으로 행해지며, 술과 음식을 들며 허왕후가 배를 타고 온 상황을 그대로 재현하는데, 이러한 의례는 일련의 실제 행위에대한 모방 행위로서 여기에는 기호 해석과 함께 새로운 코드의 생성이 있다. 이러한 행위들은 수로왕의 행적을 기린다는 점에서 지표기호이고, 그행적을 모방한다는 점에서 도상기호이며, 그것을 관습적으로 행한다는 점

---

160) 又有賊徒 謂廟中多有金玉 將來盜焉 初之來也 有躬擐甲冑 張弓挾矢 猛士一人從廟中出 四面雨射 中殺七八人 賊徒奔走 數日再來 有大蟒 長三十餘尺 眼光如電 自廟旁出 咬殺八九人 粗得完免者 皆僵仆而散故 知陵園表裡 必有神物護之

에서 상징기호이다.

지금까지 살핀 가락국기에 기록된 의례들은 가락국기에서 일종의 축약된 상징의 역할을 한다. 그 안에는 다양한 기호작용들이 일어난다. 그러나 이들은 또한 반복되는 것이기도 하다. 의례의 그러한 속성으로 인해 의례를 '정보 없는 커뮤니케이션'이라 하기도 한다.[161] 그러나 이러한 반복되는 특성은 역설적으로 그것이 갖는 힘을 드러내는 것이기도 하다. 그것은 격식화됨으로써 많은 정보를 전달하는 데는 한계가 있지만, 그러한 격식을 유지하는 힘을 어디선가 끌어온다는 점에서 그것은 메시지 외적인 특성을 갖는다. 그것은 어떤 상징으로 존재한다. 상징하는 것이 유지될 수 있는 힘은 상징되는 것으로부터 온다. 그것은 초월의 영역처럼 보이는 것으로 우리가 가락국기 혹은『삼국유사』를 읽을 때, 마치 흰빛처럼 텍스트를 관류하는 것으로 보인다. 그것을 어떤 관념으로 규정짓는 것은 불가능해 보인다. 다만 우리는 의례를 둘러싼 또 하나의 틀, 즉 가락국기라는 뮈토스를 통해 그것을 더듬어볼 뿐이다.

4. 뮈토스에서 로고스로

가락국기는 뮈토스의 기록이다. 뮈토스는 로고스와 대립되는 개념이다. 그것은 전승된 이야기를 말한다. 호머와 헤시오도스의 뮈토스로부터 헤라클레이토스와 플라톤의 로고스로의 전환은 상징적 담론에서 이성적 담론으로, 신인동형론에서 추상화로, 종교에서 철학으로의 전환으로 간주된다.[162] 뮈토스에는 그것을 전승케 하는 힘이 존재한다. 〈오디세이〉에 대한

---

161) Rothenbuhler, op. cit., pp.22-23.

연구에서 마틴은 뮈토스의 개념을 "믿어지고 복종되는 어떤 것으로 그 자체를 표상하는 힘과 권위를 주장하는 담론"[163]이라 하였듯, 그것은 강력한 남성적 담론으로 존재한다. 이에 비하면 로고스는 헤라클레이토스의 지적처럼, "단순히 언어뿐만 아니라, 이성적 논의, 계산, 선택이며, 말과 사고와 행위에 표출된 합리성"을 말한다.[164] 뮈토스에서 그것을 전승케 하는 힘은 어디서 오는 것일까? 그것은 이야기 자체의 내재적 논리와는 관계없이 담론 밖으로부터 오는 것이다. 그리고 담론 밖의 지시물은 개념화되거나 형상화된 모습을 쉽사리 드러내지 않는다.

『삼국유사』를 읽으면, 이러한 뮈토스들이 반복 기술됨을 볼 수 있다. 그것은 하나의 유형적 이야기처럼 나타난다. 우리는 가령 이를 국조신화와 같이 범주화해서 말한다. 수로의 이야기는 단군, 주몽, 혁거세, 탈해, 알지의 이야기와 크게 다른 것이 아니다. 그것은 반복 복제되는 상징기호처럼 보인다. 이들 이야기는 시조의 출생과 죽음을 말하며, 그들에 의해 이루어진 국가의 건국과 쇠망에 대해 말한다. 『삼국유사』의 기이편은 그런 이야기들의 반복이다.

이러한 이야기들은 가락국기가 보여주듯, 의례의 담론을 포함하거나 함축한다. 이는 뮈토스가 의례와 갖는 기호학적 관련성에 대한 단서를 제공한다. 문화영웅으로서의 시조는 한 국가를 나타내는 기호이다. 국조신화는 그 시조의 비롯됨의 신성함을 통해 그 국가의 비롯됨의 신성함을 말하려 한다. 그는 그가 세운 국가의 지표기호로 존재한다. 따라서, 그의 삶은 일반 백성들의 삶과는 다른 유표성을 갖는다. 그 유표성은 뮈토스의 진행

---

162) Bruce Lincoln, *Theorizing Myth: Narrative, Ideology, and Scholarship*, The University of Chicago Press, 1999, p.3.

163) Ibid., p.17에서 재인용.

164) Ibid., p.18.

속에서 드러난다. 가락국기에서 그것은 의례의 담론으로 나타난다. 수로의 삶은 의례의 과정으로 구성된다. 출생, 투쟁, 결혼, 죽음이 모두 이러한 의례로 유표화되어 기술된다. 이는 삶의 각 단계를 유표화시키면서 의미화한다. 수로는 물리적 시간에 휩쓸린 삶이 아닌 그것을 질서화하는 힘을 갖는 삶을 산다. 이는 다름 아닌 뮈토스의 힘으로부터 온 것이다.

뮈토스는 어떤 목적론적 과정으로 존재한다. 그것은 분명한 이야기 가치를 갖는다. 가락국기는 가락국의 건국, 쇠망과 같은 역사적 흐름을 기술하지만, 그 흐름의 기저에 그것을 이끄는 보이지 않는 발송자가 존재한다. 그는 의례의 과정을 조종하며, 그것의 의미를 생산해낸다. 앞서 말했듯, 의례를 상징이라 할 때, 바로 그 상징을 분명히 하는 역할을 하는 것이다. 의례의 과정이 뮈토스를 통해 기술되었다는 점에서, 뮈토스라는 틀이 하나의 코드로서 의례의 과정을 지배하는 상징을 산출해냈다고 할 수 있다. 그러나 더 큰 맥락에서 본다면, 이러한 의례를 유지시킨 것이 인간의 믿음이라 할 때, 그 믿음을 받치는 뮈토스의 역할에 주목할 수도 있다. 뮈토스가 의례를 떠받치는 것처럼, 의례 역시 뮈토스로 기술되어 그것의 지배를 받는다. 말은 행위의 보이지 않는 조종자이며, 또한 행위는 말의 보이지 않는 조종자이다. 가락국기의 뮈토스는 의례를 단지 중립적으로 기술하는 것이 아니라, 뮈토스적인 신념에 의해 기술한다. 그것은 의례가 그렇게 진행될 수밖에 없는 필연성의 코드를 함축한다. 한편으로 뮈토스는 또한 그렇게 기술될 수밖에 없는 목적론적 과정을 그 담론의 밖에 존재하는 의례의 기호로부터 이끌어올 수 있다. 이는 뮈토스와 의례의 기호가 갖는 순환적 관련성을 말한다. 뮈토스와 의례는 서로를 반영하는 것이 아니라, 서로를 반성한다. 말과 행위는 서로 간의 확충을 통해 메타 담론을 산출한다.

『삼국유사』의 기이편은 뮈토스를 기록했으나, 그것이 의도적으로 기록되었다는 점에서 여기에 말에서 글로의 전환이 있음을 알 수 있다. 글에는 말에 대한 반성이 함축된다. 뮈토스는 기록되면서, 뮈토스적 성격과 함께 로고스적 성격을 함께 갖는다. 그것은 일연에게 믿어진 이야기지만, 그 믿음이 무조건적인 것은 아니다. 그것은 지극히 논리적인 유추의 과정을 통해 추론된 믿음이다. 『삼국유사』의 기이편 서문에 보면 그러한 과정이 드러난다.

서술해 말한다. 대저 옛날 성인이 예악으로써 나라를 일으키고, 인의로써 가르침을 베풀 때, 괴이한 힘이나 난잡한 신은 말하지 않는 일이었다. 그러나 제왕이 장차 일어날 때는 부명을 안고 도록을 받게 되므로, 반드시 남다른 점이 있었다. 그런 뒤에야 능히 큰 변화를 타서 제왕의 지위를 얻고 큰일을 이룰 수 있는 것이다. 그런 까닭으로 하수에서 그림이 나오고 낙수에서 글이 나옴으로써 성인이 나온 것이다. 무지개가 신모를 에워싸서 복희를 낳았으며, 황아가 궁상 뜰에서 놀다가, 스스로 백제의 아들이라는 신동과 사귀어 소호를 낳았고, 간적은 알을 삼켜 설을 낳았으며, 강원은 거인의 발자취를 밟아 기를 낳았고, 요는 잉태된 지 14개월 만에 태어났으며, 패공은 그 어미가 큰 못에서 용과 교접하여 태어났다. 이 밖의 일은 어찌 다 기록할 수 있으랴! 그렇다면 삼국의 시조가 모두 신이한 데서 출생했다는 것이 무엇이 괴이하랴. 신이로써 다른 편보다 앞에 놓는 이유가 여기에 있다.[165]

---

165) 叙曰 大抵古之聖人 方其禮樂興邦 仁義說教 則怪力亂神 在所不語 然而帝王之將興也 膺符命 受圖錄 必有異於人者 然後能乘大變 握大器成大業也 故 河出圖 洛出書 而聖人作 以至虹繞神母而誕羲 龍感女登而生炎 皇娥遊窮桑之野 有神童自稱白帝子 交通而生少昊 簡狄吞卵而生契 姜嫄履跡而生弃 胎孕十四月而生堯 龍交大澤而生沛公 自此而降 豈可殫記 然則三國之始祖 皆發乎神異 何足怪哉 此紀異之所以漸諸篇也 意在斯焉

서문은 기이편의 뮈토스들을 지배하는 코드를 보여준다. 뮈토스는 이로써 기이편이라는 하나의 틀 속에서 그것의 지배를 받는다. 그것은 뮈토스가 보이는 무조건적인 믿음, 그리고 그것을 가능케 한 힘은 로고스적 형태로 전환한다. 글로 전환되면서, 그리고 서문이라는 격식으로 코드화되면서, 뮈토스가 갖는 힘은 중화된다. 여기서 말하는 신비스러운 일들은 그것이 중국에서 일어난 여러 사건들의 복제된 상징기호들로 기술된다. 결국 『삼국유사』의 기이편에 나타난 여러 비슷한 국조신화들은 또한 중국의 뮈토스의 반복으로 기호화되는 것이다. 노래와 춤, 그리고 의례와 말에서 궁극적으로 글로 된 텍스트로 정착되면서, 텍스트는 더욱더 상징기호의 약속된 틀 속에서 의미작용을 하는 모습을 보인다.

『삼국유사』의 후반부, 즉 흥법편 이후의 담론들은 힘이 아닌 인식을 강조한다는 점에서 기이편의 담론과 많이 다르다. 『삼국유사』의 담론은 이러한 대립적인 기호, 다시 말해 힘의 기호와 인식의 기호를 병행한다. 힘에 복종하는 믿음의 인간과 삶에 대해 회의하고 스스로의 길을 찾는 인간이 함께 존재한다. 그럼으로써, 가락국기에서의 힘의 담론은 한 번 더 로고스의 세계 그리고 역사의 세계로 귀환하는 듯이 보인다.

5. 코드를 넘어서

〈구지가〉는 명령형으로 이루어진 힘의 노래다. 그 힘은 그것이 불려진 의례로부터 온다. 의례는 코드화되어 〈구지가〉를 지배한다. 〈구지가〉는 그 코드 속에 존재하며 그것의 힘도 그로부터 나온다. 그것은 의례라는 담론으로 포착되는 것이다. 의례 역시 실천적 행동으로 이루어지며, 그것의 힘은 그것을 기술한 뮈토스로부터 온다. 그것은 뮈토스로 코드화된 것이며, 그것 역시 텍스트로 존재한다. 여기서 텍스트는『삼국유사』라는 책의 담론이다.

우리는 이들 담론의 영역 속에 존재하는 여러 기호작용들을 기술해왔다. 퍼스가 말한 도상기호, 지표기호, 상징기호들이 이들 담론들 간의 관련성을 말해준다. 대상과 유사하게 가깝게 그리고 반복적으로 기술됨으로써 이들 담론들은 격식화된 노래, 행위, 말, 글을 보임으로써 무엇보다도 상징기호임을 보인다. 그것은 코드화되어 있으며, 우리는 그것을 추론한다. 『삼국유사』라는 기호계 속에서 이들은 담론적 관련성을 유지하면서, 거친 뮈토스를 로고스로 중화시킨다.

이제 이러한 텍스트의 세계에서 한 걸음 나가보자.『삼국유사』바깥에는 무엇이 있을까? 우리는 또 다른 틀을 만들어 그것을 코드화할 수 있을 것이다. 어떤 맥락이든 코드화할 수 있으며, 텍스트화할 수 있다. 기호학적 관점에서 모든 것은 기호이면서 텍스트이기 때문이다. 그러나 그러한 틀로서 모든 것이 규정될 수 있을까?

상징은 그것이 상징하는 현실에 인간이 참여하는 것이라고 한다.[166] 그것은 상징으로서 추론된 코드로 존재하는 것이 아니라, 그 이상으로서 존재한다. 그것은 이미 추론되기 이전에 거기에 있었던 것이다. 이는 퍼스가 말한 역동적 대상[167]과 같은 것이다. 그것은 〈구지가〉가 그것을 둘러싼 의례의 코드의 지배를 받지만, 텍스트 바깥에서 흘러온 또 다른 보이지 않는

---

166) (Ed.) Sebeok, op. cit., p.1028.

167) 퍼스는 기호가 가리키는 대상을 두 가지로 구분한다. 직접적 대상은 기호 자체가 대상을 나타낼 때의 그 대상이며, 역동적 대상은 어떤 방식으로 기호를 그것의 표상에 맞게 만드는 현실을 말한다. 따라서 전자가 기호 안에 있는 것이라면, 후자는 기호 밖의 현실세계에 존재하는 것이다. 이 글에서 말하는 상징은 코드로 해석될 수 없는 부분이 있는데, 그것은 기호 밖의 것으로 간주되면서 기호작용에 영향을 미치는 역동적 대상과 같은 것이다. CP 4.536 참조.

어떤 것의 지배를 받음을 말한다. 그것은 『삼국유사』라는 텍스트 바깥의 어떤 힘이 작용하고 있으며, 그것은 있되 나타나지 않는 비밀의 상태임을 보여준다. 텍스트에 있으면서 나타나는 주체가 있다면 텍스트 바깥에는 있지만 나타나지는 않는 발송자가 있다. 그것이 있기에 상징은 단지 상징 기호에 머물지 않을 수 있다. 그것은 포괄적인 것으로 보이며, 마치 패르트가 말한 '흰빛'과도 같은 것이다.

가락국기를 읽으며, 또 『삼국유사』를 읽으며, 텍스트의 코드 넘어서 어떤 잉여적인 것들이 담론에 흩뿌려져 있음을 느낀다. 우리는 그것을 형이상학적으로 환원시켜 말할 수 없다. 그것은 텍스트의 코드를 기술하면서 (우리가 지금까지 했듯이) 아울러 그것 바깥에 존재하는 그것을 끊임없이 인식할 때, 그것은 나의 담론에 기술될 수 있을 것이다. 어쩌면 그것은 지시물이 없는 기호로 나타날 수도 있으며, 그래서 우리는 그것을 그냥 '상징' 혹은 초월적인 것이라고 부를 수밖에 없는지도 모른다.

제9장

다이어그램으로 읽는 처용설화

1. 다이어그램

이 글은 처용설화[168]를 기호학적으로 분석하기 위한 출발점으로 필자에 의해 그려진 다이어그램을 활용한다.[169] 퍼스는 도상기호에 대한 설명을 하면서, 도상기호의 1차성이 실체로 드러날 때 하이포아이콘이 나타난다고 하였다. 이러한 하이포아이콘으로 퍼스는 이미지, 다이어그램, 메타포

---

168) 이 글에서 처용설화의 텍스트로 삼은 것은 『삼국유사』 기이편 처용랑망해사조이다.

169) 다이어그램 분석은 최근 라이언에 의해 제안된 것인데, 이는 텍스트에 대한 인지적 접근방식의 하나라 할 수 있다. 이러한 접근의 이점은 먼저 텍스트를 인지작용을 통해 공간화함으로써, 문자텍스트에서 도상성을 추론할 수 있다는 점이며, 이는 기존의 실증주의나 기호학적 접근과 차별화되는 것이다. 그러나 다이어그램을 기술하는 것으로 그친다면 다른 텍스트에도 적용될 수 있는 보편적 코드를 찾아내기 어렵기 때문에, 다이어그램의 기술은 필연적으로 기호학적 분석으로 이어져야 할 것이다. 따라서 이 글은 텍스트의 다이어그램을 그리는 것 자체보다는, 그러한 과정을 통해 텍스트의 인지기호학적 분석의 가능성을 모색하는 것을 목적으로 한다. 서사적 다이어그램의 여러 가능성에 대해서는 Marie-Laure Ryan, "Diagramming narrative", *Semiotica* 165-1/4(2007), pp.11-40 참조.

를 제시하는데, 그중에서 다이어그램은 어떤 사물의 부분들 안에서의 유추적 관계에 의해 다른 사물의 부분들의 관계를 나타내는 것이라 하였다.[170] 다시 말해 다이어그램에서는 일정한 유추적 관계가 드러나는데, 그렇다고 해서 다이어그램 전체가 모두 일정한 비례 관계를 갖는 것은 아니다. 다이어그램은 그것을 그린 주체가 유추적인 것으로 드러내고자 하는 부분에서만 유추성이 드러나며, 따라서 나머지는 잉여적인 것으로 남아있게 된다. 서사적 다이어그램은 공간의 다이어그램, 시간의 다이어그램, 마음의 다이어그램 같은 것으로 그려질 수 있는데,[171] 그것을 그리는 방법이 일정하게 정해져 있는 것은 아니다. 필자는 필자 나름의 방식으로 처용설화에서 유의미한 징표들을 도상적으로 나타내보고자 한다. 여기서는 공간의 다이어그램을 그리게 되는데, 이는 이 글에서 주된 기호학적 분석의 대상이 주체들 간의 연접과 이접, 그리고 그러한 과정에서 일어나는 행위와 정념의 문제들이기 때문이다. 필자는 『삼국유사』 처용랑망해사조의 텍스트를 토대로 다음과 같은 다이어그램을 제시한다.

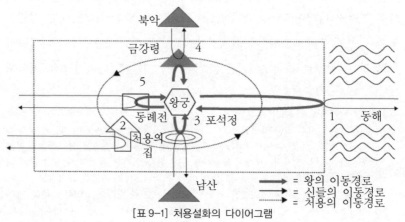

[표 9-1] 처용설화의 다이어그램

---

170) *CP* 2.276.

171) Ryan, "Diagramming narrative", pp.11-40.

이 다이어그램은 지형학적이거나 지리학적인 정보가 담긴 듯 보이지만, 실은 그러한 정보가 여기서는 중요한 것은 아니며, 서사와의 유추관계만이 의미를 갖는다. 다시 말해 이 다이어그램이 처용설화의 사건들이 일어난 그 당시의 공간적 상황을 그대로 재현한 것은 아니라는 것이다. 그렇다면 이 다이어그램에는 어떤 유의미한 요소들이 배치되고 관계 맺고 있는 것일까?

이 다이어그램의 중심을 이루는 점선의 사각형은 당시의 경주를 나타낸다. 그 중심에는 왕이 기거하는 궁이 있고, 주변 한쪽에 처용의 집이 있다. 이러한 중심과 주변의 배치는 텍스트를 통해 필자에 의해 추론된 것이다. 이는 왕과 처용의 권력에서의 위계관계를 나타낸다. 또 포석정, 동례전이 사각형 안 궁의 주변에 적절히 배치된다. 사각형의 주변에 산(남산, 북악, 금강령), 바다(동해), 미지의 공간이 약간 도식적으로 배치되는데, 이러한 공간은 초자연적인 존재들(남산신, 북악신, 지신, 역신)이 비롯되는 근원의 역할을 한다. 이러한 전체적 배치 위에 등장인물들의 이동경로가 그려진다. 헌강왕, 처용, 그리고 여러 신들의 이동경로 역시 도식적인 형태로 그려진다. 이러한 경로들은 서로 간에 접점을 형성하는데, 바로 그러한 접점에서 이루어지는 행위가 처용랑망해사조의 의미를 구현하는 데 핵심적인 역할을 한다.

이와 같은 다이어그램은 도상기호가 실재로서 구현된 하이포아이콘의 하나이지만, 기호학적 구조를 갖고 있는 것은 아니다. 이는 그레마스가 말한 의미생성행로 이전에 존재하는 것이며, 이러한 다이어그램에 드러나는 형상들이 통사론적이거나 의미론적으로 정리될 때, 비로소 그레마스가 말한 담화적 구조가 될 수 있을 것이다.[172]

---

172) 담화적 구조를 포함한 그레마스의 의미생성행로에 대한 전반적 논의는 Greimas, *Du sens*와 *Du sens Ⅱ* 참조.

이 글은 다이어그램에서 제시된 이동경로와 접점에서 등장인물들이 어떤 정념을 가지고 어떤 행위를 하는지를 살피고, 이를 통해 이들 간에 드러나는 여러 층위의 위계관계들을 기술할 것이다. 이를 통해 처용이 갖는 신화적 영웅으로서의 성격이 보다 구체적으로 부각될 것이다.

2. 이동경로

처용랑 망해사조의 등장인물들의 공간 이동경로를 요약하면 다음과 같다.

1) 헌강왕
  궁 → 개운포 → 궁
  궁 → 포석정 → 궁
  궁 → 금강령 → 궁
  궁 → 동례전 → 궁

2) 처용
  동경 → (집 안) → 동경

3) 용왕
  동해 → 개운포 → 동해

4) 남산신
  남산 → 포석정 → 남산

5) 북악신

북악 → 금강령 → 북악

6) 역신

? → 집 안 → ?

[표 9-2] 등장인물들의 공간이동 경로

이러한 이동경로를 통해 각각의 주체들이 갖는 특성들이 드러난다.

먼저 이들 이동경로가 갖는 반복성이 부각된다. 특히 헌강왕의 경우, 같은 패턴의 이동경로가 네 번이나 반복된다. 남산신으로부터 역신에 이르기까지 모든 신들의 이동 역시 이러한 패턴을 갖는다. 다만 왕은 갔다 오는 이동경로를 밟지만, 신들은 왔다 가는 이동경로를 밟는다. 그러나 처용은 이들과는 다른 형태의 이동경로를 보여준다. 오고감과 같은 방향성을 지닌 이동이 아닌 오고가며 떠도는 것과 같은 방향성 없는 순환적 형태의 이동이 드러나는 것이다. 이를 그림으로 나타내면 다음과 같다.

왕   신들   처용

[표 9-3] 등장인물들의 반복적 이동경로

왕과 신의 행위는 목적이 분명한 행위이며, 분명한 지향점을 갖고 있다. 그러나 처용의 행위는 그러한 목적이 분명하지 않고, 분명한 지향점도 없

다. 그저 "동경 밝은 달 아래 밤드리 노닐" 뿐이다. 그것은 일종의 무목적의 행위와도 같다. 그는 예쁜 아내가 기다리는 집으로 바로 들어갈 수도 있었음에도 불구하고, 그러한 행위의 종착점을 계속 연기한다. 따라서 그의 행위는 마치 끝없는 순환처럼 보인다. 이는 그의 행위가 분절된 시간 안에서 하나의 단위로 이루어지기보다는 계속 이어짐으로써 분절되지 않는 모습으로 나타남을 보이는 것이다. 그의 행위는 왕처럼 갔다가 오는 행위도, 신들처럼 왔다가 가는 행위도 아닌, 다만 왔다 갔다 하는 행위로 나타나는 것이다.

이들의 이동행위는 어쨌든 '가다' 혹은 '오다'라는 동사로 나타낼 수 있는데, 여기서 주체가 갖는 정념을 알기 위해 중요하게 분석되어야 할 것이 양태동사[173]이다. 그레마스와 퐁타니으는 정념이 드러나는 선조건적 층위를 설정하는데, 이는 그레마스가 제시한 의미생성행로 안에서는 드러나지 않고, 담화구조에서의 상화나 기호서사적 층위에서의 양태화를 통해 가상물로 추론될 수 있을 뿐이다. 양태화는 이러한 정념의 덩어리가 이산화되어 나타난 것이기 때문에, 이를 통해 이러한 이산화 이전의 정념의 변조를 추측할 수 있다.[174] 그레마스와 퐁타니으는 선조건적 층위에서의 네 가지 변조, 즉 개시적, 종결적, 가동적 변조가 담화 층위에서의 기동, 완료, 지속상을 예시하며, 이들은 각각 기호서사적 층위에서의 욕망, 지식, 능력의 양태동사와 연결된다고 보았다. 또 이러한 세 가지 변조를 중화시키는 것으

---

173) 양태동사는 일반적인 기술동사를 수정하여 그 동사가 서술하는 행위에 대한 여러 양태성을 드러내는 동사를 말한다. 예컨대, '먹다'라는 기술동사에 욕망의 양태성을 드러내는 '-하고자 하다'라는 양태동사가 덧붙여지면 '먹다'는 '먹고자 하다'로 수정된다. Greimas, *Du sens Ⅱ*, pp.67-91 참조.

174) Algirdas Julien Greimas & Jacques Fontanille, *The Semiotics of Passions From States of Affairs to States of Feeling*, (trans.) Paul Perron & Frank Collins, University of Minnesota Press, 1993, pp.9-11.

로 점괄적 변조를 들었는데, 이는 의무의 양태동사와 연결된다고 하였다.[175]

여기에서 정념은 왕, 신들, 처용이 놀이를 하는 행위에서 드러난다. 그러나 이들의 정념은 전혀 다르게 나타난다.

왕과 신들은 놀이를 하겠다는 욕구를 갖는다. 이는 '왕이 놀이를 하고자 하다'라는 양태동사로 나타낼 수 있는 것이며, 이를 통해 선조건적 층위에서 개시적 변조가 가동하고 있음을 알 수 있다. 신의 행위 역시 어떤 특정 장소와 시간, 그리고 특정한 상황에서 출현한다는 점에서 어떤 욕구에 의한 것임을 짐작할 수 있다. 그리고 이들은 모두 놀 수 있는 능력을 갖춤으로써, 선조건적 층위에서 가동적 변조가 유지됨을 짐작할 수 있다. 쉽게 말해, 놀이를 하겠다는 욕구는 약간은 흥분된 상태를 불러일으키고, 그러한 상태가 고조될 가능성이 있다. 적어도 왕의 네 번에 걸쳐 드러나는 놀이와 각기 다른 신들의 놀이(춤)는 이러한 진행을 예상할 수 있다.

이에 비해 처용 역시 놀이를 하지만, 그에게 놀이의 욕구는 명확히 드러나지 않는다. 그에게 놀이는 욕구의 대상도, 의무의 대상도 아니다. 그저 그는 놀 줄 알고 그래서 놀았을 뿐이다. 처용의 놀이는 특정 장소나 시간에 국한된 것이 아니라, 수시로 혹은 일상화되어 이루어질 뿐이다. 따라서 놀이의 장소가 따로 있을 리도 없다. 그러기에 왕에서와 같은 정념의 개시적 변조가 드러나지 않고, 다만 능력의 양태동사 즉 '놀 수 있다'를 통해 정념의 가동적 변조가 지속됨을 추측해볼 수 있다.

왕의 놀이는 일상의 시공과 구분되어 설정된 시공에서 이루어진다. 따라서 그에게 놀이는 특별한 사건이지만, 처용에게 놀이는 일상 어디에서나 일어나는 사건일 뿐이다. 왕의 놀이 공간은 앞서의 다이어그램 여기저기

---

175) Ibid., pp.11-13.

유표화되어 드러나는데, 그것은 특별한 의미를 지니는 장소들이다. 처용의 놀이 공간은 그렇게 유표화되어 드러나지 않음으로써, 다이어그램 전체가 그의 놀이 공간이 될 가능성을 갖는다.

그러나 이러한 일반적 흐름은 이러한 이동경로 가운데 맞이하는 충돌, 즉 행위와 정념에 있어서 일시적인 중단이나 변화가 야기되는 사태를 맞이하게 되면서, 고비를 겪게 된다. 이는 위 다이어그램에서 두 개의 이동경로가 마주치는 접점들에서 일어난다.

3. 접점들

3.1. 접점1

왕의 순조로운 놀이를 깨뜨리는 것은 자욱한 구름과 안개와 기상현상이며, 이로 인해 길을 잃었다는 것은, 그가 순조로운 이동경로에서 이탈할 위기에 직면했음을 말한다. 왕의 욕구가 좌절될 가능성을 보여주는 것이며, 흥분과 즐거움이 시작되어 지속되는 개시적 변조와 가동적 변조가 중단될 위기에 처한 것이다. 여기에 몇 가지 이를 해결해가는 단계가 분절될 수 있고, 거기에서 드러나는 행위와 정념의 추이를 살펴볼 수 있다. 길을 잃는 것은 '-할 수 없다'는 양태동사로 나타낼 수 있는 것이며, 이로부터 가동적 변조가 중단됨을 예측할 수 있다. 즉 계속되던 즐거움의 정념이 그친 것이다. 그러나 이러한 사태에서 왕은 이를 타결할 방법을 알고 있다. 즉 일관에게 물어 해결책을 구한 것이다. 이는 '-함을 알다'의 양태동사로 나타낼 수 있는 것인데, 이는 지금까지의 정념을 일단락하는 종결적 변조로 나타나며, 따라서 절망에서 벗어나 상황을 추스르는 것으로 드러난다. 왕은 절을 지으라고 명함으로써, 모든 위기에서 벗어나며, 다시 앞서의 정념 즉 가동적 변조로 되돌아간다.

여기서 문제를 해결한 것은 절을 짓는다는 약속이며, 이에 용이 아들들과 함께 왕의 덕을 찬양하며 춤추며 음악을 연주한다. 중단되었던 가동적 변조가 다시 지속됨은 물론 그보다 훨씬 더 큰 즐거움이 부가된다. 처음의 왕의 욕구는 단지 개운포에서의 놀이였는데, 그 놀이에 용과 그 아들들이 참여하여 그것이 왕의 욕구 이상으로 확장되었다. 거기에 처용까지 얻게 됨으로써, 왕의 놀이는 접점을 계기로 최고조로 치닫게 된다.

여기에서 접점이 갖는 핵심적 의미가 드러난다. 접점은 충돌을 내포하지만, 엄청난 전환을 촉발하는 에너지가 응집되어 있는 곳이다. 이러한 힘이 어디에서 비롯되는 것일까? 여기서는 다만, 절을 짓는다는 약속만이 있을 뿐이지만, 이는 매우 중요한 의미를 갖는다. 절을 짓는다는 것은 의례의 장소가 창설됨을 말하고, 이는 앞으로 무수히 반복될 불교적 의례가 약속됨을 말한다. 이러한 미래의 의례에 대한 약속만으로도 사태는 해결되고, 이는 왕이 욕구했던 놀이를 확충시키는 역할을 한다.

3.2. 접점2

처용이 집에 들어와 보니 역신이 그의 아내와 동침하고 있는 사태가 벌어졌다. 그럼에도 불구하고 처용은 노래를 부르고 춤을 추며 물러났다. 이에 역신이 모습을 드러내고 처용 앞에 꿇어앉아, 그를 칭송하면서, 그 모습이 있는 곳에는 어디든 다시는 나타나지 않을 것을 약속했다. 처용이 동경의 밤거리를 돌아다니는 것은 놀이의 연속이며, 그에 따라 그의 즐거움도 지속되었지만, 이러한 사태로 인해 모든 즐거움은 갑작스럽게 깨어지게 된다. 그러나 처용이 한 행위는 그 이전까지 그가 했던 행위의 연속, 즉 노래하며 춤추는 노는 행위였다. 이 점은 앞서 왕이 문제를 해결하는 방식과 구분된다. 절을 세우라는 왕의 명령은 그야말로 심각한 의례에 대한 의도를 갖고 있는 것이지만, 처용의 행위는 단지 그가 평소에 했던 놀이의 연장일 뿐이었다. 아내를 빼앗겼다는 데 대한 무력감, 즉 '-할 수 없다'와 같은 양태동사도 추론되지 않으며, 이에 따라 지금까지 추동되어온 정념의 가동적 변조도 중단되지 않는 것으로 보인다. 한마디로, 처용은 그저 지금까지 살았던 방식으로 그가 처한 상황에 대처한 것이다. 그것은 밤늦게 돌아다니는 놀이적 삶의 연장일 뿐이었다. 그럼에도 불구하고, 그러한 놀이는 엄청난 의례적 효용을 발휘한다. 앞으로 역신이 그 앞에 나타나지 않음은 물론, 그의 형상만 보아도 접근하지 않겠다고 한 것은 인간의 입장에서는 앞으로 올 모든 재액까지도 예방하는 효과를 거둔 것이다. 그렇다면, 처용에게 의례는 놀이와 구분되지 않는 것이며, 심각한 것조차 가벼움을 통해 해결할 수 있는 것인데, 그럼에도 불구하고 그 효용은 그 어떤 심각한 의례적 방식보다도 철저하고 근본적임을 보여준다.

3.3. 접점3, 4, 5

접점3, 4, 5는 모두 왕이 특정 장소에 행차했을 때, 신들이 나와 춤을 추는 것을 보여준다. 이러한 상황을 구체적으로 재구성하기는 쉽지 않다. 왕이 왜 그 장소에 갔는지, 신이 왜 그런 춤을 추었는지 알 수 있는 근거는 거의 없다. 다만, 포석정, 금강령, 동례전과 같은 장소들이 놀이와 관련된 장소일 것이라는 추측을 할 수 있으며, 앞서 왕이 개운포에 간 그러한 의도를 가지고 이러한 장소에 갔으리라 짐작할 수 있다. 그러나 앞서 개운포에서와는 달리 여기에서는 신이 춤을 춘 것으로 인해, 왕이 가고 오는 이동경로에 어떤 장애도 발생하지 않는다.

따라서 왕의 정념 역시 개시적 변조에 이어 가동적 변조가 지속되어, 놀이로 인한 즐거움이 별 탈 없이 지속됨을 볼 수 있다.

접점에서의 어떤 전환을 암시하는 단서는 신들이 추는 춤에 대해 왕이 어떤 반응을 했는가에서 찾을 수 있다. 그것도 접점4, 5에서는 나타나지 않고, 접점3에서만 나타난다. 신들의 춤은 아무나 볼 수 없는 것으로, 다만 왕만이 그것을 볼 수 있는 능력을 가졌다. 신들의 춤은 왕에 의해 모방되어 몸으로 실행되기도 했다. 혹은 그 춤을 본떠 조각시켜 그것을 남기도록 하기도 했다. 앞서 접점1과 2에서 보았던 그러한 의례적 함의가 여기에도 있음을 짐작할 수 있다. 왕은 '보는' 특별한 능력을 가진 자이며, 이는 신과 교통할 수 있는 자임을 나타낸다. 이는 마치 무당이 신성을 접하는 것과 흡사한 것이다. 왕이 그 춤을 모방하여 사람들에게 보여주었다는 것은 그가 신성과 사람 사이의 매개자를 자처했음을 보여준다. 또 그러한 춤을 조각으로 새겨 남기게 한 것 역시 신적인 것의 도상을 통해 앞으로 신적인 것을 접하는 의례적 행위가 무수히 반복될 가능성을 열어놓은 것이다. 이러한 행위는 명백한 의례적 행위이며, 왕은 이러한 의례를 주재하는 사제의 역할을 한 것으로 보인다.

접점4와 5 역시 같은 패턴의 사건이 드러나는 것으로 보아, 이러한 의례적 함의를 공유할 것으로 짐작할 수 있다. 이로부터 우리는 사제로서의 왕의 역할을 추측할 수 있다.

4. 위계들

다이어그램을 통해 우리는 처용설화에 드러나는 여러 등장인물들 간에 존재하는 위계를 읽어낼 수 있다.

가장 먼저 공간적인 중심과 주변 간에 드러나는 위계관계를 살필 수 있다. 등장인물이 이들 중 어느 위치를 차지하는가에 따른 그것의 위상이 드러난다.

다이어그램의 가장 중심부에는 왕의 공간인 궁이 자리한다. 앞서 보았듯, 왕은 이러한 중심에서 주변으로 갔다 다시 중심으로 돌아오는 이동경로를 드러냈다. 처용설화에 등장하는 여러 신들은 모두 이러한 중심에서 가장 멀리 떨어진 주변을 점유한다. 이들이 점유한 공간은 따라서, 문화의 영역 밖의 자연의 영역이라 할 산, 땅, 바다, 혹은 미지의 곳과 같은 곳으로 나타난다.

비교적 중심의 영역에 위치한 왕과 처용의 공간은 그러나 또다시 중심과 주변의 영역으로 구분된다. 처용은 경주의 정치적 중심공간인 왕궁의 주변 어디엔가 거처하고 그의 이동경로도 이를 맴도는 것으로 나타났다. 이는 왕과 처용의 거처가 갖는 공간적 위계에 상응하는 권력적 위계 관계가 분명히 존재함을 말한다.

신들은 모두 자연의 영역에 속하는 주변을 차지하지만, 이들 간에도 위계관계가 존재한다. 남산신, 북악신, 지신과 같이 뚜렷한 공간을 점유한 신들과는 달리, 역신은 그러한 공간의 체계 바깥에 존재한다. 전자의 신들이 접점에서 춤이라는 놀이를 통해 인간들의 놀이의 한 모델을 제공한 반면, 후자의 신, 즉 역신은 접점에서 춤을 통해 영구적으로 퇴치되는 운명을 맞는다. 전자는 받아들여지는 신이고, 후자는 내쳐지는 신인 것이다. 이러한 신들의 위계는 이들이 접점에서 누구와 접촉하는가와도 깊은 관련을 갖는다. 남산신, 북악신, 지신은 모두 왕과 접촉하지만, 역신은 처용과 접촉한다. 받아들여지는 신을 영접하는 것은 정치적 권력을 가진 왕인 반면, 내쳐야 할 신을 구축하는 것은 처용인 것이다. 이러한 위계관계의 분석을 통해 우리는 처용이 신화적 주인공으로서 수행하는 역할을 재검토할 수 있다.

다이어그램의 분석을 통해 왕과 처용이 접점에서 일정한 의례적 역할을 수행함을 볼 수 있었다. 의례란 행위를 수반하는 것이며, 그러한 행위는 반드시 어떤 상황의 변화를 초래한다는 믿음을 토대로 한다. 왕이 절을 지으라고 한 것이나 산신의 춤을 따라 추어 보여준 것, 그리고 이러한 춤을 조각으로 새기게 한 것 등은 모두 왕이 앞으로 항구적으로 진행될 의례를 위한 터전이나 그 모델을 보여준 것이라 할 수 있다. 그런 점에서, 왕은 의례를 제도화시키는 데 기여한 존재로 볼 수 있다. 그러한 제도화는 왕이 갖는 정치적 힘을 바탕으로 하는 것이다. 이러한 점에서, 분명히 왕은 처용에 비해 우월한 위계적 위치를 차지한다.

이에 비해 처용은 왕과는 구분되는 여러 가지 형상들을 드러냄으로써, 또 다른 차원에서 왕과의 새로운 위계관계를 구성하게 된다.

왕에게 일상과 놀이는 분명히 구분된다. 놀이를 위해 일상적 공간인 궁을 떠나, 개운포 등과 같이 주변의 공간으로 이동한다. 그런 점에서 일상을 중심에, 놀이를 주변에 위치시키는 공간적 구획이 분명하다. 이에 반해 처용에게는 모든 공간이 일상의 공간이면서 놀이의 공간이다. 경주를 돌아다니며 노는 것은 물론, 집에 돌아와서 어떤 위급한 상황에 처하더라도 그 놀이는 지속된다. 일상과 놀이의 구분이 없다는 것은, 그의 정념이 한결같은 가동적 변조로 이루어졌음을 말하며, 이는 또한 특별한 욕망 없이 그의 역량이 지속적으로 발휘되고 있음을 보여주는 것이다. 다시 말해, 처용은 항상 '놀 수 있는' 역량을 가진 존재로 자리매김되는 것이다.

다이어그램에서 접점2는 이러한 역량을 가진 처용이 어떻게 그것을 발휘하여 의례적 주체로 자리매김하는지를 잘 보여준다. 위기에 처해, 처용이 할 수 있는 해결책은 바로 이러한 놀이인데, 이러한 놀이야말로 다른 무엇보다도 확실한 의례적 효과를 거두게 된다. 그렇다면, 처용은 자신의 일상인 놀이를 통해 모든 문제를 해결했으며, 그것은 어떤 명령이나 제도화 같은 기제를 거치지 않은 매우 직접적인 것으로, 처용이 바로 의례적 주체가 됨을 보여주는 것이다. 이는 왕이 위기에 처했을 때, 일관에게 도움을 청하거나, 혹은 위기를 해결하기 위해 누구에게 명령을 하는 것과 같은 간접적인 역할을 하는 것과는 대조적인 것이다. 그런 점에서, 처용은 왕보다 우월한 위계를 차지할 수 있다. 정치적 차원에서 누렸던 왕의 우월한 위치는 신화적 차원에서 전복되고, 처용에게 우위를 내주게 되는 것이다.

이제 마지막으로 처용이 갖는 신화적 성격이 어디에서 비롯된 것인지를 생각해보자.

레비스트로스가 말했듯, 신화는 사회 안에서 갈등을 중재하는 기능을 하며, 그러한 중재는 대립되는 항들을 모두 전유하는 양가성을 통해 이루어진다.[176] 처용이 갖는 신화적 주인공으로서의 역할 역시 이와 관련된 것으로 보인다.

처용은 용의 아들인데, 인간의 세계로 진입하게 된다. 이는 자연적인 존재가 문화적인 존재로 변신함으로써, 자연적인 것과 문화적인 것을 모두 갖춘 양가적 존재가 됨을 의미한다. 그가 문화의 영역에 들어와 주변부를 점유한 것은 이러한 주변부가 일종의 경계성을 드러내는 공간이기 때문이다. 이는 처용이 경계를 넘나드는 존재임을 짐작하게 한다. 처용은 일상과 놀이의 공간을 구분하지 않고, 모든 일상의 공간을 놀이공간화했다는 점에서, 또한 그의 놀이가 시간 속에서 단절되거나 분절된 단위가 아닌 덩어리 같은 연속체로 존재한다는 점에서, 시공의 경계를 초월한 존재라 말할 수 있다. 그가 수행한 의례적 역할이 갖는 극대화된 효용성은 바로 이러한 데서 비롯된 것이다.

『삼국유사』에 기록된 처용설화는 그 당시 신라의 번영된 모습을 말하고

---

176) Lévi-Strauss, op. cit., p.228.

있다. 풍악과 노래가 그치지 않고, 기상이 순조로움으로써, 신라가 누리던 번영이 인간과 하늘 모두의 조화에 의해 이루어진 것임을 말하고 있다. 그러나 그러한 극단적인 환락 뒤에 숨은 그림자를 예시하고 있기도 하다. 절정에서 차츰 하강해갈 신라의 운명을 『삼국유사』의 저자는 『어법집』을 인용하여 말하고 있다. 특히 『어법집』에서 인용한 대목은 산신의 춤이 일종의 경고의 춤이었으며, 그것을 알아채지 못한 인간들 때문에 나라가 멸망에 이르렀다는 역사적 해석이 덧붙여진 것이다. 여기서 말한 춤이 왕이 따라 했던 춤이며, 그 춤의 모양을 조각으로 만들게 한 춤이라면, 그렇게 한 주체인 왕은 이러한 춤이 갖는 본래의 의미가 무엇인지를 알아채지 못한 것이 된다. 『어법집』의 역사적 해석에 근거한 것이기는 하지만, 왕은 역설적이게도 정치적인 권력을 갖고 있었음에도 불구하고, 그러한 정치권력이 신라라는 국가를 존속시킬 역량으로 실현되지는 못한 것이다. 그러나 처용의 춤은 그러한 역사적인 해석에서 빗겨나 그 자체로 신화적이고 의례적인 위력을 발휘했다. 적어도 처용설화에서 우리는 역사를 넘어선 신화가 갖는 항구성과 효용성을 처용의 형상과 역량을 통해 확인하게 된다.

5. 맺는말

이 글은 처용설화를 기호학적으로 분석하기 위한 출발점으로 다이어그램을 제시했다. 다이어그램은 엄격한 구조적 원리에 의해 그려지는 것은 아니다. 그것은 많은 부분, 상상력을 통해 그려지고, 또 그것을 통해 유의미한 요소들을 부각시킬 수 있다. 이러한 단계에서 우리는 텍스트가 갖는 기호체계에 접근하기 위한 단서를 얻을 수 있다. 아마도 모든 텍스트에 대한 기호학적 접근에서 가장 먼저 우리 머릿속에 그려지는 텍스트의 모습은 그 텍스트의 해석 방향을 결정하게 될 것이다. 이를 이차원의 평면에 도상적으로 나타낸 것이 다이어그램이다.

이러한 다이어그램은 텍스트에 등장하는 인물들의 행로, 정념, 위계관계 등을 해석하게 할 뿐만 아니라, 공간체계와 우주관 등을 추론하는 데도 도움을 준다. 처용설화가 단지 하나의 문헌자료에 그치지 않기 위해서는 이러한 해석의 토대가 되는 수많은 다이어그램들을 그릴 필요가 있다. 다이어그램이 갖는 도상성을 잘 활용한다면, 처용은 언제든 새로운 맥락을 만나, 새로운 도상적 형상으로 다시 태어나게 될 것이다. 이 글은 이를 위한 하나의 사례를 보여준 것에 지나지 않는다.

제10장

윤동주 시의 기호계

1. 열린 담화세계로서의 기호계

문학 텍스트가 갖는 '문학다움'을 텍스트 그 자체의 맥락에서 밝혀내는 것은 형식주의 시학의 기본 과제이다. 자율성과 폐쇄성에 의해 정의되는 텍스트의 개념은 문학의 유기체론과도 그 맥락을 같이 한다. 물론 이때의 문학 텍스트의 구조를 모든 텍스트 외적 맥락으로부터 분리시켜 논의하는 극단적인 형식론은 이미 그 힘을 잃은 지 오래이다. 프라그 구조주의 학파의 구조의 개념 속에도 통시론 혹은 역사적 요소들이 자연스럽게 스며들고 있음을 보아도 알 수 있다. 그러나 아직도 여기에는 '문학중심주의'의 그림자가 어른거리고 있다. 시학이 바탕이 되는 한, 이는 불가피한 일인지도 모른다. 특정 텍스트에 대한 시학적 검토는 그 텍스트가 우리가 접할 수 있는 많은 문학적 담화 중의 하나임을 전제하는 것이다. 그러나 시각을 달리하면, 우리가 해석하여 의미를 찾아내고자 하는 텍스트는 단지 문학적 담화 체계 속에서만 존재하는 것은 아닐 수 있다. '문학적/비문학적'의 구분을 넘어서 그것은 하나의 일반적 담화로 간주될 수 있다. 예컨대, 한 편의 시 텍스트를 해석할 때, 그것의 언어는 단지 다른 시 텍스트 혹은 문학 텍스트들과만 기호학적 연관을 갖는 것일까? 더구나, 시학적 관심이 아닌 해석학적 관심을 가지고 텍스트를 접할 때, 그것이 문학적 세계가 아닌 현실 세계의 언어와 관계되는 지점을 지나칠 수는 없을 것이다. 기호학의 시각에서 텍스트를 볼 때, '문학적'이란 모든 담화의 구심점이 아닌 텍스트 분석자에 의해 텍스트에 부여된 하나의 기호학적 의미일 뿐이다.

윤동주의 시 텍스트를 접하고 그 의미를 살피고자 할 때, 그러한 느낌은 가중된다.

윤동주 시의 세계를 로트만이 말한 기호계로 볼 때, 기호계 속에서 움직이는 기호는 무엇인가 다른 맥락에 의해 만들어진 기호들이기 때문이다. 퍼스가 말한 해석소란 바로 이와 같이 하나의 기호가 우리의 마음속에서 새롭게 해석되어 만들어진 기호를 의미한다.[177] 가령 윤동주 시의 기호들을 해석할 때, 나는 이미 윤동주에 대해 갖고 있었던 지식, 경험, 태도에서 출발한다. 윤동주에 대해 쓰였던 내가 읽은 몇몇 논문들도 나의 기호 해석에 관여한다. 얼마 전 개봉된 영화 〈동주〉를 보았다면, 그 경험 역시 윤동주 시의 기호를 해석하는 토대가 된다. 윤동주라는 인물에 대해 가졌던 인상, 순결하고 지사적인 깨끗한 이미지도 이러한 해석에 관여할 것임에 틀림없다. 윤동주 시를 읽으며 윤동주라는 인물을 생각하지 않을 수 있을까? 비교적 구체적으로 소개된 윤동주의 삶에 대한 기록들이 이러한 윤동주 시의 기호계를 형성하는 데 작용하지 않을 수 없다. 이러한 모든 문화적 담화들이 서로 충돌하고 통합하면서 윤동주 시의 기호계를 이루어낸다. 시집 『하늘과 바람과 별과 시』에는 윤동주의 시뿐만 아니라, 그의 산문,

---

177) *CP* 2.228.

또 백철, 박두진, 문익환, 장덕순, 윤일주, 정병욱에 의해 쓰인 그에 관한 기록들이 실려 있다.[178] 이 시집을 텍스트로 접한 독자들은 이러한 다른 성격을 지닌 담화들이 상호작용을 하면서, 윤동주라는 하나의 문화적 담화 세계가 그의 정신 속에서 생성됨을 경험하게 될 것이다.

이 글은 이러한 경험에 대한 기록의 하나라 할 수 있다.

요컨대 그는 두 개의 큰 與件 위에서 詩를 썼다. 즉 민족의 受難을 일 신에 짊어진 그 순교자적인 정열과 신념, 그리고 다른 하나는 詩人인 것 을 運命的이라고까지 느꼈던 그의 타고난 詩人의 靈感이었다. (백철)

그러나 이 尹東柱의 경우처럼 그 作品과 生活과 志操가 완전히 具合一 體化된 예는 극히 드물다. 그만큼 尹東柱는 崇高한 民族的 抵抗詩人으로 서 한 時代의 頂点을 맡아 그 苛烈한 殉節을 통해서 하나의 永遠한 發花 를 보였던 것이다. (박두진)

「그의 저항 정신은 불멸의 전형이다」라는 글을 읽을 때마다 나의 마 음은 얼른 수긍하지 못한다. 그에게 와서는 모든 대립은 해소되었었다. 그의 미소에서 풍기는 따뜻함에 녹지 않을 얼음이 없었다. 그에게는 다들 골육의 형제였다. (문익환)

東柱는 깊은 愛情과 폭넓은 理解로 人間을 肯定하면서도, 自己는 懷疑 와 一種의 嫌惡로 自身을 否定하는 괴벽한 휴머니스트이다. (장덕순)

---

178) 이 글에서 분석의 대상으로 삼은 텍스트는 아래와 같다.
    윤동주, 『하늘과 바람과 별과 시』, 정음사, 1972.

윤동주 혹은 그의 시 텍스트에 대한 이러한 담화들은 윤동주의 기호 세계에 대한 해석을 드러내는 기호들로 이루어져 있다. 이들 기호들은 서로 일치하기도 하고 충돌하기도 한다. 위의 인용에서 보더라도, 윤동주를 민족적 저항 시인으로 해석하거나, 그와 반대되는 해석을 한다. 이러한 대립은 단지 대립에 그치는 것이 아니다. 새로운 기호 해석은 이러한 대립으로부터 어떤 방향으로의 해석을 이끌어낸다. 윤동주에 대한 이러한 담화들 간에 역동적 기호작용이 이루어지고, 이러한 담화들은 또 윤동주 시 텍스트의 담화와의 관계 속에서 역동적 기호작용을 한다. 이러한 담화들을 접한 해석자는 또 다른 새로운 기호를 만들어내는 기호작용에 참여한다. 윤동주 시의 담화의 해석소로서 윤동주 혹은 윤동주 시 텍스트에 대한 담화가 쓰여지고, 이러한 담화에 대한 해석소로서 또 다른 담화가 쓰여지는 것이다. 윤동주 시의 기호계에 대한 해명은 이러한 다양한 담화의 기호들 간의 만남을 통해 이루어지는 기호작용을 밝혀내는 것이다.

2. 〈서시〉에서 찾은 단서

윤동주 시집 『하늘과 바람과 별과 시』와 그에 관한 담화들, 그리고 몇몇 그에 대한 논문들을 읽고, 필자의 마음속에 떠오르는 조금 막연한 경험을 바탕으로, 구체적인 시 텍스트를 선정하여, 그 기호체계와 기호작용의 실상을 밝혀보기로 한다. 그 단서를 〈서시〉에서 찾는다.

죽는 날까지 하늘을 우러러
한점 부끄럼이 없기를,
잎새에 이는 바람에도

나는 괴로워했다.

별을 노래하는 마음으로

모든 죽어가는 것을 사랑해야지

그리고 나한테 주어진 길을

걸어가야겠다.

오늘밤에도 별이 바람에 스치운다.

〈序詩〉 전문

이 시 속에서 시간을 나타내는 기호(시제)가 찾아진다.

괴로워했다(과거)

걸어가야겠다(미래)

스치운다(현재)

[표 10-1] 〈서시〉의 시제

이에 따라, 이 시를 1−4행, 5−8행, 9행의 세 부분으로 나누어볼 수 있
다. 1−4행은 과거, 5−8행은 미래, 9행은 현재를 기술한 것이다.[179] 현재
에서 과거를 바라보고, 미래를 지향한다. 지향점은 미래에 있다.

2행의 "한점 부끄럼이 없기를"은 지금의 삶이 부끄러운 삶임을 고백한
것이다. 부끄러운 삶에 대한 인식은 잎새에 이는 바람에도 괴로워하는 섬

---

179) 이사라, 「윤동주 시의 기호론적 연구」, 『시의 기호론적 연구』, 중앙경제사, 1987, 27면;
　　이승훈, 「윤동주의 '서시' 분석」, 이승훈 엮음, 『한국문학과 구조주의』, 문학과비평사,
　　1988, 99면.

세한 정서와 맞닿아 있다. 그러나 '부끄러움'과 '괴로움'은 이와 아울러 변별적 자질을 드러내고 있기도 하다. 부끄러움은 자신에 대한 내성에서, 괴로움은 자신의 바깥으로부터의 충격에서 비롯된 것이다. 다시 말해, 시적 화자는 자신을 들여다보면 부끄럽고 밖을 내다보면 괴로운 것이다. 이는 극복해야 할 과거이다. 5-8행은 미래의 전망 속에서 이러한 부끄러움과 괴로움이 어떻게 극복될 수 있는가를 보여준다. "별을 노래하는 마음으로/ 모든 죽어가는 것을 사랑해야지"는 외부의 조그마한 충격에도 괴로워하는 예민한 나약함에서 벗어나 가장 절박한 것까지도 자신의 내면에 수용하는 사랑을 얻고자 한다. '사랑'은 '괴로움'의 대립항이며, '노래'는 사랑의 한 방법이라 할 수 있다. "그리고 나한테 주어진 길을/ 걸어가야겠다."에는 '부끄러움'을 극복한 '떳떳함' 혹은 '당당함'이 나타나 있다. 삶에 대한 확신과 자신감은 곧 부끄러움에서 벗어나 당당하게 자신의 길을 가려는 의지로 나타난다. 이러한 의지는 앞서 2행에서 나타난 '기원'과 대립적 체계를 이룬다. 이에 따라 이 시의 의미구조를 도식화하면 다음과 같다.

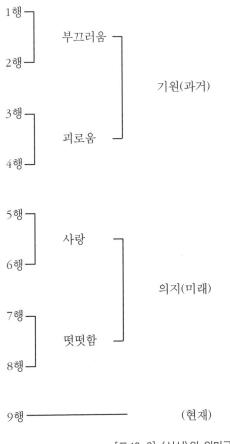

[표 10-2] 〈서시〉의 의미구조

이러한 도식에서 찾아지는 대립항들을 요약하면 다음과 같다.

부끄러움 : 떳떳함

괴로움 　: 사랑

기원 　 : 의지

[표 10-3] 〈서시〉의 의미 대립항

이러한 의미론적 심층구조의 표면에 존재하는 표층구조 속에서 이러한 대립들이 단지 대립에 머물지 않고 통합되는 양상을 볼 수 있다. 5-8행의 '해야지'와 '걸어가야겠다'와 같은 의지적 표현들은 텍스트 속에서의 대립이 어떠한 방향으로 통합되는가를 보여준다. 미래 속에서 부끄러움은 떳떳함에 의해 괴로움은 사랑에 의해 극복된다.

그러나, 여기서 간과할 수 없는 문제가 있다. '부끄러움'과 '떳떳함'은 시적 화자의 내면에 대한 자성에서 비롯된 정서라면, '괴로움'과 '사랑'은 외부의 충격에 대한 시적 화자의 태도에서 비롯된 정서이다. 이들은 각기 기호학적으로 외향적 정서라는 의미층위와 내향적 정서라는 의미층위로 요약될 수 있는 것들이다. 즉 '내향적'과 '외향적'의 대립을 드러낸 것이다. 시 텍스트에서 이러한 층위는 단지 계열체적으로만 구성된 것은 아니다. 이들 기호들 역시 텍스트의 기호계 속에서 충돌과 통합을 이룬다. 텍스트의 맥락에서 이들 기호들이 어떠한 방향으로 통합을 이루는가를 찾아내기 위하여, 1-8행의 텍스트의 의미구조를 통합체적인 연결을 통해 기술하면 다음과 같다.

내향적		외향적		내향적
부끄러움	→	(괴로움 → 사랑)	→	떳떳함

[표 10-4] 〈서시〉 의미항의 통합체적 연결

이를 통해, 이 시 텍스트는 내향적 의미 지향이 외향적 의미 지향을 포괄하는 구조를 갖고 있으며, 따라서 자신에게 주어진 길을 가고자 하는 떳떳함이 이 시 텍스트에서 드러나는 궁극적 가치임을 알 수 있다.

그러나 시 텍스트는 여기에서 끝나지 않는다. "오늘밤에도 별이 바람에 스치운다"는 앞서 1–8행의 텍스트의 기호와 대립적인 기호를 드러내면서, 이 시 텍스트에서 또 다른 긴장을 야기시킨다. 자신에 대한 반성을 통해 다져진 주관적 의지와는 달리, 단지 오늘밤이라는 '현재'에 별이 바람에 스치우는 상황을 객관적으로 기술할 뿐이다. 바람이 앞서 3행에서 보듯, 시적 화자의 괴로움을 야기시키는 존재라면, 별은 이러한 괴로움을 고스란히 받아들이는 희생적 존재이다. 따라서 9행은 외향적 갈등이 아직도 엄연히 존재하고 있는 상황에 대한 기술이다. 이는 1–8행의 주관적이며 내면적인 극복의 대립항으로 놓일 수 있다. 따라서 1–8행과 9행 사이에는 '주관'과 '객관'의 대립이 드러나는 것이다. 그러나 이 시 텍스트에서 객관적 상황의 기술은 주관적 의지를 더욱 강화시키는 역할을 하는 것으로 보인다. 상황이 어려울수록 자신의 내부를 응시하고 떳떳하게 주어진 길을 가려는 의지는 이를 통해 더욱 굳건히 드러나는 것이다. '주관'의 기호와 '객관'의 기호들은 서로 대립하며 역동적 상호작용을 하고 있는데, 특히 주관적인 것을 떠받치는 객관적인 것의 수사학적 역할이 주목된다. 여기서 '객관'의 기호는 '주관'의 기호를 위해 존재하는 것이며, 따라서 전자가 후자에 의해 통합된 것으로 이해할 수 있다.

지금까지의 기술을 바탕으로 이 시 텍스트의 기호계에서 이루어지는 역동적 기호작용을 도식으로 나타내면 다음과 같다.

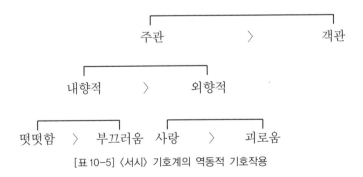

[표 10-5] 〈서시〉 기호계의 역동적 기호작용

3. 의미회로를 통한 기호작용

이러한 〈서시〉에 대한 기호학적 분석을 통해 추출된 의미층위들은 그 밖의 다른 시 텍스트를 살피기 위한 하나의 모델이 된다. 물론 다른 시 텍스트들 속에서 이와 똑같은 구조를 찾아내고자 하는 것은 아니다. 앞에서 추출된 〈서시〉의 기호학적 구조에는 층위들 간의 계층관계와 대립항들 사이의 통합 관계가 함께 존재한다. 그러나 시 텍스트에 따라 이러한 관계들은 역전될 수도 있다. 윤동주의 기호계 속에서 이러한 다양한 기호작용은 무한한 의미를 생성해낼 수 있는 원천이 된다.

[표 10-5]에서 볼 때, '내향적'과 '외향적'은 대립 체계를 이루지만, 이들은 또한 각기 다른 의미회로를 거느리는 의미층위를 이룬다. 내향적 의미층위에서는 '떳떳함'과 '부끄러움'의 기호들이, 외향적 의미층위에서는 '사랑'과 '괴로움'의 기호들이 각기 상호작용하면서 의미회로를 이룬다. 이들 간의 역동적 상호작용이 윤동주 시의 기호계에 드러난다. 물론 대립적 방향의 기호작용이 같은 기호계 속에서 나타나는데, 그것은 지극히 자연스러운 일이다. 기호들 간의 긴장과 대립, 그리고 통합이 곧 기호가 생산해낸 의미들이기 때문이다.

먼저 같은 층위 안에서 일어나는 기호작용을 살펴보기로 하자.

1) 괴로움 〉사랑

사랑은 자아와 세계 사이의 친화이고, 괴로움은 자아와 세계 사이의 불화이다. 그의 시 텍스트에서 드러나는 외로움은 자아의 세계로부터의 소외, 즉 자아와 세계의 불화를 드러내는 '괴로움'의 기호이다. 그 기호계에 세계와의 친화('사랑')를 거부하고 외로움('괴로움')으로 침잠하려는 경향이 드러난다.

한번도 손들어 보지못한 나를

손들어 표할 하늘도 없는 나를

어디에 내 한몸 둘 하늘이 있어

나를 부르는 것이오.

〈무서운 時間〉 부분

"손들어 표할 하늘", "내 한몸 둘 하늘"은 자아가 융합해야 할 세계이다. 그것은 사랑이면서 또한 구원의 기호이기도 하다. 그러나 마지막 연, "나를 부르지마오"에서 이러한 사랑과 구원은 거부되고, 세계와 단절된 외로움으로 빠져든다. 이러한 외로움은 세계에 속하는 '여자'나 '시대'에 대한 거부로 나타나기도 한다.

내 괴로움에는 理由가 없을까,

단 한 女子를 사랑한 일도 없다.

時代를 슬퍼한 일도 없다.

〈바람이 불어〉 부분

이러한 이유 없는 괴로움을 시적 화자는 스스로 견디고자 하며, 이는 "바람이 자꼬 부는데/ 내발이 반석우에 섰다."와 같은 자기 존재의 확인으로 나타난다. '바람'은 자아와 불화하는 세계를 나타내는 기호이며, 자아는 그러한 괴로움을 스스로 견뎌내고자 한다.

2) 사랑 〉 괴로움

그러나, 윤동주 시의 기호계에는 이와 대립되는 또 다른 경향이 있다.

외로운 상황('괴로움') 속에서 누군가를 그리워함으로써('사랑') 사랑의 기호가 괴로움의 기호로 통합하려는 움직임이 그것이다.

> …少年은 황홀히 눈을 감어 본다. 그래도 맑은 강물은 흘러 사랑처럼 슬픈얼골─아름다운 順伊의 얼골은 어린다.
> 〈少年〉 부분

> …눈이 녹으면 남은 발자욱자리마다 꽃이 피리니 꽃사이로 발자욱을 찾어 나서면 一年 열두달 하냥 내마음에는 눈이 나리리라.
> 〈눈오는 地圖〉 부분

> 모퉁이마다
> 慈愛로운 흰 瓦斯燈에
> 불을 혀놓고,
>
> 손목을 잡으면
> 다들, 어진사람들
> 다들, 어진사람들
> 〈看板없는 거리〉 부분

그의 시에서 추억은 시간의 간극을 넘어서 세계와 손잡으려는 자아의 정신적 지향이다. 그리움 역시 같은 맥락이다. 그러나 이러한 그리움이나 추억이 사랑에 대한 지향이기는 하나, 사랑의 완성은 아니다. 또 단지 세계로부터 소외되는 외로움뿐 아니라, 세계와의 격렬한 불화로부터 비롯되는 괴로움은 이러한 그리움이나 추억만으로는 해소시킬 수 없다. 때에 따

라서는 절대적인 신으로부터 구원을 찾기도 하고, 때에 따라서는 경건한
자기희생으로 그러한 괴로움을 넘어서고자 한다.

이제 새벽이 오면
나팔소리 들려 올게외다.

〈새벽이 올때까지〉 부분

슬퍼 하는자는 복이 있나니
저희가 永遠히 슬플 것이오.

〈八福〉 부분

여기서 '나팔소리'와 '북'은 구원의 기호들이다. 이들은 절대적 존재로부
터 주어지는 것이며, 시적 화자는 그러한 구원을 기다리고 있다. 그러나,
막연한 기다림만이 구원에 이르는 길은 아니다. 구원은 자기희생의 의례
라는 구체적인 실행의 기약을 통해 얻어지기도 한다.

鐘소리도 들려오지 않는데
휘파람이나 불며 서성거리다가,
괴로웠든 사나이,
幸福한 예수·그리스도에게
처럼
十字架가 許諾된다면

목아지를 드리우고
꽃처럼 피어나는 피를

어두어가는 하늘 밑에
조용히 흘리겠읍니다.

〈十字架〉 부분

　이러한 자기희생은 자신을 희생양으로 삼음으로써 공동체를 더 큰 폭력의 순환으로부터 보호하려는 사랑의 발현으로 보인다. '괴로움'을 극복하고 '사랑'에 이르고자 하는 의미의 경향은 단순히 대상에 대한 추억이나 그리움이 아니라, 보다 적극적인 종교적 구원에 대한 기대, 결연한 자기희생의 의지로 나타나고 있음을 알 수 있다.

3) 부끄러움 〉 떳떳함

　'괴로움'과 '사랑'이 자아의 세계에 대한 관계에서 비롯된 외향적 특성의 기호라면, '부끄러움'과 '떳떳함'은 자아의 자아에 대한 관계에서 비롯된 내향적 특성의 기호들이라 할 수 있다. 윤동주 시의 텍스트 속에서, 자아에 대한 자아의 반성이 빈번히 드러나고, 이는 반성하는 자아와 반성되는 자아라는 두 개의 자아를 설정할 수 있게 한다. 이들 두 자아가 불화를 이룰 때, '부끄러움'이라는 기호로 나타나고, 이들 자아들이 친화를 이룰 때, '떳떳함'이라는 기호로 나타난다. 이들은 각기 상호작용을 하며 윤동주 시의 기호계를 이룬다.

돌아가다 생각하니 그 사나이가 가엾서집니다.
도로 가 들여다 보니 사나이는 그대로 있읍니다.

다시 그 사나이가 미워져 돌아갑니다.
돌아가다 생각하니 그 사나이가 그리워집니다.

〈自畵像〉 부분

파란 녹이 낀 구리거울속에

내 얼굴이 남아 있는 것은

어느 王朝의 遺物이기에

이다지도 욕될가

〈懺悔錄〉 부분

자신의 삶을 마치 우물을 들여다보듯 반성하고, 그로 인해 자기 혐오와
자기 연민에 이른다. 자기 혐오와 자기 연민은 모두 '부끄러움'을 나타내는
기호들이다. 때에 따라서는 자기 혐오가 때에 따라서는 자기 연민이 지배
적이다. 가령, 〈참회록〉의 마지막 연, "그러면 어느 隕石밑으로 홀로 걸어
가는/ 슬픈 시간의 뒷모양이/ 거울속에 나타나온다."에서는 자기 연민이
지배적이다. 이는 첫 연의 자기 혐오와 대립되는 양상으로 드러난다.

4) 떳떳함 〉 부끄러움

이와 대립적인 또 하나의 의미 경향, 즉 자기 혐오와 자기 연민을 벗어
던지고, 자랑스럽고 떳떳한 삶을 살고자 하는 정신적 지향이 있다.

가자 가자

쫓기우는 사람처럼 가자

白骨 몰래

아름다운 또 다른 故鄕에 가자.

〈또 다른 故鄕〉 부분

그러나 겨울이 지나고 나의 별에도 봄이 오면

무덤우에 파란 잔디가 피어나듯이

내 이름자 묻힌 언덕우에도
자랑처럼 풀이 무성할게외다.

〈별헤는 밤〉 부분

〈또 다른 고향〉에서 '백골'은 나의 또 다른 자아이다. 그러나 백골은 또한 나의 연민의 대상이기도 하다. 이러한 백골로부터 벗어나야만 '또 다른 고향'에 갈 수 있다. 자기 연민으로부터 벗어나, 반성하는 자아와 반성되는 자아의 일치가 이루어지는 곳이 '또 다른 고향'이며, 따라서 이는 '떳떳함'을 나타내는 기호라 할 수 있다.

〈별헤는 밤〉에서는, "내 이름자를 써 보고,/ 흙으로 덮어 버리었읍니다."와 같은 부끄러움에서 벗어나, '자랑처럼' 내 이름자 위에 풀이 무성한 봄을 지향한다. '이름'은 나의 또 다른 자아의 기호인데, 흙으로 덮어버림은 나와 또 다른 나의 불화를, 자랑처럼 풀이 무성함은 나와 또 다른 나의 화해와 일치를 나타낸다.

지금까지 살핀 의미회로는 같은 의미층위에서의 대립되는 기호들 간의 긍정과 부정, 대립과 통합을 드러낸 것이다. 그러나 윤동주 시 텍스트에서 의미의 궤적은 하나의 의미층위 안에서만 이루어지는 것은 아니다. 의미층위와 의미층위 사이에서도 이러한 의미의 궤적이 드러낼 수 있는데, 이와 같이 층위를 넘어서 구현되는 의미작용을 메타의미작용이라 할 수 있다. 외향적 의미층위와 내향적 의미층위 간의 상호작용을 통해 이루어지는 의미작용은 외향적과 내향적을 통합하는 또 다른 층위에서 이루어지는 것이며, 이러한 층위에서 텍스트는 외향적인 것을 어떻게 내향적인 것으로, 혹은 내향적인 것을 어떻게 외향적인 것으로 통합하는가를 보여준다. 이러한 통합은 '주관'에 의해 매개된 것이다. 여기서 '주관'이란 내향적인 것과 외향적인 것을 넘어서, 외향적인 것을 내향화하고 내향적인 것을 외향화하는 시적 화자의 '주관'을 말한다. 여기서는 이러한 '주관'에 의해 외향적 층위와 내향적 층위의 기호가 서로 통합되는 양상을 살펴보기로 한다.

5) 부끄러움 〉 사랑

부끄러움은 자아에 대한 자아의 불화이고, 사랑은 자아의 세계에 대한 친화라 했는데, 자아와 세계의 친화에 대한 부정은 자아와 자아의 불화로 나아간다. 사랑이 갖는 모순을 외부로 돌리기보다는 자기 자신에게 돌리는 것이다.

그 前날 밤에
그 前날 밤에
모든 것이 마련되었네,

사랑은 뱀과 함께
毒은 어린 꽃과 함께
　　　　　　　　　　〈太初의 아침〉 부분

빨리
봄이 오면
罪를 짓고
눈이
밝어
이브가 解産하는 수고를 다하면

無花果 잎사귀로 부끄런데를 가리고
나는 이마에 땀을 흘려야겠다.
〈또 太初의 아침〉 부분

이와 같이 남녀 간의 사랑은 뱀과 함께 존재하는 모순적인 것으로서 죄를 짓고 눈이 밝아 만들어지는 것이며, 이는 곧 자신에 대한 죄의식을 불러일으킨다. 이러한 강한 원죄의식은 이를 극복하여 사랑을 이루려는 또 다른 의미 지향과 대립을 이룬다.

6) 사랑 〉부끄러움

자아와 자아의 불화를 극복하고 자아와 세계의 친화로 나아가고자 하는 탐색이 그의 시 텍스트에서 드러난다.

돌담을 더듬어 눈물 짓다
쳐다보면 하늘은 부끄럽게 푸릅니다.

풀 한포기 없는 이 길을 걷는 것은
담 저쪽에 내가 남아 있는 까닭이고,

내가 사는 것은, 다만,
잃은 것을 찾는 까닭입니다.
〈길〉 부분

무엇을 어디다 잃어버렸는지도 모르면서, 시적 화자는 탐색을 멈추고자 하지 않는다. 길은 자아가 세계로 나아가는 통로이다. 또 다른 자아와의 불화라는 부끄러움을 안고서 무엇인가를 찾아 나섬으로써, 세계와의 친화를 시도하고자 한다. 좌절이 따르기도 하지만, 그러한 의지는 변함없이 드러난다.

7) 떳떳함 〉 괴로움

자신을 곧게 세우려는 의지는 자신의 스스로에 대한 반성에서 비롯되기도 하지만, 세계와의 불화에서 비롯되기도 한다. 외부로부터의 고통을 내면화시켜 나 자신과의 화해를 이루고 떳떳한 삶을 살고자 하는 의지를 다진다.

하로의 울분을 씻을바 없어 가만히 눈을 감으면 마음 속으로 흐르는
소리, 이제, 思想이 능금처럼 저절로 익어 가옵니다.
〈돌아와 보는 밤〉 부분

모든 것을 돌려 보낸뒤
허전히 뒷골목을 돌아
黃昏처럼 물드는 내방으로 돌아오면

信念이 깊은 으젓한 羊처럼
하로종일 시름없이 풀포기나 뜯자.
〈흰그림자〉 부분

三冬을 참어온 나는
풀포기처럼 피어난다.

〈봄〉 부분

등불을 밝혀 어둠을 조금 내몰고,
時代처럼 올 아침을 기다는 最後의 나,

나는 나에게 적은 손을 내밀어
눈물과 慰安으로 잡은 最初의 握手.

〈쉽게 씌어진 詩〉 부분

외부와의 불화로부터 자신을 차단해주는 공간이 '방'이며, 따라서 내성을 통해 자아와 또 다른 자아의 화해를 이루는 곳이기도 하다. 울분이나 괴로움에 의해 시적 화자의 사상은 익어가고, 신념이 깊어지며, 나와의 화해도 이루어지는 것이다.

4. 의미생성과 문화적 맥락

윤동주의 시 텍스트에서 찾아진 두 개의 의미층위, 즉 내향적 의미층위와 외향적 의미층위를 바탕으로 이들 안에서 이루어지는 다양한 의미회로들을 살펴보았다. '사랑'과 '괴로움' '떳떳함'과 '부끄러움'은 '외향적'과 '내향적'이라는 각각의 의미층위 안에서 대립과 함께 통합을 이룬다. 그러나 윤동주 시의 기호계 속에서 의미의 생산은 이와 같은 각각의 의미층위를 넘어서는 데 있다. 내향적인 것과 외향적인 것을 넘어서는 데서 텍스트의 의미가 찾아지는 것이다. '사랑':'부끄러움', '괴로움':'떳떳함'의 양항대립들은 이러한 층위들 너머에 존재한다. 이러한 대립을 읽어내기 위해서는 또 다른 메타 층위의 설정이 필요하다. 그러한 층위는 내면의 외면화, 혹은 외면의 내면화가 이루어지는 층위이다. 다시 말하면 세계와 또 다른 자아를 통합하는 '나'에 의해 주도되는 층위이다. 그러한 나는 '주관'을 가진 나이다. 외부와 내부를 '주관'을 통해 받아들이는 '나'는 곧 내면과 외면을 통합시키는 주관을 지닌 인간이며, 이러한 인간의 언어는 그 자신만의 언어가 아닌, 그 문화의 언어라는 보편적 속성을 갖는다. 윤동주 시의 기호계를 이루는 것은, 시인들의 언어이기도 하지만 이러한 문화의 언어들이기도 하다. 이러한 문화의 언어들이 윤동주 시의 기호계 속에서 그 기호계 나름의 방식으로 역동적 기호작용을 벌이고 있는 것이다. 문화의 언어들은 문화 체계의 기반에서 만들어진 것들인데, 이러한 기반은 윤동주 시 텍스트의 의미작용을 통해 찾아질 수 있는 것이며, 아울러 그의 기호계를 결정하는 것으로 간주되기도 하는 것이다.

여기서 그러한 몇 가지 문화적 맥락을 찾아보기로 하자.

'괴로움'은 외부와의 불화인데, 이는 외부와의 화해를 통해 해소시킬 수 있다. 그러나 시적 화자가 그의 인식을 통해 외부적인 것들을 내면화할 때, 그는 세계 속에 존재하는 자신을 확인하게 된다. 윤동주가 식민지 시대를 살았던 시인이라는 역사적 맥락을 생각하면, 갖은 억압과 굴종을 강요하는 문화 구조 속에서 그에 대응하는 삶의 방식을 읽어낼 수 있다. 굴종은 그러한 억압의 구조 속으로 들어가는 것이다. 그것은 자아를 소멸시키는 것이기도 하다. 이렇게 자아를 소멸시킬 것인가, 아니면 자아를 지키며 이러한 억압을 견디어낼 것인가의 결정을 그 시대의 문화 구조는 강요했다. 윤동주 시의 기호계 속에는 이러한 문화 구조로부터 비롯된 긴장과 갈등이 존재한다. 그러나 그의 시 텍스트는 자아를 지키는 떳떳한 삶을 추구하는 방향으로 나아가고 있음을 보인다.

'부끄러움'이라는 내면의 갈등을 외부를 향한 '사랑'으로 해소시킬 때, 시적 화자가 기독교라는 종교적 맥락 속의 존재임을 상기시킨다. 자아와 자아의 불화는 기독교의 원죄의식과도 같이 근본적인 것이다. 이러한 원죄는 예수 그리스도의 피에 의해서만 씻어질 수 있는 것이다. 그러한 구원의 기다림뿐 아니라, 시적 화자는 자신이 스스로 피 흘림으로써 근원적인 부끄러움으로부터 벗어나고자 한다. 내면의 부끄러움은 다른 존재에 대한 사랑으로 승화되는데, 이는 곧 그리스도 희생에 의한 구원이라는 기독교적 문화 구조인 것이다. 끊임없는 원죄의식과 이를 벗어나기 위한 자기희생 및 사랑의 실천 사이에서 시적 화자는 갈등하고 있는데, 그의 기호계 속에서 '사랑'은 이러한 '부끄러움'을 통합하고 있음을 볼 수 있다. 이는 시인 윤동주가 독실한 기독교 집안에서 자랐다는 전기적 사실과 무관할 수 없다.

내향적 의미층위와 외향적 의미층위를 통합하는 '주관'의 기호에 식민지 문화와 기독교 문화라는 맥락이 관여하고 있음을 보았다. 식민지 문화 구조에서 외부적 억압은 시적 화자를 삶의 질곡('괴로움')으로 몰아넣는다. 이에 대한 시적 화자의 반작용은 더욱 굳건한 자신의 의지를 세우는 것이다. 기독교 문화 구조에서 기독교적 신앙은 원죄의식('부끄러움')을 낳는다. 그러나 이를 자아의 희생을 통한 사랑으로 극복하고자 한다. 여기에 식민지 문화 구조는 '떳떳함'보다는 '괴로움'으로의, 기독교적 문화 구조는 '부끄러움'보다는 '사랑'으로의 지향에 기여하는 것으로 보인다. 더 크게 보면, 윤동주 시의 기호계 속에는 역사의 기호와 종교의 기호 간의 대립이 있는 것으로 보인다. 윤동주 시의 기호계는 그러한 맥락 속에서 드러나는 기호작용의 역동적 모습을 드러낸다.

이러한 논의 끝에 아직 남아있는 문제가 있다.

앞서 〈서시〉의 분석에서 드러난 '주관'의 기호와 '객관'의 기호가 어떤 관계를 이루며 그의 시 텍스트들 속에서 작용하는가를 살피면, 윤동주 시의 기호계의 또 다른 의미가 생성됨을 볼 수 있다. 이는 외향적인 것과 내향적인 것을 넘나드는 '주관'과 외향적인 것과 내향적인 것을 뚜렷이 구별하여 인식하는 '객관'의 상호작용에 의한 것이다. 이러한 '주관'과 '객관'을 통합하는 층위에 또 하나의 '나'를 설정해 볼 수 있다. 이러한 '나'는 주관적 의지의 표출과 객관적 묘사를 조절하는 수사학적 기호의 주체가 될 것이다. 이에 대한 탐색은 윤동주 시의 기호계가 드러내는 여러 미묘한 빛깔들에 관한 것이 될 것이다.

제11장

김유정 〈산골〉의 공간수사학

1. 공간수사학의 이론적 전제

김유정의 단편소설 〈산골〉은 제목이 암시하는 바와 같이 공간적인 지표 기호를 유표화시킴으로써 수사적 효과를 거두고 있는 소설이다. 이 글은 〈산골〉에서 드러나는 공간적 지표들이 인물들의 행위로 이루어진 서사적 요소들과 맺는 기호학적 관계를 살핌으로써, 이 작품이 갖는 공간수사적인 효과를 기술할 것이다. 이를 위해 먼저 공간수사학[180]과 관련한 몇 가지 이론적 가설들을 설정하기로 한다.

일반적으로 텍스트에서 의미론과 문체론, 그리고 수사학은 각기 다른 영역으로 간주되었다. 그러나 기호학적 관점에서 이들이 드러내는 요소들

---

[180] 이 글에서 쓰는 '공간수사학'이라는 용어는 일반적인 수사학을 토대로 하되, 공간적 요소에 초점을 맞추어 텍스트를 분석하는 방법을 지칭하기 위해 고안된 것이다. 이 소설에는 다양한 기호들 간의 상호작용이 드러나지만, 특히 그중에서도 공간 기호가 갖는 중요성이 강조될 필요가 있기에, 이러한 용어를 굳이 사용하였음을 밝힌다.

은 서로 연계되어 있다. 텍스트의 의미론에 대한 대표적인 성과로 그레마스의 의미생성행로 모델[181]을 꼽을 수 있는데, 이러한 모델에서 의미론은 그 안에 문체론과 수사학을 담화적 구조로 수용하여 기술한다. 그런가 하면, 옐름슬레우는 표현과 내용 간의 관계를 통해 드러나는 외연기호학에 덧붙여 다양한 내포소들을 드러내는 내포기호학의 모델[182]을 제시하는데, 이때 이러한 내포소를 다루는 것이 문체론과 수사학이다. 텍스트에 일정한 의미가 있다고 가정하는 것은 일종의 형이상학적 가설에 불과하고, 텍스트가 의미를 생성하는 과정에 필연적으로 개입하는 다양한 내포소들의 작용을 의미라 할 수 있는데, 이를 드러내기 위해서는 이러한 문체론적이거나 수사학적인 분석이 필요한 것이다. 다시 말해 소설과 같은 문학 텍스트를 포함하여 모든 텍스트는 필연적으로 내포적인 의미를 가질 수밖에 없는데, 이에 따라 이러한 내포성을 규정하는 데 필수적인 문체론과 수사학은 곧 의미론을 구성하는 요소가 되어야 하는 것이다.

그러나 이 글은 〈산골〉이 갖는 공간수사학을 다루는 것인 만큼, 수사학에 초점을 맞출 것이며, 그런 점에서 의미론과 문체론과의 관련성을 이론적으로 설정할 것이다. 이를 위해서는 문화기호학자인 로트만의 입론이 매우 유용하다. 로트만은 의미론과 문체론, 그리고 수사학의 관계를 음악에서의 음계에 비유하여 설명한다.[183] 하나의 음계에 '도'라는 음이 있고, 또 다른 음계에 역시 '도'라는 음이 있다면, 이들 '도'는 모두 음계 안에서 '도'라고 하는 동일한 위치를 갖는 소리를 나타낸다. 이러한 동일한 요소가 바로 의미론에서 밝히는 의미이다. 그런데 같은 '도'라 하더라도 음계가 달라지면 '도'는 다른 소리로 나타난다. 이와 같이 음계에 따라 달라지는 '도'

---

181) Greimas, *Du sens*, pp.135-136 참조.

182) Hjelmslev, op. cit., pp.114-125 참조.

183) Lotman, op. cit., pp.36-53 참조.

의 소리를 규정하는 요소가 이른바 문체론에서 말하는 문체이다. 같은 의미를 말하더라도, 각기 달리 나타나는 것은 바로 이러한 문체의 효과 때문이다. 그런데 수사는 이러한 다른 음계들 간의 충돌에서 발생한다. 문체는 음계가 비록 위계적이기는 하지만, 그것이 유동적이지 않음을 가정하고 생겨나는 것인데 반해, 수사는 이러한 음계들 간의 위계가 상대적이어서 언제든지 변할 수 있고 그런 점에서 서로 충돌할 수 있음을 가정할 때 생겨난다. 요컨대 소리가 음계 내에서 발현하는 효과가 문체적이라면, 그것이 음계들 간에 발현된다면 수사적 효과가 되는 것이다. 이를 텍스트의 의미론과 관련하여 말한다면, 일정한 의미가 어떠한 내포소를 통해 모호하고 함축적으로 나타났을 때, 여기에서 찾아지는 기호들 간의 충돌은 수사적 효과를 내는 것이다. 이러한 로트만의 입론의 특징은 의미론에서의 의미나 문체론에서의 문체는 일정한 고정성을 띠는 것이지만, 수사학은 양립할 수 없는 요소들 간의 역동적 작용으로 인해, 의미나 문체 모두에서 새로운 의미가 생성되는 기제로 작용한다는 것이다.[184] 예컨대, 〈산골〉이 구현하는 외연적 의미와 같은 것이 있고, 또한 김유정 특유의 문체와 같이 김유정 소설에 일반적으로 나타나는 문체가 있다고 가정할 때, 이것이 보다 의미생성의 효과를 발휘하기 위해서는 수사적 작용이 필연적으로 덧붙여져야 한다. 이러한 수사를 밝히는 일은 따라서 소설 텍스트를 일반적인 주제 범주나 문체 범주로 환원시키는 것이 아니라, 텍스트의 독해 과정에서 드

---

184) 이를 로트만은 다음과 같은 도식으로 나타낸다.

의미론 ⟷ 문체론

의미론적 수사 ⟷ 문체론적 수사

[표11-1] 의미론, 문체론, 수사학의 기호체계

Ibid., p.53.

러나는 미적 효과와 함께, 그것이 갖는 문화 코드로서의 역할을 밝히는 것이다. 모든 것을 코드의 작용으로 보는 기호학의 관점에서 기호의 충돌이 야기하는 수사적 효과 역시 단지 일회적인 것이 아닌 일정한 기제를 갖는 보편적인 것으로 나타난다. 우리가 수사적 장치를 코드로 기술할 수 있는 것은 이러한 수사적 장치가 코드로 작용하면서, 텍스트에서 미시적 혹은 거시적으로 동일하게 관찰될 수 있기 때문이다. 이는 하나의 메타수사와 같은 형태로 나타나면서, 〈산골〉과 같은 소설 텍스트를 그보다 큰 문화적 텍스트와 연결시키는 고리의 역할을 한다. 이는 소설 텍스트가 단지 하나의 작품이 아니라, 그것이 놓인 맥락과 기호학적 관련성을 유지하는 담론이 될 수 있음을 말하는 것이다. 이와 같이 수사는 텍스트를 장식하는 요소가 아니라, 텍스트의 의미를 규정하는 문화코드의 기능을 갖고 있기 때문에, 〈산골〉을 공간수사적으로 분석함으로써, 보다 넓은 담론의 망 속에서 수사가 코드로서 수행하는 역할을 밝혀낼 수 있을 것이다.

2. 논항기호로서의 텍스트: 본문과 제목의 추론적 관계

〈산골〉에 대한 수사적 단서는 제목 '산골'에서 찾아진다. '산골'이라는 지형적 공간이 암시하는 것은 이 소설에서 일어나는 사건이 산골이라는 공간에서 벌어지는 것임을 나타낸다. 이는 중요한 기호학적 단서가 된다. 다시 말해 설정된 공간이 갖는 기호학적 의미가 이 텍스트에 주도적으로 작용하면서 특수한 수사적 효과를 발휘하게 됨을 말하는 것이다.

소설에서 제목은 본문과 기호학적 관계를 갖는다. 제목이 없는 소설을 상상해보라. 그것이 비록 어느 정도 소설적 코드에 의거한 것이라 할지라도, 독자로 하여금 그것을 논리화할 근거를 제공하지 않는 셈이 된다. '산골'이라는 제목은 〈산골〉이라는 소설을 논리적으로 완성시킨다. 퍼스는 이를 논항기호[185]라 한다. 이와 같이 논항기호로서의 텍스트는 텍스트 안에 있는 모든 요소들이 논리적으로 설명될 수 있음을 말하고, 특히 가장 분명한 분절 단위라 할 수 있는 제목과 본문 간의 기호학적 관련성이 추론될 수 있음을 보여준다.

앞서 말했듯, 제목 '산골'은 일정한 지형적 공간을 나타내며, 따라서 이는 본문 역시 이러한 지형적 공간과 관련됨을 암시한다. 그런데 〈산골〉은 일반적인 소설들과는 달리 본문 역시 분절되어 있으며, 분절된 단위마다 제목을 달고 있다. '산골'이라는 제목이 본문 전체와 기호학적 관련을 갖듯, 본문의 '산' '마을' '돌' '물' '길'과 같은 소제목 역시 본문의 각 절들과 기호학적 관련을 갖는다. 말할 것도 없이 이 경우도 각 절의 제목들은 논항기호의 해석소 역할을 한다. 각각의 절들 안에서 추론될 수 있는 논리적 의미들이 모여, '산골'이라는 제목의 더 큰 해석소를 형성한다. 우리는 여기에서 〈산골〉을 읽는 두 가지 방향을 생각할 수 있다. 하나는 더 큰 해석소를 통해 더 작은 해석소를 산출하는 것이고, 다른 하나는 더 작은 해석소를 통해 더 큰 해석소를 추론하는 것이다. 이러한 두 개의 방향은 따로 떨어질 수 없는 것이다. 따라서 우리는 이들 간의 추론을 순환적 추론법, 이른바 가추법[186]에 의거해야 할 필요가 있음을 알게 된다. 우리가 '산골'이라는 제목이 암시하는 바를 떠올리고, 그것을 통해 각각의 절들을 읽어가지

---

185) 논항기호(Argument)란 그것의 해석소에게 법칙의 기호로 나타나는 기호를 말한다. 이 소설 텍스트를 논항기호라 할 때 우리는 일정한 논리적 과정을 거쳐 제목 '산골'이라는 해석소에 도달함을 가정한다. 다시 말해, 제목은 본문의 논리에 따라 붙여진 것으로 가정되는 것이다. 이는 이 소설에서 공간적 지표들로 나타나는 제목과 소제목들이 갖는 기호학적 역할을 보여주는 것이다.
CP 2.252, 253.

186) *CP* 2.625.

만, 이러한 절들에 대한 독해를 통해 우리는 다시금 '산골'이 갖는 의미를 생각하게 된다. 이 소설의 제목 '산골'은 이 소설 각 절의 제목들과 위계적 관계를 갖는 것으로, '산골'이 갖는 의미의 포괄성을 유추하게 하지만, 한편 으로는 이러한 '산골'은 또한 각 절을 읽어가는 데, 단지 참조적 맥락으로 만 작용할 수도 있다. 이러한 것은 모순되어 보이지만, 앞서 말한 가추적 논리에 의해 얼마든지 정당화될 수 있는 것이다.

이 소설은 공간적 지표를 나타내는 소제목이 붙은 몇 개의 절들로 구성 되어 있는데, 이러한 특이한 구성이 이 소설에서 독특한 수사적 효과를 발 휘한다. 일반적으로 소설은 서사로 이루어진다. 서사는 사건의 연결로 이 루어지며, 그 연결은 소설이 갖는 리얼리티와 직결된다. 소설은 허구이지 만, 이러한 그럴듯함의 효과는 그것이 마치 허구가 아닌 사실인 것처럼 여 기게 한다. 이러한 구성을 소설 장르가 일반적으로 갖는 것이라 한다면, 〈산골〉은 이러한 그럴듯함의 효과를 의도적으로 깨뜨리고 있다. 이 소설 에서 산-마을-돌-물-길과 같은 제목들이 이어지는 구성은 소설에서 일반적으로 나타나는 서사의 플롯과는 거리가 있다. '산골'이라는 공간 안 에서 존재하는 것으로 여겨지는 '산' '마을' '돌' '물' '길'은 어떠한 서사적인 연결도 암시하지 않는다. 그렇다면 이들 각각은 비록 공간적으로 연결된 지표들이라 하더라도, 적어도 서사적으로 연결지점들을 드러내지는 않는 다. 소설 〈산골〉에서 시간적으로 연결된 사건들이 보여주는 서사 기호들 과 그러한 사건들이 일어나는 공간 기호들은 병행하거나 상응하지 않는데, 이것이 바로 이 소설이 이들 기호들 간의 충돌에 의해 수사적 효과가 발현 됨을 보여주는 것이다. 논항기호로서의 소설 〈산골〉에서 '산골'이라는 공 간적인 지표는 이 소설에서 일어나는 사건들의 단순한 배경이 아니라, 적 어도 이 사건들과 대등한 독자적인 의미를 생성하는 기호이며, 이는 각 절 에 붙여진 소제목의 공간적 지표들에서도 마찬가지라 할 수 있다. 따라서 소설 〈산골〉은 하나의 공간 기호가 지배적인 하나의 독자적 세계이면서, 그 안에 몇 개의 다른 공간 기호들이 각기 지배하는 여럿의 독자적 세계들을 품고 있는 구조를 보여준다고 하겠다.

그렇다면, 이들 공간적 지표들은 어떤 기호작용을 하고 있으며, 어떤 수사적 효과를 발현하고 있을까? 이를 논의하기 위해서는 필연적으로 이들 공간적 지표들이 이 소설에서 드러나는 서사적 요소, 즉 인물에 의해 이루어지는 사건과 맺는 관계를 살펴볼 필요가 있다.

3. 공간의 지표성: 은유와 환유

제목 '산골'은 이 소설에서 일어난 사건의 배경을 나타낸다. 이를 기호학적으로 말하면 '산골'은 어떤 사건을 지표적으로 나타내는 것이다. 그러나 소설에서 어떤 사건이 있다고 할 때 분명히 그 사건과 관련되어 유표화되어야 할 요소가 있을 터이지만, 그것은 꼭 이 소설처럼 '산골'이 되어야 할 필연성은 없다. 만일 사랑을 다룬 소설이라면 '사랑'이나 '비련'과 같은 제목을 붙일 수 있을 터인데, 굳이 '산골'과 같은 공간적 배경을 지표기호로 드러낸 것은 이러한 공간적 지표성이 유표성을 가져야 하기 때문이다. 이 소설이 공간수사학적으로 다루어져야 할 첫 번째 이유가 바로 여기에 있다.

그렇다면 '산골'이라는 기호는 무엇을 의미하는 것일까? 산골과 대립되는 장소로 우리는 도시를 설정할 수 있다. 이 소설 속에 등장하는 도련님은 산골을 떠나 '서울'이라는 도시에 사는 것으로 나타난다. 또한 이 소설에 등장하는 이뿐이는 이러한 '서울'이라는 도시에 가서 살기를 욕망한다. 그렇다면, 우리는 이 '산골'이라는 공간적 지표가 '도시'라는 공간적 지표와 대립을 이루고 있음을 알 수 있다. 그리고 이들 대립되는 지표기호들을 변

별하는 의소를 찾는다면, /토착성/:/외래성/, /전통성/:/근대성/, /궁핍성/:/
풍요성/ 등이 추론될 수 있을 것이다. 공간적 지표기호는 그것이 나타내는
기호들을 지표적으로 규정하는데, 가령 '산골'이라는 기호는 산골에 사는
이쁜이나 석숭이를 규정한다. 따라서 이쁜이나 석숭이는 토착적이고 전통
적이고 궁핍한 가치를 나타내는 존재로 나타나며, 서울에 사는 도련님은
외래적이고 근대적이고 풍요로운 가치를 나타내는 존재로 나타난다. 이들
간에 어떤 관계가 존재한다면, 그 관계는 단지 서사적인 사건을 불러일으킬
뿐만 아니라, 그들이 표상하는 가치들 간의 위계나 지향성을 표출하게 된다.

이 소설에서 서사적 사건은 그리 복잡하지도 않고, 또 극적으로 전개되
지도 않는다. 그저 간단하게 정리한다면, 이 소설은 이쁜이라는 주인공이
서울에 간 도련님을 사모하며 기다리는 줄거리를 갖는 이야기일 뿐이다.
그러나 여기서 '사모하며 기다리는' 행위는 매우 강력한 가치의 지향성을
나타낸다. 이쁜이와 석숭이는 같이 산골에 살면서 산골이라는 공간적 지
표기호가 나타내는 가치를 갖고 있지만, 그 가운데 이쁜이는 이러한 가치
에서 벗어나 도시라는 공간적 지표가 나타내는 가치를 지향한다. 그러나
이러한 지향성이 곧바로 행위로 실현되는 것은 아니다. 이 소설의 다음과
같은 결말은 이러한 지향성이 주인공의 인지적 차원에 머물러 있음을 보
여준다.

> 그러나
> 오늘은 웬일인지
> 어제와 같이 날도 맑고 산의 새들은 노래를 부르건만
> 이쁜이는 아직도 나올 줄을 모른다.[187]

---

187) 김유정, 〈산골〉, 『김유정 전집 1』, 가람기획, 155면.(이하 『전집 1』로 표기)

이와 같은 사건의 미완성성은 이 소설의 제목 '산골'이 의미하는 바와 일 맥상통한다. 앞서 산골이 함축한 /토착성/, /전통성/, /궁핍성/과 같은 의소 들은 모두 정체성을 나타내는 것으로, 실천적 행위를 통해 상황을 변화시 키는 역동성을 구현하지 못한다. 이는 주인공의 정체된 행위에서 그대로 나타난다. 그렇다면 우리는 이 소설의 제목 '산골'이 주인공 이쁜이가 처해 있는 상황과 이에 대처하지 못하는 무능력을 나타내는 하나의 은유임을 알 수 있다. 은유란 두 개의 충돌하는 관념을 결합시키는 것이다. 은유가 갖는 효과는 이와 같이 두 개의 충돌하는 관념이 갖는 모순과 그럼에도 불 구하고 이들이 유사한 것으로 유대할 수밖에 없는 필연성에서 비롯된다. '산골'이라는 공간적 지표가 그것과 유사한 인물들의 상황이나 그것이 함 축한 가치를 은유적으로 나타낼 때, 바로 그 공간적 지표들과 인물 그리고 가치들이 각기 독자적으로 존재하는 담론의 공간을 형성하면서 서로 충돌 하게 되고, 그것이 이 소설의 수사적 효과를 발현시킨다. 무작정 기다려야 하는 주인공의 정체된 상황이 산골이라는 공간에서 일어나지만, 그러나 그 산골은 또한 생생한 자연의 움직임이 존재하는 곳이기도 하다. 가령 다음 과 같은 묘사는 이러한 자연의 모습을 잘 보여준다.

하늘은 맑게 개이고 이쪽저쪽으로 뭉글뭉글 피어오른 흰 꽃송이는 곱 게도 움직인다. 저것도 구름인지 학들은 쌍쌍이 짝을 짓고 그 새로 날아 들며 끼리끼리 어르는 소리가 이 수풍까지 멀리 흘러내린다.[188]

여기에서의 자연의 모든 형상들은 이 소설의 사건에서 찾아지는 '산골' 이 함의한 의소들과는 다른 의소들을 나타낸다. /역동성/, /상호성/, /침투

---

188) 『전집 1』, 138면.

성/과 같은 의소들은 이 소설에서 일어나는 사건과는 무관한 듯이 보이는 '산골'의 함축적 의미를 나타낸다. 서사적 사건에서 공간적 지표기호로서의 '산골'과 그것과 무관한 듯이 독자적으로 존재하는 자연으로서의 '산골'은 전혀 다른 의미를 갖는 것으로 이 소설의 맥락에서 서로 상충하는 기호로 나타난다. 앞서 말했듯, 수사적 효과는 기호들 간의 충돌에서 비롯되는데, 이 소설의 제목 '산골'이 드러내는 수사적 효과가 바로 그러한 것이라할 수 있다.

공간적 지표와 사건과의 기호학적 관련성을 좀 더 미시적으로 관찰하기 위해 소제목으로 분절된 각각의 절들에서 발현되는 수사적 효과를 살펴보기로 하자.

'산'이라는 소제목이 붙은 절에서 '산'은 산에서 일어나는 사건의 지표기호로 나타난다. 산에서 일어나는 사건이란 이쁜이와 도련님 간의 밀고 당기는 사랑의 유희와 같은 것이다. 산은 이쁜이에게는 노동의 공간이지만, 도련님에게는 남의 눈을 피해 이쁜이를 유혹할 수 있는 사랑의 공간이다. 그런 점에서 '산'은 /은폐성/의 의소를 갖는다. 이는 공공의 장소인 '마을'과 변별되는 속성을 보여준다. 이러한 의소는 '산'이 서로를 욕망하지만 신분상의 차이로 사랑이 금지된 두 주인공의 은밀한 만남을 은유적으로 나타내는 공간임을 보여준다. '산'은 마을로부터 떨어져 있으며, 또한 나무들로 인해 모든 것이 가려지는 공간인데, 이는 이들 두 주인공이 갖는 욕망의 속성과 유사하다. 그것은 주인공의 심리와 행위로 표출되는데, 다음 예문에서 그러한 것을 살필 수 있다.

그 모양이 하도 수상하여 이쁜이는 눈을 똥그랗게 뜨고 바라보니 도련
님은 좀 면구쩍은지 낯을 모로 돌리며 그러나 여일히 싱글싱글 웃으며 뱃
심 유한 소리가,

"난 지팡이 꺾으러 왔다."[189]

이쁜이는 그 꼴이 보기 가엾고 죄를 저지른 제 몸에 대하여 죄송한 자
책이 없던 바도 아니었지마는 다시 손목을 잡히고 이 잣나무 밑으로 끌릴
제에는 온 힘을 다하여 그 손깍지를 버리며 야단친 것도 사실이 아닌 건
아니나 그러나 어딘가 마음 한편에 앙살을 피면서도 넉히 끌리어가도록
도련님의 힘이 좀더 좀더 하는 생각이 전혀 없었다면 그것은 거짓말이 되
고 말 것이다.[190]

도련님이 이쁜이를 유혹하기 위해 은폐된 공간인 산으로 찾아왔지만,
그것은 떳떳한 일이 아니기에, 지팡이 꺾으러 왔다고 거짓말을 한다. 이는
도련님과 이쁜이 사이의 사랑이 아직 은폐되어야 할 어떤 것이기에 나오
는 행동이며, 이에 대한 서술은 '산'이라는 /은폐성/의 의소를 갖는 공간과
은유적으로 연대하게 된다. 이는 이쁜이의 도련님에 대한 심리상의 양가
성 내지는 모순에서도 보이는 것이다. 도련님을 욕망하지만, 또한 뿌리치
는 행동을 하는데, 그에 대한 이쁜이의 심리상태가 위의 예문에 잘 표출되
고 있다. 이것 역시 '산'이라는 은폐된 공간에서 모든 행동은 비밀스러울
수밖에 없기에, 그러한 /은폐성/에서 비롯되는 심리적인 머뭇거림이 잘 드
러나고 있는 것이다. 소설 〈산골〉은 어쩌면 이러한 머뭇거림으로 이루어
진 소설이라 할 수 있다. 도련님은 그저 이쁜이를 소극적으로 유혹할 뿐이
며, 이쁜이는 그 유혹을 흔쾌히 받아들이지 못한다. 그러면서도 이쁜이는
도련님에 대한 미련을 버리지 못하고 끝없이 기다릴 뿐이다. 기다리는 것

---

189) 『전집 1』, 141면.
190) 『전집 1』, 142면.

은 도련님과 만나거나 같이 사는 것일 터인데, 그러한 사건은 지금 일어나는 것이 아니며 무기한 유예된 사건일 뿐이다. 이와 같이 머뭇거리고 기다리는 행위는 서사를 진행시키기보다는 지체시키는 것이며, 산골의 /은폐성/은 이러한 서사의 지체를 집약적으로 드러낸다. 이 소설의 제목이 '산골'임을 감안하면, 이러한 특성은 단지 '산'이라는 소제목을 달은 절의 문제가 아니라 이 소설 전체의 문제임을 짐작할 수 있다.

'마을'이라는 제목을 단 절에서는 이쁜이와 그 어미, 그리고 석숭이가 등장한다. 앞서 산이 /은폐성/의 의소를 갖는다면, 마을은 /개방성/의 의소를 갖는다. 마을은 사회적 공간이며, 거기에서 주도적인 가치는 신분적 위계에 의해 결정된다. '도련님'은 귀한 집 자식으로 /지체 높음/의 의소를 갖는 반면, 이쁜이와 그 어미, 그리고 석숭이는 종의 신분으로 /지체 낮음/의 의소를 갖는다. 마을이 /개방성/의 의소를 갖는다는 것은, 이러한 신분적 위계가 분명히 드러나고, 거기에는 일종의 사회적 질서가 실현됨을 말한다. 당연히 여기에서 이쁜이와 도련님의 사랑은 명백하게 금지된 것이지만, 이쁜이와 석숭이의 결합은 사회적 질서에 의해 허용된다. '마을'이라는 제목을 단 이 절에서는 이와 같은 금지되거나 허용된 관계에 관한 서사가 전개된다. 은폐된 공간에서 일어난 사건은 은폐되어야 마땅하지만, 완전한 은폐란 존재하지 않음으로써, 이에 대한 '검증'[191]이 일어난다. 이쁜이의 비밀이 탄로남으로써, 그녀는 매를 맞거나 아랫방에 구금되는 징벌을 받는다. 이러한 검증 역시 서사를 진행시키는 데 도움이 되는 것은 아니다. 매

---

191) '검증'(Sanction)은 그레마스가 제시한 서사 프로그램의 마지막 단계에 해당한다. 여기에서 행위주체에 의해 수행된 행위에 대한 양태주체의 인식적 능력이 드러나는데, 기호학적으로 진위판정의 양태성과 같은 모습으로 나타난다. 서사에서 이는 서사가 지향하는 가치를 가장 뚜렷하게 드러내는 부분이기에 중요한 의미를 갖는다. Greimas, *Du sens II*, pp.74-75 참조.

를 맞는다고 해서 그리고 아랫방에 가두어진다고 해서 이쁜이가 품은 사랑의 감정이 없어지는 것이 아니고, 또 그녀의 기다림이 중단되는 것도 아니다. 이쁜이와 석숭이는 일종의 허용된 관계이다. 석숭이 이쁜이를 욕망하지만, 이쁜이는 이를 거부한다. 이쁜이는 사회적으로 허용된 관계를 거부하고 사회적으로 금지된 관계를 욕망하는 것이다. 사회적 규율이 존재하는 곳이 마을이기에, 이쁜이에게는 산이야말로 그녀가 가진 욕망을 실현할 수 있는 공간이다. 산에서와 마찬가지로 마을에서도 인물들 간에 일어나는 서사적 사건이 진척되는 기색은 없다. 사회적 규범을 실현하기 위해 이쁜이를 징계하지만, 이와 같은 징계가 효과를 거두지는 않는다. 이러한 소극적 징계로서 상황이 바뀌지는 않는 것이다. 석숭이가 이쁜이를 유혹하지만 이것 역시 이쁜이가 도련님을 기다리는 것처럼 소극적이다. 이쁜이가 석숭이의 유혹에 넘어올 리 없는 것이다. 마을 역시 산처럼 서사가 진행되기보다는 지체되는 공간이며, 인물들은 산에서와 마찬가지로 유예된 사건을 기다리는 존재들로 나타날 뿐이다.

'돌'이라는 소제목은 앞서의 소제목들과는 다른 기호학적 성격을 보여준다. 우선 그것이 지형적이거나 지리적인 공간을 나타내지 않는다. '돌'이라는 사물은 이쁜이와 석숭이의 관계를 드러내는 하나의 지표기호인데, 여기에서 굳이 '돌'이 함축한 의소를 찾는다면 /도구성/이 될 것이다. 돌은 이쁜이가 석숭이에 대해 가하는 폭력의 도구이지만, 그러한 폭력이 완전히 실현되지 않는 것은 이쁜이와 석숭이가 갖는 양가적 심리상태 때문이다.

> 이쁜이는 거기다 석숭이를 세워놓다 밭고랑에 널려진 여러 돌 틈에서 맞아죽지 않고 단단히 아플만한 모리 돌멩이 하나를 집어 들고 그 옆 정강이를 모질게 후려치며,…192)

그러나 석숭이는 미움보다 앞서느니 기쁨이요 전일에는 그 옆을 지내
도 본둥만둥하고 그리 대단히 여겨주지 않던 그 이쁜이가 일부러 이리 끌
고와 돌로 때리되 정말 아프도록 힘을 들일 만치 이쁜이에게 있어는 지금
의 저의 존재가 그만치 끔찍함을 그 돌에서 비로소 깨닫고…193)

　　돌이 갖는 /도구성/의 의소는 담화적으로 완전히 실현되는 것은 아니다.
이쁜이가 석숭이를 후려치기 위한 돌은 '맞아죽지 않을' 만한 돌이며, 그
돌에 맞은 석숭이도 아프기보다는 기쁜 마음을 갖는 것은 '돌'이 이쁜이와
석숭이 간의 적대적 관계뿐만 아니라 친화적 관계를 암시할 수도 있음을
보여주는 것이다. 이것은 '돌'이 의미하는 도구성이 서사를 진행시키기보
다는 오히려 이쁜이와 석숭이의 양가적 감정을 드러냄으로써, 서사를 지체
시키는 지표기호임을 말하는 것이다.
　　'물'이라는 소제목 역시 지형적이고 지리적인 공간을 나타내는 것으로
보이지 않는다. '돌'이 이쁜이와 석숭이의 관계를 나타내는 지표기호였다
면, '물'은 이쁜이와 도련님의 관계를 나타내는 지표기호이다. 돌이 /도구
성/의 의소를 갖는 것이었다면, 여기서의 물은 /본질성/의 의소를 갖는다.
본질적이라 함은 물 자체의 속성이 강조됨을 말하고, 그 속성으로 인하여
다양한 기호학적 함의가 덧붙여짐을 말하는 것이다. 이 절은 이 소설의 어
느 부분보다도 시적인데, 이는 이러한 물이 다양하게 다른 방식으로 형상
화되기 때문이다. 다시 말해 물을 매개로 은유의 연대가 이루어지는 것이
다. 먼저 물은 이쁜이가 자신을 비추는 거울로 나타난다.

---

192) 『전집 1』, 148면.
193) 『전집 1』, 148-149면.

맥을 잃고 다시 내려오다 이쁜이는 앞에 우뚝 솟은 바위를 품에 얼싸
안고 그 아래를 굽어보니 험악한 석벽 틈에 맑은 물은 웅성 깊이 층층 고
이었고 설핏한 하늘의 붉은 노을 한쪽을 똑 떼들고 푸른 잎새로 전을 둘
렀거늘 그 모양이 보기에 퍽도 아름답다. 그걸 거울삼고 이쁜이는 저 밑
에 까맣게 비치는 저의 외양을 또 한번 고쳐 뜯어보니 한때는 도련님이
조르다 몸살도 나셨으려니와 의복은 비록 추레할망정 저의 눈에도 밉지
않게 생겼고 남 가진 이목구비에 반반도 하련마는…194)

여기서 물은 이쁜이가 자신의 모습을 비추는 거울 즉 이쁜이의 아름다
움을 나타내는 환유이지만, 앞서의 묘사로 보아 물은 또한 이쁜이의 아름
다움을 나타내는 은유이기도 하다. 그런가 하면, 물은 이쁜이의 도련님에
대한 안타까운 마음을 나타내는 환유로 작용하기도 한다.

이쁜이는 얼빠진 등신같이 맑은 이 물은 가만히 들여다보노라니 불시
로 제몸을 풍덩, 던지어 깨끗이 빠져도 죽고 싶고, 아니 이왕 죽은진댄 정
든 님 품에 안겨 같이 풍, 빠지어 세상사를 다 잊고 알뜰히 죽고 싶고, 그
렇다면 도련님이 이 등에 넓죽 엎디어 뺨에 뺨을 비벼대고 그리고 이 물
을 같이 굽어보며,195)

여기서 물은 /죽음/의 의소를 갖는데, 이는 죽을 만큼 도련님을 사랑하
는 이쁜이의 마음을 나타내기도 하고, 또한 도련님과 함께 빠져죽거나 아
니면 현실에서 도련님과 함께 굽어바라보는 대상이 되기도 하는데, 이는

---

194) 『전집 1』, 150면.
195) 『전집 1』, 151면.

모두 이 절에서 '물'이 갖는 환유적인 작용을 보여주는 것이다. 물은 도련님이 말한 설화에서 /금지/의 의소를 갖는 물이 되기도 하는데, 이러한 설화에서의 물이 현실에서의 물로 전이되면서, 허구와 현실 간의 충돌에서 빚어지는 수사적 효과를 빚어내기도 한다. 아울러, 이쁜이의 눈물이 물과 결합하여 은유와 환유라는 양가적인 수사적 작용을 드러내면서, '물'이 갖는 함의는 더욱 풍부해지고, 이로써 시적 효과는 극대화된다.

앞서 '돌'의 소제목이 붙은 절은 '물'의 소제목이 붙은 이 절과 대립관계를 이루는데, 이는 '물'이 '돌'에 비해 훨씬 더 깊은 함의를 드러내기 때문이다. 이는 이쁜이가 석숭이와 도련님 각각과 갖는 관계와 등가적인 것으로, 이러한 절의 구성 자체가 인물들 간의 관계를 은유적으로 드러내고 있음을 보여주는 것이다.

이 소설의 마지막 절인 '길'은 이 소설이 갖는 의미의 모호성을 가장 잘 드러낸 부분이다. 길이란 공간적 지점을 이어주는 것으로, 그 자체로 /소통성/의 의소를 갖는다. 공간을 이어주는 길이지만, 갈 수 없다면 그것의 소통성은 소멸된다. 실제로 이 소설의 서사는 이러한 소멸된 소통성을 보여준다. 각 인물들은 지향성을 갖고 있지만, 그 지향성이 실현되지 않는 것은 이와 같은 소통성이 소멸되었기 때문이다. 도련님이 이쁜이를 욕망하거나 이쁜이가 도련님을 욕망하는 것 모두 순조롭게 이루어지지 않는 것은 이들 사이의 길이 막혀있기 때문이다. 석숭이가 이쁜이를 욕망하는 것 역시 마찬가지다. 그런 점에서 '길'은 이러한 소통의 상황을 드러내는 은유로 작용한다. 그런데 이 절에서는 보다 축약적으로 이러한 소통의 단절을 보여준다. 도련님에게 보낼 이쁜이의 편지를 써준 석숭이는 한없이 이쁜이를 기다린다. 이러한 상황 자체가 매우 아이로니컬한데, 여기서 편지는 또한 소통을 드러내는 은유이면서 환유이기도 하다. 편지는 전달될 수 있을지 불확실하고, 여전히 이러한 불확실성 속에서 이쁜이는 한없이 도련님을 기다린다. 이와 같이 '길'은 서로 간의 소통이 이루어지지 않은 공간을 축약적으로 나타내는 것이며, 미래로 유예된 사건을 기다리는 인물들의 행위는 이와 같이 뒤얽혀 불확실하기 만한 현재의 상황을 은유적으로 나타낸다.

이와 같이 다섯 개의 소제목으로 나누어진 절들에서 각각 해석소를 추론할 수 있지만, 이는 또한 소설 전체를 논항기호로 삼아 더 큰 '산골'이라는 해석소를 만들어내기도 한다. 우리가 이 소설에서 공간수사적 효과를 기술하는 것도 이러한 위계적인 논항기호들 간의 관계를 살핌으로써 가능하다.

4. 기호들의 충돌과 그 수사적 효과

앞서 말했듯, 수사적 효과는 전혀 다른 기호들 간의 충돌이 일어남으로써 가능하다. 은유와 환유가 수사적일 수 있는 까닭은 나타내는 것과 나타내어지는 것이 다른 것이기 때문이다. 이러한 것은 단지 낱말 차원뿐만 아니라, 텍스트 차원에서의 다양한 분절 단위들 간에 이루어짐으로써, 다양한 효과를 발휘할 수 있다. 이러한 관계가 복합적일수록 소설의 수사적 효과는 증대된다.

소설 〈산골〉에서는 공간이 유표화되어 있다. '산골'이라는 제목과 함께 각 절마다 붙여진 소제목이 이러한 공간적 유표성을 보여준다. 이는 이 소설에서 공간의 기술이 다른 요소들과 기호학적 관계를 맺으며, 독특한 수사적 효과를 발휘함을 말한다. 이러한 수사적 효과가 일어나는 소설의 언어에서 공간은 분절되어 있다. 모든 언어는 대상을 분절하는 것이지만, 이 소설은 특히 이러한 분절을 분명히 유표화하고 있다. 이러한 언어의 세계는 현실의 공간 세계와는 분명히 다르다. 이 소설에서 제시된 공간은 서로 이어져 있으며, 일종의 지표적 관계를 갖고 있다. 다시 말해, '산골' 안에 산, 마을, 돌, 물, 길이 있으며, 이들은 자연 속에서 서로 이어져 있는 것이다. 일반적으로 이러한 것들이 하나의 배경에 머물 경우, 굳이 이 소설에서처럼 텍스트의 분절 단위로 작용하지 않는다. 그러나 이 소설은 이러한 분절을 통해 독특한 수사적 효과를 발휘한다. 이것은 현실 기호와 언어 기호 간의 충돌을 보여주는 것이다.[196]

그런데, 이러한 충돌은 소설의 공간에서만 드러나는 것이 아니다. 소설은 공간의 기술만으로 구성될 수 없다. 소설에서 중요한 것이 이른바 서사이다. 이 소설 역시 서사를 품고 있다. 이쁜이와 도련님, 그리고 석숭이 간의 욕망의 관계로 요약할 수 있는 이러한 서사가 현실에서는 진행적으로 일어날 수밖에 없다. 현실에서의 시간은 흐르지만, 이것이 소설의 언어에서는 다양한 방식으로 지체된다. 앞서 보았듯, 인물들은 어떤 행위를 하기보다는 머뭇거리며, 끊임없이 기다린다. 기다림은 다음 행위나 사건에 대한 일종의 유보이다. 이러한 양상은 이 소설이 서사적 차원에서도 현실 기호와 언어 기호 간의 충돌이 있음을 보여주는 것이다.

어느 소설이든 거기에서 현실은 언어를 통해 표현되기 때문에, 그 과정에서 일어나는 간극이 빚어내는 수사적 효과는 필연적이다. 그러나 이 소설은 공간의 분절과 서사의 지체라는 보다 적극적인 방식을 활용하여, 수사적 효과를 극대화하고 있다.

수사적 효과는 현실 기호와 언어 기호의 충돌에 의해서만 일어나는 것

---

196) 현실 기호와 언어 기호 간의 충돌은 언어예술뿐 아니라, 모든 언어기호에서 일반적으로 일어나는 작용이라 할 수 있다. 그러나 이 소설에서 이러한 충돌은 구조 안에서 일정한 수사적 역할을 수행한다. 이 소설이 사용하고 있는 독특한 분절의 방식은 이러한 충돌이 촉발하는 이 텍스트 특유의 미학을 보여준다.

이 아니다. 보다 중요한 것은 이 소설에서 공간 기호와 서사 기호 간의 충돌에서 비롯되는 수사적 효과이다. 앞서 말했듯, 소설이 갖는 일반적인 서사적 특성에 비한다면, 이 소설은 그 서사성이 많이 위축되어 있다. 다시 말해, 서사의 지체가 드러난다는 것이다. 이는 달리 말하면, 서사 기호 대신 공간 기호가 증대될 가능성을 말해준다. 그리하여 공간 기호는 서사 기호와 대립하면서, 그것이 갖는 의미생성의 기제를 발휘한다. 이에 대해서는 앞서의 분석에서 밝혀진 바 있다. 분명히 이 소설에서 공간의 언어적 분절과 서사의 언어적 지체, 그리고 공간의 현실적 연결과 서사의 현실적 진행 간에 각각 유사성이 있으며, 이는 이 소설을 갖는 리얼리티를 증대시킨다. 공간이 분절되어 장면화됨으로써, 서사는 이어지지 않고 단절된다. 그러나 그 이면에 존재하는 현실적 공간은 조화로운 자연의 공간을 이루고, 인간의 삶은 느리게나마 진행된다. 이러한 리얼리티를 깨뜨리고, 이 소설의 새로운 의미를 생성하는 기제로 수사가 작용하는 것은 언어로 분절된 공간과 현실 속의 진행적 서사, 그리고 언어로 지체된 서사와 현실 속의 연결된 공간 간의 충돌을 통해서이다. 인간의 삶은 묵묵히 진행되지만, 그것이 장면화되면서, 거기에서의 삶의 징후들이 보다 뚜렷이 유표화되며, 또한 '산골'이라는 공간에 자리 잡은 여러 공간적 지표들은 서로 연결되어 있지만, 거기에서 인간의 삶은 소통의 부재를 통한 지체에 시달린다. 이러한 것은 이 소설이 서사에만 초점을 맞춘 것이 아니라, 공간을 보다 유표화시켜 기호화한 독창적인 기법을 활용함으로써, 독특한 수사적 효과를 발현함을 보여주는 것이다.

지금까지 논의한 바 이 소설이 갖는 공간수사적 효과는 다음과 같은 도식으로 요약할 수 있다.

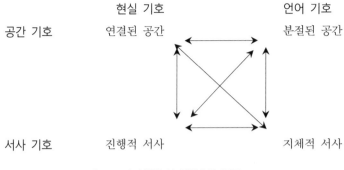

현실 기호   언어 기호

공간 기호   연결된 공간   분절된 공간

서사 기호   진행적 서사   지체적 서사

[표 11-2] 〈산골〉의 공간수사 구조

5. 수사적 코드에서 문화적 코드로

지금까지 소설 〈산골〉이 갖는 공간수사적 효과에 대해 살폈다. 수사적 효과는 적어도 단순히 기법의 차원에서 논의될 것은 아니다. 수사는 특정 시스템에서 비롯되는 것인데, 그것은 보편적으로 확대될 수 있는 것이어서, 이 소설의 수사적 코드가 김유정 소설 일반 혹은 한국 소설 일반으로 확대될 가능성을 갖는다. 이 경우, 이러한 수사적 코드는 또 다른 새로운 수사적 코드를 찾아내는 출발이 될 수 있다. 가령, 이와 같은 공간 기호가 강조되지 않은 다른 소설에서 그 공간 기호를 대체할만한 유표적인 기호학적 요소를 찾아볼 수도 있을 것이다. 수사적 효과는 그것이 효과를 발휘할 수 있는 특정 맥락에서 발휘된다. 그런 점에서 우리는 이 소설이 그 당대에서 왜 특별한 수사적 효과를 발휘할 수 있었는지를 탐구해볼 수 있다. 이는 그 당시 산골로 상징되는 농촌과 근대의 지표로 받아들여지는 도시라는 공간에 대한 사회학적이고 역사학적인 고찰을 통해 논의해볼 수 있다. 이는 이 글의 범주에서 벗어난 것으로 앞으로의 과제로 삼을 만하다.

이 글이 주로 의미론적 수사에 초점을 맞추었지만, 이 소설의 보다 완전한 수사적 연구는 문체론적 수사의 연구에 의해 보완되어야 할 것이다. 이러한 점들까지 고려한다면, 우리는 이 소설에서 제기된 수사적 논점들을 김유정의 다른 소설들은 물론 소설 장르를 넘어서 문화 코드의 일반적 연구로 확대시킬 수도 있을 것이다.

제12장

도깨비의 기호학

1. 세미오시스로서의 도깨비

도깨비는 한국 문화 담론에 자주 출몰하는 관습성을 띤 상징기호이다. 그것은 이야기의 주인공으로 나타나거나 아니면 부적이나 기와에 그림이나 조각으로 나타나기도 한다. 그 형상은 어느 정도의 정형성을 띠고 있으나, 그렇다고 상투적이거나 천편일률적으로 드러나는 것만은 아니다. 오히려 도깨비는 매우 다양한 모습으로 나타난다.

도깨비는 일반적으로 보통명사로 쓰인다. 그러나 그것이 이야기 속에서 마치 고유명사처럼 쓰이기도 한다. 도깨비는 각각이 어떤 고유의 이름을 갖지 않기 때문에, 이야기에서 마치 고유명사처럼 쓰이는 것이다. 다시 말해, 이야기에서 도깨비에 관해 말할 때 쓰이는 주어는 보통명사인 도깨비가 쓰이지만, 그것이 구체적인 주인공을 지칭한다는 점에서 실제로는 고유명사의 용법으로 쓰이는 것이다. 이는 도깨비라는 존재가 갖는 모호성을 말해준다.

부적이나 기와에 드러난 도깨비의 형상은 매우 다양하여, 때로는 무섭고 때로는 희화적인 모습을 보여준다. 우리는 이러한 조형들에서 도깨비의 양가적인 형상을 관찰할 수 있다. 이 글에서 다루게 될 이야기 속의 도깨비들 역시 여러 다양한 모습을 보여준다. 도깨비를 주인공으로 한 수많은 이야기에서 도깨비는 그렇게 일관적인 특성을 보여주지 않는다. 도깨비의 예측할 수 없는 성질이야말로, 도깨비의 기호적 특성을 말해주는 것처럼 보인다.

이러한 도깨비는 어떻게 생성되었을까?

이 글은 이러한 발생론적 물음에 대해 역사주의적이거나 심리주의적이 아닌 기호학적 해답을 구하고자 한다. 역사주의적 혹은 심리주의적 발생론이 인과론이나 결정론에 의해 도깨비의 발생을 논의해 온 데 대해, 이 글에서 제안하는 기호학적 발생론은 이러한 인과론이나 결정론을 거부하고 발생을 해석학적 상황에 위치시켜 그 기호작용을 기술하고자 하는 것이다. 도깨비를 기호라 할 때, 그것은 이러한 의미작용이 일어나는 세미오시스임을 뜻하는 것이다. 그것은 퍼스가 말한 기호가 해석소를 생산하는 역동적 과정을 가리킨다. 도깨비는 명사이지만, 그것이 이야기 속에서 나타날 때 수많은 동사와 결합하면서 의미를 생성하는 세미오시스로 나타난다. 그것은 비결정적인 것이며 상황에 따라 새롭게 생성되는 것이다.

이 글은 이러한 세미오시스로서의 도깨비의 의미작용을 필자가 제안한 기호학적 모델을 바탕으로 기술하고자 한다.

2. 세미오시스에 대한 발생기호학적 전제

도깨비를 세미오시스로 볼 때, 거기에는 이미 기호의 발생에 대한 전제가 내포되어 있다. 세미오시스는 의미를 생성하는 과정인데, 그것은 하나의 기호로부터 또 다른 기호가 발생되는 과정으로 이루어진다. 도깨비의 세미오시스 역시 이러한 발생의 과정이 어떤 상황에서 드러나는 것이다. 그 상황은 우리가 도깨비의 여러 텍스트를 읽으면서 의미를 찾아내기 위해 설정하는 해석학적 상황이다. 해석학적 상황에서 기호작용이 이루어질 때, 그 기호작용에 내포된 발생의 기원은 해석을 통해 생산된 기호 즉 퍼스가 말한 해석소로 나타난다. 도깨비의 기호작용 역시 하나의 해석적 생산활동을 통해서만 기술될 수 있다.

세미오시스에서 일어나는 기호의 생산은 인과론적이거나 결정론적으로 이루어지는 것이 아니다. 우리는 세미오시스를 통해 단일한 실재의 기원으로 되돌아갈 수 없다. 도깨비의 근원을 어떤 객관적인 실재로 설정할 수 없는 것은, 도깨비의 기호가 생겨나는 수많은 해석학적 상황이 가능하기 때문이다. 도깨비 텍스트를 읽으면서 생겨나는 의미들은 각각 그 상황에서 발생적 기원을 보여준다. 그러나 그 발생적 기원은 환원론적으로 추론된 것이 아니라, 가추법적으로 추론된 것이다. 그것은 도깨비의 세미오시스를 새롭게 만들어가는 창조적 행위와 관련되어 있다. 코흐에 따르면, 진화는 발생과 메타발생이라는 두 양식으로 나타나는데, 여기서 메타발생은 인간의 의식 안에서 발생을 반복, 재생, 재경험하는 것이다.[197) 도깨비의 세미오시스에서 발생은 이러한 메타발생을 통해 나타난다. 메타발생은 텍스트로부터 출발하여 그 발생을 해석학적이고 가추법적으로 추론함으로써 새로운 의미를 생성하는 과정이다. 도깨비의 세미오시스에 내재한 발생을 기술하기 위해서는 이러한 메타발생을 기술하는 것이 필요하다.

이를 위해 이 글에서는 도깨비의 이야기 텍스트를 둘러싼 세 가지 세계

---

197) Koch, op. cit., p.10.

를 설정하고 이들 세계에서 일어나는 기호작용의 여러 유형들을 추출한다. 그리고 이러한 기호작용이 실제로 도깨비 이야기 텍스트에서 일어나는 양상을 기술하려 한다. 그럼으로써 도깨비 세미오시스에 내재한 발생이 추론될 것이다.

이 글에서는 이를 위해 이야기세계, 가능세계, 현실세계를 다음과 같이 설정하여 논의를 진행한다.[198]

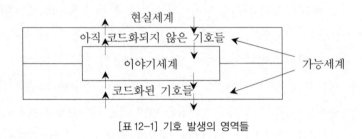

[표 12-1] 기호 발생의 영역들

먼저, 도깨비는 이야기의 주인공으로 등장한다. 이야기는 이야기 코드에 의해 만들어지며, 이야기의 주인공 역시 이러한 이야기 코드 안에서 어떤 역할을 한다. 우리가 접하는 도깨비는 이러한 이야기 코드가 지배하는 이야기세계에 살고 있다. 도깨비의 이야기를 분석하는 것은 이러한 이야기세계를 지배하는 코드를 밝히는 것이다. 이러한 이야기세계의 코드들이 기호작용하는 과정을 기술함으로써, 이러한 코드가 발생한 근원을 그 기호작용 안에서 기술할 수 있다. 왜냐하면 코드는 그 이전의 어떤 기호들이나 코드들로부터 생성된 것이며, 그 생성 자체가 기호작용이기 때문이다.

이 글에서는 이야기세계의 코드들이 가능세계의 기호나 코드로부터 생성된 것으로 가정한다. 가능세계는 기호작용이 가능한 모든 세계를 가리

198) 발생기호학적 모델의 설계 과정에 대해서는 송효섭, 『탈신화 시대의 신화들』, 80-96면 참조.

킨다.[199] 그것은 따라서 기호들로 이루어진 세계다. 기호작용은 기호들을 통해서만 가능하기 때문이다. 그러나 그 세계의 모습을 모두 기술해낼 수는 없다. 우리가 할 수 있는 것은 이야기세계로부터 추론된 가능세계의 기호들의 모습을 그리는 것이다. 가능세계는 퍼스가 말한 모든 범주의 기호들이 서식하는 곳이다. 여기에는 존재론적 혹은 인식론적인 특성을 갖는 모든 기호들이 존재한다. 그것은 구체적인 사물의 모습으로 나타나기도 하고 추상적인 구조나 체계의 모습으로 나타나기도 한다. 이야기로부터 가추법을 통해 추론해낸 가능세계의 기호들은 이야기로 코드화되기 이전의 기호들이다. 이들 기호들은 어떤 상황에서 호출되어 이야기로 코드화된다.

이 글은 이야기로 코드화되기 이전의 가능세계의 기호들이 이야기로 코드화되는 회로를 두 가지로 설정한다. 이를 위해 에코가 말한 과대코드화와 과소코드화의 개념을 빌어오고자 한다.[200] 그에 따르면, 과소코드화란 신뢰할만한 미리 정해진 규칙이 없는 상태에서 특정 텍스트의 어떤 거시

---

199) 가능세계는 본래 라이프니쯔로부터 비롯된 개념이다. 그에 따르면, 가능세계들의 무한성은 신의 마음 안에서 사고들로서 존재하는데, 이러한 모든 가능세계들 중에서 단 하나가 실제적이다. 신의 마음에 의해 선택되어 실현된 이러한 세계가 우리가 살고 있는 세계이며, 우리가 실재라고 부르는 세계인 것이다. 이러한 라이프니쯔의 개념은 20세기 들어 필연성과 가능성의 양태적 작용소를 위한 의미론적 모델을 구축하기 위한 편리한 도구로 사용된다. 철학에서 가능세계는 다양한 역할을 하는데, 가령, 형이상학적 용어, 양태적 논리의 개념, 인식적 접근성을 기술하기 위한 방식 혹은 심지어 상호배타적인 패러다임들 간의 관계들을 외시하는 과학철학에서의 메타포로 쓰이기도 한다. 또한 이 개념은 표상, 모방, 예술적 지시체에 대한 미학적 논의에서도 널리 사용되며, 문학이론에서는 허구성 혹은 허구세계를 특성을 밝히기 위해 활용되기도 한다. 이 글에서 가능세계는 기호들로 이루어져 기호작용이 가능한 세계를 포괄적으로 가리킨다. Ruth Ronen, *Possible World in Literary Theory*, Cambridge University Press, 1994, p.5. Marie-Laure Ryan, *Possible Worlds, Artificial Intelligence, and Narrative Theory*, Indiana University Press, 1991, pp.16-21 참조.

200) Umberto Eco, *A Theory of Semiotics*, Indiana University Press, 1979, pp.133-136 참조.

적 부분들을 코드의 정당한 단위로 잠정적으로 가정하게 하는 작용을 말한다. 또 과대코드화란 이미 정립된 규칙을 바탕으로 상황에 맞는 새로운 규칙이 적용되는 경우를 말한다. 이들 모두 코드화되는 회로를 보여주는 것으로, 도깨비 이야기에서 이야기로 코드화되는 과정 역시 이러한 두 가지 양상으로 나타난다. 이는 가능세계에 신뢰할만한 미리 정해진 규칙이 없는 상태와 이미 정립된 규칙이 있는 상태가 함께 존재함을 말한다. 이러한 두 가지 상태가 양립할 수 없는 것은 아니다. 어떤 규칙이 없는 상태에서 기호는 아직 코드화되지 않은 채 존재하며, 이미 정립된 규칙이 있는 상태에서 기호는 코드화되어 존재한다. 가능세계에 이들 두 가지 모순되는 것처럼 보이는 기호들은 코드화라는 기호작용을 할 가능성을 갖지만, 우리는 우리 앞에 놓인 텍스트를 통해서만 그러한 작용을 기술할 수 있을 뿐이다.

가능세계에 이미 정립된 코드가 있다면, 어떤 특수한 상황에서 그것을 바탕으로 새로운 코드가 만들어진다. 텍스트를 통해 가능세계에 정립된 코드를 찾는 것은 코흐가 말한 메타발생과 같은 것이다. 이를 통해 기술된 정립된 코드는 이야기로부터 추론된 보다 보편적인 구조의 모습으로 나타난다. 예를 들어, 야콥슨이 말한 양항대립이나 그레마스가 말한 기호사각형은 이야기 코드가 발생한 기원으로 설정되는 심층적이고 보편적인 코드라 할 수 있다. 이들은 우리가 통상 행하는 구조분석을 통해 찾아질 수 있다.

가능세계에 정립된 코드가 없다면, 기호들은 체계 속에 편입되지 않는다. 가능세계에는 이러한 구조와는 무관한 기호들이 많다. 그것은 경험적으로 받아들여지며 단순한 느낌이나 추상적 사유의 대상이 된다. 예를 들어, 도깨비 이야기에서 '메밀묵'이 나온다면, 그 메밀묵은 이야기와 무관하게 나 혹은 다른 누군가가 경험적으로 받아들이는 기호일 수 있다. 이러한 메밀묵에 대한 경험은 도깨비 이야기가 코드화되는 과정에서 메밀묵의 기호를 호출하여 이야기 코드에 편입시킨다. 이와 같이 코드화된 기호 이전의 기호를 찾는 일 역시 텍스트의 독해를 통해 가능하다.

이러한 두 가지 회로는 분리되어 존재하는 것은 아니다. 텍스트를 읽는 과정에서 발생의 기원으로 설정된 두 가지 기호들은 기호작용을 기술하는 과정에서 상호작용하는 것으로 보인다. 두 가지 작용은 서로에게 영향을 미침으로써 서로를 제약하는 것이다.

이러한 모든 작용은 기호학적 세계에서 이루어지는 일이다. 기호학적 세계 밖의 세계를 현실세계라 한다. 현실세계는 기호작용이 이루어지지는 않지만, 기호작용이 이루어지는 과정에서 끊임없이 참조된다. 그런 점에서 현실세계 역시 기호학적으로 중요한 의미를 갖는다.

3. 기호학적 분석을 통한 도깨비 세미오시스의 기술

이 글에서 분석할 도깨비 이야기의 텍스트는 다음 두 편이다.

A)

과부 한 사람이 도깨비하고 친하면 부자가 될 수 있다는 말을 듣고 도깨비가 좋아한다는 메밀묵을 쑤어서 놔두었다. 밤이 이슥하자 도깨비가 와서 메밀묵을 먹었다. 과부는 도깨비를 자기 방으로 불러들였고 드디어 친해졌다. 과부는 도깨비더러 돈이며 금은보화를 갖다 달라고 했다. 도깨비는 과부가 원하는 대로 돈이며 보물을 얼마든지 갖다 주었다. 부자가 되자 이 여자는 이제 도깨비가 귀찮고 싫어졌다. 그래도 도깨비는 자꾸 찾아왔다. 곰곰 생각한 끝에 과부는 도깨비더러, 무서운 것이 무엇인가고

물었다. 그건 왜 묻느냐고 도깨비는 되물었다. 도깨비가 무서워하는 것을 못 오게 하고, 그런 것을 모두 치워버리려고 그런다고 대답했다. 도깨비는 과부가 자기를 위해 그러는 것이라고 생각하고는, 자기가 무서워하는 것은 말의 피(또는 말 대가리)라고 대답했다. 이 말을 들은 과부는 자기의 집 삽짝에 말대가리를 걸어 놓았다.(또는 집 둘레에 말의 피를 뿌려 놓았다.) 밤이 되어 도깨비가 마음 놓고 여자의 집에 찾아오다가 말 피(또는 말 대가리)를 보고 그만 기겁을 하고 도망쳤다. 도망치면서 도깨비는 "여자에게 속 주지 마소.(진심을 털어놓고 비밀을 말하지 말라는 뜻) 여자란 못 믿을 것이오."하고 외쳤다고 한다.[201]

B)

볼에 커다란 혹이 달린 사람이 어느 날 산으로 나무하러 갔다. 나무를 하는 도중에 갑자기 비가 와서 집으로 돌아가지 못하고, 산중에 있는 쓰러져 가는 폐가로 들어가서 비를 피하고 있었다. 밤이 되자 도깨비들이 많이 모여와서 방망이를 들고 두드리며, '술 나오너라 뚝딱', '밥 나오너라 뚝딱'하며 술이며 밥이며 고기며를 많이 나오게 했다. 도깨비들은 이것을 먹고 노래 부르며 춤추며, 떠들어대면서 놀았다. 이것을 본 혹 달린 사람은 저절로 흥이 나서 노래를 불렀다. 도깨비들은 그의 노래 소리를 듣고 좋아라 하며, 밥이며 술이며를 주면서 노래를 더 불러달라고 했다. 이 사람은 노래를 자꾸 불렀다. 그러자 도깨비들은, 그런 좋은 노래가 어디서 나오느냐고 물었다. 이 사람은 자기의 볼에 붙은 혹에서 나온다고 우스갯말로 대답했다. 도깨비들은 좋은 노래가 나온다는 그의 말을 곧이듣고 혹을 떼어갔다. 이 사람은 뜻하지 않게 귀찮았던 혹이 말끔히 떨어져서 좋

---

201) 임석재, 「설화 속의 도깨비」, 임석재 외, 『한국의 도깨비』, 열화당, 1985, 47면.

아했다. 한편, 이 사람의 이웃에 사는 사람 하나도 역시 혹이 달렸는데, 아무개가 나무하러 갔다가 도깨비한테 노래 불러주고 혹을 떼었다는 말을 듣고, 자신도 산으로 나무하러 갔다. 비가 오지도 않는데 폐가에 들어가서 밤이 들기를 기다렸다. 밤이 되니 예의 그 도깨비들이 몰려와서 역시 술이야 밥이야 고기야를 방망이를 두드려 나오게 하고 그걸 먹고 춤추며 떠들면서 놀았다. 이것을 보고 이 사람은 도깨비 앞에 나서서 노래를 불렀다. 그러자 도깨비들은 "너 잘 왔다. 저번에 떼어놓은 혹에서는 아무 노래도 나오지 않았다. 이런 혹은 우리한테는 아무 소용이 없으니 너나 도로 가져가거라"하면서 그 혹을 이 사람의 다른 쪽 볼에다 붙여 주었다. 이 사람은 혹 떼러 갔다가 혹 하나를 더 붙인 셈이 되었다. "혹 떼러 갔다가 혹 붙였다."는 속담은 바로 이런 이야기에서 생겼다고 한다.[202]

1) 이야기세계의 코드들

도깨비 이야기 텍스트들은 이야기 코드로 생성된 것이다. 이 글에서는 파리 기호학파가 제시한 다음과 같은 서사프로그램[203]을 토대로 앞에 제시한 두 개의 도깨비 이야기의 코드들을 기술해보기로 한다.

조종	자질 / 행위		검증
	(능력) – (수행)		
인식적	실천적		인식적
(하게 하다)	(할 수 있다)	(이게 하다)	(인 상태이다)

[표 12-2] 기호학적 서사프로그램

---

202) 위의 책, 43-45면.

203) Anne Hénault, *Narratologie, sémiotique générale*, Paris: PUF, 1983, p.65.

먼저 A)를 살펴보자.

조종은 행위를 하게 하는 조종자에 의해 이루어진다. A)에서 조종자는 모두 행위주체와 일치한다. 이는 행위주체의 행위가 스스로의 욕망에 의해 이루어짐을 말한다. 욕망은 인식적 차원의 조종이 아닌 실천적 차원의 능력의 문제다.[204] 욕망은 주체로부터 대상을 향해 생겨난다. A)에서 주체와 욕망의 대상은 다음과 같이 나타난다.

S	⟶	O
과부		금은보화
과부		도깨비와의 결연
도깨비		메밀묵
도깨비		과부와의 결연
과부		도깨비와의 절연

이러한 욕망을 실현시키기 위해 과부와 도깨비는 각자의 힘과 앎을 동원한다. 여기서 힘과 앎을 구비한 과부는 그 욕망을 실현하고, 그것이 모자란 도깨비는 그 욕망이 좌절된다. 이는 수행의 국면에서 증여나 교환 혹은 강탈의 형태로 나타난다. 이는 다음과 같은 도식으로 표현된다.[205]

$$F(S) \Rightarrow [(O_1 \cap S_1 \cup O_2) \to (O_1 \cup S_1 \cap O_2)]$$

과부	도깨비와의 절연	과부	금은보화	도깨비와의 절연	과부	금은보화
도깨비	금은보화	도깨비	과부와의 결연	금은보화	도깨비	과부와의 결연

---

204) 능력의 국면에서 '하다'의 동사는 '해야 하다(의무)' '하고자 하다(욕망)' '하는 힘을 갖다(힘)' '하는 방법을 알다(앎)'와 같이 양태화된다.
  Greimas, *Du sens II*, pp.76-77.

205) Ibid., pp.40-44.

이야기의 전반부는 이와 같이 과부와 도깨비 간의 대상의 증여에 의한 교환이 이루어지지만, 후반부는 과부에 의한 대상의 강탈이 이루어지며, 여기에 결핍의 주체인 과부의 앎의 능력이 작용하여 스스로를 충족된 주체로 변형시킨다. 이는 다음 도식으로 표현된다.[206]

$$F \text{ 변형 } [(S3 = S1) \rightarrow (S \cap O)]$$

결핍의 주체 과부   과부   도깨비와의 절연

이후, 도깨비는 과부의 행위가 거짓임을 알게 된다. 이는 이야기가 인식적 차원으로 마무리됨을 보여준다.

다음은 B)를 살펴보기로 하자.

여기서도 행위의 조종자는 행위주체와 일치한다. 행위주체는 스스로의 욕망에 따라 행위한다. B)에서 주체와 욕망의 대상은 다음과 같이 나타난다.

$$S \longrightarrow O$$

도깨비   좋은 노래
도깨비   혹
이웃사람   혹 떼기

이러한 욕망을 실현시키기 위해 도깨비는 혹 달린 사람과 대상의 교환을 시도한다. 이는 다음과 같이 도식으로 나타난다.[207]

$$F(S) \Rightarrow [(O1 \cap S1 \cup O2) \rightarrow (O1 \cup S1 \cap O2)]$$

도깨비   밥,술   도깨비   혹   밥,술   도깨비   혹

---

206) Ibid., pp.37-38.

207) Ibid., pp.40-44.

이야기의 전반부에서 혹 달린 사람은 특별한 욕망을 가지지 않았으며, 따라서 이를 위한 행동도 하지 않는다. 그는 단지 우스갯소리로 거짓말을 했을 뿐이다. 그럼에도 불구하고, 그는 그의 바램과는 무관한 우스갯소리가 야기한 교환을 통해 바라던 바를 이룰 수 있었다. 그는 여기서 단지 상태주체에 머물 뿐이다. 이야기 후반부는 혹을 떼려는 욕망을 가진 이웃사람의 행위와 그 좌절이 드러난다. 교환의 시도가 속임수의 탄로에 의해 실패하고 도깨비에 의한 강제적인 행위가 나타난다.[208]

$$F \text{ 변형} \quad [\, (\, S3 \, = \, S1 \,) \quad \rightarrow (\, S \quad \cap \quad O \,) \,]$$
결핍의 주체 도깨비 　　　 도깨비 혹 돌려주기

이러한 수행과정은 거짓된 행위는 실패한다는 것을 깨닫게 한다.

위의 분석을 통해 볼 때, 두 이야기 모두에 반전이라는 이야기 코드가 작용한다. 이는 인간과 도깨비 간에 이루어지는 관계의 성격의 변화에 따른 것인데, 전반부에서 인간과 도깨비는 계약에 따른 대상의 교환이 이루어지지만, 후반부는 계약의 파기를 통한 힘과 앎의 대결이 이루어진다. A)에서는 인간이 이기지만, B)에서는 도깨비가 이긴다. 그 과정에서 속임과 그것의 탄로가 있다. 이러한 이야기 코드들을 통해 우리는 이러한 코드를 생성한 보다 보편적인 코드를 기호사각형을 통해 기술하거나, 구체적인 현실과 관련된 코드화되지 않은 여러 기호들을 기술할 수 있다. 이들은 모두 가능세계에 서식하는 것으로 간주된다.

---

208) Ibid., pp.37-38.

2) 가능세계의 코드화된 기호들: 기호사각형

앞서의 이야기 코드들은 그것의 심층에 놓인 것으로 간주되는 보다 보편적인 코드로부터 비롯된 것으로 간주된다. 그것은 의미생성의 기원이 되는 기호사각형[209]으로 나타난다. '의미의 본질적 구조'[210]로 간주되는 기호사각형을 위의 이야기 코드를 통해 그려보는 것은 일종의 메타발생적 과정이라 할 수 있다. 기호사각형은 이야기 코드들을 통해 가추법적으로 추론된 것이다. 앞서 두 이야기의 심층에 놓이는 기호사각형은 얼마든지 다양하게 실현될 수 있기 때문에, 이 글에서 제시하는 몇몇 기호사각형은 해석학적 상황에서 선택적으로 실현된 것일 뿐이다. 이 글에서는 두 편의 이야기의 코드가 생성된 근원으로 간주되는 코드를 이미 제시된 혹은 새롭게 제시되는 기호사각형을 통해 기술한다. 이들 기호사각형들이 이야기로 코드화되는 과정은 에코가 말한 과대코드화라 할 수 있다.

두 이야기에서 행위소들에 의해 이루어지는 행위의 통사론이 앞에서 기술되었다. 이러한 행위의 흐름을 따라가면서 그것이 비롯된 것으로 보이는 어떤 의미의 본질적 구조를 기호사각형으로 기술해보기로 하자.

앞의 이야기에서 주인공들은 그들의 욕망을 실현시키기 위해 그들의 능력을 발휘한다. 힘과 앎이 그것인데, 이들이 이루는 기호사각형은 도깨비가 그 능력의 발휘와 관련하여 보여주는 형상을 드러낸다.

---

209) Greimas, *Du sens*, pp.160-162.
210) Ibid., p.161.

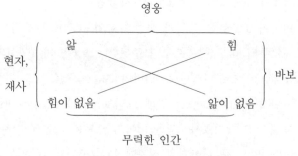

[표 12-3] '앎'과 '힘'의 기호사각형

앞의 이야기 중 A)는 도깨비가 앎이 부족하여 인간에게 당하는 이야기 이고, B) 역시 일방적으로 당하지는 않더라도, 앎의 부족으로 인하여 속임을 당한다. 이들 두 이야기에서 속임은 이야기 진행에서 중요한 계기로 작용한다. 속임은 있는 것과 나타난 것 간에 괴리를 조작하는 것인데, 이는 [표8-3]의 진위판정의 기호사각형에 기반한 것이다.

속임이란 그 속임이 진행되는 과정에서 드러나는 것이 아니라, 그 속임으로 인한 결과가 나온 후에 드러나는 것이다. 따라서 그것은 검증의 국면과 깊이 관련된다. 앞의 이야기에서 도깨비는 속이는 자보다는 속는 자로 나타난다. 이는 도깨비가 진실의 가치에 보다 깊이 관여되어 있음을 보이는 듯하다.

도깨비 이야기는 도깨비라는 주인공을 중심으로 인물들의 행위와 그로 인한 그들 존재의 검증으로 이루어지는데, 특히 도깨비라는 형상의 특수성으로 인해, 그 존재에 대한 물음이 중요한 의미를 갖는다. 행위와 존재의 양항대립을 바탕으로 이루어지는 기호사각형은 이러한 의미를 드러낸다.

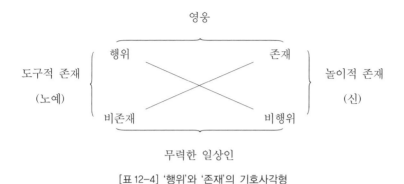

[표 12-4] '행위'와 '존재'의 기호사각형

앞서 A)와 B)에서 도깨비는 인간에게 재물을 가져다주거나 혹을 떼어주는 행위를 한다. 그 행위는 그러나 도깨비 자체의 존재를 부각시키기보다는 인간에게 주는 유용성으로써만 가치를 발휘한다. 그런 점에서 도깨비는 도구적 존재로 나타난다. 그러나 또한 도깨비는 노래와 춤을 추면서 스스로 즐기기도 한다. 이러한 놀이는 어떤 목적을 이루기 위한 행위가 아니라는 점에서 비행위에 해당하며, 오직 그 스스로를 위한 것이라는 점에서 존재에 해당한다. 행위 없이 그 존재를 드러내는 점은 신의 형상과도 같은 것이다.

도깨비 이야기에는 이와 같은 행위의 통사론에서 포착되지 않는 것이 있다. 이는 도깨비와 인간들 간에 이루어지는 정서적인 상호작용들이다. 도깨비가 과부를 좋아하고, 과부가 도깨비를 꺼리고, 혹 달린 사람이 도깨비를 무서워하는 것들은 모두 인간이 도깨비와 거리를 가까이하려는 혹은 멀리하려는 정서적 반응이라 할 수 있다. 이를 끌림과 꺼림으로 요약할 수 있는데, 이를 통해 만들어진 기호사각형 역시 이야기 코드가 생성되는 기원으로 작용한다.

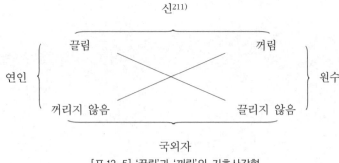

[표 12-5] '끌림'과 '꺼림'의 기호사각형

A)에서 도깨비는 과부에 의해 꺼려지는 원수다. 반대로 과부는 도깨비에 끌려지는 연인이다. B)에서의 도깨비에 대한 정서적 반응은 A만큼 분명하지는 않지만, 두려움에 의해 꺼려지는 존재로 역시 원수로 나타난다.

3) 가능세계의 코드화되지 않은 기호들: 도상기호 혹은 상징기호

가능세계 안에는 구조를 이루지 않은 채 존재하는 기호들도 서식한다. 구조를 이루지 않음은 이들이 현실세계와 직접 관련될 수 있음을 말한다. 이야기에 등장하는 기호들이 이야기 코드에 의해 코드화되기 이전 현실의 무엇인가를 표상하는 기호의 모습을 가졌다고 추측할 수 있다. 그것은 현실세계의 어떤 자질을 갖고 있는 것인데, 그 어떤 자질로 인해 그것은 이야기 코드의 생성에 참여한다. 이와 같은 이야기 코드의 발생은 에코가 말

---

211) 초월적 존재에 대한 인간의 감정이 장엄, 외경, 매혹으로 나타난다고 한 오토의 견해는 인간이 신에 대한 정서적 반응에 관한 것이다. 외경은 두려움에 의한 꺼림이고 매혹은 애정에 의한 끌림이다. 따라서 신을 꺼리면서도 끌리는 존재로 항목화할 수 있다. Rudolf Otto, *The Idea of Holy: An Inquiry into the non-rational factor in the idea of the divine and its relation to the rational,* (trans.) John W. Harvey, A Galaxy Book, 1958, pp.12-40 참조.

하는 과소코드화를 통해 이루어진다. 어떤 구조에서 차이에 의해 상대적인 의미를 구현하는 것이 아닌, 그 자체의 자질로 인해 독자적인 의미를 구현하는 기호들 역시 가능세계에 존재하면서 이야기 코드를 생성시키는 근원이 된다.

도깨비 이야기에서 이들 기호들은 가능세계에서 호출되어 도깨비의 기호를 생성하는 데 기여한다. 다시 말해 이들 기호들은 곧 도깨비를 나타내는 기호작용을 하도록 요구된다. 이때 이러한 기호들은 도깨비가 구현하는 자질과 유사 관계 혹은 인접 관계에 놓인다.

도깨비의 자질은 앞의 기호사각형에서 의미소들의 결합으로 생겨난 의미항들로 표출된다. 도깨비는 이들 여러 항들이 결합된 복합적 형상으로 나타난다.

여기서는 A)와 B)의 이야기 분석 결과에 한정하여 도깨비의 자질을 기술한다.

바보
진실
도구적 존재(노예) + 놀이적 존재(신)
원수

A)와 B)에서 찾아지는 기호들은 이야기로 코드화되기 이전 가능세계 속에 존재할 때, 앞서 열거한 도깨비의 자질과 기호학적 관계를 가질 수 있으며, 그로 인해 이야기 코드의 생성과정에서 호출된다.

먼저 A)에서 나타나는 기호들을 살펴보기로 하자.

과부는 도깨비를 나타내는 기호다. 과부는 지아비를 결여한 존재다. 이러한 결여된 자질은 도깨비가 갖는 결여의 자질과 유사하다. 도깨비는 앞을 결여한 존재다. 도깨비가 완전한 영웅이라면 그가 욕구하는 여자 역시 결핍되지 않은 존재이어야 할 것이다. 과부는 여성으로 도깨비의 욕구의 대상이 되는 지표기호이며, 같은 결핍된 자질을 가짐으로써 도깨비를 나타내는 도상기호가 된다.

메밀묵은 도깨비가 갖는 도구적 존재로서의 자질과 깊이 관련된다. 도구적 존재는 사회적으로 낮은 계층에 속한다. 메밀묵은 서민적인 음식으로서 낮은 계층의 사람들이 즐긴다. 사회적으로 낮은 위상을 갖는 공통점으로 인해, 메밀묵은 도깨비를 나타내는 도상기호가 된다. 도깨비가 메밀묵을 좋아한다는 것은 메밀묵이 도깨비를 나타내는 지표기호임을 보인다.

금은보화 역시 도깨비가 갖는 도구적 존재로서의 자질과 관련된다. 재물은 도구적인 것이며(혹은 대개의 사람들이 도구로 생각하며) 도깨비는 항상 그것을 가지고 있다. 따라서 금은보화는 도깨비를 나타내는 지표기호가 된다. 또 금은보화가 갖는 도구성이 도깨비가 갖는 도구성과 유사하다는 점에서 금은보화는 도깨비를 나타내는 도상기호이기도 하다.

말 피는 도깨비가 갖는 원수의 자질과 관련된다. 원수는 이야기에서 형상화될 때 쫓겨나는 존재로 드러난다. 말 피는 도깨비를 쫓는 역할을 하는데, 따라서 도깨비가 있는 곳에는 말 피를 놓는다는 관념이 생겨나고, 이는 말 피가 도깨비를 나타내는 지표기호임을 말한다. 도깨비 형상이 악귀를 쫓는 역할을 한다는 문화적 맥락까지 고려하면 말 피와 도깨비는 유사한 기능을 가진 것으로 간주될 수 있고, 따라서 말 피가 도깨비를 나타내는 도상기호가 될 수 있다.

다음은 B)를 살펴보자.

혹은 떼어내야 하고 꺼려지는 것이라는 점에서 도깨비가 갖는 원수의 자질과 유사하다. 그런 점에서 혹은 도깨비를 나타내는 도상기호가 될 수 있다.

도깨비가 살고 있는 폐가 역시 버려진 집이라는 점에서 꺼려지는 자질을 갖고 있으며, 그것은 원수로서의 도깨비의 자질과 유사하다. 따라서 폐가는 도깨비를 나타내는 도상기호다. 도깨비가 폐가에 살고 있다는 점에서 그것은 도깨비의 지표기호이기도 하다.

방망이는 도깨비의 도구적 자질과 관련된 기호다. 방망이는 무엇이든 생겨나게 할 수 있는 도구적 전능성을 갖는다. 이는 도깨비가 갖는 자질과 유사하며, 따라서 방망이는 도깨비를 나타내는 도상기호가 된다. 방망이는 도깨비의 소유물이라는 점에서, 도깨비를 나타내는 지표기호가 된다.

노래, 음식, 잔치는 도깨비의 놀이적 존재의 자질과 관련된다. 이는 모두 그 자체를 위한 것이다. 이들을 도깨비가 향유한다는 점에서, 이들은 모두 도깨비를 나타내는 지표기호들이다. 그리고 이들이 갖는 놀이적 속성이 도깨비가 갖는 놀이적 속성과 닮았다는 점에서 이들은 도깨비를 나타내는 도상기호이기도 하다.

이와 같이 두 이야기에 나타나는 여러 사물들은 가능세계에서 단지 가능성의 기호로 남아있다가, 이야기로 코드화되는 과정에서 호출되어 도상기호와 지표기호로 작용하면서 도깨비 이야기의 세미오시스에 참여한다.

4. 새로운 해석학적 상황과 세미오시스의 열린 가능성

도깨비 이야기가 발생된 기원은 가능세계의 여러 기호들이다. 그것은 앞서 보았듯, 코드화된 것이거나 코드화되지 않은 기호들이다. 이 글에서는 이를 그레마스의 기호사각형과 퍼스의 도상기호와 지표기호로 기술했다. 물론 가능세계를 이러한 방법으로만 기술할 수 있는 것은 아니다. 이러한 기술의 과정은 해석학적 상황에서 이루어진 것이다. 발생의 근원을 기술하기 위해서는 그것을 재체험하는 메타발생의 과정을 밟는데, 그것은 해석학적이고 가추법적으로 이루어진다. 이 글은 두 편의 도깨비 이야기를 통해 그것이 발생한 가능세계의 기호들을 기술함으로써, 도깨비 이야기가 코드화되는 과정을 추적해 본 것이다. 이는 한정된 텍스트를 바탕으로, 세미오시스로서의 도깨비를 기술한 것으로, 더 많은 텍스트가 주어지는 해석학적 상황에서 도깨비의 세미오시스는 새롭게 기술될 수 있을 것이다.

제13장

아리랑의 기호학

1. 아리랑의 발생기호학

한국인에게 '아리랑'이란 무엇인가? 우리가 민요라는 장르의 범주에 아리랑을 국한시킬 때, 아리랑이 갖는 수많은 함의는 포착되지 않는다. 아리랑은 오랜 시간을 통해 다양한 장르적 스펙트럼에 그 존재를 위치지어 왔다. 이때 아리랑은 단지 구전민요뿐만 아니라, 잡가, 창작민요, 대중가요의 형식을 통해 그 스스로를 변화시켜 왔으며, 앞으로도 다양하게 변화될 가능성을 내포하고 있다. 아리랑은 또한 노래의 범주뿐만 아니라, 소설이나 연극, 영화 등과 같은 서사의 범주에서도 그것이 갖는 의미를 확장시켜 왔다. 그러한 과정은 필연적으로 아리랑 텍스트의 생성이라는 역동적인 기호작용으로 이루어지며, 이러한 것을 기술해내는 것은 아리랑의 발생이라는 개별적인 사건들을 지배하는 법칙을 밝혀내는 일이다. 아리랑은 지금도 수없이 다양한 형태로 새롭게 발생되는 파롤과 같은 것이지만, 기호학적 관점은 그러한 파롤을 지배하는 랑그의 법칙이 존재함을 가정한다. 그러한 법칙은 반드시 소쉬르가 제시한 구조주의의 공리에 따르는 것은 아니지만, 그렇다고 해서 그것으로부터 완전히 자유로울 수도 없다.

아리랑이 다양한 장르를 통해 개별적이고 구체적으로 실현되는 것은 모두 그 자체로 발생의 사건들이라 할 수 있다. 발생에 관한 한, 아리랑만큼 수많은 논란을 불러일으킨 텍스트는 없을 것이다. 특히 발생에 대한 관심은 자연스럽게 그 기원이 무엇인지에 대한 탐색으로 이어지는데, 아리랑의 기원에 관한 연구 역시 지금까지 한국학에서 통념적으로 받아들여진 두 가지의 기원, 즉 역사적 기원과 심리적 기원에 집중되어 왔다.212)

아리랑의 어원에 대한 탐색이나 아리랑의 발생에서 전파 그리고 변이에 이르는 모든 과정을 재구성하려는 시도는 모두 역사적 기원에 대한 탐색에 해당된다. 시간과 공간적 차원 모두에서의 변화는 실제로 매우 포착하기 힘들고, 하나의 텍스트가 만들어지는 구체적인 상황과 유리된 상태에서 텍스트들 간의 영향관계를 구축해내는 것은 거의 불가능에 가까운 일이다. '아리랑'의 어원에 대한 논의에서 보듯이, 어원에 대한 탐색은 신뢰할만한 증거를 찾기 어려운 상황에서 언제나 미결정적인 상태로 남아있다. 또한 아리랑의 공간적인 전파와 시간적인 변화에 대한 가설 역시 한정된 자료를 통해 구축된 것으로서 어떤 경우도 그러한 전파와 변화의 실제를 포착할 수 없다는 한계를 갖고 있다. 20세기 초반 핀란드 학파 등에 의해 주도된 설화의 전파론이 오늘날 그 명맥을 유지하지 못하는 것도 그런 까닭이다.

아리랑에 관한 또 다른 기원론은 그것이 인간의 어떤 심리적 특성으로부터 비롯되었다고 가정하는 데서 비롯된다. 이러한 심리적 기원론은 프로이트나 융이 말한 무의식뿐만 아니라, 국가나 민족 혹은 종족의 집단적

---

212) 송효섭, 『탈신화 시대의 신화들』, 68-79면 참조.

트라우마와도 같은 특수한 자질로 텍스트를 바라보는 낭만적 가설을 내세우기도 한다. 아리랑의 경우는 특히 후자의 지배를 받는 경향이 크다. 아리랑을 한민족의 집단적 심성과 연관시켜 해석함으로써, 한국인의 특수한 정조나 감성에서 아리랑이 발생한 것으로 보는 것이다. 그러나 이러한 견해 역시 수없이 다양하게 실현된 아리랑의 텍스트를 몇 가지 관념으로 환원시킬 위험성을 안고 있다.

필자는 신화의 발생에 대한 논의에서 이러한 기원론과는 다른 기호학적인 기원론의 방법론을 제안한 바 있다.[213] 이를 필자는 발생기호학이라 명명한 바 있는데, 이 글에서 아리랑의 발생에 대한 분석 역시 이를 토대로 할 것이다.

발생기호학이란 발생이라는 사건이 텍스트가 읽혀지는 순간 생겨나는 것으로 가정한다. 이에 따라 발생은 텍스트가 읽혀지는 기호학적 사건으로부터 추론된다. 아리랑이 텍스트로 실현되는 과정에서 존재하는 세계는 아리랑이라는 텍스트의 세계, 가능세계 그리고 현실세계이다. 이러한 세가지 세계들을 넘나드는 인식주체는 이들 세계에 대한 인식을 통해 텍스트를 만들어내는 코드화를 실현한다. 그런 점에서 이러한 기호작용은 단지 소쉬르의 구조주의적인 법칙에만 의존하는 것이 아니라, 구체적인 현실 상황의 여러 지표적인 요소들이 작용하는 화용론적이고 해석학적인 법칙에 따르게 된다. 필자가 앞서 제시한 [표 12-1]의 모델을 아리랑의 텍스트에 적용하여 그려보면 다음과 같다.

---

213) Ibid., pp.80-97.

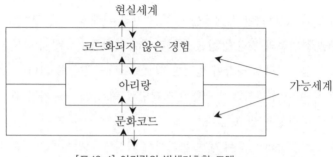

[표 13-1] 아리랑의 발생기호학 모델

아리랑의 발생은 현실세계에서 일어나는 사건이다. 따라서 자연스럽게 아리랑의 텍스트를 둘러싼 현실세계가 설정된다. 이러한 현실세계는 또한 자연스럽게 이러한 아리랑의 발생에 영향을 미친다. 그러나 이러한 현실세계가 구체적으로 무엇인지를 파악하기는 쉽지 않다. 그것은 텍스트를 통해 가정되는 가능세계를 형성시키는 데 영향을 미친다. 노동의 현장에서 불리어진 아리랑이 있다 할 때, 그 노동현장이 현실세계이지만, 그것이 텍스트에 미치는 영향을 추론하기는 쉽지 않다. 오히려 텍스트로부터 추론된 가능세계가 더 접근 가능한 세계라 할 수 있다.

가능세계는 텍스트를 통해 해석되는 세계 전반을 말한다. 아리랑은 바로 이 가능세계에서 발생한 것으로 간주된다. 가능세계에는 아직 코드화되지 않은 경험의 세계가 있다. 이것은 아리랑의 형성에 기여하는 전반적인 상황을 말하는 것이지만, 이를 파악하기 위해서는 구체적인 텍스트로부터의 추론이 필요하다. '아리랑 고개로 넘어간다'라는 가사에서 아리랑 고개라는 경험적 세계가 있음을 추론할 수 있으며, 그 고개는 무언가 슬픔과 좌절을 안고 가야 할 것 같은 느낌이 있다면 그것 역시 가능세계에서 아직 코드화되지 않은 경험에 해당된다. 이러한 것은 구조화되기 이전에 존재하는 것이기 때문에 해석학의 산물이기는 하지만, 코드화의 과정을 구조적으로 기술하기는 어려운 것이다. 그레마스와 퐁타니으가 제안한 정념의 기호학에서 말하는 선조건적 층위[214]와 같은 것이 이에 해당할 것으로 보인다.

가능세계에는 아직 코드화되지 않은 경험의 세계 말고도 이미 코드화가 이루어진 문화코드의 세계가 있다. 아리랑이라는 하나의 개별 텍스트는 아리랑 노래를 일반적으로 지배하는 일정한 코드에 의해 생성된 것이다. 아리랑 노래에서의 후렴구나 음보와 같은 소리적인 요소뿐만 아니라, 아리랑에서 찾아지는 관습적인 의미구들 역시 이러한 코드에 해당될 수 있다. 그러나 실제로 이러한 코드는 훨씬 폭넓게 찾아질 수 있는 것이어서, 한국 민요의 일반적인 코드 혹은 한국 문화의 일반적인 코드와 같이 거시적이면서 추상적인 것이 될 수도 있다. 아리랑의 코드를 이와 같이 폭넓은 코드의 하위코드로 설정하는 작업은 보다 구조적인 성격을 띨 것으로 보인다.

가능세계에서 아리랑이라는 텍스트를 발생시키는 이러한 두 가지의 회로는 에코가 말한 과소코드화와 과대코드화에 해당되는 것이다.[215] 이때 전자가 화용론적이고 해석학적인 작업을 통해 코드를 추론하는 것이라면 후자는 구조주의적인 원칙에 의해 코드를 추론하는 것이다. 따라서 아리랑의 발생을 기술하기 위해서는 이 두 회로에서 이들 두 가지 작업이 어떤 방식으로 결합될 수 있는지를 모색하는 것이 필요하다. 이 글은 아리랑에 대한 일반적인 논의라는 점에서 후자에 초점이 맞추어질 것이지만, 아리랑이 다양한 맥락에서 수많은 변이를 통해 생성되고 수용된다는 점을 감안한다면 전자 역시 후자를 기술하는 토대로 충분히 작용할 수 있을 것이다.

---

214) Greimas & Fontanille, op. cit., p.4.
215) Eco, *A Theory of Semiotics*, p.136.

2. 후렴부의 시학적 장치와 의미효과

아리랑은 시대와 지역, 그리고 매체에 따라 다양한 형태의 담론을 생산해냈다. 이를 아리랑의 '탈장르성'이라 할 수 있다. 오늘날 담론의 모든 분야에서 이러한 탈장르적인 경향이 두드러지는 것은 이 시대를 지배하는 포스트모던적인 흐름에 의한 것이지만, 아리랑은 그 이전부터 이러한 탈장르적인 경향을 보여왔다. 아리랑의 탈장르성은 아리랑이 장르적 본질로부터 이탈하려는 특성을 갖고 있음을 보여준다. 다시 말해, 기존의 장르적 코드를 갱신하고 상황에 맞는 새로운 코드를 스스로 만들어가는 잠재성을 갖고 있는 것이다. 그것을 앞서 제시한 모델을 통해 설명하면, 아리랑은 문화코드의 지배를 받지만, 이러한 코드로부터 벗어나 코드화되지 않은 경험을 적극적으로 코드화시키는 역량을 스스로 갖추고 있는 것이다. 이는 아리랑이 현실세계에 적극적으로 대응함으로써, 그것이 갖는 지표성을 보다 강화시키는 과정을 보여주는 것이다. 그렇다면 아리랑이 갖는 이러한 특성은 어디에서 오는 것일까? 이에 대한 해답은 역설적으로 아리랑이 갖는 구조적인 특성에서 찾아진다. 이것을 아리랑이 갖는 아리랑다운 특성이라 한다면, 우리는 그것을 감히 아리랑의 시학이라 이름 붙일 수 있을 것이다.

이 글에서 아리랑의 범주는 단지 아리랑 노래 그중에서도 어느 특정 장르, 가령 구전민요, 창작민요, 잡가 등과 같은 것에 한정되지 않는다. 오히려 아리랑이라는 모체를 통해 생성되는 모든 담론을 아리랑의 범주에 넣을 것이다. 구조적 관점에서 본다면, 장르를 넘어서 생성되는 모든 아리랑 담론은 일정한 구조적인 체계에 편입될 수 있다. 이는 아리랑이 어떤 본질을 체현하는 것이 아니라, 상황에 맞게 스스로를 관계 속에 위치 짓는 담론임을 말하는 것이다. 여기에서 문제는 바로 이러한 관계가 만들어낸 구조적인 체계이다. 이러한 체계를 가동시키는 것이 바로 코드인데, 이 글에서 먼저 살필 것은 바로 아리랑 담론의 시학을 구성하는 이러한 코드들이다. 코드가 구조적 개념임을 감안할 때, 우리는 먼저 아리랑의 시학을 밝히기 위해 아리랑의 보편적 담론이 갖는 분절의 법칙을 살펴볼 필요가 있다.

야콥슨은 언어의 분절의 가장 작은 단위인 변별적 자질로부터 음소, 형태소, 낱말, 구, 문, 발화 혹은 텍스트에 이르는 결합의 단계를 제시하면서, 이들의 결합이 앞 단계에서 뒤 단계로 갈수록, 구속력이 약해지면서 선택의 폭이 넓어짐을 지적한 바 있다.[216] 다시 말해 구조적인 법칙이 가장 잘 적용되는 것은 음소와 같은 작은 단위이며, 단위가 확대될수록 이러한 구조적 법칙이 적용될 가능성은 점점 적어진다. 음운론에서부터 비롯된 구조주의의 방법이 전반적인 담화 분석으로 확대되는 과정은 바로 이러한 적어진 가능성을 보충하기 위한 이론의 개발과정이라 할 수 있다. 아리랑이라는 가장 작은 단위는 아마도 '아리' 혹은 '아리랑'과 같은 소리 단위일 터인데, 아리랑 담론이 갖는 탈장르성은 이러한 작은 단위에 적용되는 엄격한 구조적 법칙으로부터 얼마큼 해방될 수 있는지를 단적으로 보여준다. 아리랑 담론이 갖는 특징은 이러한 가장 작은 단위로부터 가장 큰 단위에 이르는 단계 모두에 적용될 수 있는 아리랑의 시학이 존재할 수 있다는 점이다.

그렇다면 아리랑의 가장 작은 단위는 무엇일까?

대개 지금까지의 논의는 아리랑의 기원에 관한 논의와 함께 아리랑의 원형적인 단위를 설정하려는 시도에 집중해 왔다. 아직 결론나지 않은 이러한 논의와는 별도로 이 글에서는 원형이라는 본질적 단위를 설정하기보다는 소박하게 텍스트에서 드러나는 여러 기본적 단위들을 점검하면서, 이

---

216) Roman Jakobson, *Selected Writings* Ⅱ, Mouton, 1971, pp. 280-281.

로부터 확대되어 이루어지는 결합의 구조적 법칙을 찾아보고자 한다. 그럼에도 불구하고, 이 글 역시 아리랑 담론이라는 말에서 보듯 '아리랑' 중심성을 전제하고 있으며, 따라서 논의도 이러한 '아리랑'이라는 의미를 알 수 없는 소리 단위에서 출발한다.

아리랑이 어떤 의미론적 가치를 갖는지는 아직 밝혀지지 않았다. 그럼에도 불구하고 이와 같은 아리랑 담론이 설정되는 것은 매우 역설적인 상황이다. 의미가 무엇인지도 모르면서, 그것에 모든 본질적인 의미를 부여하는 데 바로 아리랑이 갖는 기호학적 특성이 있다.

아리랑 노래를 일반적으로 분절하면, 사설부와 후렴부로 나눌 수 있다. 사설이 의미론적 부분이라면 후렴부는 음운론적 부분이다. 그러나 후렴이라 하더라도, 그것이 '의미가'[217]를 갖지 않은 소리로만 이루어진 것은 아니다. 가령 본조아리랑의 '아리랑 아리랑 아리리요 아리랑 고개를 넘어간다'와 같은 후렴의 경우 '아리랑 고개를 넘어간다'는 후렴에 속해 있으면서도 일정한 의미가를 갖고 있다. 그렇다면 후렴도 의미가를 갖는 부분과 갖지 않은 부분으로 분절될 수 있다. '아리랑'이 의미가를 갖지 않은 후렴부에 속해 있는 것이라고 한다면, 이러한 기본적인 단위가 차츰 다른 의미가를 갖는 단위와 결합해서 의미를 확충해나가는 것이 바로 아리랑 담론이 생성되는 과정이라 할 수 있다. 그럼으로써 의미가를 갖지 않던 '아리랑'이 담화 전체 안에서 일정한 위치를 차지하면서, 의미를 생성하는 모체로서의 역량을 드러내게 되는데, 이는 단지 의미론만이 아닌 화용론이나 해석학의 차원에서 새로운 의미가가 부여되는 과정이라 할 수 있다.

가장 먼저 '아리랑'이라는 소리 단위를 살펴보기로 하자.

---

217) 담화에서 의미는 그것이 지시하는 대상과의 관계에서 생겨난다. 그러나 그것의 질량은 수없이 다양하고 복잡하다. 필자는 담화에서 실현된 이러한 의미의 질량을 '의미가'라는 개념으로 나타내고자 한다.

후렴에 등장하는 아리랑은 실제로는 '아르랑' '아렁' '아리렁' '아라리' '아르' '스리랑' '아리아리랑' '스리스리랑' 등과 같은 변이된 형태로 나타나기도 한다. 이러한 변형은 의미의 변형으로 보기 어렵다. 앞서 말했듯 그 자체로 의미가를 갖지 않는 것이기 때문에, 이러한 변형은 소리의 변형이라 할 수 있다. 담화에서 의미가를 갖지 않는다는 것은 무엇일까? 이것을 샤논-위버의 소통이론[218]의 용어를 빌려 말하면, 일종의 리던던시redundancy에 해당하는 것이다. 후렴은 분명히 정보가를 갖지 않은 리던던시임에 분명하고, 게다가 그것은 늘 관습화된 것이어서 새로운 의미를 만들어내지 못함으로써 엔트로피entropy를 구현하지 못하는 것이다. 그렇지만 앞서 말했듯, 의미가를 갖지 않는다고 해서, 의미생성의 역량 자체가 없는 것은 아니다. 이들 변이 각각은 텍스트가 실현되는 과정에서 그들 나름의 의미생성을 실천한다. 이는 앞서 발생기호학 모델에서의 '코드화되지 않은 경험'의 영역에서 이루어지는 것이므로, 아리랑이 텍스트로 실현되는 현장에서 맥락에 따라 다양하게 드러난다. 그러나 이 글은 아리랑의 보편적 시학을 다루고자 하므로, 이러한 의미생성의 일반적 법칙을 기술하는 데 초점을 맞추고자 한다.

의미가를 갖지 않은 이러한 기본 단위로서의 '아리랑'은 의미가를 갖지 않은 채 다른 의미가를 갖지 않은 단위와 결합되고, 그것이 다시 의미가를 가진 단위와 결합된다. 이는 결합의 단계적 중첩이라고 할 수 있는 것으로, 다음과 같은 도식으로 나타난다.

$$(\quad [-의미가] \quad + \quad [-의미가] \quad) \quad + \quad [+의미가]$$

<hr />

218) 샤논-위버의 소통이론에 대해서는 John Fiske, *An Introduction to Communication Studies*, Routledge, 1982, pp.10-17 참조.

다음 후렴구를 살펴보자.

A) 아르랑 아르랑 아라리요
　　아르랑 속에서 노다가오
　　　　아라리 타령[219]

먼저 '아르랑 아르랑'은 '아르랑'이 반복된 것이다. 이는 말할 것도 없이 리듬에 맞추어 부르는 노래가 갖는 의장의 하나라 할 수 있다. 병행은 야콥슨의 시학에서 가장 중요한 자질로 간주되는데, 이는 단지 소리의 차원뿐만 아니라 형태, 구문, 의미의 차원과도 관계를 맺는다.[220] 다시 말해 의미가를 갖지 않는 '아르랑'이라 하더라도, 그것이 병행을 통해 다른 의미가를 갖지 않는 단위와 결합되고, 그것이 또한 의미가를 갖는 어떤 단위와 결합되면서, 이들 간에는 일종의 병행적 관계가 이루어지는 것이다.

여기에서 먼저 '아르랑'이 두 번 반복되는 소리의 병행이 이루어진다. 그 다음 '아르랑 아르랑'이 '아라리요'와 결합되는 과정은 동일한 어구의 반복은 아니라 하더라도, '아르랑'의 소리적 요소가 변이를 통해 반복되는 일종의 병행이라 할 수 있다. 다시 말해, '아르랑'과 '아라리요'는 모두 [-의미가]로서 이들의 병행은 오로지 청각적인 쾌감을 불러일으키는 역할만을 할 뿐이다.

그러나 '아라리요'는 그 자체로 [-의미가]인 것처럼 보이지만, 그것이 [+의미가]로 전환될 가능성을 안고 있는 것처럼 보인다. 가령 다음 후렴구들에서 이에 대한 단서를 찾을 수 있다.

---

219) 김연갑, 『아리랑』, 집문당, 1998, 210면.
220) Jakobson, *Language in Literature*, p.81.

B) 아리랑 아리랑 아리랑이요

　　아리랑 고개로 나를 넘겨 주시오

　　　　　　　　　　　　안주 아리랑[221]

C) 아리아리랑 아리아리랑 아라리가 낫네

　　아리아리랑 얼씨구 넘하고 놀자

　　　　　　　　　　　　밀양 아리랑[222]

　B)에서 '아리랑이요'는 앞서 A)의 '아라리요'와는 약간 다른 의미론적 가치를 갖는다. '아라리요'에서는 그것이 구문인지가 분명하지 않지만, 안주 아리랑에서의 '아리랑이요'는 분명히 의미론적 가치를 갖는 구문으로 드러난다. 이들은 전체적인 아리랑 담론에서 일종의 병행관계를 형성하는 것으로, 이에 따라 '아리랑'과 결합된 [-의미개의 '아라리요'도 '아리랑이요'의 사례에 비추어 [+의미개의 역할을 할 가능성이 생겨나는 것이다. 그렇다면, '아리랑 아리랑 아라리요'는 '이것은 아리랑이다'라는 뜻을 나타내며, 이를 더욱 강조하기 위해 [-의미개의 '아리랑'을 반복한 것으로 해석할 수 있다.

　이러한 양상은 C)에서도 나타난다. '아라리가 낫네'에서 '낫네'는 분명한 의미가를 갖는다. '아라리'가 무엇인지는 분명하지 않지만, '낫네'를 통해 무엇인가가 '생겨나는' 작용이 이루어지고 있음을 짐작할 수 있다. 그렇다면, '아리아리랑'의 반복도 이렇게 무엇인가 '생겨나는' 역동적인 작용을 강조하기 위한 의장으로 간주될 수 있다.

---

221) 김연갑, 앞의 책, 213면.
222) 위의 책, 215면.

이러한 점은 일종의 기호학적 추론에 의한 것으로, 맥락에 근거하여 코드를 찾아내는 과정이라 할 수 있다. 이러한 가설을 받아들인다면, 앞서의 후렴구에 대한 도식은 다음과 같이 확장되어 기술될 수 있다.

$$(\ [-의미개 \ + \ [\pm의미개 \ ) + \ [+의미개$$

'아라리요'가 [+의미개의 가능성을 갖는 것은 다른 텍스트에 대한 참조를 통해서뿐만 아니라, 그 다음에 결합이 이루어지는 [+의미개와의 관계를 통해서도 추론된다.

A)에서 그 다음에 이어지는 구문 '아리랑 속에서 노다가오'는 앞서의 '아라리요'에 비해 확실한 [+의미개의 기능을 갖춘 것이다. '아리랑 속에서 노다가오'는 '아리랑'이라는 공간에서 놀다가 가라는 청유의 의미를 담고 있다. 그렇다면, 이러한 청유의 의미를 강화시키기 위해서 '아리랑'이 갖는 장소성을 강조할 필요가 있고, '아리랑이다'라는 뜻을 갖는 '아리랑 아리랑 아라리요'가 그 기능을 하고 있는 셈이다.

이는 B)에서도 마찬가지다.

보다 분명한 의미를 갖는 '아리랑이요'는 그 다음에 이어지는 '아리랑 고개로 나를 넘겨주시요'라는 청유에서 특히 '아리랑 고개'라는 장소성을 강조한다. 다시 말해 '아리랑'의 반복은 '아리랑이요'를 강조하기 위한 장치이고, '아리랑 아리랑 아리랑이요'는 그 다음 이어지는 구문에서 아리랑 고개를 강조하기 위한 장치로 작용한다.

C)에서 '아리아리랑 아리아리랑 아라리가 낫네'에서 무엇인가 막 시작되고 있다는 느낌을 갖지만, 그것이 무엇인지는 정확히 알 수 없다. 그러나 그 다음 '아리아리랑 얼씨구 님하고 놀자'에서 비로소 그 시작이 흥겨운 님과의 놀이의 시작이라는 것을 짐작할 수 있다. 그렇다면 앞서 흥겨운 반복

과 리듬이 단지 소리적인 장치뿐만 아니라, 그 뒤에 이어지는 구문에서의 의미를 강조하기 위한 장치로서의 기능이기도 함을 알게 된다.

이는 하나의 단위가 시학적 장치를 통해 다른 단위와 순차적으로 결합되면서 순전한 [-의미개의 기능으로부터 차츰 [+의미개의 기능으로 전환되는 과정을 보여준다. 그 과정에서 모호한 성격을 갖는 [±의미개가 일종의 중재적 역할을 한다. 이와 함께, [-의미개로 간주되었던 '아리랑'은 이러한 결합을 통해 단지 소리로서가 아닌, 어떤 의미를 갖는 해석소로 새롭게 창출된다.

앞서 살핀 아라리 타령이나 안주 아리랑의 후렴구의 이러한 구조는 일반적으로 노래되는 아리랑에 보편적으로 드러난다. 그러나 이러한 후렴구 가운데서도 확실한 [+의미개를 갖는 부분은 매우 다양한 변이를 나타낸다. 이는 가장 작은 단위인 '아리랑'에서 보다 큰 단위인 구문으로 결합되는 과정에서 차츰 그것을 제약하는 구속력이 약해짐을 보여주는 것이다. 이에 따라, '아르랑 속에서 노다가오'나 '아리랑 고개로 나를 넘겨 주시요'는 후렴구에 속해 있으면서도 후렴구가 갖는 다양한 변이적 양상을 드러내는 부분이다. 이 부분이 갖는 의미론적인 특성을 밝히기 위해 몇 가지 사례를 들어보기로 한다.

D) 아리랑 띄어라 노다가게
　　　　　　강원도 아리랑[223]

E) 아리랑 속에서 넹겨넹겨 주소
　　　　　　서울 아리랑[224]

---

223) 위의 책, 211면.

F) 아리랑 숫고개 원수로세

숫장사의 노래[225]

위에 든 사례는 아리랑 노래의 후렴구에서 분명한 [+의미개]를 갖는 구문의 전형성을 보여준다. 대개 이 부분에서는 앞서 제시한 아리랑이 단지 소리로서의 가치를 갖는 것이 아니라, 특정한 장소성의 의미를 갖는다는 것이 분명해진다. '아리랑'은 대개 고개의 이름인데, 모든 지역에서 이러한 고개에 대해 노래한다는 것은 이 고개가 실제로 존재하는 고개일 가능성이 희박함을 말한다. 만일 아리랑 고개가 실제로 존재하고, 그러한 노래가 그 고개와 지표적 관계를 갖는다면, 이와 같이 지역이나 시대를 넘어 똑같은 이름으로 불리어지지 않았을 것이다. 가령 F)에서처럼 아리랑 고개가 '숫고개'로 대체되어, 숫장사가 고생스럽게 다니던 고개로 구체화되지만, 그렇다고 해서 그것이 실제로 존재하는 지명으로 간주되지는 않는다. 그렇다면, 아리랑 고개는 특정한 지명을 가리키기보다는 그것의 맥락에서 다양한 의미를 부여받을 수 있는 '모호한' 고개임을 말한다. 이는 아리랑이 [-의미개]의 속성을 갖고 있음과 무관하지 않다.

아리랑이 고개로 구체화되지 않는다 하더라도, 그것이 장소성을 갖는 공간으로 나타나는 예를 D)와 E)에서 찾을 수 있다.

D)에서 '띄어라'가 무엇을 띄운다는 것인지 모호하지만, 그것이 이루어지는 장소를 아리랑을 통해 나타낸 것임을 추정해볼 수 있다. E)에서 '아리랑 속'이라 한 것 역시 그것이 구체적인 고개인지는 알 수 없지만, 안과 밖이 있는 공간성을 나타내고 있음은 분명하다.

---

224) 위의 책, 212면.
225) 위의 책, 215면.

이러한 장소성을 갖는 아리랑은 바로 그 장소에서 행해지는 다양한 행위들의 배경이 된다. 지표성이란 현실 속에 존재하는 인접관계에 의해 생성되는 것인데, 이러한 장소성은 담화적 사건과 인접 관계를 갖는 일종의 '담화적 지표성'을 실현한다. 가령 아리랑의 장소를 배경으로 어떤 행위가 이루어진다면, 그 행위가 무엇이든 그것은 아리랑과 관련된 것이다. 다시 말해 후렴구에서 드러나는 이러한 담화적 지표성은 아리랑 노래의 후렴구에서 단위들 간의 결합이 아직도 일정한 구속력을 가지고 있음을 말해준다. 비록 다양한 의미가를 갖는 후렴구들이 나타난다 하더라도, 아직은 후렴구가 이러한 구속력의 지배를 벗어나지 못한다는 점에서, 후렴구가 갖는 리던던시의 성격을 읽어낼 수 있다.

3. 후렴부와 가사부의 시학적 관련과 그 의미효과

아리랑 노래에서 후렴부는 가사부와 연결되어 있다. 후렴부는 반복적인 리던던시의 성격을 갖는 반면, 가사부는 상대적으로 이러한 리던던시에서 벗어나 엔트로피를 구현한다. 가사부는 그 자체로 가장 확실한 [+의미가]를 실현하는 것이다. 이에 따라 가사부와 후렴부의 결합은 후렴부 안에서의 단위들 간의 결합보다 훨씬 느슨한 결합관계를 갖는다. 다시 말해 후렴에 어떤 가사든 결합될 가능성을 갖는 것이다. 이것은 아리랑 노래가 불리어지는 상황에서 그때그때 즉흥적으로 새로운 가사가 만들어질 수 있음을 말하는 것이다.

앞서 후렴부에 대한 분석에서 후렴부가 기본적으로 리던던시의 특성을 가짐에도 불구하고, [+의미가]를 실현하는 양상을 밝혔다. 그렇다면 이러한 후렴부의 의미론적 가치가 가사부의 의미론적 가치와 연결되는 과정에서 이를 지배하는 어떤 코드가 작용할 수 있을 것이다. 가령 본조 아리랑에서 '아리랑 아리랑 아라리요 아리랑 고개로 넘어간다'와 같은 후렴부가 '나를 버리고 가시는 님은 십리도 못가서 발병난다'와 같은 가사부와 갖는 어떤 의미론적 연관성을 추론할 수 있는 것이다. 이러한 연관에 작용하는 코드는 이른바 에코가 말하는 "약한 코드"[226]가 될 가능성이 크다. 이러한 약한 코드를 추론하기 위해서는 더 많은 해석학적 작업이 필요하다. 그러한 연관이 실현되는 여러 상황과 맥락을 살피고 거기에서 이들 간의 결합 법칙을 추론해내는데, 이때 독자의 역할은 더욱 커진다. 아리랑 노래에서 아리랑이 갖는 의미는 그것이 노래되는 여러 상황에 따라 달리 해석될 수 있다. 다음 정선아라리의 예를 통해 이러한 의미론적 연관성이 어떻게 기술될 수 있을지를 살펴보기로 하자.

> G) a.한치뒷산에 곤드레딱주기 나즈미 맛만같다면
> 병자년 숭년에도 봄살어나지/
> b.아리랑 아리랑 아라리요
> 아리랑 고개고개로 나를 넘겨주게/
> c.민둥산 고비고사리 다늙었이나마
> 이집에 정든님그대는 더늙지는마서요/
> d.나어리고 철모르는가장은 장래나보지
> 나많고 빙든가장 뭘바래고사나/[227]

여기에서 가사부에 해당하는 부분은 여럿이서 돌아가면서 부르는데, 이

---

226) Umberto Eco, *Semiotics and the Philosophy of Language,* Indiana University Press, 1984, pp.36-39.
227) 강등학, 『정선아라리의 연구』, 집문당, 1988, 231-232면.

는 연행의 현장에서 의미가 일관성을 띠기보다는 여러 가지 지표적인 요소들에 의해 다양하게 분산될 가능성을 보여준다. 각각의 창자는 각기 다른 가사를 노래하면서 각기 다른 정서를 투여한다. 이는 말할 것도 없이, 그것을 듣는 청자에게 이러한 각기 다른 정서를 통한 각기 다른 공감을 불러일으킨다. 그러나 이는 연행현장이 전제된 화용론적인 상황에서의 문제이다. 적어도 가사부와 후렴부, 그리고 가사부 안에서 각각의 청자에 의해 불리어진 병행적인 두절들 간에는 일정한 의미론적 일관성이 존재한다. 위의 자료는 아라리가 불리어지는 상황의 첫머리만을 제시한 것이고, 그다음에 이 노래는 일정한 형태로 계속 이어지고 있다.[228]

이 노래의 의미론적 연관성은 먼저 가사부에서 찾아지는데, 두절씩 불리어지는 가사들 간에 존재하는 병행성이 그것이다. 주로 남녀관계에서 생겨나는 욕망이 두절로 분절된 각각의 가사에 투영되어 있다. a에서는 애인(나즈미)과의 사랑이 그 무엇보다도 달콤하다는 것을 나물 맛에 비유해서 말하고 있다. 이때의 애인은 흉년에도 살아날 수 있는 힘을 가진 젊음을 표상한다. 이는 더 이상 그러한 젊음이 없는 현재의 결핍상황을 암시한다. c에서는 정든 님이 더 이상 늙지 않기를 바라는 마음을 민둥산의 고사리에 비유해서 나타내고 있다. d에서는 나이 많은 늙은 남편에 대한 아쉬움을 철모르는 어린 남편과 대조시켜 나타내고 있다. 이들 역시 현재 이루어지지 않은 젊음과 애정에 대한 욕망을 나타낸 것이다.

이때 이들 간의 관계는 일단의 의미론적인 병행성을 보여주는 것으로 간주된다. 모두 잃어버린 젊음에 대한 아쉬움과 욕정을 나타낸 것이다. 그런데 이러한 병행성은 대개 '어느 정도'의 병행성일 뿐이다. 그것은 보다 명시적으로 나타나기도 하고 보다 암시적으로 나타나기도 한다. 암시적이

---

228) 위의 책, 232면.

란 이러한 병행성이 여러 가지 맥락을 통해 추론되는 '약한 코드'로 드러나는 경우를 말한다. 앞서 G)의 경우는 비교적 명시적으로 찾아낼 수 있지만, 아리랑 노래에서 후렴부와 함께 반복되는 가사부는 반드시 일정한 의미론적 고정성에 얽매이지 않는다. 다음이 그러한 사례를 보여준다.

H) a. 슬슬동풍 재 너머 바람에
　　　홍갑사 댕기가 팔팔 날린다
　　b. 내가야 널 언제 오라 했더냐
　　　내 길에 바빠서 활개질했지
　　c. 뒷문 밖에 함박꽃송이
　　　소구동하고도 님만 살핀다
　　d. 떴다 감은 눈치는 날 가라는 눈치요
　　　감았다 뜨는 눈치는 놀다 가란 말일세[229]

여기에서 a, b, c, d 간의 의미론적 병행성은 분명하지 않다. a에서의 '홍갑사 댕기가 팔팔 날리는' 것과 b에서의 '활개질'이 갖는 역동적인 이미지가 동질적임을 추론할 수 있고, 이에 따라 a와 b 간에 은유적인 연대가 존재함을 알 수 있다. c와 d에서도 눈치를 살피는 함박꽃과 나는 은유적으로 연대한다. 그렇다면, a, b와 c, d 간에도 어떤 의미론적 연대가 존재할 수 있을 터인데, 그것을 찾아내기 위해서는 보다 복잡한 추론의 과정이 필요할 것으로 보인다.

아리랑 후렴부와 결합된 가사부는 그것이 후렴구와 같이 불리어진다는 사실만으로도 일정한 의미론적 연대를 갖는다. 비록 그것이 거의 아무런

---

229) 김열규, 『아리랑…역사여, 겨레여, 소리여』, 조선일보사, 1987, 333-334면.

의미론적 연관성을 추론하기 어려울 정도로 미미하다 하더라도, 후렴구와 갖는 지표적 관련성으로 인해 동질적인 의미가 부여될 수 있는 것이다. 이러한 점은 앞서 말했듯, [-의미개]를 갖는 '아리랑'이 오히려 [+의미개]를 갖는 가사부에 일정한 의미를 부여하는 역설적 현상을 보여주는 것이다. 이와 같은 후렴부와 가사부 간의 결합 관계를 도식화하면 다음과 같다.

$$((\ [\text{-의미개}] + [\pm \ \text{의미개}]) + [\text{+의미개}]) \ + \ [\text{+의미개}]$$

논의를 확대하면, 아리랑 노래를 넘어서 다양한 형태의 아리랑 담론에서, '아리랑'이 비록 [-의미개]를 갖는다 하더라도, 그것이 그러한 담론에 일정한 의미를 부여하여 아리랑적인 정서를 촉발시키는 모든 현상들에 대해서도 언급할 수 있을 것이다. 이 글에서는 다루지 않지만, 나운규의 영화 〈아리랑〉에서 '아리랑'이 스토리 안에서 지표적인 기능만을 하는 것처럼 보이지만, 결국은 영화 전체의 주제에 의미론적 영향을 끼치는 것과도 같은 것이다. 이 경우, 아리랑 담론은 앞서의 도식에 또 다른 의미를 가진 단위가 덧붙여진 도식으로 표현될 수 있을 것이다.

$$(((\ [\text{-의미개}] + [\pm\text{의미개}]) + [\text{+의미개}]) + [\text{+의미개}] \ ) + [\text{+의미개}]$$

이와 같이, 아리랑 담론의 형성은 [-의미개]의 '아리랑'이 [+의미개]의 단위와 결합하는 순차적 과정으로 이루어지며, 그 과정에서 다양한 의미가들이 중첩적으로 투사됨으로써, 역설적으로 리던던시로서의 아리랑이 강력한 엔트로피를 가진 '아리랑'으로 전환되어가는 것을 볼 수 있다.

4. 아리랑의 기호학을 위하여

지금까지의 논의를 요약하면 다음과 같다.

1) 이 글은 지금까지의 아리랑의 기원론 내지는 발생론과는 다른 시각에서의 발생론을 제시한다. 이는 아리랑 담론이 실행되는 현장에서 이루어지는 일종의 담화적 발생론이다.

2) 아리랑의 발생기호학은 아리랑의 텍스트를 가능세계에서의 코드화되지 않은 경험과 이미 코드화된 문화체계로부터 비롯된 것으로 간주한다. 이 글에서 다루는 아리랑의 기호학은 코드화된 문화체계에서 비롯된 발생을 주로 기술하였다. 코드화되지 않은 경험에서 비롯된 발생론은 아리랑이 실행되는 상황을 포착해야만 기술할 수 있는 것으로 텍스트에 대한 치밀한 화용론적 해석을 통해 이루어질 것으로 보이지만, 우리가 그간 경험한 아리랑을 통해서도 어느 정도 드러날 수 있는 것이기에, 이 글의 논지에 직간접의 영향을 행사한 것으로 보인다.

3) 아리랑의 문화체계에는 아리랑 담론을 지배하는 시학적 요소가 포함되는데, 이를 위해서는 먼저 아리랑 담론에 대한 분절이 필요하다. 가장 작은 단위인 [-의미개의 '아리랑'이 보다 큰 담화적 단위와 결합되고 확충되면서, 중첩된 [+의미개들이 투사된다.

4) 단위의 결합이 진행될수록, 결합을 지배하는 법칙의 구속력은 약해지고, 이에 따라 '약한 코드'를 갖게 된다. 아리랑은 이러한 약한 코드로 인해 수많은 변이와 새로운 창조가 가능한 시학적 장치를 갖게 된다.

5) 이러한 진행은 음운론에서 의미론 그리고 화용론으로 방법론적 시각을 확대해야만 포착될 수 있으며, 그 과정에서 [-의미개의 '아리랑'이 매우 강력한 [+의미개의 '아리랑'으로 전환되는 역설적 사태가 생겨난다. 그러

한 '아리랑'은 약한 코드로 결합된 [+의미]개를 갖는 아리랑 담론의 여러 요소들을 하나로 결합시키는 강한 코드의 역할을 하기도 한다. 기호학적으로 이것은 퍼스가 말한 해석소처럼 무한한 생성가능성을 가지면서도 한편으로는 최종적 해석소를 지향하는 목적론적 기호작용으로 해석될 수도 있다.

제14장

진도씻김굿의 정념 구조

– 파토스의 기호학을 위하여

1. 뮈토스, 로고스, 그리고 파토스

감성의 영역을 과학적으로 기술하는 것이 가능할까? 감성의 구조를 분석하고, 거기에서 변별성을 찾아 분류체계를 세우는 것이 가능할까? 인간의 심리의 여러 양상들을 분류하는 것은 심리학의 주된 과제이지만, 우리가 언제나 관심을 갖는 것은 감성 자체라기보다는 감성의 발현에 있다. 발현된 감성이야말로, 그것이 갖는 감성성을 가장 구체적으로 드러내기 때문이다. 따라서 감성도 텍스트에서 직조되어 우리에게 전달되며, 그러한 매개적 작용을 밝혀내야만, 감성을 추상적 범주로 환원시키지 않고, 그 역동적 의미효과를 기술할 수 있다.

이 글은 포괄적인 감성의 개념보다는 파토스라는 개념을 통해, 그것이 갖는 기호학적 의미효과를 살피고자 한다. 왜냐하면, 이 글이 감성의 전체적 구조가 아닌, 신화적 기호작용 안에서의 감성의 작용만을 다루는 것이며, 여기서 파토스는 뮈토스 및 로고스와의 기호학적 관계망 안에 수용되어 신화적 기호작용에 참여하는 것으로 드러나기 때문이다. 이러한 파토스가 작용하는 양상을 살피기 위해 진도씻김굿의 텍스트를 분석할 것이다.[230] 진도씻김굿은 무속 의례의 하나로서, 거기에 서사, 인지, 행위의 세 층위가 고스란히 드러나고 있는데, 분석을 통해 그러한 층위들 간에 일어나는 기호작용에 파토스라는 새로운 감성의 층위가 덧붙여질 것으로 보인다. 이는 신화 담론을 확산시키는 에너지가 어디에서 비롯되는가에 대한 기호학적 해답의 하나가 될 수 있을 것이다.

2 파토스의 기호학을 위한 이론적 설계

파토스란 로고스, 에토스와 더불어 청중을 설득시키는 수사학적 방법의 하나로 받아들여졌다.[231] 파토스는 주로 감성적인 것을 통해 상대를 설득시키는 것으로, 논리적인 것에 토대를 두는 로고스나 신뢰나 도덕성에 토대를 두는 에토스와 구분되어 사용된다. 서양의 사유체계가 뮈토스에서 로고스로 전환하면서, 로고스 중심적인 형이상학적 사유를 정립해가는 과정에서 파토스는 소외될 수밖에 없었다. 파토스는 구체적인 이야기나 비

---

230) 여기에서 분석할 텍스트는 어느 특정한 시공간에서 일어난 진도씻김굿의 현실태가 아니라, 진도씻김굿이라 불리어지는 것을 가능하게 하도록 하는 잠재태로서 설정된 진도씻김굿이다. 필자는 다른 시기에 다른 방식으로 수집된 여러 진도씻김굿의 텍스트를 통해 이러한 잠재태의 윤곽을 그려볼 수 있었다. 이 글에서 인용된 것은 이들로부터 비롯된 현실태로서의 진도씻김굿이지만, 기호학적 의미를 띠는 것은 잠재태로 설정된 진도씻김굿이다.

231) Aristotle, *The Art of Rhetoric,* (trans.) H.C.Lawson-Tancred, Penguin Books, 1991, p.141.

유를 통해 드러나기 때문에, 인간의 지각에 직접 호소하며 매우 경험적인 것으로 받아들여진다. 그러나 합리적이고 이성적인 사유를 로고스의 중심에 놓고 동일성을 추구하는 형이상학적 관점에서, 이러한 비합리적이고 감성적인 사유는 일종의 질병처럼 받아들여지기도 했다.[232] 이러한 파토스에 대한 관심이 새롭게 부각된 것은 오랜 형이상학적인 철학의 전통에 대한 해체의 움직임이 일어나면서부터이다. 이른바 포스트모더니즘에서 새로운 패러다임은 동일성보다는 잡종성, 영혼보다는 육체, 인지보다는 경험의 세계로 인간의 주체를 위치 짓는 담론적 기획으로 나타난다. 파토스를 좀처럼 정체를 알 수 없는 괴물처럼 어둠 속에 묻어두는 것이 아니라, 언어를 통해 분절 가능한 의미체계로 밝게 명징화시킴으로써, 담론의 체계의 한 단위로 자리매김하려는 시도가 이루어지는 것이다. 그레마스와 퐁타니으에 의해 제안된 정념의 기호학은 그간의 인지와 행위에 초점을 맞추었던 기호학적 관심을 정념의 문제로 돌림으로써, 이러한 파토스의 명징화를 실현시킨 하나의 사례를 보여준다.[233]

이 글은 그레마스와 퐁타니으에 의해 제안된 정념의 기호학 이론을 적극 수용하여, 텍스트 분석에 활용하고 이를 통해 파토스가 갖는 담론적 위상을 적극적으로 모색하려 한다.

이 글에서 파토스가 갖는 담론적 위상은 뮈토스 및 로고스와의 관계에 의해 기술된다. 왜냐하면 이 글에서 관심을 갖는 것은 진도씻김굿과 같은 신화적 성격을 띤 텍스트에서 드러나는 파토스의 양상이기 때문이다. 필자는 이미 뮈토스와 로고스 간의 상관관계를 통해 드러나는 신화적 기호작용을 기호학적 모델로 제시한 바 있다.[234] 여기에서 핵심은 신화적 기호

---

232) 정념의 고고학에 대해서는 김성도, 『구조에서 감성으로』, 고려대 출판부, 2002, 330-334면 참조.

233) Greimas & Fontanille, op. cit.

작용이 뮈토스와 로고스 간의 역동적인 상호작용을 통해 일어난다는 것이다. 신화를 철학과 대립시켜 전자를 뮈토스로 후자를 로고스로 규정하는 이분법이 이미 우리에게 익숙해 있다 하더라도, 인간의 인지를 통해 일어나는 기호작용 안에서 이러한 이분법은 해체될 수밖에 없다. 가령 단군신화에는 단군의 이야기와 단군의 이념이 함께 존재한다. 이야기가 이야기가 아닌 이념으로 받아들여지는 순간, 그것은 로고스로 규정되는 것이며, 이러한 규정을 가능하게 하는 사유의 경향이 바로 뮈토스인 것이다. 신화는 이야기로만 존재하지 않고, 그것을 떠받치는 이념이 있어야 하는데, 이러한 이야기와 이념을 결착시키는 것이 바로 뮈토스의 작용이며, 이는 늘 생성과 같은 진행 중인 모습으로 나타난다.

　이러한 작용은 따라서 완전히 구조화될 수 없다. 필자는 이러한 작용을 무한히 확산하는 소용돌이와 같은 형태로 나타낸 바 있다.[235] 무한한 세미오시스로 표현될 수 있는 이러한 작용에서 구조적으로 해명되지 않는 부분들은 인간의 감성이나 파토스와 같은 지각적이고 경험적인 혹은 상황적이고 특수적인 성격을 띤 것으로 보인다. 그것은 의미의 작동의 구성요소가 아니라, 그것을 추동하는 어떤 힘과도 같은 모습으로 나타난다. 가령, '철수는 영이를 사랑한다'와 같은 문장에서 철수와 영이라는 주체, 그리고 사랑한다는 행위를 추론해낼 수 있지만, 엄격히 말해 이러한 문장은 살아 있는 문장이 아니다. 거기에는 사랑에 대한 어떠한 구체적인 지각이나 경험이 드러나지 않기 때문이다. 이를 '철수가 영이를 열렬하게 사랑한다' 혹은 '철수가 영이를 하늘만큼 땅만큼 사랑한다'라고 바꾸면, 거기에서 비로소 사랑의 깊이 혹은 농도가 감각적으로 드러난다. 그것은 우리로 하여금

---

234) 송효섭, 『탈신화 시대의 신화들』, 54-56면.
235) Ibid.

사랑을 추동하는 힘을 느끼게 한다. 이를 다시 '착한 철수가 불쌍한 영이를 열렬히 사랑한다'라고 바꾸면, 보다 상황적인 특수성이 구체적으로 드러나면서, 이러한 사랑의 사건에 대한 우리의 정서적인 수용을 구체화시킨다. 이러한 것은 모두 사랑이라는 이야기, 사랑이라는 관념 혹은 이념과는 다른 사랑에 대한 애틋한 정서 즉 파토스를 보여준다. 그것은 명사적이거나 동사적인 것이 아니라, 형용사적이거나 부사적인 것으로 보이며, 문장의 통사 안에서 잉여적인 것으로 간주되는 것들이다. 그러나 이러한 잉여적인 것은 오히려 예측할 수 없는 의미작용의 다양한 사건들 안에서 산포됨으로써, 담화에 활력을 부여한다.

문제는 이러한 담화에 흩뿌려져 침윤되는 파토스를 어떻게 기술할 것인가이다. 파토스가 갖는 형용사성이나 부사성은 파토스가 기술되기 어려운 성격을 갖고 있음을 보여준다. 가령, '푸르스름한' 혹은 '노리끼리하게'와 같은 비분절적인 표현은 형용사나 부사에서만 가능하다. 그레마스와 퐁타니으에 의해 제안된 정념의 기호학은 이러한 파토스가 기호세계 혹은 담화 세계의 어디쯤에 존재하는지를 보여주려 한다. 이들이 말한 정념이란, "대상이 주체를 위한 가치가 되는 과정에서 그 자체를 주체에게 받아들이게 하는 현상"이다.[236] 이러한 정의에서 알 수 있는 것은 주체의 역할이다. 여기에서 주체는 형용사와 동사의 표현에서 드러나는 분절될 수 없는 농도나 깊이를 느낄 수 있는 주체이다. 소쉬르 이후 구조주의 기호학에서 주체는 배제되었으며, 오로지 체계들로 구성되는 세계 안에서 주체는 단지 한 단위로서의 위상을 차지할 뿐이었다. 그러나 이러한 정념이 일어나는 순간, 주체는 대상에 깊이 관여하며, 대상 역시 주체에게 깊은 영향을 미친다. 이러한 주체는 물론 그간 그레마스의 기호학에서 행위소로 나타났던

---

236) Paul Perron & Frank Collins, "Foreword", Greimas & Fontanille, op. cit., ix.

주체와는 다른 층위에 위치한다. 그레마스가 말한 의미생성행로의 표층구조 층위에서 주체는 행위소로 나타나며, 통사론적이고 의미론적인 역할을 수행하는데, 이러한 주체에서 대상은 이접하거나 연접한 형태로 관계 맺는다. 다시 말해, 주체와 대상 간에는 분명히 분절되는 구조적 관계가 성립한다. 그러나 정념에 사로잡힌 주체를 이러한 개념으로 설명할 수는 없다. 그레마스와 퐁타니으는 따라서 이를 주체의 원형, 혹은 '근접주체'와 같은 개념으로 나타낸다.[237] 이러한 주체가 존재하는 층위에는 물론 대상도 행위소로 존재하지 않는다. 여기에서 대상은 통사론적으로 위치 지어진 대상이 아니라, 무엇인가 가치를 실현하는 가능성과 같은 것으로 나타난다. 그레마스와 퐁타니으는 대상들 안에 투여된 가치들을 대면하는 지향적 주체를 설정하기 전에, 세계를 위한 주체 혹은 주체를 위한 세계가 밀접하게 연결되는 "예감"의 층위 같은 것을 상상하는 것이 필요하다고 하는데,[238] 이는 곧 구조화될 가능성 앞에 놓인 일종의 덩어리와 같은 정념의 모습을 제시하는 것이다. 이러한 정념에 사로잡힌 주체와 그러한 주체에 영향을 미치는 대상이 기술되는 층위는 그간 그레마스의 기호학에서 제시된 층위, 즉 표층과 심층으로 이루어진 기호서사적 층위와 담화적 층위와는 구분되는 층위, 즉 의미의 선조건적 층위로 제시된다.[239] 이러한 세계는 기호세계라기보다는 실제 현실세계에 가깝다. 여기에는 정념도 분절되지 않는 덩어리로 존재하며, 그러한 정념이 몸이라는 매개를 통해 내면에 작용한다. 우리가 푸르스름하다고 느끼는 지각은 바로 이러한 분절되지 않은 정념을 불러일으키며, 그것은 무엇보다도 몸의 매개를 통해 이루어지는 것이다. 실상 이러한 선조건에서 드러나는 세계와 주체의 "존재"에 대한 문제

---

237) Greimas & Fontanille, op. cit., p.4.

238) Ibid.

239) Ibid.

는 기호학보다는 존재론의 관심거리일 뿐이며, 기호학에서 관심을 갖는다면, 존재 자체보다는 그것의 외현을 포착하고, 그러한 선조건들을 몇 개의 설명적 가상물들 simulacra로 형식화시키는 데 초점을 맞추어야 할 것이다.240) 이를 위해 그레마스와 퐁타니으가 제시한 개념이 긴장성 tensivity과 감 phoria이다.241) 양태성의 도구를 이러한 선조건의 층위에 적용하기 위해 역동적이고 불안을 조성하는 상태의 성질에 대해 관찰하는 것이 필요한데, 이때의 담화적 주체는 인지적이고 행위적으로 프로그램화된 서사적 합리성을 깨뜨리고, 정념의 행로를 따르거나 불협화된 박동으로 담화를 동요시키는 경향이 있다. 이는 효과를 통해 그것이 지각될 수 있는 긴장의 자기 역동성 같은 것을 보여주는데, 그레마스와 퐁타니으는 이를 의미생성 행로의 전제가 되는 '긴장적 가상물'이라고 말한다. 그런데 정념적 담화에는 이러한 긴장성뿐 아니라, 파도와도 같은 민감화가 드러나기도 한다. 가령 분노, 절망, 공포와 같은 격렬한 정념에서 민감화가 담화의 기동상의 시간 안에서 한 휴지로서, 이질성의 한 요소로서, 일종의 예기치 못한 어딘가로 옮겨지는 주체의 탈자아와 같은 것으로 나타난다는 것이다. 이 지점에서 정념은 그대로 노출되며, 이성적이고 인지적인 것은 부정되며, 느낌은 지각을 지배하게 된다. 여기에는 말할 것도 없이 몸이 중요한 매개의 역할을 한다. 감이란 발화의 주체의 입장에서 배가되는 이러한 충격을 나타내는 말이다. 질베르베르는 감을 실질로, 긴장과 긴장성을 형식으로 파악하는데,242) 이는 이들 둘이 기호학적으로 연결될 수밖에 없는 필연성을 보이

---

240) Ibid., xxiii.

241) 이하 '긴장성'과 '감'에 대한 설명은 ibid., xxiii-xxvi 참조.

242) C. Ziberberg, *Essai sur les modalités tensives*, Amsterdam, pp.71-71.
홍정표, 「김동인의 단편소설 '배따라기'에 나타난 정념의 기호학적 분석」, 송효섭 엮고 씀, 『기호학』, 한국문화사, 2010, 198면에서 재인용.

는 것이다. 그레마스와 퐁타니으는 기호학의 이론적 공간을 구상하면서 긴장적이고 감적인 가상물의 모델을 제시했으며, "존재"를 결국 '감정 긴장성' phoric tensivity[243]으로 파악하기에 이른다.

그렇다면 이러한 선조건의 층위는 어떻게 기술될 수 있을까?

앞서 말했듯, 이러한 층위에는 주체나 대상과 같은 행위소가 아닌 그 이전의 선주체 혹은 선대상과 같은 불안정성을 띤 것이 나타나기 때문에, 그것에 대한 기술도 진행 중인 과정에 대한 것이 될 수밖에 없다. 이러한 데서 포착되는 의미의 발생의 모습을 그레마스와 퐁타니으는 다음과 같이 묘사한다.

감적 긴장성으로부터 떠오르는 의미작용에서는 먼저 분할을 선호하는 긴장들이 지배해야 한다. 선지향성이 방향성으로 일어나는 것은 오직 이러한 조건에서일 뿐이다. 더구나, 이러한 유형의 방향성은 감이 통사를 예시하기 위한 필요조건인데, 왜냐하면 오직 이러한 유형의 불균형만이 "근접 주체"와 가치가들 valencies[244]을 부각시키도록 하는 것 같기 때문이다. 그렇게 본다면, '되어감' becoming은 감적 덩어리의 분할을 선호하는 "긍정적" 불평형이라 부를 수 있을 것이다.[245]

---

243) 그레마스와 퐁타니으는 '감적 긴장성'을 다음과 같이 설명한다.
   "**감적 긴장성**은 의미작용의 선조건들의 집합을 나타내는데, 그 가운데서 우리가 한편으로는 **긴장 주체** 혹은 '근접주체'를 정의하고, 분열을 조장하는 긴장의 효과들을 통해 **되어감**을 생성하는 **선지향성**을, 다른 한편으로는 **가치가들**을 생산하도록 되어있는 '가치의 그림자들'이 거기에서 기술되는 토대를 확인하였다." ibid., p.44.

244) 그레마스와 퐁타니으가 말한 '가치가'란 가치의 "예측"을 불러일으키는 일종의 "그림자"이다. ibid., p.19.

245) Ibid., p.10.

쉽게 말하자면, 인간에게 파토스가 일어나는 것은 무엇인가 갈등이나 분열이 생기기 때문이다. 그런데, 그 과정을 분석적으로 설명하기 위해서는 그레마스가 제시한 의미생성행로와도 같은 궤적을 추적하여 기술해내야 한다. 이러한 생성행로 이전에 존재하는 감적인 덩어리들은 어쨌든 다른 기호학적 층위들과 연관을 맺으며, 의미의 생성에 참여해야 한다. 그 과정으로 그레마스와 퐁타니으가 제시한 것이 변조modulation와 이산화 discretization이다.246) 변조는 담화적 상황aspectualization의 예시를 구축하는 것이고, 이산화는 이러한 변조의 결과들을 다시 수합하여, 한편으로는 감의 공간 안에서 긴장의 변이들을 연결시키고, 다른 한편으로는 서사적 층위에서 작용하는 양태적 범주화를 정립시키는 것이다.

이러한 작용은 이미 그레마스가 제시한 의미생성행로의 층위들 간에 일어나는 것인데, 특히 정념이 드러나는 것은 그 가운데에서도 담화적 층위이다. 담화적 층위에서 정념의 위치는 앞서 말한 선조건의 층위와 기호서사적 층위로부터의 소환convocation을 통해 드러난다. 감적 긴장성이 드러나는 선조건적 층위에서 수탁된 가치가들이나 긴장적 주체는 아직 완전한 기호학적 항목으로 분절되지 않은 상태이다. 이러한 층위가 이산화의 작용을 통해 기호서사적 층위의 여러 분절된 항목과 이들 간의 작용으로 나타나는 것이다. 여기에서는 그레마스가 말한 표층과 심층의 구조가 기술되는데, 가령 앞서의 긴장적 주체나 가치가들이 주체나 대상과 같은 행위소로 이산화된다. 그런데, 담화적 층위에서 정념의 위치가 기술되는 것은 이들 두 층위들 모두로부터의 소환을 통해서이다.247) 다시 말해 여기에서는 단선적인 의미작용의 행로가 나타나는 것이 아니라, 일종의 삼각형의

---

246) 이에 대한 설명은 ibid., pp.11-13 참조.
247) 그 과정을 그레마스와 퐁타니으는 다음과 같은 도식으로 보여준다.

모습을 띤 소환 작용이 드러난다. 담화의 차원에서는 발화의 특수한 상황이 반영되면서, 한 텍스트 고유의 정념의 위치가 드러난다.[248]

이러한 그레마스와 퐁타니으의 논의를 통해 우리는 텍스트에서 정념을 기술하는 매우 중요한 단서를 얻을 수 있다.

우리가 정념에 대해 기술할 수 있는 것은 이른바 선조건적 층위를 설정

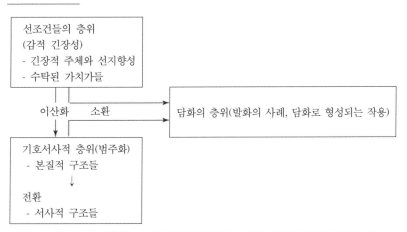

[표 14-1] 선조건적 층위와 기호서사적 층위로부터 소환된 담화구조에서의 정념의 위치

이러한 과정에 대한 전반적 설명은 ibid., pp.38-39 참조.
248) 이를 그레마스와 퐁타니으는 다음과 같은 도식으로 나타낸다.
이러한 일반적인 삼각형의 구조를 통해 실제적으로 정념이 배치되어 그 위치가 담화 구조에 드러나는 과정을 이들은 다음과 같이 재기술한다.

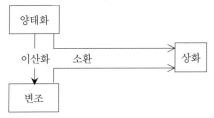

[표 14-2] 정념 구조를 위한 기호학적 장치와 소환을 통한 정념의 위치 설정
Ibid., pp.38-39 참조.

할 때만이 가능하다. 여기에서 정념에 사로잡힌 선주체나 아직 대상으로 확정되지 않은 가능성을 가진 가치가들이 '되어감'의 과정에서 다양한 모습으로 드러날 것으로 추측할 수 있다. 이러한 것을 변조라 할 수 있는데, 이러한 변조가 선조건적 층위에서 작용하는 한, 이들은 아직 이산화 이전의 일종의 덩어리의 상태로 존재한다. 따라서 우리가 그것을 분류하거나 체계화시키는 것은 불가능하다. 그럼에도 불구하고 우리가 이들을 기술할 수 있다면, 담화의 기호서사적 층위로부터 이산화 이전의 상태를 추론하거나, 상화로 드러나는 담화의 층위로부터 소환 이전의 상태를 추론함을 통해서 가능하다. 정념의 기술이 단지 환원적으로 이루어질 수 없는 것은, 정념 자체가 환원적인 체계로 드러나지 않기 때문이며, 따라서 실제로 일어나는 담화적 차원에서의 실제적인 의미효과를 통해서만 그것을 기술할 수 있을 뿐이다. 가령 우리가 텍스트를 기호학적으로 분석할 때, 그것은 기호서사적 층위에서 이루어지는 것이다. 그런데 여기에서 중요한 것은 양태화의 개념이다. 양태화는 양태화되는 동사에 대한 양태화하는 동사의 작용을 통해 이루어진다. '철수는 영이를 사랑한다'에서 '사랑한다'는 일반 동사이다. 그러나 이를 '철수는 영이를 사랑할 수 없다'라는 문장으로 바꾸면, '사랑한다'는 '-할 수 없다'라는 양태화하는 동사가 작용하여 양태화된 동사가 된다. 양태화를 통해 주체의 태도나 처지와 같은 것이 표명됨으로써, 자연스럽게 양태화를 통해 주체의 정념이 이산화된다. 우리가 텍스트에서 양태화를 통해 분석해낸 결과는 그 이전의 선조건적 층위에서의 정념의 여러 변조를 추측하게 하고, 이들은 담화 층위의 소환을 통해 구체적인 상으로 담화화된다. 이렇게 보면, [표 14-2]의 도식의 각 꼭지점에 해당하는 층위들 각각에서 일어나는 범주화된 항목들은 서로 대응하면서 작용할 수 있는데, 가령 그레마스와 퐁타니으가 제시한 바에 따르면, 선조건적 층위에서의 네 가지 변조, 즉 개시적, 종결적, 가동적 변조는 담화의 층위에서 기동, 완료, 지속상을 예시하며, 이들은 각각 기호서사적 층위에서의 '-하고자 하다' '-함을 알다' '-할 수 있다'의 양태동사와 연관된다. 그리고 되어감의 유보로서 이러한 세 가지 변조를 중화시키는 것으로 나타나는 점괄적 변조는 '-해야 하다'의 양태동사와 연관된다.[249)]

정념의 생성에 대한 기호학적 기술은 이러한 세 층위 간에 일어나는 변환과 소환의 관계를 기술함으로써 이루어질 수 있다.

3. 진도씻김굿의 정념 구조 분석

진도씻김굿은 진도 지역에서 죽은 자의 넋을 천도하기 위해 행해지는 무속 의례이다. 죽음 앞에서 인간이 가질 수 있는 여러 가지 정서적 반응이 이러한 의례가 진행되는 동안, 극명하게 드러난다. 이는 씻김굿이 갖는 신화적 성격을 극대화시키는 데 결정적인 역할을 한다. 이를 앞서 말한 뮈토스 및 로고스와의 관련 속에서 기술해보기로 하자.

뮈토스와 로고스는 서로 간의 상호작용에 의해 뮈토스를 극대화시키는 신화적 기호작용을 한다. 진도씻김굿에는 굿이 진행되는 동안, 굿에 참여하는 주체들에 의해 행해지는 행위와 더불어 이들이 하는 말, 그리고 이러한 행위와 말의 토대를 이루는 인지적 작용이 함께 존재한다. 그런데 이러한 세 가지 차원은 굿이 진행되는 현장에서 직시적이면서 인접적인 관련성을 갖는다. 이러한 관계는 굿이라는 특수한 종교적 의례가 갖는 신화성으로 인해 더욱 강화된다.

의례로서의 행위는 일정한 패턴을 갖는다. 한국의 다른 굿들과 마찬가

---

249) Ibid., pp.11-13.

지로 진도씻김굿 역시 일정한 관습을 통해, 반복되는 성격을 드러낸다. 이는 굿이 갖는 뮈토스로서의 특징을 드러낸다. 그것은 창안되기보다는 기억되는 것이며, 그러기에 일정하게 공유되는 형식을 갖는다. 진도씻김굿이 한국의 다른 지역의 사령제들과 함께 갖는 보편성을 우리는 어렵지 않게 찾아낼 수 있다.

먼저, 굿에 참여하는 주체들이 있다. 굿은 단골에 의해 의뢰되며, 무당은 이러한 의뢰를 수용하여, 굿을 행한다. 굿을 행하는 과정에서 이를 주도하는 사제로서의 무당과 함께 그가 섬기는 신, 그리고 천도해야 할 망자의 넋, 굿을 의뢰한 단골과 굿을 구경하는 관객들이 모두 이러한 굿의 주체가 된다.[250] 이들은 굿이라는 담화를 생성하는 기호서사적 표층구조를 이루는 다양한 분절의 단위 안에 존재한다. 다시 말해, 굿이 진행되는 동안, 이들 주체는 그레마스가 말한 행위소로서의 통사론적이면서 의미론적인 역할을 한다. 이러한 역할은 굿이 진행되는 동안, 변화를 겪는다. 그러나 이러한 변화 역시 씻김굿의 전체적 흐름 안에서 분절된 단위로 포착될 수 있다. 한국의 대부분의 굿이 그런 것처럼 진도씻김굿 역시 일반적으로 '거리'라는 단위들로 분절되고 이들의 연결을 통해 진행된다.[251] 이러한 전개는 그 자체로 서사적인 줄거리를 갖고 있으면서, 한편으로는 반복되는 줄거리의 연결로 이루어진 것이기도 하다. 이것을 각각 거시담과 미시담

---

250) 굿의 의뢰자, 굿의 사제에 대한 명칭은 지역마다 다르므로, 이 글에서는 가장 보편적으로 쓰이는 개념으로 통일해 쓰고자 한다. 굿의 의뢰자는 '단골'로, 굿의 주재자는 '무당'으로 칭한다.

251) 진도씻김굿의 경우, 대체로 다음과 같은 순서에 따라 진행된다. "조왕반−안땅−혼맞이−초가망석−처올리기−손님굿−제석굿−고풀이−영돈말이−이슬털기−왕풀이−넋풀이−동갑풀이−약풀이−넋올리기−손대잡이−희설−길닦음−종천"
지춘상, 「진도씻김굿의 개요」, 지춘상·이보형·정병호, 『무형문화재 조사보고서 제129호』, 문화재관리국, 1979, 20-29면 참조.

이라 한다면, 진도씻김굿은 각각의 유사한 형태를 갖는 미시담이 연결되어 하나의 거시담을 이루는 것이라 할 수 있다. 이러한 이야기의 구조를 찾아내기 위해서는 씻김굿뿐만 아니라, 한국에서 일반적으로 행해지는 다른 형태의 무속의례 즉 내림굿이나 재수굿을 살피고, 이들 간에 이루어지는 구조적인 연관성을 추론할 필요가 있다. 왜냐하면 앞서 보았던 씻김굿에서의 제차가 재수굿의 제차와 많은 부분 중복되고 있어, 씻김굿은 재수굿의 유표화된 형태로 간주될 수 있기 때문이다.[252] 필자의 입론에 따르면, 무표적인 재수굿에서는 부정을 정화시키는 '부정 - 정화'의 이야기, 정화된 공간에 신들을 불러들이고 보내는 '부름 - 배웅'의 이야기, 신과의 성공적인 커뮤니케이션을 수행하는 '단절 - 소통'의 이야기가 찾아진다. 이들은 모두 굿이라는 커뮤니케이션 안에서의 작용하는 요소들을 유표화시키는 것인데, 가령 '부정 - 정화'의 이야기는 굿이 이루어지는 상황을 만든다는 점에서 콘텍스트와 관련을 가지며, 이에 따라 정화에 이르는 서사적 행위는 콘텍스트화라는 기호작용을 하는 것이다. 또 '부름 - 배웅'의 이야기는 부르고 배웅하는 신들 즉 커뮤니케이션의 체계에서 발신자와 수신자를 유표화시키며, '단절 - 소통'의 이야기는 신과의 소통을 추구하고 이들과 메시지를 교류한다는 점에서 채널과 메시지를 유표화시키는 기호작용이다.[253] 결국 일반적으로 굿은 이러한 이야기를 행위와 말을 통해 실행하는 과정으로 이루어진다. 앞서 말했듯, 씻김굿은 이러한 무표적인 과정에 유표적인 징표가 덧붙여짐으로써 씻김굿이 갖는 구조적 특성을 드러낸다. 일반적으로 모든 굿에 재수굿의 제차가 삽입되어 있음은, 모든 굿은 재수굿이 추구하는 이야기를 갖고 있음을 보이는 것이다. 이는 곧 앞서 분절된 미시담 즉

---

252) 송효섭, 『탈신화 시대의 신화들』, 215면.
253) 위의 책, 212-213면.

통사론적 이야기가 아닌, 거시담 즉 화용론적 이야기로 나타나는데, 이것이 '고난－행운'의 이야기이다. 진도씻김굿을 비롯한 무속에서의 사령제는 그러나 단순히 '고난－행운'의 거시담뿐 아니라, 이에 덧붙여진 또 다른 거시담 즉 '원한－천도'의 이야기를 내포함으로써, 그 의미론적 유표성을 드러낸다.254) 이러한 이야기들을 굿의 진행 과정에 따라, 통사론적으로 배치하면 다음과 같다.

고난 - 〔 원한 - 〔 (부정 - 정화) - ((부름 - (단절 - 소통) - 배웅)) 〕 - 천도 〕- 행운
[표 14-3] 진도씻김굿의 이야기 구조

이러한 통사론적 연결에서 두 가지 논리적 관계가 찾아진다.

'고난－행운'과 같은 거시담은 미시담을 포괄하는데, 이는 이야기들 간의 위계관계를 보여주는 것이다. 미시담의 연산적 연결을 통해 거시담이 추구하는 서사적 가치에 도달할 수 있다. 앞서 다양한 모양의 괄호는 모두 이러한 이야기들 간에 존재하는 다양한 위계관계를 나타내는 것이다. 또 하나는 전제적 관계이다. '부정－정화'의 이야기는 그 다음 나오는 '부름－배웅'의 이야기를 전제한다. 공간이 정화되지 않은 상태에서는 굿이 이루어질 수 없기 때문이다.

이러한 관계들은 앞으로 굿이라는 이야기가 전개되는 과정에 참여하는 주체들의 기호학적 위상을 정초하는 중요한 토대가 된다. 이야기들은 앞서 말한 여러 주체들－무당, 단골, 신, 망자－에 의해 추동되는데, 이들 주체들은 이러한 이야기들 안에서 찾아지는 행위소 모델에 배분될 수 있다. 그리고 이들은 [표 14-3]의 이야기의 통사론적 전개에 따라 가변적으로 나

---

254) 위의 책, 215면.

타날 수 있다.

　진도씻김굿은 먼저 '고난'에 대한 인식에서 시작된다. 모든 굿이 그렇지만, 삶에서의 고난의 체험은 굿을 촉발시키는 계기가 된다. 여기서 고난의 주체는 굿을 의뢰하는 단골이다. 고난을 극복하고 행운에 도달하기 위해 단골은 무당에게 굿을 의뢰한다. 이를 행위소 모델로 나타내면 다음과 같다.

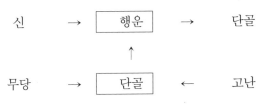

[표14-4] 단골을 주체로 한 행위소 모델

　여기서 중요한 것은 인지적 측면 즉 단골이 삶에 대해 갖는 일종의 비전이다. 단골은 자신의 삶을 고난으로 인지하고 이를 타개하기 위한 방법을 모색한다. 씻김굿에서 그 고난은 가까운 이의 죽음에서 비롯된 것이다. 이러한 죽음에서 비롯된 원한을 풀어야 행운에 도달할 수 있기에 단골은 기꺼이 무당을 조종하는 조종자의 역할을 한다. 씻김굿은 이러한 단골을 주체로 하는 거시담을 근간으로 하는데, 이는 주로 인지적 차원에 토대를 둔 것이다. 그러나 우리는 이러한 차원에 덧붙여진 또 다른 중요한 문제 즉 파토스적인 정서적 차원을 살펴야 할 것이다. 앞서 살폈듯, 이러한 정서적 차원은 담화적 층위에 드러나는데, 이는 그레마스와 퐁타니으가 말한 선조건적 층위의 변조나 기호서사적 층위의 양태화로부터 소환된 것으로 나타나는 것이다. 이는 선조건적 층위의 연속된 덩어리로서, 기술 자체가 어려운 것이기 때문에, 먼저 양태화의 층위를 분석할 필요가 있다.

단골이 인지적으로 고난을 알게 되는 순간부터, 굿이 끝나고 인지적으로 행운의 획득을 알게 되는 순간까지의 과정을 양태동사로 기술하면 다음과 같다.

-할 수 없다 　　　　　(삶에서 고난을 당하고 있는 현실적 무능력)

-할 수 없음을 알다 　(삶에서 고난을 스스로 해결할 수 없다는 인식)

-해야 하다 　　　　　(그러나 고난을 해결해야 한다는 의무)

-하고자 하다 　　　　(고난을 해결해야겠다는 욕망)

-하는 방법을 알다 　(굿을 통해 고난을 해결할 수 있음을 아는 지식)

-하게 하다 　　　　　(무당에게 굿을 의뢰함)

-이게 하다 　　　　　(무당과 함께 굿에 참여함)

-임을 알다 　　　　　(굿의 결과 행운을 획득했다는 인식)

[표 14-5] 단골의 양태주체로 한 양태동사의 연결

이러한 양태동사들은 모두 심층구조의 기호사각형으로부터 발생된 것으로 간주되는데, 이는 어떤 동사든 그것이 그것에 대립되는 동사와의 관계에서 존재할 수밖에 없음을 보여준다.255) 또 이러한 양태동사들의 연결

---

255) 예를 들어, '-해야 하다'와 같은 의무의 양태동사는 다음과 같은 기호사각형 안에 배치되며, 이에 따라 대립적인 동사들과의 잠정적 갈등관계를 추론해 볼 수 있다.

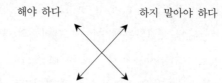

[표 14-6] 의무의 양태동사의 기호사각형

을 통해 우리는 주체가 갖는 정서의 다양한 변조를 추측할 수 있다. 이산적으로 나타나는 양태동사 이전에 긴장성과 감으로 나타나는 다양한 정서의 변조가 존재하는 것이다. 우리는 단골이 씻김굿을 의뢰하게 된 계기로부터 굿을 마칠 때까지 겪는 과정에 대한 담화적 자료를 갖고 있지 않으므로,[256] 다만 이산화된 양태성으로부터 선조건적 층위를 조심스럽게 그려볼 수밖에 없다. '-할 수 없다'는 무능력에 대한 절망의 정념을 나타내는 것이지만, 이는 이와 대립되는 '-할 수 있다'와 긴장성을 형성한다. 이러한 능력의 양태성은 선조건적 층위에서 가동적 변조를 드러내는 것으로, 이러한 긴장성은 담화에서 계속해서 드러날 것으로 보인다. 단골은 굿의 진행과정에서 '-할 수 없는' 상황을 '-할 수 있는 상황'으로 바꿀 수 있다는 희망을 지속적으로 갖게 되는데, 이는 씻김굿에서의 단골이 갖는 중요한 파토스의 한 양상으로 간주될 수 있다.

단골에게서 드러나는 중요한 양태성은 지식의 양태성이다. 지식은 선조건적 층위에서 종결적 변조를 예시하는데, 가령, 단골이 자신의 무능력에

이를 다시 기술하면 다음과 같다.

강제   금기

허락   임의

[표 14-7] 의무의 기호사각형

여기에서 '강제'는 '금기'와 대립관계에 놓이는데, 이러한 분절은 선조건적 층위에서 긴장성을 조성하는 것이며, 이를 통해 어떤 감이 발생한다.

의무의 기호사각형에 대해서는 Greimas, *Du sens Ⅱ*, p.77 참조.

256) 이는 아마도 굿을 채록하는 과정에서 단골과의 심층적인 인터뷰를 통해 이루어질 것으로 보인다. 현재까지 이에 대한 자료를 찾기 어려우나, 앞으로는 이러한 자료 또한 중요한 무속 연행의 텍스트로 채록될 필요가 있을 것이다.

대한 지식에서 무엇인가 이러한 난관을 타개할 방도를 획득하는 지식으로 전환되는 과정은 매우 분절적이라 할 수 있다. 알게 되었다는 인지적 상황은 그 상황에 대한 종료와 함께 다음에 이어지는 행동으로 돌입할 것임을 암시한다. 단골은 자신의 무능력을 알았기에, 해결방도를 찾았고, 그 방도를 알았기에 굿을 의뢰하게 된 것이다. 이때의 정념은 비교적 차가운 합리성에 바탕을 두고 상황을 반성하는 추스름과 같은 모습으로 나타날 것으로 보인다.

욕망의 양태성 또한 단골의 행위에서 중요한 역할을 한다. 앞서 지식의 양태성이 '되어감'을 잠시 중단시키는 것이라면, 욕망의 양태성은 이러한 '되어감'을 가속화시키는 것이다.[257] 욕망은 모든 되어감의 출발이 된다는 점에서, 굿이 갖는 의도된 효과를 창출해내는 기폭제의 역할을 한다. 욕망이 생길 때마다 그에 따른 새로운 시작과 함께 가속성이 생겨나므로, 욕망은 기대나 희망과 같은 정조로부터 이산화된 양태성이라 할 수 있다.

마지막으로, 의무의 양태성이 단골의 행위에서 드러난다. 단골은 죽은 자를 천도하지 않으면 안 되는 상황에 대한 인식을 통해 그러한 의무를 갖게 된다. 이것 역시 되어감의 유보로 나타나면서, 이를 또 다른 필연성으로 변형시키려 한다. 이러한 양상은 선조건적 층위에서의 정념을 하나로 통합하는 것이 아니라, 매우 점괄적으로 단절시키는 것인데, 이것이 결국은 긴장의 전체성을 구성하는 것으로 나타난다. 의무를 갖는다는 것은 그 이전의 상태를 변형시키는 필연성의 결과로 나타나며, 이러한 것은 일종의 의미의 휘저음으로 그 이전의 분할의 법칙을 깨뜨리는 것이지만, 그것이 혼란으로 간주되지는 않는다. 의무의 양태성으로 드러나는 이러한 정조는 오히려 다른 개시적, 종결적, 가동적 변조를 중화시키는 역할을 한다.[258]

---

257) Greimas & Fontanille, op. cit., p.12.

이러한 정조는 그때그때 상황에서 어떤 의지를 불태우는 모습을 띨 것으로 보인다.

단골이 '고난-행운'의 거시담의 주체라면, 이러한 거시담에 종속되는 여러 이야기들에서는 더욱 다양한 주체들이 등장한다. 이들 주체들은 물론 행위소 모델에 배분됨으로써 통사론적이고 의미론적인 역할을 하지만, 이들이 정념의 주체로 나타날 때, 이러한 분절은 깨어지게 된다. [표 14-3]에서 '원한-천도'의 이야기는 '고난-행운'의 이야기에 종속되는 위상을 갖는데, 여기에서는 보다 복합적인 형태로 주체가 설정된다. 다시 말해 '원한-천도'라는 씻김굿을 유표화시키는 이야기에서의 원한 혹은 천도의 주체는 정서적 투사로 인해 그 분절이 불분명해질 가능성이 크다. 그러나 이러한 불분명성이야말로 주체가 갖는 파토스를 기술하는 중요한 토대가 될 수 있다.

여기에서 원한과 천도의 주체는 먼저 망자라 할 수 있다. 이에 따라 다음과 같은 행위소 모델을 그려볼 수 있다.

[표 14-8] 망자를 주체로 한 행위소 모델

여기에서 망자는 천도를 원하는데, 이러한 천도를 해줄 수 있는 것은 씻김굿을 통해서이다. 망자는 실제로 현실에 존재하지 않고, 단골이나 무당

---

258) 의무의 양태성의 선조건적 층위에서의 변조에 대해서는 ibid., pp.12-13 참조.

에 의해 설정된 정서적 가상물이지만, 우리는 이러한 가상세계에서 일어나는 망자의 행위를 추론하여 양태동사로 구성해볼 수는 있다.

-할 수 없다　　（망자가 천도하지 못함）

-하고자 하다　　（망자는 천도를 통해 원한을 풀려고 함）

-이게 하다　　（씻김굿의 한 주체로서 망자는 원한의 상태를 천도의
　　　　　　　　상태로 변형시킴）

-임을 알다　　（망자가 원한을 풂）

[표14-9] 망자를 양태주체로 한 양태동사의 연결

망자는 천도되지 못한 상태에 있으며, 이는 스스로 해결할 수 없는 문제이다. 망자의 '할 수 없다'는 무능력은 선조건적 층위에서 강한 긴장성을 예시한다. 이는 절망과 희망 간의 긴장이며, 굿이 진행되는 내내 지속되는 정서이다. 어느 순간 망자는 천도되기를 바라는 욕망을 갖고 있으며, 이는 선조건적 층위에서 개시적 변조로 나타난다. 그것은 망자에게는 무엇인가 이루어질 것이라는 희망의 정념으로 나타난다. 그리고 마침내 망자가 천도됨을 알게 됨으로써 하나의 상황이 완료되는데, 이는 망자가 드러내는 종결적 변조를 예시하는 것이다. 이러한 종결적 변조는 감정의 안정이나 평안함과 같은 정서로 나타나는데, 어쨌든 망자는 무능력으로 인해 조성된 긴장으로부터 해방을 맛보는 것이다.

그러나 이러한 망자의 정념은 또 다른 주체의 투사에 의해 이루어지는 것이다. 망자가 그러한 정념을 갖게 된 것 자체를 하나의 대상으로 간주하면서, 이를 추구하는 또 다른 주체를 우리는 행위소 모델을 통해 설정해볼 수 있는 것이다.

신 → 망자의 천도 → 단골

↑

무당 → 단골, 무당 ← 망자의 원한

[표 14-10] 단골과 무당을 주체로 한 행위소 모델

단골과 무당은 모두 망자의 원풀이를 대상으로 추구한다. 이에 따라 이들의 행위를 다음과 같은 양태동사의 연결로 나타낼 수 있다.

〈단골〉

-할 수 없다　　　　　(망자가 천도하지 못하여 원한을 갖고 있음)

-하고자 하다　　　　(망자의 원한을 풀어주고자 함)

-하는 방법을 알다　(씻김굿으로 망자의 원한을 풀어줄 수 있음을 아는 지식)

-할 수 있다　　　　(씻김굿을 의뢰할 수 있는 능력)

-이게 하다　　　　　(씻김굿의 실행)

-임을 알다　　　　　(씻김굿을 통해 망자가 천도되었음을 아는 지식)

〈무당〉

-해야 하다　　　　　(단골로부터 씻김굿을 의뢰받음)

-할 수 있다　　　　(무당으로서 씻김굿을 할 수 있는 능력)

-이게 하다　　　　　(씻김굿의 실행)

-임을 알다　　　　　(씻김굿을 통해 망자가 천도되었음을 아는 지식)

[표 14-11] 단골과 무당을 양태주체로 한 양태동사의 연결

여기에서의 단골과 무당은 망자의 천도라는 동일한 대상을 추구하는 주체이지만, 굿의 진행에서 이들이 구현하는 양태성은 차이가 있다.

단골은 앞서 '고난―행운'의 이야기에서의 주체의 역할의 연장선상에서 이에 대한 종속적 이야기로서의 '원한―천도' 이야기의 주체가 된다. 앞서 살핀 선조건적 층위에서의 정서적 변조가 그대로 이어지지만, 여기에서는 행위주체로서의 역할보다는 조종자의 역할이 더욱 강조된다.

중요한 점은 주체로서의 단골과 대상으로서의 망자의 원풀이가 선조건적 층위에서 근접주체와 가치가로 존재하면서, 서로 구분되지 않은 지향성을 드러낸다는 점이다. 다시 말해, 단골이 겪는 정념의 변조에는 단골에 의해 투사된 망자의 정념의 변조가 침윤되어 있는 것이다. 앞서 '고난―행운'의 이야기에서 겪었던 단골의 여러 가지 정념들, 즉 절망, 추스림, 희망, 의지와 같은 정념들과 함께 망자가 겪게 되는 절망, 희망, 평온과 같은 정념들이 교차되면서 독특한 단골의 정념이 갖는 복합적인 변주가 예시되는 것이다.

'원한―천도'의 이야기의 또 다른 주체인 무당은 행위주체의 역할을 한다. 행위주체로서의 무당의 역할은 무당이 선조건적 층위에서 드러내는 정념의 변조에도 깊은 영향을 미친다. 비록 무당이 단골과 함께 동일한 양태동사의 주체로 작용하지만, 무당은 앞서 단골의 '고난―행운'의 이야기와의 연계가 불분명하다. 그보다는 이러한 '원한―천도' 이야기에 종속적인 '부름―배웅', '부정―정화', '단절―소통'의 이야기와 통사론적인 연계를 갖게 되며, 이로 인해 단골과는 다른 정념의 변조를 드러낼 것으로 보인다. 이에 따라 '-할 수 없다'라는 양태성에서 솟아나는 절망의 정념이나 '-하고자 하다'의 양태성이 예시하는 기대와 희망과 같은 정념은 잘 드러나지 않으며, 오히려 '-해야 하다'의 양태성이나 '-하는 방법을 알다'의 양태성이 예시하는 의지나 추스림과 같은 정념을 통해 직업적인 사제로서 굿을 주재하게 될 것이다. 무당에게는 단골은 고객일 뿐이며, 망자 역시 고객에 의해 중개되어 문제를 해결해주어야 할 대상에 불과하므로, 단골에 비해 무당이 갖는 정념은 거리를 둔 '차가움'으로 나타난다. 다시 말해, 망자를 천도하는 씻김굿의 과정에 함께 참여하지만, 단골이 정념의 주체가 되는 반면, 무당은 그러한 정념을 불러일으키는 주체가 되는 것이다.

굿이 실행되면서 만들어지는 여러 미시담들은 주로 무당과 신 그리고 망자들 간의 커뮤니케이션으로 이루어진다. '부정−정화', '부름−배웅', '단절−소통'의 이야기는 씻김굿뿐 아니라 한국의 굿 일반에서 찾아지는 미시담들인데, 여기에서 가장 핵심적인 이야기는 '단절−소통'이라 할 수 있다.[259] 이러한 이야기들은 굿의 세계 안에서 이루어짐으로써, 일종의 현실성을 갖게 된다. 즉 앞서 '고난−행운', '원한−천도'의 이야기가 인지적인 차원의 문제라면, 이러한 이야기들은 굿의 현장에서의 변화가 목격되는 실천적 차원의 문제라 할 수 있다. 따라서 여기에서는 굿의 사설에 나타나는 담화 층위에서의 여러 정념적 지표들을 통해 선조건적 층위의 변조들을 추측해볼 수 있다.

이 세 가지 미시담은 앞서 말했듯, 커뮤니케이션에 참여하는 각기 다른 요소들을 유표화시키는 기호작용을 한다. 그러나, 거기에 참여하는 주체가 갖는 정념의 변조에는 큰 차이가 없는 것으로 보인다. 부정을 씻고 공간을 정화하여 신을 맞이할 준비를 하거나, 신을 불러들이거나 신에게 기원하거나 하는 모든 과정에서 결국은 신과 무당이라는 두 주체 간에 변할 수 없는 신화적 관계가 존재하며, 이것이 결국은 무당의 정념을 결정하게 되는 것이다. 굿의 모든 과정이 결국 신과의 소통을 목적으로 한 것이라면, 이를 다음과 같은 행위소 모델로 기술해볼 수 있다.

---

259) 송효섭, 앞의 책, 215면.

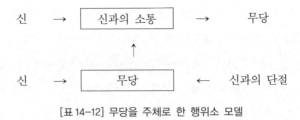

[표14-12] 무당을 주체로 한 행위소 모델

이러한 모델에서 무당의 행위를 통해 추출되는 양태동사들은 다음과
같다.

-해야 하다   (부정을 씻어 공간을 정화하고, 신을 불러들이고, 신에
               게 메시지를 전해야 할 의무)
-할 수 있다   (이와 같은 것을 행할 수 있는 무당의 능력)
-이게 하다   (이러한 것들의 실행)
-임을 알다   (이러한 것이 실행되었음을 검증함)

[표14-13] 무당을 양태주체로 한 양태동사의 연결

씻김굿이 망자의 천도를 위한 것이라 할 때, 적어도 굿이 진행되는 동안
가장 뚜렷하게 드러나는 주체는 무당, 망자 그리고 신이다. 앞서 논의한
의무와 지식의 양태성이 예시하는 의지와 추스림의 정념과 함께, 망자 혹
은 신과 직접 소통하면서 거기에서 생겨날 수 있는 또 다른 정념들이 존재
할 수 있다. 이는 무당이 갖는 특유의 권능과 관련된 것인데, 적어도 무당
이 초자연적인 신이나 망자의 혼과 접촉하는 신열의 상태는 주체로서의
무당과 대상으로서의 신 혹은 망자의 혼이 구분되지 않음으로써, 연속된
감의 덩어리가 뚜렷하게 표출되며, 무엇보다도 신들림과 같은 현상은 그러
한 연속성의 매개가 바로 무당의 몸 자체임을 보여준다. 따라서 굿에서 무

당이 신이나 혼들과 소통하는 장면은 이들 간의 상호주체성이 극대화됨을 보여주며, 이에 따른 정념 역시 가장 유표적으로 나타난다.

이러한 소통은 무당의 사설에서 뚜렷하게 나타난다. 사설은 말로 이루어진 것으로, 비록 행위가 수반된다 하더라도 담화가 갖는 지배적 성격을 부인하기는 어렵다. 여기에서는 양태성보다는 상화가 드러나며, 이를 통해 선조건적 층위의 정념들의 변조를 그려볼 수 있다.

진도씻김굿 사설 몇 부분을 분석해보기로 하자.[260)

A)

여보시오/박씨망자씨/혼맞으로 오시시오/넋맞으러 왔습니다/우리박씬영 망재씨난/하루 액이 사나왔던가/원맥이 그만친가/거리객사귀가 되옵시고/거리노중귀가 되야서/좋은 곳으로 못가시고/월궁에가 매이시고/줄궁에가 매였다고/원가신 데를 못가시고 /친구간 데는 나 못가고/나가는 데는 친구 못왔다가/극락가기 원이되고/시왕가기 한이되아

　　　　　　　　　　　　　　　　　　　　　　　－ 혼맞이굿에서

B)

불쌍하구나 망제씨들/천고에가 걸렸소 /만고에가 걸렸소/천고에가 걸렸구나/초제왕에가 맺힌고는/(이)제왕이 풀고가고/(이)제왕에가 (맺)힌 고는/삼제가 아아아/삼제왕고 풀으시고/삼제왕에가 맺힌 고는/(사)제왕으로 풀고가자

　　　　　　　　　　　　　　　　　　　　　　　－ 고풀이에서

─────────────
260) 이 글에서 진도 씻김굿의 사설은 이경엽 채록본을 인용한다. 이경엽의 민속 연구실에서 내려받음.
　　http://dorim.mokpo.ac.kr/~namdo/

C)

서럽구나 원통쿠나/또와서 서럽구나/혼아아/오늘 불쌍하신 망제씨가/
꽃을 받고서 극락가고/꽃을 받고서 세왕가고/왕생극락 가시시고/청춘상
을 가시시고/자손아/곽신님은 곽문을 열고/지신님은 지문을 열고/지신님
은 문을 열고/혼아아/염불로 해갈을 하고/쑥물로 해갈을 하고/광화수로
씻겨내야/의복성을 갈아입고/오던질은 밝아가고

– 영돈말이 씻김에서

D)

우리박씨 가중안에/소원열문 열려주고/소원길을 열려다가/재수는 대
통하고/운수는 대운수 틔어/만과 재수를 붙여주고/박선영 관전대주/동절
북절서절 삼절/방방곡골을 다댕개도/어둔질은 등돌리고 /밝은질은 앞을
둘려 맘과 뜻과 같이/뜻대로 마음대로 /소원성취 시켜놓고/불통잽혀 신통
잽혀/야래떡 고사떡/소원성취 시켜주옵소사.

– 종천에서

이러한 사설에서 가장 먼저 드러나는 것은 과거에 대한 회한의 정념이
다. 이는 '-하고자 하다'의 양태동사와 '-할 수 없다'의 양태동사 간의 대립
을 통해 조성되는 정념이다. 과거의 사건이 일어났음을 인지하지만, 그것
만으로 종결이 이루어지지 않는다는 점에서 담화층위에서 미완료상으로
드러난다. 가)의 '우리박씬영 망재씨난/하루 액이 사나왔던가/원맥이 그만
친가/거리객사귀가 되옵시고/거리노중귀가 되야서/좋은 곳으로 못가시고'
에서 망자가 거리객사귀나 거리노중귀가 되는 상황에 대한 인지가 있지만,
정서적으로 그러한 상황은 종료될 수 없는 것이다. B)의 '천고에가 결렸소
/만고에가 결렸소/천고에가 결렸구나' 역시 '-임을 알다'와 같은 지식의 양

태동사를 소환하는 담화이지만, 이것 역시 완료상으로 나타날 수 없다. 이에 따라 나)의 '불쌍하구나 망제씨들' 혹은 C)의 '서럽구나 원통쿠나/또와서 서럽구나'와 같은 정념의 투사가 일어난다. 불쌍하거나 서럽거나 원통한 정념은 무당과 단골의 정념이면서 아울러 망자에 투사된 정념이기도 하다. 이러한 정념은 아직 '-하고자 하다'와 같은 욕망의 양태동사를 가동시키기 이전의 상태에 머무는 것이며, 어떤 계기를 통해서만 새로운 정념의 변조가 일어날 수 있다. 이러한 계기는 곧 굿이 실행되는 상황으로, 결국 무당은 담화 층위에서 이러한 기동상을 통해 '-하고자 하다'의 양태동사를 실현시킨다. 무당은 신 혹은 망자에게 주로 기원과 같은 명령법을 통해 메시지를 전달하는데, 이는 담화 층위에서 기동상으로 나타나며, 선조건적 층위에서의 개시적 변조의 정념을 드러낸다. A)의 '여보시오/ 박씨망자씨/혼맞으로 오시시오', B)의 '삼제왕에가 맺힌 고는/(사)제왕으로 풀고가자', D)의 '야래떡 고사떡/소원성취 시켜주옵소사'는 모두 앞으로 일어날 것에 대해 말하고 있으며, 그런 점에서 이는 '-할 수 있다'와 같은 양태동사를 기호서사적 층위에서 이끌어들인다. 앞으로 일어날 일을 강력히 욕망하고 이를 실제로 행함으로써 굿이 진행되는 과정은 주체의 정념이 개시적 변조에서 가동적 변조로 전환되어 지속됨을 보여준다. 무당은 그의 사설을 통해 원통하고 불쌍한 정념에서 욕구적이고 희망적인 정념으로 변조되는 과정을 담화적으로 체현해낸다. 이러한 정념은 무당의 것이기도 하지만, 망자나 단골의 것이기도 한데, 굿이 불러일으키는 파토스는 앞서 분석한 여러 복합적인 정념들을 하나로 끌어모으는 여러 장치들이 굿에 장착됨으로써 더욱 극대화되어 드러날 수 있다.

4. 남는 문제들

감성 또는 파토스는 분석되거나 분류되기 어려운 성격을 갖는다. 특히 이를 형이상학적으로 개념화하는 것은 매우 위험한 일이다. 그것은 우리의 몸으로 체험되는 연속적 성격을 갖고 있기 때문에 조심스러운 기술이 필요하다. 조심스럽다는 것은 가령 그레마스나 퐁타니으가 말한 선조건적 층위와 같은 가상물을 설정하는 것처럼, 그것이 어떤 관계망 속에서 파악되어야 함을 말하는 것이다. 감성만을 따로 다룰 수 없으며, 감성은 반드시 이야기와 관련되어야 한다. 왜냐하면 이야기만이 인간에게 상황에 대한 구체적인 체험을 가능하게 해주기 때문이다. 그런 점에서 진도썻김굿 역시 이러한 의례가 일어나는 상황에 대한 전체적인 이야기를 구상하고 그 안에서 일어날 수 있는 정념의 변조들을 그려봄으로써, 그 감성적 성격이 드러날 수 있다.

이러한 분석을 통해 신화 담론이 구성하는 여러 차원들, 즉 언어, 행위, 인지의 차원들이 정념을 통해 더욱 결속할 가능성을 조심스럽게 예측할 수 있다. 가령 무당의 사설(말)이 무당의 정념의 고조에 따라 그의 행동으로 직접 연결되며, 이에 대한 단골의 정념은 그것에 대한 인지(깨달음)를 더욱 촉진시킨다. 그런가 하면 단골의 인지가 정념의 도움을 받아 행위에 돌입하게 되며, 이러한 행위가 격렬한 기도와 같은 말을 촉발시킨다. 이와 같이 정념을 통해 신화 담론은 분화되기보다는 하나의 거대한 소용돌이와도 같이 통합되는 모습을 갖게 되는 것이다. 이것이 바로 신화 담론이 갖는 중요한 특성의 하나이며, 파토스가 뮈토스와 로고스와의 관계에서 갖는 담론적 위상이다. 이 글에서는 이러한 가설이 단지 하나의 예측으로 나타났을 뿐이지만, 이는 신화 담론에 대한 중요한 논점을 제시하는 것으로, 앞으로 이에 대한 이론적 검증을 구체화시킬 것을 기약해 본다.

∑참고문헌

제1부

제1장

송효섭, 『탈신화 시대의 신화들』, 기파랑, 2005.
데리다, 자크, 『그라마톨로지』, 김성도 옮김, 민음사, 1996.
Barthes, Roland. *Image, Music, Text,* (trans.) Stephen Heath, Hill & Wang, 1977.
Geertz., Clifford, *Interpretation of Cultures*, Basic Books, Inc., 1973.
(Eds.) Hartshorne, Charles & Weiss, Paul. *Collected Papers of Charles Sanders Peirce*, Harvard University Press, 1960.
(Ed.) Rorty, Richard, *The Linguistic Turn: Recent Essays in Philosophical Method*, The University of Chicago Press, 1967.
Saussure, Ferdinand de, *Cours de linguistique générale*, Payot, 1984.
Webster, Roger, *Studying Literary Theory: An Introduction*, Edward Arnold, 1990.

제2장

조윤제, 『국문학개설』, 탐구당, 1984.
들뢰즈, 질 · 가타리, 펠릭스, 『천개의 고원』, 김재인 역, 새물결, 2001.
Geertz, Clifford, *The Interpretation of Cultures*, Basic Books. Inc., Publishers, 1973.

제3장

김정경, 「고전문학의 지식체계 형성에 대한 담론적 연구」, 서강대 박사학위 논문, 2004.
박영희, 「현대한국문학사 2」, 『사상계』 58호, 1958.5, 366-381면.
송무, 「고전과 이념」, 『시학과 언어학』 3호, 시학과언어학회, 2002.6, 16-42면.
정병욱, 「고전문학 연구의 어제와 오늘」, 『한국고전의 재인식』, 홍성사, 1983, 543-558면.
조윤제, 『국문학개설』, 탐구당, 1984.
Lewis, Jeff, *Cultural Studies: The Basics*, Sage Publications, 2002.
Wellek, René & Warren, Austin, *Theory of Literature*, Penguin Books Ltd., 1970.

제4장

송무, 「고전의 이념」, 『시학과 언어학』 3호, 시학과언어학회, 2002.6, 16-42면.

이재선, 「우리에게 '고전'이란 무엇인가」, 『시학과 언어학』 3호, 시학과언어학회, 2002.6, 3-15면.

조윤제, 『국문학개설』, 탐구당, 1984.

카아, E. H., 『역사란 무엇인가』, 길현모 역, 탐구당, 1973.

Arnold, Mathew, *Culture and Anarchy*, Oxford University Press, 2009.

Babcock, Barbara A., "Reflexivity: Definitions and discriminations", *Semiotica* 30-1/2(1980), pp.1-14.

Barthes, Roland, *Image, Music, Text*, (trans.) Stephen Heath, Hill & Wang, 1977.

Eco, Umberto, *The Role of the Reader: Exploration in the Semiotics of Texts*, Indiana University Press, 1979.

(Eds.) Hartshorne, Charles & Weiss, Paul, *Collected Papers of Charles Sanders Peirce*, Harvard University Press, 1960.

Jakobson, Roman, *Language in Literature*, (eds.) Krystyna Pomorska & Stephen Rudy, Harvard University Press, 1987.

Leavis, F. R. & Thompson, Denys, *Culture and Environment: The Training of Critical Awareness*, Chatto & Windus, 1933.

Leavis, Q. D., *Fiction and the Reading Public*, Norwood, 1977.

Lotman, Yuri M., *Universe of the Mind: A Semiotic Theory of Culture*, (trans.) Ann Shukman, Indiana University Press, 2000.

(Ed.) The Peirce Edition Project, *The Essential Peirce: Selected Philosophical Writings, Volume 2(1893-1913)*, Indiana University Press, 1998.

Todorov, Tzvetan, *The Fantastic: A Structural Approach to a Literary Genre*, (trans.) Richard Howard, Cornell University Press, 1975.

Wimsatt, W. K. & Beardsley, Monroe C., *The Verbal Icon: Studies in the Meaning of Poetry*, The University Press of Kentucky, 1954.

제5장

조윤제, 『국문학개설』, 탐구당, 1984.

랜도우, 조지 P., 『하이퍼텍스트 2.0: 현대비평이론과 테크놀로지의 수렴』, 여국현 외 옮김, 문화과학사, 2001.

맥루한, 마샬, 『구텐베르크 은하계: 활자 인간의 형성』, 임상원 옮김, 커뮤니케이션북스, 2001.

Easthope, Anthony, *Literary into Cultural Studies*, Routledge, 1991.

Fiske, John, *Introduction to Communication Studies*, *2nd edition*, Routledge, 1990.

Foucault, Michel, *The Archaeology of Knowledge*, (trans.) A. M. Sheridan Smith, Tavistock, 1972.

Koch, Walter A., *Evolutionary Cultural Semiotics: Essays on the Foundation and Institutionalization of Integrated Cultural Studies*, (trans.) Susan Carter Vogel, Studienverlag Dr. Norbert Brockmeyer, 1986.

(Eds.) Olson, David R. & Torrance, Nancy., *Literacy and Orality*, Cambridge University Press, 1991.

Ong, Walter J., *Orality and Literacy: The Technologizing of the Word*, Methuen, 1982.

제6장

일연, 『삼국유사』

송효섭, 「『삼국유사』의 신화성과 반신화성」, 『한국문학이론과 비평』 37집, 2007, 7-27면.

_____, 『해체의 설화학』, 서강대학교 출판부, 2009.

신동흔 외, 『시집살이 이야기 연구』, 박이정, 2012.

_____, 『시집살이 이야기 집성』 2, 박이정, 2013.

장덕순 · 서대석 · 조동일 · 조희웅, 『구비문학개설』, 일조각, 2006.

Baumann, Richard, *Verbal Art as Performance*, Waveland Press,Inc., 1977.

(Eds.) Bauman, Richard & Sherzer,Joel., *Explorations in the Ethnography of Speaking(2nd edition)*, Cambridge University Press, 1989.

Chandler, Daniel, "Biases of the Ear and Eye", http://www.aber.ac.uk/media/Documents/litoral/litoral.html 2014-01-08.

Greetham, D. C., *Textual Scholarship: An Introduction*, Garland Publishing, Inc., 1994.

(Eds.) Hartshorne, Charles & Weiss, Paul., *Collected Papers of Charles Sanders Peirce*, Harvard University Press, 1960.

Hjelmslev, Louis, *Prolegomena to a Theory of Language*, (trans.) Francis J. Whitfield, The University of Wisconsin Press, 1969.

Jakobson, Roman, *Language in Literature*, (eds.) Krystyna Pomorska & Stephen Rudy, Harvard University Press, 1987.

Lemon, Lee T. & Reis, Marion J., *Russian Formalist Criticism: Four Essays*, University of Nebraska Press, 1965.

Lévi-Strauss, Claude, *Structural Anthropology*, (trans.) Claire Jacobson & Brooke Grundfest Schoepf, Penguin Books, 1963.

Lotman, Yuri M., *Universe of the Mind: A Semiotic Theory of Culture*, (trans.) Ann Shukman, Indiana University Press, 2000.

(Eds.) Olson, David R. & Torrance, Nancy, *Literacy and Orality*, Cambridge University Press, 1991.

Ong, Walter J., *Orality and Literacy: The Technologizing of the Word*, Metheun, 1982.

제7장

송효섭, 『해체의 설화학』, 서강대학교 출판부, 2009.
반젠넵, A. 『통과의례』, 전경수 역, 을유문화사, 1985.
젠킨스, 헨리. 『컨버전스 컬처: 올드 미디어와 뉴 미디어의 충돌』, 김정희원 · 김동신 옮김, 비즈앤비즈, 2008.
Bateson, Gregory, *Steps to an Ecology of Mind: Collected Essays in Anthropology, Psychiatry, Evolution, and Epistemology*, Jason Aronson Inc., 1987.
Bauman, Richard, *Verbal Art as Performance*, Waveland Press, 1977.
Bauman, Richard & Brigg, Charles, "Poetics and Performance as Critical Perspective on Language and Social Life", *Annual Reviews Anthropology*, vol.19, 1990, pp.66-78.
(Ed.) Bauman, Richard, *Folklore, Cultural Performances, and Popular Entertainments: A Communication-centered Handbook*, Oxford University Press, 1992.
Eco, Umberto, *The Role of the Reader: Explorations in the Semiotics of Texts*, Indiana University Press, 1979.
Greimas, A. J., *Du sens*, Seuil, 1970.
(Eds.) Hartshorne, Charles & Weiss, Paul, *Collected Papers of Charles Sanders Peirce*, Harvard University Press, 1960.
(Eds.) Hatavara, Mari, Hyvärinen, Matti, Mäkelä, Maria, Mäyrä, Frans, *Narrative Theory, Literature, and New Media: Narrative Minds and Virtual Worlds*, Routledge, 2016.
Herman, David, "Cognitive Narratology", http://wikis.sub.uni-hamburg.de/lhn/index.php/Cognitive_Narratology
Herman, Luc & Vervaeck, Bart, *Handbook of Narrative Analysis*, University of Nebraska Press, 2001.
Hjelmslev, Louis, *Prolegomena to a Theory of Language*, (trans.) Francis J. Whitfield, The University of Wisconsin Press, 1969.
Jakobson, Roman, *Language in Literature*, (eds.) Krystyna Pomorska & Stephen Rudy, Harvard University Press, 1987.
(Eds.) Kindt,T. & Müller, Hans-Harald, *What is Narratology?: Questions and Answers Regarding the Status of a Theory*, De Gruyter, 2004.
Kress, Gunther, *Multimodality: A social semiotic approach to contemporary communication*, Routledge, 2010.
Lemon, Lee T. & Reis, Marion J. *Russian Formalist Criticism Four Essays*, University of Nebraska Press, 1965.
León, Carlos, "An architecture of narrative memory", *Biologically Inspired Cognitive Architectures* 16, 2016, pp.19-33.
Lévi-Strauss, Claude, *Structural Anthropology*, (trans.) Claire Jacobson & Brooke Grundfest Schoepf, Penguin Books, 1963.
Lord, Albert B., *The Singer of Tales(2nd edition)*, Harvard University Press, 2000.

(Eds.) Milnes, K, Horrocks, C, Kelly, N, Roberts, B. & Robinson, D., *Narrative, memory and knowledge: Representations, aesthetics and contexts*, University of Huddersfield Press, 2006.

Ong, Walter J. *Orality and Lieracy: The Technologizing of the Word*, Methuen, 1982.

Propp, Vladimir, *Morphology of the Folktale(2nd edition)*, (trans.) Ariadna Y. Martin & Richard P. Martin, University of Texas Press, 1968.

_____, *Theory and History of Folklore*, (trans.) Adriadna Y. Martin and Richard P. Martin and several others, (ed.) Anatoly Liberman, University of Minnesota Press, 1984.

Ryan, Marie-Laure, *Avatars of Story*, University of Minnesota Press, 2006.

(Ed.) Ryan, Marie-Laure, *Narrative across Media: The Languages of Storytelling*, University of Nebraska Press, 2004.

(Eds.) Ryan, Marie-Laure & Thon, Jan-Noël, *Storyworlds across Media: Toward a Media-Conscious Narratology*, University of Nebraska Press, 2014.

Turner, Victor, *From Ritual to Theatre: The Human Seriousness of Play*, PAJ, 1982.

Yun, Kyoim, "Negotiating a Korean National Myth: Dialogic Interplay and Entextualization in an Ethnographic Encounter", *Journal of American Folklore* 124(494), 2011, pp.295-316.

제2부

제8장

일연, 『삼국유사』

김열규, 『기호로 읽는 한국 문화』, 서강대학교 출판부, 2008.

Firth, Raymond, *Symbols: Public and Private*, Cornell University Press, 1973.

Geertz, Clifford, *The Interpretation of Cultures*, Basic Books, 1973.

Greimas, A. J., *Sémantique structurale*, Larousse, 1966.

_____, *Du sens II*, Seuil, 1983.

(Eds.) Hartshorne, Charles & Weiss, Paul, *Collected Papers of Charles Sanders Peirce*, Harvard University Press, 1960.

Koch, Walter A., *Evolutionary Cultural Semiotics: Essays on the Foundation and Institutionaliz ation of Integrated Cultural Studies*, (trans.) Susan Carter Vogel, Studienverlag Dr. N orbert Brockmeyer, 1986.

Lincoln, Bruce, *Theorizing Myth: Narrative, Ideology, and Scholarship*, The University of Chicago Press, 1999.

Rappaport, Roy A. *Ritual and Religion in the Making of Humanity*, Cambridge University Press,

1999.

Rothenbuhler, Eric W. *Ritual Communication: From Everyday Conversation to Mediated Ceremony*, Sage Publications, 1998.

(Ed.) Sebeok, Thomas A. *Encyclopedic Dictionary of Semiotics: Tome 2*, Mouton de Gruyter, 1986.

제9장

일연, 『삼국유사』

Greimas, A. J., *Du sens*, Seuil, 1970.

_____, *Du sens II*, Seuil, 1983.

Greimas, Algirdas Julien & Fontanille, Jacques, *The Semiotics of Passions From States of Affairs to States of Feeling*, (trans.) Paul Perron & Frank Collins, University of Minnesota Press, 1993.

(Eds.) Hartshorne, Charles & Weiss, Paul, *Collected Papers of Charles Sanders Peirce*, Harvard University Press, 1960.

Lévi-Strauss, Claude, *Structural Anthropology*, (trans.) Claire Jacobson & Brooke Grundfest Schoepf, Penguin Books, 1963.

Ryan, Marie-Laure, "Diagramming narrative", *Semiotica* 165-1/4, 2007, pp.11-40.

제10장

윤동주, 『하늘과 바람과 별과 詩』, 정음사, 1972.
이사라, 『시의 기호론적 연구』, 중앙경제사, 1987.
이승훈 엮음, 『한국문학과 구조주의』, 문학과비평사, 1988.

(Eds.) Hartshorne, Charles & Weiss, Paul, *Collected Papers of Charles Sanders Peirce*, Harvard University Press, 1960.

Jakobson, Roman, *Language in Literature*, (eds.) Krystyna Pomorska & Stephen Rudy, Harvard University Press, 1987.

Lotman, Yuri M. *Universe of the Mind: A Semiotic Theory of Culture*, (trans.) Ann Shukman, Indiana University Press, 1990.

제11장

김유정, 〈산골〉, 『김유정 전집 1』, 가람기획, 138-155면.
Greimas, A. J., *Sémantique structurale*, Larousse, 1966.

_____, *Du sens*, Seuil, 1970.

_____, *Du sens II*, Seuil, 1983.

(Eds.) Hartshorne, Charles & Weiss, Paul, *Collected Papers of Charles Sanders Peirce*, Harvard University Press, 1960.

Hjelmslev, Louis, *Prolegomena to a Theory of Language*, (trans.) Francis J. Whitfield, University of Wisconsin Press, 1969.

Lotman, Yuri M, *Universe of the Mind: A Semiotic Theory of Culture*, (trans.) Ann Shukman, Indiana University Press, 2000.

제12장

임석재 · 진홍섭 · 임동권 · 이부영, 『한국의 도깨비』, 열화당, 1985.

Eco, Umberto, *A Theory of Semiotics*, Indiana University Press, 1979.

Greimas, A. J. *Du sens,* Seuil, 1970.

(Eds.) Hartshorne, Charles & Weiss, Paul, *Collected Papers of Charles Sanders Peirce*, Harvard University Press, 1960.

Hénault, Anne, *Narratologie, sémiotique générale*, Presses Universitaires de France, 1983.

Koch, Walter A., *Evolutionary Cultural Semiotics: Essays on the Foundation and Institutionalization of Integrated Cultural Studies*, (trans.) Susan Carter Vogel. Studienverlag Dr. Norbert Brockmeyer, 1986.

Otto, Rudolf, *The Idea of Holy: An Inquiry into the non-rational factor in the idea of the divine and its relation to the rational*, (trans.) John W. Harvey, A Galaxy Book, 1958.

Ronen, Ruth, *Possible World in Literary Theory*, Cambridge University Press, 1994.

Ryan, Marie-Laure, *Possible Worlds, Artificial Intelligence, and Narrative Theory*, Indiana University Press, 1991.

제13장

강등학, 『정선아리리의 연구』, 집문당, 1988.

김연갑, 『아리랑』, 집문당, 1998.

김열규, 『아리랑…역사여, 겨레여, 소리여』, 조선일보사, 1987.

송효섭, 『탈신화 시대의 신화들』, 기파랑, 2005.

Eco, Umberto, *A Theory of Semiotics*, Indiana University Press, 1979.

_____, *Semiotics and the Philosophy of Language*, Indiana University Press, 1984.

Fiske, John, *An Introduction to Communication Studies*, Routledge, 1982.

Greimas, Algirdas Julien & Fontanille, Jacques. *The Semiotics of Passion: From States of Affairs to States of Feeling*, (trans.) Paul Perron & Frank Collins, University of Minnesota Press, 1993.

Jakobson, Roman, *Selected Writings* II, Mouton, 1971.

_____, *Language in Literature*. (eds.) Krystyna Pomorska & Stephen Rudy, Harvard University Press, 1987.

제14장

김성도, 『구조에서 감성으로』, 고려대 출판부, 2002.

송효섭, 『탈신화 시대의 신화들』, 기파랑, 2005.

이경엽, 「진도씻김굿 사설」, 이경엽의 민속연구실(http://dorim.mokpo.ac.kr/~namdo/)

지춘상, 「진도씻김굿의 개요」, 지춘상·이보형·정병호, 『무형문화재 조사보고서』 129호, 문화재관리국, 1979, 20-29면.

홍정표, 「김동인의 단편소설 '배따라기'에 나타난 정념의 기호학적 분석」, 송효섭 엮고 씀, 『기호학』, 한국문화사, 2010, 192-246면.

Aristotle, *The Art of Rhetoric*, (trans.) H.C.Lawson-Tancred, Penguin Books, 1991.

Greimas, A. J., *Du sens* II, Seuil, 1983.

Greimas, Algirdas Julien & Fontanille, Jacques, *The Semiotics of Passions From States of Affairs to States of Feeling*, (trans.) Paul Perron & Frank Collins, University of Minnesota Press, 1993.

$\sum$수록논문 출처

제1부 비판과 성찰

1장 문학연구의 문화론적 지평, 『현대문학이론연구』 27집, 현대문학이론학회, 2006.4.30, 5-22면.
2장 국문학 담론의 탈형이상학적 지평, 『배달말』 39집, 배달말학회, 2006.12.30, 241-261면.
3장 고전문학의 위기와 담론 쇄신의 실천, 『한국고전연구』 18호, 한국고전연구학회, 2008.12.31, 137-158면.
4장 고전의 소통과 교양의 형성, 『한국고전연구』 32호, 한국고전연구학회, 2015.12.31, 5-28면.
5장 구술성과 기술성의 통합과 확산, 『국어국문학』 131집, 국어국문학회, 2002.9.30, 95-116면.
6장 '구술/기술'의 패러다임과 그 담화적 실현, 『구비문학연구』 38호, 한국구비문학회, 2014.6.30, 1-27면.
7장 구술서사학의 현재와 미래, 『구비문학연구』 45호, 한국구비문학회, 2017.6.30, 5-32면.

제2부 방법과 실천

8장 빛, 초월, 상징, 〈원제〉 초월성의 기호학, 『기호학연구』 8집, 한국기호학회, 2000.12.30, 11-33면.
9장 다이어그램으로 읽는 처용설화, 〈원제〉 다이어그램을 통한 처용설화의 기호학적 분석, 『시학과 언어학』 20호, 시학과언어학회, 2010.2.28, 183-198면.
10장 윤동주 시의 기호계, 〈원제〉 윤동주 시의 기호학적 연구, 『기호학연구』 1집, 한국기호학회, 1995.5.20, 313-335면.
11장 김유정 〈산골〉의 공간수사학, 『한국문학이론과 비평』 17/4, 한국문학이론과 비평학회, 2013.12.31, 205-225면.
12장 도깨비의 기호학, 『기호학연구』 15집, 한국기호학회, 2004.6.1, 169-189면.
13장 아리랑의 기호학, *Comparative Korean Studies* 20집, 국제비교한국학회, 2012.12.31, 29-49면.
14장 진도씻김굿의 정념 구조, 『호남문화연구』 48호, 호남학연구원, 2010.12.31, 1-31면.

송효섭

서강대학교 대학원에서 『삼국유사』를 기호학적으로 연구하여 박사학위를 받았다. 전남대학교 사범대학 부교수를 거쳐 현재 서강대학교 국제인문학부 교수로 재직하고 있다. 미국 인디애나대학교 언어-기호학 연구센터에서 기호학을 연구했으며 영국 런던대학교 동양-아프리카 대학에서 한국어문학을 가르쳤다. 시학과언어학회, 한국문학이론과 비평학회, 한국 기호학회 회장을 지냈으며, 현재 세계기호학회 집행위원으로 활동하고 있다. 지은 책으로 『삼국유사 설화와 기호학』, 『문화기호학』, 『설화의 기호학』, 『초월의 기호학』, 『탈신화 시대의 신화들』, 『해체의 설화학』, 『신화의 질서』, 『인문학, 기호학을 말하다』가 있으며, 「기호학과 비교신화학」, "Three Korean literati paintings of an orchid in the deconstructive process" 등 한국문학, 신화학, 기호학에 대한 다수의 논문을 발표했다.

국문학과 탈형이상

초판 1쇄 인쇄 | 2018년 3월 21일
초판 1쇄 발행 | 2018년 3월 28일

지은이 | 송효섭
펴낸이 | 지현구
펴낸곳 | 태학사
등 록 | 제406-2006-00008호
주 소 | 경기도 파주시 광인사길 223
전 화 | 마케팅부 (031)955-7580~82 편집부 (031)955-7585~89
전 송 | (031)955-0910
전자우편 | thaehak4@chol.com
홈페이지 | www.thaehaksa.com

값은 뒤표지에 있습니다.

ISBN 978-89-5966-972-1 94810
    978-89-7626-500-5 (세트)